À PROPOS DE L'AUTEUR

Michelle Willingham, l'une des auteurs phares de la collection, a réussi le pari de réunir ses deux passions d'enfance, l'Histoire et l'écriture. Depuis 2009, elle a publié plus d'une vingtaine de romans dans « Les Historiques », et ce pour notre plus grand plaisir !

La dame de Rionallis

MICHELLE WILLINGHAM

La dame de Rionallis

Traduction française de
SAINT-FOLQUIN

Les Historiques

HARLEQUIN

Collection : LES HISTORIQUES

Titre original :
HER IRISH WARRIOR

Ce roman a déjà été publié en 2015.

HARPERCOLLINS FRANCE
83-85, boulevard Vincent-Auriol, 75646 PARIS CEDEX 13
Service Lectrices — Tél. : 01 45 82 47 47

www.harlequin.fr

ISBN 978-2-2804-1574-3 — ISSN 1159-5981

Chapitre 1

Ile d'Erin, en l'année 1171

La gorge en feu, Geneviève de Renalt courait, de toutes ses forces. Les muscles de son corps n'en pouvaient plus, mais elle se refusait toute halte, tout repos. A chaque pas parcouru, la liberté était plus proche. Elle entendit au loin le hennissement d'un cheval. Il la poursuivait.

Elle entreprenait une folle aventure, et ne l'ignorait pas. Pour réussir son évasion, il lui aurait fallu un cheval, des vivres, de l'argent. Mais le temps lui avait manqué. Lorsque fortuitement l'occasion de fuir s'était présentée, elle s'en était saisie, d'instinct. Quand bien même sa tentative serait vouée à l'échec, elle n'aurait pas à se reprocher sa passivité.

Jamais plus elle ne pourrait espérer s'enfuir loin de son fiancé. Sir Hugh Marstowe. A la seule pensée de son nom, Geneviève éprouvait la douleur qu'inflige un scalpel émoussé à une plaie saignante. Car elle l'avait aimé, naguère. Elle le détestait à présent. Pour lui échapper, elle était prête à tout.

Hugh ne se pressait pas, cela s'entendait à son allure. Il maintenait son cheval au petit trot. Il se jouait d'elle, comme un chat qui retarde le moment de bondir sur sa proie par pure cruauté. Il la savait vulnérable, d'une atteinte facile. Il voulait jouir de son angoisse en la prolongeant. Jouir de la terreur qu'il suscitait en elle.

La nuit précédente, il avait eu l'idée d'une véritable

séance de dressage, censée lui inculquer toutes les qualités qu'il exigerait d'elle, après leur mariage. Ravalée au rang de chienne, elle s'était trouvée contrainte de baisser la tête, comme un animal domestique qui se soumet à son maître. Rien de ce qu'elle avait pu dire ou pu faire n'avait trouvé grâce aux yeux de son dompteur. Au souvenir des poings de son fiancé, des élancements la parcouraient. Tout son corps lui faisait mal.

Au comble de l'horreur et du dégoût, elle courait. Dût-elle épuiser ses forces, il lui fallait s'enfuir. Elle trébuchait sur le sol inégal du sous-bois. Une douleur poignante lui torturait les flancs. Son énergie l'abandonnait. Bientôt, il lui serait impossible d'aller plus loin. Elle adressa au Ciel une prière, en haletant par coups précipités des mots sans suite.

Dieu allait-il l'entendre ? Seul un miracle pouvait la sauver à présent, lui permettre d'échapper au cauchemar qu'elle vivait. S'il se prolongeait, elle ne serait bientôt plus que l'ombre d'elle-même, apathique et sans vie, une âme perdue.

Un massif de ronces lui déchira la main, et s'accrocha à son manteau. Ce serait bientôt le crépuscule. En retenant ses larmes, Geneviève s'arrêta malgré elle pour détacher l'une après l'autre les épines crochues. Elle avait les doigts en sang, mais n'en avait cure. Il fallait faire vite !

— Geneviève !

L'appel la terrifia. Hugh avait fait halte à la lisière de la forêt, afin de ménager sa monture sans doute, en lui évitant d'enfoncer ses sabots dans la terre meuble. Il lui ordonnait de revenir vers lui, comme on rappelle un chien.

Refusant de se soumettre à l'injonction, elle s'obstina à s'enfoncer plus profondément dans l'épaisseur des taillis, jusqu'à atteindre la clairière proche, où l'herbe se couvrait de givre. En courant, elle traversa l'espace libre et entreprit de gravir la pente opposée. En achevant l'escalade sur les genoux, elle prit conscience d'un étrange silence.

De son observatoire, un mouvement furtif lui révéla la présence d'un homme, puis de plusieurs autres, des Irlandais à coup sûr, puisque la couleur de leurs tuniques et celle qui couvrait leurs visages leur permettaient de se fondre dans le paysage. Sur la hauteur, non loin d'elle, se tenait un cavalier dont un capuchon brun dissimulait en partie le visage. Il demeurait immobile, mais attentif, et semblait sûr de lui. Il la regardait.

Grand, les épaules larges, ce pouvait être un guerrier, ou un noble seigneur. Qu'il fût l'un ou l'autre, son allure était... royale. Sur un geste de lui, ceux qui l'accompagnaient se dispersèrent et disparurent.

Un tel personnage constituait par lui-même un danger redoutable. Geneviève ne craignit pas de braver ce danger, en se redressant fièrement, sans baisser les yeux. Elle s'avança vers l'homme à cheval, sans se presser.

Il était sans doute de ceux qui traitent les femmes avec condescendance, s'ils sont courtois, avec brutalité lorsqu'ils ne le sont pas. Mais il montait un cheval, indispensable à la fuite. S'il acceptait de la prendre en croupe, elle échapperait à la vindicte de Hugh.

Le cavalier ne la quittait pas des yeux. Si la rencontre prenait un tour fâcheux, Geneviève serait contrainte de subir son sort en silence, car en criant elle signalerait sa position au tourmenteur qui la poursuivait. Or elle était prête à tout plutôt que de retomber entre les mains de Hugh.

Elle parvint si près de l'inconnu qu'elle aurait pu toucher sa botte.

— Messire, dit-elle à mi-voix, j'implore votre assistance. Ayez pitié de moi.

Il ne réagit aucunement. L'avait-il entendue ? Une broderie celtique, très colorée, ornait sa cape. Quel étrange personnage ! Geneviève répéta aussitôt sa requête en irlandais. Il changea un peu d'attitude, sans pour autant répondre. Après quelques instants qui parurent à Geneviève une éternité, il tourna bride et s'en fut. Il disparut bientôt au sommet d'une colline, emportant avec lui tous les espoirs qu'elle avait mis en lui.

*
* *

Bevan MacEgan maudissait sa propre étroitesse d'esprit. Dès l'instant où dans les circonstances les plus étranges il avait entendu quelques mots d'anglo-normand, un sursaut de haine instinctive avait retenu l'élan de compassion qui l'invitait à venir en aide à cette femme suppliante.

L'inconnue avait réveillé en lui des souvenirs cruels. Son beau visage et sa chevelure sombre étaient ceux du fantôme qui le hantait depuis plus de deux ans. Bevan ferma les yeux, dans le vain espoir de chasser de son esprit l'obsession ancienne aussi bien que le souvenir de la vision récente.

Bien avant qu'il n'ait donné à ses hommes l'ordre de se replier dans les vallées voisines, il avait su en la suivant des yeux qu'elle s'enfuyait, pour échapper à un agresseur. Non pas à un assassin, peut-être, mais à un chasseur qui entendait s'emparer d'elle.

En tournant bride, il avait assuré la victoire du prédateur.

Bevan s'était trouvé en présence d'un cruel dilemme. Devait-il assurer la sécurité de ses hommes, ou s'intéresser à une inconnue ? Le sens du devoir lui avait dicté le choix le plus raisonnable, sans doute. Mais ce choix offensait en lui le sens de l'honneur. Un gentilhomme se doit de protéger les faibles et les femmes. Il ne leur refuse en aucun cas son assistance.

L'heure n'était pas aux remords. En revenant en arrière pour porter à l'inconnue un hypothétique secours, il mettrait en danger la vie de ses compagnons. L'ennemi ne devait en aucun cas soupçonner leur présence, ni détecter leur position. L'effet de surprise ne détermine-t-il pas le succès d'une attaque ? Les stratèges les moins expérimentés le savent bien. Attendre patiemment et n'entrer en action qu'au moment opportun, tel est le secret de la réussite.

Un moment plus tard, Bevan MacEgan donnait des ordres au capitaine de sa milice.

— Il me faut cinq hommes qui entreront avec moi dans le château. Prends le commandement des autres et disposeles à proximité de l'enceinte. A la tombée de la nuit, vous mettrez le feu à la palissade, pour faire diversion.

— Vous pensez que la fille de tout à l'heure vient du château, et vous avez l'intention de la tirer d'embarras, en déduisit l'officier.

— J'en ai l'intention, en effet.

— Vous ne pouvez servir de Providence à tous les prisonniers, monseigneur. Il y en a trop. Et puis ce n'est qu'une femme, après tout.

— Tu discutes mes ordres, à présent ? Exécution.

Curnell n'avait pas tort. Il s'agissait là d'un risque inconsidéré. Mais les yeux de cette fille exprimaient une terreur si violente ! La terreur même qu'exprimaient sans doute ceux de sa femme lorsqu'elle s'était trouvée en présence de ses ravisseurs.

Le sentiment d'impuissance et de rage que Bevan éprouvait à l'instant présent lui rappelait cruellement celui qui l'avait envahi deux ans auparavant, au moment du drame.

Bevan choisit lui-même les cinq hommes qui l'escorteraient et se mit à leur tête pour se rendre le plus discrètement possible au château de Rionallis. Le terrain n'avait pas de secret pour lui puisqu'il en était le légitime propriétaire. Spolié comme beaucoup d'autres par les envahisseurs, il entendait bien rentrer dans ses droits, et réparer l'injustice subie en chassant de son domaine l'usurpateur.

Rionallis différait des ouvrages fortifiés d'Irlande par sa construction, assez semblable à celle des châteaux forts anglo-normands. Familier de ses détours et de ses passages secrets, il l'avait naguère agrandi et saurait en percer les défenses sans difficulté.

Les ronces dissimulaient l'ouverture du souterrain qui donnait accès au cellier et aux réserves. Il suffit de les déplacer pour soulever la dalle d'entrée. Le passage n'avait rien perdu de son atmosphère humide et fraîche. A la lueur d'une torche, ils parvinrent sans encombre à la pierre pivotante. Aucun bruit ne se faisait entendre et Bevan éprouva en la poussant la satisfaction de se trouver au cœur même de sa demeure.

Bevan fut aussitôt surpris par l'absence des sacs de grains qui auraient dû remplir les salles voûtées et par le spectacle des jarres vides couchées sur le sol. Ainsi, le nouveau maître des lieux méprisait tant ses sujets qu'il ne se souciait aucunement de leur approvisionnement et de leur survie. Bevan souhaitait ardemment que sa victoire soit rapide. Ainsi pourrait-il aussitôt rétablir les traditions anciennes d'assistance et de protection qu'il avait instaurées naguère.

Sans doute pouvait-il se reprocher d'avoir trop longtemps négligé son domaine. Rongé par le chagrin, il avait tenté de trouver un dérivatif à la douleur de son deuil en menant une existence de mercenaire, mettant son épée au service des Irlandais assez braves pour résister à l'invasion brutale ou insidieuse de leur île. Pendant qu'il combattait en d'autres lieux, son domaine était passé en des mains étrangères.

En gravissant l'échelle qui le conduirait avec ses compagnons chez le maréchal-ferrant de Rionallis, Bevan eut une pensée pour la fille dont la détresse l'avait ému. En provoquant cette rencontre, le destin s'était plu à susciter en lui une compassion à vrai dire fort embarrassante. Dans des circonstances ordinaires, l'action en cours n'aurait soulevé que des difficultés banales. Répandre le sang des ennemis afin d'exercer une légitime vengeance, n'est-ce pas connaître une facile satisfaction ? Se faire le chevalier servant d'une inconnue, voilà qui soulève bien des difficultés.

C'était une très jolie fille. D'un bleu profond, ses grands yeux illuminaient un visage plein de grâce et de douceur. Le visage d'une femme vulnérable et innocente, qu'un cœur noble ne saurait condamner au malheur. Bien qu'il ait été incapable de sauver la vie de son épouse, Bevan MacEgan avait aujourd'hui l'occasion, et le devoir, de venir en aide à cette inconnue.

Une bonne action trouve en elle-même sa récompense. Mais au-delà s'ouvraient d'autres perspectives. Prise en otage, une personne de ce rang constituerait à n'en pas douter une intéressante monnaie d'échange, lorsqu'il lui faudrait reprendre possession du château et du domaine. Par la suite, il serait facile de lui rendre la liberté qu'elle semblait tant convoiter.

Son intrusion soudaine dans la demeure du maréchal-ferrant, accotée à la forge, fit sensation sans pour autant provoquer des exclamations intempestives. Il lui suffit d'un signe pour imposer le silence au couple. L'homme posa la main sur le fer de sa masse, assurant ainsi sans mot dire son assistance à son véritable seigneur.

Depuis la porte que fermait un rideau de cuir, Bevan examina la cour intérieure, où vaquaient quelques domestiques et plusieurs soldats. Sa décision fut bientôt prise. Il attendrait la nuit pour s'introduire dans le château. Dans *son* château.

— Dans mes bras, ma chère Geneviève ! Saine et sauve, je vous retrouve saine et sauve, quel bonheur !

Etroitement serrée contre le corps de Hugh, qui ricanait, Geneviève ne pouvait reprendre sa respiration. Fourbu de fatigue, son corps l'avait trahie. En reprenant possession d'elle, son haïssable fiancé était parvenu à ses fins. Son sang semblait s'être glacé dans ses veines. Elle ne pouvait plus que retenir ses larmes.

D'expérience, elle savait quelles humiliations, quelles douleurs elle allait subir. Afin de ne pas en souffrir par anticipation, parviendrait-elle à désolidariser son esprit de son corps ?

Plus personne désormais ne pouvait lui venir en aide. Il n'y avait rien à attendre de Sir Peter de Harborough et de son épouse, les chaperons supposés veiller sur elle en l'absence de son père. Le comte de Renalt aurait aussi bien fait de dispenser ses bons amis de cette charge, dans la mesure où dans leur aveuglement ils ne cessaient de chanter les louanges du bourreau. La flatteuse réputation que s'était faite Hugh sur les champs de bataille lui valait de leur part une admiration sans borne, qui les aveuglait au point d'occulter les pires de ses comportements et de justifier ses extravagances.

Lorsque Geneviève s'était décidée à leur exposer ses griefs, Sir Peter avait haussé les épaules. Une épouse doit à son mari l'obéissance et même la soumission, s'était-il plu à lui rappeler. Mais Geneviève ne se trouvait pas unie à Hugh par les liens du mariage. Pas encore. Et ses tuteurs demeuraient sourds à ses doléances. Dans la mesure où elles concernaient leur idole, ils les tenaient pour vaines.

Des membres de la garnison, il n'y avait rien à espérer. Un jeune officier s'était interposé, lors d'une scène de violence. Quelques jours plus tard, l'affluence des corbeaux à l'orée d'un bois avait permis la découverte de son cadavre. Depuis, les hommes ne semblaient plus même apercevoir la fiancée de leur chef. A son approche, leurs yeux se vidaient d'expression. Hugh fondait son pouvoir sur la terreur.

— Si vous saviez quelles inquiétudes m'ont torturé, persifla-t-il, vous auriez honte. Vous savoir seule dans ce bois, sans défense, exposée à la fureur des fauves, quel tourment, quelle angoisse ! Il faut que vous me consoliez. J'y tiens absolument.

Il lui baisa la tempe, en ricanant de plus belle. Geneviève ressentit comme une brûlure. De sa voix doucereuse Hugh la narguait. Il se réjouissait de son échec, et savourait déjà le plaisir pervers de lui infliger une punition.

Dans les yeux bleus du monstre se lisaient la cupidité, et l'ivresse du pouvoir. Naguère sensible à son allure élégante, à la blondeur de sa chevelure, taillée plus court qu'il n'est d'usage, Geneviève savait à présent qu'il avait le cœur sec, et plus froid que l'acier de sa cotte de mailles.

Une fois de plus, elle se composa un visage serein et tenta de le raisonner.

— Laissez-moi rentrer au sein de ma famille, Hugh, je vous en prie. Je ne suis pas la future épouse qui vous convient.

— Que m'importe, répondit-il en lui serrant le menton d'une poigne de fer. Votre éducation reste à faire, vous le reconnaissez. Il faut me rendre cette justice que je ne ménage pas mes efforts pour vous la donner.

— Vous pouvez en épouser bien d'autres, dont la fortune est supérieure à la mienne, dit-elle en évitant son regard, car il lui palpait maintenant la taille.

— Je n'en trouverai aucune dont le rang soit aussi élevé que le vôtre, rétorqua-t-il en appuyant son pouce sur une récente ecchymose, au bas de ses reins. Aucune ne possède un domaine aussi étendu que Rionallis. Un jour je serai roi, poursuivit-il, la voix enfiévrée d'ambition. Ces Irlandais sont des sauvages, ils ne connaissent pas l'art de la guerre. Vous serez reine, Geneviève, c'est la volonté de notre souverain.

A cet argument, Geneviève ne sut que répondre. Les prouesses accomplies par Hugh sur les champs de bataille lui valaient la faveur du roi Henry. Lorsque ce vaillant soutien du pouvoir avait demandé sa main, la fille du comte de Renalt, séduite par ses belles paroles et sa cour assidue, s'était elle-même chargée de réfuter les réticences de son père. Pour son malheur, elle avait insisté pour que soient célébrées leurs fiançailles.

Hugh la posa en amazone au bord de la selle de son cheval et d'un bond fut derrière elle. Au contact si proche de son corps, Geneviève ne put réprimer un frisson de répulsion et de terreur. Durant tout le trajet, elle se trouva ainsi emprisonnée, réduite à l'immobilité dans une prison de fer qui l'enveloppait tout entière. Lorsque le château fut en vue, le désespoir lui donna la nausée.

La panique l'emportait comme dans un tourbillon. Comment éviter ce mariage, qui lui faisait horreur ? Quelle catastrophe, que l'absence de son père ! Lui seul pouvait lui éviter le pire. Chaque jour, Geneviève demandait au Ciel de faire apparaître les hérauts d'armes, les étendards et les gonfanons qui annonceraient le retour du seigneur de Rionallis. Mais ses prières demeuraient vaines.

Après le passage de la porte fortifiée, elle fut comme de coutume sensible aux regards d'apitoiement des malheureux Irlandais, condamnés comme elle à la soumission, dans des conditions toutefois moins dramatiques. Malgré son rang, Geneviève en venait parfois à envier leur sort. Hugh mit pied à terre et se saisit fermement d'elle, sans se soucier de la présence de témoins.

— Vous me semblez bien lasse, ironisa-t-il. Je vais me faire un devoir de vous accompagner jusque dans votre chambre.

Ce simulacre de courtoisie annonçait dans l'immédiat d'effroyables tourments. En quête d'une échappatoire, Geneviève ferma les yeux. Comment retarder l'épreuve, quel prétexte invoquer pour échapper ne fût-ce qu'un moment au contact odieux du vil personnage ?

— J'ai faim, murmura-t-elle misérablement. Il me faudrait reprendre des forces.

— Je n'oublierai pas de vous faire porter une collation, dès que vous m'aurez expliqué dans le détail les raisons de votre… escapade. Vous n'oublierez pas de m'expliquer les circonstances qui vous ont permis de l'entreprendre.

Il lui prit le bras avec une vigueur qui présageait du pire. Geneviève venait cette fois de commettre une faute indéniable. La dureté de la sanction serait à la mesure de sa gravité. Elle retint les larmes qui lui brûlaient les yeux. Au moins, n'offrirait-elle pas au monstre le plaisir de les voir couler.

Afin d'échapper d'une certaine façon à ses préoccupations permanentes, Geneviève concentra son attention sur la douleur que lui infligeait Hugh en ce moment précis. La soutenant en apparence pour l'accompagner à l'étage, il lui broyait le bras. Dès qu'ils eurent pénétré dans la chambre, il la repoussa loin de lui et mit en place la barre de fermeture.

— Vous avez voulu vous échapper seule, loin de moi, dit-il d'une voix sourde, les bras croisés sur sa poitrine. Puis-je savoir pourquoi ?

La question impliquant la réponse, Geneviève demeura muette.

— Ignorez-vous que sous aucun prétexte je ne vous laisserai m'abandonner ? Vous m'appartenez, Geneviève.

J'ai le devoir, et le droit, de vous garder près de moi. De vous protéger, fût-ce contre vous-même.

S'avançant de quelques pas, il lui caressa les cheveux, et fit glisser entre ses doigts ceux qui avaient échappé à l'ordonnance de sa coiffure. Geneviève demeura immobile, comme inerte. De toutes ses forces, elle tentait de ne plus voir Hugh, de se soustraire à la fascination qu'exerçait le regard de ce serpent.

— Notre souverain nous ordonne à tous deux de le rejoindre à Tara, dit Hugh en s'écartant un peu pour s'agiter, comme il le faisait souvent. Notre mariage y sera célébré en sa présence, dans quelques jours. La tradition voulant qu'il nous fasse un cadeau de noces, je ne serais pas étonné de recevoir la seigneurie de quelques domaines voisins.

Il fit quelques pas en souriant, le visage épanoui, ravi par anticipation à la pensée de sa prochaine promotion. Comme pour faire partager à sa fiancée sa satisfaction, il vint lui effleurer d'un baiser les lèvres, qu'elle gardait obstinément closes.

— Ne faites pas cette tête, ma chère, et réjouissez-vous. L'instant que vous appelez de tous vos vœux est bien proche, à présent.

Cette information annonçait une catastrophe imminente, aux conséquences irréversibles. Officiellement placée sous la domination de son bourreau, Geneviève serait condamnée à vivre un calvaire tout le reste de ses jours. Après s'être consacré à l'établissement d'alliances matrimoniales entre Irlandais et Anglo-Normands, le roi Henry pouvait se dire satisfait de sa réussite. Le temps de récompenser ses fidèles était venu. Il refuserait désormais tout atermoiement, alors que dans les mois précédents il avait repoussé les demandes pressantes formulées par Hugh, en l'invitant à prendre patience.

— Je ne puis prendre époux en l'absence de mon père, fit valoir Geneviève.

— Thomas de Renalt assistera à la cérémonie, déclara

Hugh, dont le visage s'était durci. Il devrait être parmi nous, à présent.

— Sa santé n'est peut-être pas rétablie, suggéra-t-elle.

Pendant leur voyage de retour, son père s'était décidé à faire halte, en laissant sa fille et son futur gendre poursuivre leur chemin sous bonne escorte en direction de Rionallis. Depuis, Geneviève lui avait fait tenir par l'intermédiaire de prêtres de passage plusieurs messages, qui tous le suppliaient de mettre fin à des fiançailles qu'il n'avait d'ailleurs pas souhaitées.

Aucune réponse ne lui était encore parvenue. Tout laissait penser que les lettres de détresse avaient été confisquées, dans le meilleur des cas, les messagers assassinés, dans le pire.

— Je n'ai pas l'intention d'attendre jusqu'à la fin des temps le retour du comte, grommela Hugh. Je ne connais pas ses intentions, mais il a signé comme moi le contrat de fiançailles. Qu'il soit absent ou présent, ce mariage aura lieu.

— Jamais je n'y consentirai, je le jure ! s'écria Geneviève. Si le roi se fâche, que m'importe !

Du poing, Hugh lui frappa la nuque. La douleur fulgurante trouva écho dans un intense bourdonnement d'oreille, mais elle ne laissa échapper aucun cri.

— Vous avez la langue bien pendue, dit-il d'une voix égale. Voilà ce qu'il en coûte.

Geneviève fit effort pour reprendre son souffle. Hugh n'avait pas tort. On ne tient pas impunément tête à une brute, lorsqu'on ne dispose pas des moyens de la contrôler. Hugh se montrait souvent moins cruel, quand elle s'en tenait à demeurer passive.

Au sourire qui déformait les lèvres minces de son fiancé, Geneviève sut quel ordre il allait lui donner.

— Déshabillez-vous.

La nausée coutumière lui envahit la gorge de son amertume. Depuis plusieurs semaines Hugh se plaisait à l'humilier de la façon la plus dégradante. Lorsqu'elle refusait de céder à ses caprices, il la frappait jusqu'à ce que ses jambes se dérobent sous elle. Il n'avait pas encore abusé d'elle, mais cela n'allait pas tarder, elle en avait la certitude. La perte de sa virginité constituerait sans doute une punition de choix, digne de sanctionner un manquement qu'il jugerait particulièrement grave. A cette pensée, la terreur l'envahit.

Comme elle demeurait immobile, il la frappa du poing au-dessus de la taille. Tout le haut du corps projeté en avant, à l'horizontale, Geneviève ne put cette fois retenir un gémissement de souffrance, comme un cri d'agonie. Le destin la condamnait-il à subir de telles tortures, jusqu'à la fin de ses jours ? Lui faudrait-il se faire l'esclave de ce tyran ?

Geneviève ferma les yeux pour échapper à cette effrayante perspective. Il en serait toujours ainsi, sans doute. Car elle ne pouvait trouver de délivrance que dans le suicide, or c'était là se condamner à la damnation éternelle. Hugh pouvait disposer de son corps. Il ne lui volerait pas son âme.

Son cœur cessa de battre quand la lame du poignard qui jaillissait du fourreau brilla soudain devant ses yeux. Le bras qui brandissait l'arme s'abaissa d'un coup, avec une telle adresse qu'elle ne ressentit que le déplacement de l'air contre sa peau, alors que, rubans et lacets tranchés net, sa tunique tombait sur le sol. Vêtue de sa seule chemise, Geneviève dissimula comme elle le put sa nudité.

— Vous m'appartenez, Geneviève, vous êtes toute à moi, dit Hugh sur un ton définitif, avec un calme plus inquiétant que la fureur ou l'hystérie.

Il vint vers elle en se débarrassant au passage de son arme, qu'il posa sur le plateau d'une table. Se mettait-il à l'aise, en vue d'autres entreprises ? Se préparait-il à l'étreindre ?

Il lui décocha une gifle, qui la fit tituber et heurter un tréteau. En tombant sur la tunique qui traînait sur le sol, le poignard lui effleura la jambe.

— Par pitié, murmura-t-elle, je vous demande pardon, je ne le ferai plus. Je suis vraiment désolée…

Hugh commença à se dévêtir à son tour, exhibant les muscles de son torse.

— Vous n'êtes pas le moins du monde désolée, mais vous allez bientôt l'être, répliqua-t-il. Il est temps que je fasse votre éducation. Que je vous apprenne à obéir, pour me plaire.

Dans un élan, il lui saisit la nuque et lui baisa les lèvres sauvagement, jusqu'à ce qu'elle sente le goût du sang. La relâchant soudain, il se fit presque caressant.

— Je n'ai pas l'intention de vous faire violence, reprit-il en effet. J'aurais pu vous déflorer à tout moment, si je l'avais voulu. Mais je crois aux vertus de la patience et de la générosité. Offrez-vous à moi, de votre plein gré, ma chère, et je saurai vous combler de toutes les félicités auxquelles a droit une femme, lorsqu'elle sait obéir.

Comme tétanisée, le regard vide et lointain, Geneviève demeurait de marbre.

— Je vous connais mieux que vous ne vous connaissez vous-même, reprit-il d'une voix doucereuse. Vous m'agressez, vous me livrez combat, mais vous avez envie de sentir le contact de mes mains sur votre chair…

A cette pensée, Geneviève sentit un flot de bile jaillir jusque dans sa gorge. Soudain redressée, elle darda dans les yeux bleus du traître un regard meurtrier, et lui cracha au visage.

Convulsé de fureur, il lui frappa la joue si violemment qu'elle tomba à genoux. En un éclair, un élancement remonta tout au long de sa cuisse. Elle venait de heurter douloureusement le manche gravé du poignard. Dans un état d'agitation extrême, Hugh s'essuyait les yeux en balbutiant des injures. D'instinct, Geneviève ramassa l'arme et tint le manche bien serré, derrière son dos.

Aurait-elle le courage de frapper ? Il fallait agir vite. Une telle occasion ne se représenterait jamais. Elle inspira profondément. Son bras devait échapper à sa crispation, se lever très haut, s'abaisser très vite…

La porte frémit bruyamment sous les coups répétés d'un objet contondant, manche de hache ou gantelet de fer.

— Alerte, monseigneur, alerte ! Les Irlandais attaquent ! La palissade brûle !

Hugh ne répondit que par un blasphème. Vif comme

l'éclair, en un instant rhabillé, il souleva la barre de fermeture alors que le garde frappait de nouveau la porte. Il la franchit et la referma derrière lui. Geneviève était seule.

Le destin lui accordait un sursis. Epargnait-il la vie du monstre ? Non, sans doute. Elle aurait pu le blesser, à la rigueur. Mais une femme est vraiment faible, lorsqu'elle s'attaque à un guerrier sûr de soi et déterminé.

Geneviève appuya sa joue à la muraille. Elle eut l'impression de se confondre avec elle, tant elles étaient froides toutes deux. Ses doigts froissèrent nerveusement le tissu de sa chemise, dernier rempart contre la honte. Elle ne pouvait respirer en repos, puisque dans un moment la porte allait s'ouvrir, et sa punition se poursuivre.

Elle abandonna sur un coffre le poignard, désormais inutile. Sa chevelure défaite pendait en désordre autour de son visage et sur ses épaules. Pour cacher, dans un effort dérisoire, les ecchymoses qui sans doute la défiguraient, elle se défit de son voile froissé, et vit qu'il était taché de sang.

On entendait des cris, des roulements sourds, la rumeur des guerriers sur la défensive. Les Irlandais allaient-ils s'emparer du château ? C'était peu probable. Quel sort lui réserveraient-ils, en cas de victoire ? Il était inutile d'y songer. Elle vivante, jamais Hugh ne la laisserait tomber aux mains de ses ennemis.

Tout son corps lui faisait mal. Elle parvint, malgré les douleurs qui lui perçaient le corps comme des poignards, à ramasser sa tunique et à la passer au-dessus de sa tête. Faute de s'en revêtir, puisque Hugh l'avait fendue dans toute sa longueur, elle s'en drapa, pour ne plus grelotter.

Alertée par un bruit tout proche, elle se tourna vers la tapisserie pendante à la tête de son lit et la vit se déformer considérablement. On repoussait la lourde tenture. Instinctivement, Geneviève reprit possession du poignard et se tint sur ses gardes, le souffle suspendu.

Un homme en armes se dégagea soudain de l'obstacle qui le retenait. Sur la tunique verte qui le couvrait jusqu'aux genoux, sa cape était fermée par une fibule d'une longueur inusitée, reconnaissable entre toutes. Le cavalier rencontré tout à l'heure au sommet de la colline venait de faire irruption dans la chambre. Il ne semblait pas animé de mauvaises intentions. Mais le silence qu'il avait observé ainsi que sa dérobade en faisaient un ennemi.

— Qui êtes-vous ? lui demanda-t-elle, son arme bien visible, et solidement tenue en main.

Aucun ruban ne retenait sa chevelure, assez longue et très sombre. Une cicatrice pâle lui barrait la joue gauche. La noirceur de ses cheveux et l'opale lumineux de son regard lui donnaient quelque chose de diabolique. Ce personnage fortement musclé pouvait-il être plus redoutable encore que le bourreau qui la terrorisait ?

— Je me nomme Bevan MacEgan, répondit-il. Et vous, comment vous appelle-t-on, *a chara* ?

— Geneviève de Renalt.

Il prit le temps de la contempler, constatant dans le détail le désordre de sa mise et les traces visibles de coups reçus.

— Que vous est-il arrivé ? dit-il après cet examen.

Geneviève songea avec un temps de retard que sa tunique béait. Elle la resserra autour d'elle, comme elle le put.

— J'ai tenté de m'enfuir. On m'a punie.

— Qui vous a mise dans cet état ?

D'abord hésitante, Geneviève se décida à ne pas dissimuler la vérité.

— Sir Hugh Marstowe, dit-elle.

— Pour quelle raison vous poursuivait-il ?

— Parce que je refuse de l'épouser.

Le visage de Bevan MacEgan se ferma, son regard se durcit.

— Je le tuerais volontiers, si vous me demandiez de le faire.

— Vous avez laissé passer l'occasion qui vous était offerte, répliqua Geneviève en rougissant de colère. Je serais à cette heure loin d'ici. Mais vous ne m'avez pas répondu, et vous n'avez rien fait pour me secourir.

— Cette affaire n'est pas terminée, répondit-il calmement, et me voici près de vous, à présent.

Geneviève gardait rancune à cet étrange personnage, qui s'était refusé à lui venir en aide. Mais contre toute attente son expression comme son allure donnaient une impression de profonde sincérité. Sans doute ne devait-elle voir en cet Irlandais qu'un rustre, qu'un barbare assez hardi et bien informé pour pénétrer dans le château pendant que ses complices tentaient de l'investir. Le timbre de sa voix et la franche simplicité de son visage ouvert l'invitaient cependant à revenir sur ses préjugés.

Un espoir s'éveillait en elle. Au lieu de se morfondre dans l'attente de son tourmenteur, ne pouvait-elle s'en remettre à ce Bevan MacEgan, dont elle ne savait rien ?

— Je me contenterais volontiers de vous devoir la liberté, ainsi que la sécurité, dit-elle en reposant le poignard sur le coffre. Comment vous êtes-vous introduit chez moi ?

MacEgan souleva la tapisserie, faisant ainsi apparaître dans la muraille une ouverture étroite, que traversait verticalement une corde tendue. La gorge soudain nouée, elle éprouva le vertige. Elle se voyait déjà tomber dans ce trou noir.

— Jamais je ne pourrai descendre au long de cette corde !

Il lui jeta un coup d'œil et se rendant à l'évidence fit un signe d'acquiescement.

— Vous avez raison, dit-il. Puisqu'il en est ainsi, nous allons prendre un autre chemin. Venez avec moi.

Son visage s'était durci. Il se dirigeait vers la porte.

— Je vais faire semblant de vous prendre en otage, reprit-il. Cela tiendra les gardes en respect. Cinq de mes hommes m'attendent, chez un artisan, à l'intérieur de l'enceinte. A mon signal, ils interviendront. Il faut que vous jouiez le jeu, naturellement.

Geneviève eut un moment d'hésitation. Elle ne savait rien de cet Irlandais, si habile à pénétrer au cœur même d'un château. N'allait-il pas mettre à profit la situation, l'emmener au loin et lui faire subir un mauvais sort ? Mais quel sort pouvait être pire que celui qui l'attendait, si elle demeurait enfermée dans sa chambre ?

— Je jouerai le jeu, répondit-elle. Mais puis-je savoir pourquoi vous vous attaquez à Rionallis ?

— Parce que j'en suis le légitime propriétaire, déclara-t-il sans se troubler.

Il y avait dans cette prétention quelque chose d'absurde, naturellement. Mais l'heure n'était pas aux discussions oiseuses. A quoi bon apprendre à cet inconnu que le domaine et le château lui appartenaient en propre, puisqu'ils constituaient une partie de sa dot ? Il serait toujours temps de détromper celui qui allait peut-être la sauver des griffes de son fiancé.

— Je passe le premier, dit-il. Suivez-moi de très près.

Geneviève serra contre elle sa tunique déchirée. MacEgan dégaina son poignard avant d'ouvrir la porte. Dans un élan de méchanceté, elle souhaita que Hugh se présente à l'instant même. L'Irlandais pourrait le tuer par surprise, et la vie ordinaire reprendrait son cours, une fois le monstre disparu.

Le corridor était vide. Ils descendirent silencieusement l'escalier à vis. Quelques marches avant l'issue, MacEgan fit passer Geneviève devant lui et lui posa sur la gorge la lame d'acier.

— Ne bronchez pas, conseilla-t-il. Vous pourriez vous couper.

Malgré l'inconfort de sa situation, un calme étrange enveloppa Geneviève. Le couteau sur la gorge, elle éprouvait paradoxalement un apaisant sentiment de sécurité.

Dès que les gardes de service dans la salle basse les aperçurent tous deux, ils réagirent, dans l'intention manifeste de délivrer celle qu'ils croyaient menacée.

— N'approchez pas, dit MacEgan d'une voix forte. Qu'on aille dire à sir Hugh que je veux lui parler.

Obéissant au signe que lui adressait un ancien, le plus jeune des gardes s'éloigna prestement. Hugh allait apparaître. L'attente parut insupportable à Geneviève. La lame s'était réchauffée au contact de sa peau, et lui semblait tiède à présent. Comme l'Irlandais la tenait d'une main, des picotements lui parcouraient la nuque.

Les gardes se tenaient prêts à agir, mais leur attitude indiquait bien qu'ils n'interviendraient que sur ordre.

On entendit des pas. Chacun dans la salle basse se raidit, mais Hugh n'apparut pas. A sa place, Sir Peter de Harborough fit son entrée. Sa chevelure grise en désordre, il tenait dans la main gauche le fourreau de son épée.

— Relâchez-la ! ordonna-t-il en entreprenant de dégainer.

— Sir Peter, attendez ! cria Geneviève.

MacEgan donna plus d'ampleur à son geste de menace.

— Si vous ne voulez pas qu'elle meure, je vous conseille de vous tenir tranquille et de renvoyer les gardes, dit-il. C'est à sir Hugh Marstowe que je souhaite m'adresser.

Geneviève scrutait les zones d'ombre, d'où son fiancé pouvait surgir à tout instant. Il se tenait aux aguets, tout près, elle en avait la certitude.

Le visage convulsé de colère, sir Peter n'en hésitait pas moins. Il finit par repousser son arme au fourreau, et prit les gardes à témoins.

— Ces sacrés Irlandais, quelle engeance ! Ils n'ont pas compris que nous les avons vaincus ! Amenez le prisonnier !

L'un des attaquants était donc tombé aux mains des assiégés. Geneviève sentit frémir MacEgan. Lorsque le captif entra, poussé par un garde, elle l'entendit gémir, et grincer des dents.

Elle-même s'étonna. Le prisonnier, garçon maigre à la chevelure blonde, n'avait pas plus de quatorze ans. Sans doute n'était-il pas fier de lui. Il baissait si bien la tête que l'on apercevait la naissance de son échine. Frémissant de colère, MacEgan l'apostropha dans sa langue natale.

— Tu perds la tête, Ewan ! Je te croyais à Laochre ! Tu n'as rien à faire ici. Les Normands n'ont pas eu à se fatiguer pour te mettre la main dessus, je suppose !

A ce dernier trait le gamin sursauta, comme sous un coup de fouet, et l'on vit ses oreilles s'empourprer.

Geneviève n'y put tenir.

— Renvoyez-le chez lui, Sir Peter. Ce n'est qu'un enfant !

— Un enfant qui ne deviendra jamais un homme, s'il persiste à désobéir à ses frères, gronda MacEgan, qui sans y penser sans doute la serrait plus étroitement, sous le coup de l'émotion.

Sir Peter triomphait.

— La plaisanterie a assez duré, MacEgan. Vous allez rendre sa liberté à cette jeune fille, dont je suis responsable, moyennant quoi ce jeune garçon sera libéré, lui aussi, et ira se faire pendre ailleurs. Si ce marché ne vous agrée pas, vous porterez la responsabilité de sa mort.

Geneviève enrageait. En la protégeant, Sir Peter ne faisait que son devoir, sans doute. Mais elle aurait voulu le maudire. Lorsqu'elle l'avait informé des mauvais traitements que lui infligeait Hugh, Harborough s'était obstinément abstenu d'intervenir. Au moment même où un Irlandais tentait de la sortir de son enfer, ce tuteur inconséquent se plaisait à jouer les justiciers.

— Ce château m'appartenait bien avant l'invasion, gronda MacEgan. Le peuple nous est resté fidèle. Bientôt, nous vous jetterons à la mer !

— Ce genre de conflit m'indiffère, dit avec dédain Sir Peter. Je laisse à Marstowe le soin de régler ces affaires sordides. En ce qui me concerne, je rentrerai chez moi, en Angleterre, où j'aime vivre. J'aurais refusé de venir en Irlande, si j'avais su qu'on n'y rencontrait que des sauvages ! Ma mission de tuteur…

— Votre mission ? Tout me laisse à penser qu'en ne la remplissant pas en gentilhomme, vous vous déshonorez, lança MacEgan.

Pâlissant sous l'insulte, Sir Peter esquissa un geste de menace. Instinctivement, l'Irlandais resserra sa prise. Geneviève retint son souffle. Sans le vouloir, il pouvait la blesser.

Hugh n'apparaissait toujours pas. Il n'était pourtant pas homme à se désintéresser d'un tel événement. Poursuivait-il des assaillants ? Préparait-il quelque traquenard, dans l'ombre ?

Geneviève scruta la partie la moins éclairée de la salle basse. Un peu de lumière se reflétait sur la pointe acérée d'une flèche. Par réflexe, elle reporta vivement tout son poids sur le corps de MacEgan, le contraignant à tituber en arrière. Dans ce mouvement, elle entendit le choc du trait qui déchirait l'épais pourpoint du guerrier au niveau de l'épaule, juste au-dessus de sa propre tête.

La lame du poignard n'effleurait plus sa gorge. Dans l'instant qui suivit, cinq hommes bondissaient sur MacEgan, deux autres s'emparaient d'elle. Ils lui faisaient mal. Qu'allait-elle devenir ? L'Irlandais se défendait férocement, mais succomba bientôt sous le nombre.

Hugh Marstowe avait attendu que l'empoignade soit terminée pour faire enfin son apparition. Dans le cœur de Geneviève tout son sang se glaça. Le visage de son fiancé n'exprimait que la compassion, la tendresse, l'adoration. Elle ne savait que trop bien quelle noirceur dissimulait ce masque.

Il la prit délicatement par la taille et passa à l'endroit qu'avait effleuré la lame un index précautionneux.

— En portant la main sur vous, cet animal vous a profanée, déclara-t-il avec emphase. Il mérite la mort. Voulez-vous que je l'égorge à l'instant, sous vos yeux ?

Dans un geste dramatique, il dégaina sa dague et la brandit. Geneviève abaissa ses paupières, pour ne plus voir. Elle ne les releva qu'en entendant l'arme rentrer au fourreau.

— A la réflexion, dit Hugh, le châtiment serait trop doux. Je veux le voir souffrir. Son exécution aura lieu demain matin, et elle sera publique, afin que nul n'ignore que l'on ne s'attaque pas impunément à Rionallis. Ce délai permettra à ce rustre d'assister à la pendaison de son cadet.

Geneviève laissa échapper une exclamation d'indignation et de haine.

— Cet enfant n'a rien fait, Hugh ! Sir Peter voulait le libérer !

— Sir Peter n'a d'autorité que sur vous, ma chère. Je le remercie de vous avoir vaillamment défendue. Regagnez votre chambre, à présent, et fermez bien votre porte.

Geneviève remonta les marches. A chaque degré, elle souffrait davantage qu'au précédent. Celui qui avait voulu la délivrer ne devait pas mourir. Elle se croisa les bras sur la poitrine, pour tenter d'apaiser la souffrance de ses flancs endoloris. Hugh avait pris plaisir à la frapper. A la prochaine séance de torture et d'humiliation, il commettrait l'irréparable. Elle frémit. Par anticipation, ses entrailles lui faisaient mal.

Dût-elle pour cela en mourir, il lui fallait secourir Bevan MacEgan et son frère.

Chapitre 2

Jusque dans la pièce isolée où sur des étagères et dans des coffres se trouvaient rangés les onguents, les poudres précieuses et les plantes médicinales, Geneviève entendait le tumulte des combats, qui s'éloignaient. Les Irlandais battaient en retraite, sans doute, après avoir détruit par le feu une partie de la palissade. L'air sentait le bois brûlé, et d'épaisses volutes de fumée s'élevaient encore, obscurcissant le ciel.

Lorsqu'elle eut fait son choix, elle pila dans un mortier les feuilles sèches et les graines de pavot, enveloppa d'un linge fin la mixture ainsi obtenue, lesta le sac et le plongea dans l'ouverture d'une assez grande jarre de bière. L'amertume du breuvage couvrirait celle de la macération.

En ce moment même, des hommes mouraient encore au combat, d'autres seraient capturés, sans qu'elle y puisse rien. Mais il était deux frères condamnés au supplice, qu'elle devait sauver.

Hugh ne reviendrait sans doute qu'après l'ultime escarmouche, une fois certain de sa victoire. Voisine du cellier, une cave tenait lieu de prison. C'est là qu'il lui fallait intervenir.

La jarre d'un côté, quelques chopes d'étain de l'autre, elle descendit bravement jusqu'à la partie basse du château, et prit soin d'affecter une mine avenante et gaie dès que les gardes furent en vue. Leur chef, de toute évidence contrarié, vint à sa rencontre.

— Votre place n'est pas ici, lady Geneviève.

— Détrompez-vous. Vos hommes et vous-même méritez ma reconnaissance. Vous ne refuserez pas, je gage, de goûter à cette bière. Elle vient d'Angleterre, de Renalt, exactement, où réside ordinairement mon père.

Le visage du chef s'éclaira, et il but le premier, en connaisseur. Geneviève s'approcha de ses subordonnés, qui s'étaient levés, les servit généreusement et reçut leurs remerciements.

Elle ne croisa qu'un instant le regard de MacEgan, assis contre une paroi, les poignets encerclés d'anneaux que réunissait une forte chaîne. Il semblait impassible, mais elle savait quelle énergie intérieure il tenait en réserve, quelle volonté l'animait. N'est-il pas dangereux de mettre un fauve en liberté ? Elle devait de toute façon en prendre le risque, ne fût-ce que pour sauver son frère, un enfant. Il avait lui aussi les poignets entravés. Fixée à ses deux extrémités dans la muraille, une longue chaîne passait entre leurs bras, leur interdisant d'avancer.

Aucun des gardes ne manifestait de somnolence. A la lueur vacillante de deux flambeaux, ils reprenaient la partie de dés interrompue. Geneviève s'inquiéta. La drogue semblait ne faire aucun effet. Cela se produit parfois, lorsque la dose est trop faible, ou trop forte. Quel prétexte invoquer pour s'attarder dans cette cave, où les torches ne faisaient qu'un îlot de lumière ?

N'en trouvant aucun, elle fit un signe d'adieu et s'éloigna nonchalamment en direction de l'escalier. Parvenue au premier degré, elle s'assura que personne ne la suivait des yeux et s'effaça dans l'ombre noire. Le dos appuyé à la pierre froide, elle se mit à attendre, souhaitant de tout son cœur voir se manifester les premiers symptômes de lassitude.

MacEgan ne pouvait la voir, mais son regard se dirigeait vers elle. Il semblait doté de la patience particulière à ceux qui ont connu l'emprisonnement. Près de lui, son jeune frère luttait en vain contre ses chaînes.

L'attente s'éternisait. Il advint soudain ce que Geneviève

redoutait le plus. Elle entendit la voix de Hugh. Les combats avaient pris fin. Il allait descendre. Alors que ses pas résonnaient déjà sur les marches les plus hautes, elle s'éloigna encore de l'escalier, et se blottit dans un recoin.

— Allez prendre l'air, ordonna Marstowe. Laissez-moi seul avec les prisonniers.

Les gardes se hâtèrent d'obéir. Lorsque leur chef, en serre-file, eut disparu le dernier, Hugh, qui ne s'était débarrassé que d'une partie de son équipement de combat, s'approcha de MacEgan, en passant sur son pouce le fil de son poignard. Un sourire sournois et cruel déformait ses lèvres, et son regard s'embuait de la fièvre des jouissances imminentes.

— La garce m'appartient, dit-il entre ses dents. Tu n'aurais pas dû la toucher.

— Tu n'aurais pas dû la frapper, répliqua MacEgan en se relevant, le dos au mur. Frapper une femme, c'est le comble de la lâcheté.

Hugh Marstowe émit un rugissement de rage et frappa de sa lame le visage de l'Irlandais. La plaie saignante fit pendant à la cicatrice blême qui traversait son autre joue.

Malgré la violence et la gravité du coup, Bevan MacEgan demeura impassible. Les yeux dans ceux de Hugh, il le défiait en silence. Geneviève retint sous souffle.

Lorsque la pointe du poignard fouilla l'épaule du prisonnier, à l'endroit même qu'avait frappé auparavant la flèche, elle voulut se boucher les oreilles afin de ne pas l'entendre crier, car pour cette fois la douleur serait intolérable. Les traits tendus, le regard ferme, MacEgan n'émit pas même un gémissement.

C'en était trop. Vaincu par la force d'âme de sa victime, Hugh ne pouvait plus que l'égorger, à présent. Son prochain coup serait fatal. Du recoin sombre où elle était tapie Geneviève jaillit, courut dans la lumière, et brisa la jarre vide sur l'occiput du tortionnaire. Hugh sursauta violemment, mais demeura debout. Se retournant en un éclair il lui interdit toute fuite en lui saisissant le bras et dans son élan lui assena sur la joue un terrible coup de poing. Le cri que lui arrachait la douleur fut très bref : un autre coup donné dans les côtes lui coupa le souffle.

Hugh s'agitait comme un dément, balbutiait des imprécations. Geneviève vivait ses derniers instants, elle le savait, les ténèbres allaient l'engloutir. Mais le visage de son assassin porterait les traces de ses griffes. Dans un effort ultime elle bondit, doigts écartés, ongles en avant, le visage si déformé par le désespoir que Hugh, épouvanté comme par une sorcière, fit deux pas en arrière.

Geneviève n'atteignit pas sa cible. Le visage qu'elle voulait marquer basculait en arrière, la chaîne qui entravait les poignets de MacEgan entourait le cou du bourreau, et l'étouffait.

En voyant les poings de Marstowe meurtrir le corps de la jeune fille, Bevan avait eu une brève vision de Fiona sa femme, martyrisée sans doute elle aussi par quelque ignoble brute. Il l'avait entendue crier, elle aussi, appeler à l'aide sur le cheval du ravisseur qui l'emportait. Bien qu'il se fût frayé un chemin parmi les Normands à force de massacre, ses efforts pour la rejoindre et la secourir étaient demeurés vains.

Le souvenir de cette disparition le hantait sans cesse, depuis deux ans.

En étranglant le fiancé de Geneviève, c'est à Fiona qu'il dédiait cette vengeance. Comme des mouvements convulsifs animaient encore les membres de l'Anglais, il serra plus fort la chaîne, jusqu'au moment où le corps s'affaissa.

On entendit dans l'escalier une rumeur confuse. Des gardes accouraient, sans doute. Bevan n'aurait pas l'occasion d'achever Hugh Marstowe, ou de constater sa mort. Il le laissa tomber, inerte, sur le sol, et se prépara à combattre. D'un coup d'œil rapide, il vit que Geneviève, l'air égaré, reprenait son souffle en se frottant les côtes. Grâce à elle, le rapport de forces s'était inversé. Il songea fugitivement à la bizarrerie de la situation. Au cours d'un combat, il est rare de recevoir l'aide d'une faible femme.

Des gardes se présentaient l'un après l'autre. Au lieu d'attendre ses camarades, le premier se lança à l'attaque. Bevan dévia aisément le coup en lui opposant sa chaîne tendue. Cent fois, il s'était livré à cet exercice, à l'entraînement.

Cependant réputés pour la rigueur de leur formation, les Normands pour leur part semblaient manquer de vivacité. La bière qu'ils avaient bue un moment auparavant les engourdissait-elle à ce point ? L'un d'eux voulut s'en prendre à Ewan. Son épée se brisa sur la chaîne que le plus jeune des MacEgan tendait, lui aussi. D'une brusque détente des jambes, le garçon, qui s'était accroupi sur le sol, fit tituber un adversaire, qui tomba en avant. Bevan se saisit au vol de son arme, et put ainsi riposter aux assauts.

Un homme qui semblait plus agressif que les autres prit un peu de recul, dans l'intention évidente de se précipiter, tête baissée, sous la longue chaîne qui tressautait en cliquetant. Soudain, Geneviève prit par le pied un tabouret et l'abattit de toutes ses forces sur l'audacieux. Le craquement macabre du crâne sous le choc résonna. Il ne bougeait plus. Etait-il mort ?

D'un coup d'œil rapide, sans ralentir ses gestes, Bevan la vit blêmir, la main crispée sur le pied du tabouret. Sans doute n'avait-elle jamais frappé ainsi. Elle pensait avoir commis un meurtre. Peut-être craignait-elle la damnation éternelle…

Bevan pour sa part ne se souciait aucunement du salut de son âme, puisque depuis deux ans il vivait en enfer. Epuisé mais animé de la farouche volonté de vaincre, son corps esquivait, frappait, agissait de lui-même, comme mécaniquement, sans réflexion. Bevan s'en trouvait si détaché qu'il l'aurait volontiers applaudi, lorsque sa chaîne projetée en avant encercla le cou du dernier garde valide, celui qui était le chef, et portait à la ceinture un trousseau.

— Ouvre nos menottes !

Respirant mal, le chef voulut tourner la tête en direction de l'escalier. De toute évidence, il espérait du secours.

— Je n'ai pas de temps à perdre, dit Bevan. Ou bien tu

les ouvres à l'instant, ou bien tu meurs, et je cherche la clé dans ton attirail.

Sans avoir à passer en revue la douzaine de clés que retenait un anneau, l'homme prit celle qui convenait et libéra Bevan.

— Au tour de mon voisin.

Une fois Ewan délivré, le garde le fut lui aussi. Il esquissa aussitôt une fuite vers l'escalier. D'un violent coup de la garde de son épée, Bevan l'assomma.

— J'ai cru que vous alliez le tuer, dit timidement Geneviève.

— En obéissant sans me faire attendre, il a choisi de vivre. Je tiens parole.

Alors qu'il parlait, il furetait déjà, ramassant des armes, visitant les voûtes voisines.

— Vous êtes gravement blessé, dit Geneviève. Il faut que je vous fasse des pansements. La plaie de votre joue est ouverte, et votre blessure à l'épaule saigne beaucoup.

— Ni l'une ni l'autre n'est mortelle, décréta MacEgan, et nous n'avons pas le temps.

Son exploration achevée, Bevan rapporta des armes dans leurs fourreaux, ainsi qu'un arc. S'équipant silencieusement, il laissa à son frère un poignard et une épée, bien qu'il ne soit pas en âge de les porter.

— Tu rentreras à Laochre dès que nous serons tirés d'affaire, dit-il. Nous ne reviendrons pas sur cet épisode.

Geneviève, manifestement en proie à des émotions extrêmes, suivait cet échange laconique d'un air curieux. Bevan surprit son regard et comme gênée, elle baissa aussitôt les yeux. Sans oser s'en approcher, elle se mit à observer le corps de Hugh, parfaitement inerte, le visage gris.

— Est-ce qu'il vit encore ? demanda-t-elle.

D'un geste évasif, Bevan manifesta son incertitude.

— Disons qu'il est au seuil de l'enfer. Mais la vermine ne se laisse pas aisément détruire. Et l'honneur m'interdit d'achever un être sans défense, quel qu'il soit.

— Je n'ose pas remonter dans ma chambre, murmura-t-elle. Il y aura un tel scandale… Et s'il survit…

Bevan comprit que son devoir allait le contraindre à ne pas poursuivre seul son aventure. Comment abandonner une femme, d'autant qu'elle l'avait sauvé, qu'elle s'était battue pour le défendre ?

— Il me faut une réponse immédiate, dit-il. Si je vous fais la promesse de protéger votre existence autant que j'en aurai le pouvoir, m'accompagnerez-vous, *a chara* ?

Il suffit à Geneviève de lancer au corps inanimé de Hugh un rapide regard pour que sa décision soit prise.

— C'est d'accord, je vous accompagne.

Une fois la pierre pivotante remise en place, Geneviève subit une épreuve à laquelle rien ne l'avait préparée. Les parois du passage souterrain étaient moites et froides. Une seule torche l'éclairait, portée par le jeune Ewan, qui marchait en tête. Bevan, un peu courbé, semblait obstruer le passage. Geneviève, qui n'apercevait que sa silhouette, marchait dans son ombre mais n'osait se tenir à lui. Toute notion de temps disparaissait dans ce lieu confiné, et la distance à parcourir semblait immense.

Après qu'on eut fait silence, afin d'avoir l'assurance qu'il n'y avait personne à l'extérieur, Ewan ne parvint pas sans peine à soulever la dalle terminale. Sortie la dernière, avec l'aide de ses compagnons, elle assista à la remise en place de la fermeture. La dalle noire pouvait passer pour un tombeau.

Geneviève comprit pourquoi le jeune frère de MacEgan avait pris soin de confisquer trois capes aux membres de la garnison avant de faire pivoter la pierre de sortie. La brise nocturne était glacée. Elle serra contre elle le tissu épais, pour se préserver du froid aussi bien que pour tenter de soulager les douleurs de ses côtes froissées en les enveloppant d'une gaine solide. Elle suivit les deux frères, qui se déplaçaient l'un derrière l'autre, en silence.

*
* *

Marchant en tête, Bevan se reprochait mentalement sa propre folie. Moins que tout autre, il ne pouvait souffrir le spectacle des brutalités et des humiliations infligées aux femmes. Cette sensibilité, que des esprits mieux trempés trouvaient sans doute excessive, l'affligeait d'une sorte de faiblesse dont l'origine lui était connue, puisqu'elle s'associait à son deuil, au souvenir de sa pauvre Fiona.

A Rionallis, l'alerte était donnée, à cette heure. Le dément sadique qu'il avait étranglé serait certainement incapable de mener une expédition, à supposer qu'il respire encore. Mais le tuteur grisonnant de Geneviève allait nécessairement organiser une vaste battue afin de la retrouver, sous peine de perdre l'honneur et de s'exposer aux foudres d'un père, ou peut-être de son roi. A cette pensée, Bevan accéléra l'allure autant qu'il le put.

Son frère marchait dans ses pas, mais la jeune femme ne le suivait qu'à grand-peine. Il l'entendit haleter, tituber, faire halte enfin, et s'appuyer au tronc d'un arbre.

— Ne vous arrêtez pas, ordonna-t-il. On nous poursuit.

Regrettant aussitôt d'avoir parlé durement, il se retourna vers elle. Elle lui faisait pitié.

— Vous pouvez abandonner et faire demi-tour, dit-il d'une voix radoucie. A moins que vous ne préfériez les attendre, en faisant halte ici.

— Non. Je ne veux plus le voir. Plus jamais, rétorqua-t-elle, secouant énergiquement la tête.

Puis elle se redressa et reprit sa marche harassante. Bevan se demanda quand elle allait défaillir. Lui-même en venait à douter de ses propres forces. Sous sa tunique s'étendait une moiteur tiède. L'hémorragie l'affaiblissait. Mais comment l'interrompre ? Il fallait aller de l'avant, s'éloigner aussi loin que possible, franchir les limites du domaine, afin de ne pas mettre en danger ses habitants.

En sortant de la forêt, Bevan s'aperçut de son erreur. Le hameau qu'il tenait absolument à éviter se trouvait là, tout proche, avec sa tour ancienne et son église neuve. L'église du

Père O'Brian, qui lui avait naguère si ardemment reproché son désespoir, et sa désaffection à l'égard de Rionallis.

Au lieu d'écouter les conseils du prêtre, MacEgan s'était mis après son deuil au service de plusieurs chefs de clans. En son absence, les Normands envahisseurs avaient conquis son château et ses terres, comme O'Brian l'avait prévu.

Contraint de reconquérir à présent son domaine et ses prérogatives, Bevan ne pouvait sans honte affronter l'homme d'Eglise, qui l'accablerait sans doute de reproches et ne manquerait pas, à le voir ainsi faible et démuni, de lui rappeler la justesse de ses conseils.

Seul, il aurait poursuivi son chemin, au risque de perdre la vie. La présence de Geneviève le contraignait à oublier toute préoccupation d'amour-propre. Lorsque d'un signe, il indiqua le but à atteindre, son frère s'en trouva ragaillardi, et Geneviève sembla reprendre son souffle.

Un moment plus tard, s'apprêtant au pire, il frappait à la porte du modeste presbytère, qui s'ouvrit aussitôt toute grande.

— Bevan MacEgan, après bientôt deux ans, vous, enfin ! Quelle joie ! Je vous attendais. Entrez, entrez, réchauffez-vous.

Ewan et Geneviève suivirent Bevan, sans que leur hôte s'étonne de leur présence comme de leur accoutrement. Un brasero dispensait dans la chaumière une chaleur réconfortante.

— Vous m'attendiez ? fit Bevan.

— Je demande chaque jour au Ciel votre retour parmi nous. Mais allons au fait. Il vous faut un abri, de la nourriture et des soins, me semble-t-il, conclut-il en les scrutant les uns après les autres. Nous allons y pourvoir. Puis-je vous suggérer de trouver refuge dans la tour ? Les Normands n'y pénètrent jamais, par pure superstition.

Souriant et disert, le prêtre s'activait, chargeait un panier de victuailles, allumait une torche, en tendait une autre à Ewan, prenait un vif plaisir à étonner son monde.

— A vrai dire, le Ciel n'est pas le seul à m'avoir renseigné, expliqua-t-il en interrompant un instant son manège. La fumée qui montait au loin m'a appris que le château se trouvait attaqué. Comme aucune opération d'envergure n'est en cours, j'ai soupçonné votre présence et prévu le pire, ou le meilleur.

Il marqua une pause et sourit. Un peu plus âgé que Bevan, O'Brian n'aurait pas fait mauvaise figure dans le monde ou à la guerre.

— Vos blessures m'affligent, confia-t-il, mais le meilleur est arrivé, puisque vous voici de retour, Bevan, mon ami. Précédez-moi dans la tour, je vais réunir mon attirail et monter vous soigner.

Malgré son épuisement, Geneviève semblait gagnée par l'enthousiasme communicatif de leur hôte. Bevan nota que ce dernier ne manifestait aucune curiosité, et ne songeait pas à s'enquérir des raisons de la présence de la fille auprès de lui, ni même de son identité.

— J'ai appris à donner des soins aux blessés, intervint-elle d'un ton ferme, bien qu'apparemment étourdie de fatigue. Si vous le permettez, je me chargerai de nettoyer les plaies, et de suturer la peau, si vous disposez de fil mince et d'une aiguille fine. Il me faudrait aussi de l'huile et du vin…

— Les anciens l'utilisaient déjà pour assainir les blessures, dit O'Brian pour ne pas être en reste de science. J'y joindrai de l'hydromel, qui rend les douleurs moins insupportables. Montez dans la tour jusqu'au second niveau, nul ne songera à vous y chercher.

Ewan ouvrit la marche, mettant en place l'échelle, que Bevan gravit en serrant les dents, suivi de près par Geneviève. Une fois là-haut, il fallut répéter la manœuvre. Sur le plancher se trouvaient deux tabourets, deux couchettes sommaires et des tissus épais. Une échelle de corde donnait accès à l'étage supérieur.

Bevan fut reconnaissant à Geneviève de l'aider à se défaire de sa tunique. S'efforçant de ne pas irriter sa plaie à l'épaule, elle se mit aussitôt à la nettoyer, sans une seule fois affronter son regard. Elle s'activait calmement, avec compétence, mais en se contraignant, d'une certaine façon.

Bevan comprit qu'il lui faisait peur. Entraînée dans une aventure qui modifiait complètement le cours de son existence, témoin d'un combat meurtrier, cette fille s'épouvantait sans doute de lier son sort à celui d'un inconnu, dans un cadre qui devait la surprendre.

Elle-même victime d'insupportables violences, elle en portait les stigmates. Sa joue enflée se colorait de nuances bleuâtres et sombres. Du sang séché tachait sa tempe et souillait sa chevelure noire. A la voir ainsi maltraitée, Bevan se félicitait de l'avoir soustraite à la brutalité de son tourmenteur. Mais que faire d'elle à présent, où la conduire ?

— Avez-vous des amis, de la famille, dans les environs ?

Elle fit signe que non avant de répondre, pour concentrer toute son attention sur le chas de l'aiguille et le fil récalcitrant. Un soupir de satisfaction apprit à Bevan qu'elle était parvenue à ses fins.

— Une maladie a contraint mon père à me confier à Sir Peter pour poursuivre sans lui notre voyage, dit-elle. Il devait nous rejoindre, mais son absence s'est prolongée, sans que nous ayons de ses nouvelles.

Elle se tut, attentive à réunir les lèvres de la plaie. Dans l'attente de la souffrance, Bevan se raidit.

— Il était prévu que mon mariage avec sir Hugh serait célébré dès notre arrivée à Rionallis, reprit Geneviève.

— Pourquoi l'a-t-on retardé, ce mariage ? Pour attendre votre père ?

Bevan grinça des dents. La douleur en principe insignifiante que lui infligeait la piqûre de l'aiguille lui était insupportable, alors qu'il avait su demeurer stoïque sous la morsure de la flèche et la pénétration du poignard.

— Le roi avait accepté d'assister à notre mariage, d'en être le témoin. Hugh tenait à sa présence. Il a la folie des grandeurs. Je n'ai pas regretté ce retard, comme vous le pensez bien.

Elle noua le fil. Bevan respira mieux.

— Ceux à qui votre père vous avait confiée n'ont rien fait pour vous protéger, m'avez-vous dit ?

— Sir Peter me prêchait l'obéissance. Il est si entiché de Hugh qu'en toutes circonstances il lui donne raison.

Elle entreprit de nettoyer l'estafilade qui lui barrait la joue. Bevan serra de nouveau les dents, anticipant la douleur.

— Et sa femme ? Qu'en pensait-elle ?

— Elle ne m'adressait presque jamais la parole. En Irlande, elle se trouve si malheureuse qu'elle pleure sur son sort. Elle ne rêve que de rentrer en Angleterre.

La suture de la plaie au visage, dont la peau est moins sensible, fut bientôt terminée. Une fois les pansements mis en place, ils burent un peu d'hydromel, et suivirent l'exemple du jeune Ewan qui n'avait pas attendu la fin de l'intervention pour commencer à se nourrir.

— Nous quitterons ce refuge à l'aube, dit Bevan lorsque le moment vint de ranger dans un panier les flacons vides et le reste du pain. Où souhaitez-vous que je vous conduise ?

— N'importe où, répondit Geneviève. Loin de Hugh. Le plus loin possible.

Pour éviter de prendre une décision inconsidérée, Bevan se rappela que les difficultés qu'affrontait Geneviève ne le concernaient en aucune façon. Issue de la nation ennemie, elle ne méritait aucune sollicitude particulière. En l'aidant à s'évader, il avait acquitté la dette contractée auparavant à son égard. Il était inévitable et souhaitable que leurs routes se séparent, aussi vite que possible.

Sans bien sûr le troubler par sa présence, elle l'intriguait pourtant.

Ses cheveux étaient aussi noirs que ceux de Fiona. Elle avait les yeux d'un bleu profond, celui de la mer en été. Plus grande que Fiona, elle atteignait le niveau de ses propres épaules. Il ne voyait pas son visage, mais il savait qu'elle souffrait. Elle ne croisait ainsi ses bras sur sa poitrine que pour la rendre moins douloureuse en la comprimant, cela se voyait. Depuis quand recevait-elle des coups ? Pourquoi les témoins de sa détresse n'avaient-ils rien fait pour y mettre fin ?

Dans un mouvement spontané, Bevan vint s'asseoir près d'elle. Malgré ses épreuves récentes, sa peau sentait bon.

Sans y réfléchir, il trempa un linge dans le pichet d'eau et lui lava la tempe souillée de sang.

Se surprenant en faute, il interrompit son geste. De quel droit se comportait-il aussi familièrement avec une femme ? Depuis le décès de Fiona, il n'en avait approché aucune, ce qui peut-être expliquait sa maladresse. Il tendit le linge à Geneviève, qui le prit sans dire un mot.

— Il vous a fait très mal, dit-il pour rompre le silence.

Geneviève acheva le nettoyage commencé. D'une main, elle se tâtait le sternum et le flanc.

— Je ne pense pas qu'il m'ait brisé une côte, murmura-t-elle, mais j'ai très mal, en effet.

Oublieux pour l'occasion du code de l'honneur, Bevan se reprocha de ne pas avoir achevé le bourreau, alors qu'il le tenait à sa merci.

Ewan, indemne de toute lésion, était allé explorer les niveaux supérieurs.

— Il neige, annonça-t-il en descendant. Il y a une ouverture là-haut, j'ai vu la neige.

Bevan s'en réjouit. La neige allait effacer leurs traces et rendre inopérant le flair des chiens. A supposer qu'ils n'aient pas encore regagné leurs quartiers, leurs poursuivants allaient se décourager.

— La neige nous est favorable, dit-il. Elle nous met en sécurité.

A l'annonce de cette bonne nouvelle, Geneviève lui sourit. Le visage marqué par les coups, elle inspirait la pitié, ou plutôt l'attendrissement. Il y avait dans ce sourire tant de bonté et tant de naïve innocence que Bevan, sans savoir pourquoi, fit un pas vers elle. Elle soutint son regard, puis détourna les yeux.

Par quelle magie exerçait-elle sur lui une telle attirance ? Cette femme était du sang de ses ennemis, des meurtriers, des spoliateurs. Mais on ne pouvait la tenir pour responsable de leurs crimes. Impliquée malgré elle dans un conflit voulu par d'autres, elle en était aussi bien la victime.

— Il vous faut dormir, à présent, dit Bevan en se levant

pour s'écarter d'elle. Je monte la première garde. Mon frère me remplacera tout à l'heure.

Derrière des sacs d'orge, Ewan s'abandonnait déjà au sommeil. Geneviève se coucha sur la paillasse parfumée d'herbes odorantes, étroitement enveloppée dans les plis de la lourde cape afin d'avoir chaud.

Elle attendit longtemps le sommeil. Des pensées confuses traversaient son esprit. Son départ de Rionallis aussi bien que les circonstances dramatiques de sa fuite allaient faire scandale. Si Hugh survivait, il ferait non sans raison de sa défaite une affaire personnelle, et s'acharnerait à la retrouver, pour en tirer vengeance et s'approprier sa dot.

Le sort des filles du peuple lui semblait enviable. Comme les ambitieux s'en désintéressent, elles n'ont pas à souffrir de leur rapacité.

Geneviève se souvenait aussi des regards que Bevan MacEgan avait posés sur elle, et de la façon dont il s'était soucié de débarrasser sa tempe du sang séché. Elle aurait pu jadis encourager ces attentions délicates, qui l'auraient émue.

Ces temps heureux n'étaient plus. Instruite par l'expérience, elle s'interdirait désormais toute faiblesse. Elle n'admettrait désormais près d'elle aucun prétendant. Le cœur lourd, elle ferma les yeux. Que lui apporterait le lendemain ? C'était là le mystère.

Dans l'ombre, Bevan observait Geneviève endormie. Elle dormait sur le ventre, comme un enfant, les deux mains posées de part et d'autre de sa tête, le souffle paisible et régulier. Ses cheveux noirs s'étendaient en désordre. Il tendit la main pour éprouver la douceur d'une longue mèche. Elle s'enroula autour de son doigt, vivante et soyeuse.

Ils s'étaient d'instinct entraidés. Elle lui avait sauvé la vie, il s'était fait son protecteur. Il regrettait que cette promesse de protection le contraigne à imposer aux siens la présence d'une étrangère. Sa belle-sœur Isabelle, reine de Laochre, était elle aussi fille d'un Normand, mais elle faisait exception dans la famille.

Bien que Geneviève ait quitté volontairement le château de Rionallis, son tuteur, son père, ou sir Hugh en personne ne manqueraient pas de tout faire pour la reprendre et la punir. Bevan n'aurait pas été fâché d'affronter le fiancé pervers, pour lui ôter à coup sûr la vie. Mais en proposant à la malheureuse de l'accompagner à Laochre, c'est la tranquillité de sa famille qu'il mettrait en jeu.

Il la vit se mouvoir, adopter la position assise, les bras autour de ses jambes repliées. Dehors, le vent soufflait en rafales.

— Je ne peux pas dormir, dit-elle.

Il ne fit pas un geste, ne prononça pas un mot, se contentant de concentrer sur elle son attention. A la faible lueur de la torche qui bientôt s'éteindrait, la chevelure de Geneviève faisait comme un nimbe liquide et sombre. Dans son visage, ses yeux d'un bleu intense fixaient sur Bevan leur lumière.

— Je n'ai pas encore eu l'occasion de vous remercier, dit-elle. Hugh allait me tuer. Vous m'avez sauvé la vie. Sans vous, je n'aurais pas pu m'enfuir. Vous m'avez rendu la liberté.

Elle rappelait ainsi à Bevan ses préoccupations immédiates.

— Dès que nous serons parvenus au château de mon frère aîné, nous vous trouverons un refuge sûr, affirma-t-il.

Il s'était exprimé avec un peu de rudesse, en homme qui n'est pas véritablement certain de ce qu'il affirme et souhaite rassurer son interlocuteur.

— Je veux rentrer en Angleterre, dit Geneviève, mais il vous faut d'abord mettre votre jeune frère hors de danger, ainsi que vous-même, bien sûr. Vos existences sont menacées.

— Faites-moi confiance pour protéger celle d'Ewan. En ce qui me concerne, je ne me soucie guère de la mienne.

Cette confidence lui avait échappé, sans qu'il l'ait voulu. Indifférent au temps qui lui restait à vivre, Bevan MacEgan envisageait en effet la mort sans crainte. Patrick, Connor et Trahern, ses frères, avaient souvent eu l'occasion de lui reprocher sa témérité.

Geneviève s'approcha de lui. Il sentit le parfum délicat et séduisant de son corps. Elle fit un pas de plus. Le souffle lui manqua. Elle leva le bras pour effleurer de l'index sur son visage la blessure qu'elle venait de soigner.

— Votre joue saigne encore, constata-t-elle.

Dans la pénombre, la chevelure défaite et la main caressant sa peau, elle était comme une amante qui s'approche de l'être aimé.

— Qu'elle saigne, cela ne m'importe guère, dit-il en se dérobant à son geste.

Bevan voulut chasser de son esprit les fantasmes qui l'assaillaient. Pour plus de sûreté, il alla s'installer à l'étage supérieur. La froideur glacée de l'air nocturne pouvait seule apaiser ses ardeurs.

Chapitre 3

— Réveillez-vous. Nous allons partir.

Geneviève ouvrit les yeux. Le jour n'était pas encore levé, mais dans son cœur fleurissait l'espérance. Elle se trouvait débarrassée de Hugh. Bientôt rentrée en Angleterre, elle y retrouverait son père, le seul être de sa connaissance assez compréhensif et assez puissant pour permettre l'annulation de ses fiançailles. Il l'aiderait d'autant plus volontiers qu'il ne les avait autorisées qu'à contrecœur. Hugh s'était prévalu de la volonté du roi pour vaincre ses réticences.

Elle se frotta les bras pour tenter de se réchauffer. Il faisait si froid dans la tour ronde que le souffle de ses occupants s'exhalait en vapeur blanche.

— Nous allons d'abord nous rendre chez mon frère, dit Bevan, et ensuite à Tara, où se regroupent les Normands. Vous devriez pouvoir y recruter une escorte suffisante.

— Je n'en suis pas certaine, répondit-elle. Chez eux, Hugh jouit d'une telle autorité qu'ils ne donneront foi qu'à sa parole.

Elle comprit que cette observation ne plaisait guère à Bevan. En homme d'action, il s'irritait sans doute de toute critique. Elle lui devait tout, mais qu'adviendrait-il quand elle se trouverait seule, une fois le voyage achevé ? Les Normands de Tara pouvaient ne voir en elle qu'une mythomane, ou qu'une folle. Son père était bien le seul en qui elle pouvait avoir confiance.

Malgré la suture et le pansement, la blessure de Bevan suintait. Une traînée sombre salissait sa manche et le tissu de sa tunique. Il souffrait en silence.

— Pour vous soigner l'épaule, il vous faut un habile guérisseur, dit Geneviève.

— J'en trouverai un chez mon frère, dit Bevan en bouclant la ceinture où pendaient les fourreaux de ses armes.

On aurait pu croire qu'il n'avait pas fermé l'œil de la nuit. Comme il venait vers elle, Geneviève recula instinctivement, jusqu'à ce que ses épaules s'appuient à la muraille. Absurdement, elle avait peur de lui. Sans se formaliser, MacEgan mit de la douceur dans son intonation.

— Et vous-même, comment vous portez-vous ? Vos côtes sont-elles encore douloureuses ?

— Aucune n'est brisée, j'en ai la certitude.

Geneviève souffrait moins, en effet, à condition de n'exercer sur sa poitrine et ses flancs aucune pression. Bevan réveilla d'une bourrade Ewan, qui bâilla en étirant ses membres maigres, sa chevelure blonde en désordre. Geneviève se souvint de ses propres frères, une dizaine d'années plus tôt. Elle les idolâtrait, et les croyait capables de tous les exploits.

Elle s'abandonna un moment à la nostalgie. Toute une année s'était écoulée depuis leur dernière rencontre. James, l'aîné, avait pris femme, et Michael, le second, était parti en Ecosse. Elle les regrettait tous deux, malgré les taquineries dont ils l'avaient accablée.

Après avoir pensé les appeler à son aide, Geneviève s'était ravisée. En massacrant Hugh, ils se seraient exposés aux foudres de la justice royale. Le comte, son père, lui serait d'un meilleur secours, car lui seul aurait l'autorité suffisante pour rompre les fiançailles sans effusion de sang.

— Il est temps de descendre, dit Bevan en l'aidant à bien s'envelopper dans sa cape après avoir ajusté la sienne.

Ce vêtement d'emprunt l'engonçait, alors qu'Ewan et Geneviève flottaient dans les leurs.

Ils remirent à plus tard le repas du matin et, après de

brefs adieux au Père O'Brian, prirent la route. Il neigeait encore, à gros flocons. Le soleil n'était pas levé, mais une lueur bleuâtre apparaissait à l'est, vers l'horizon brumeux.

Sans lui demander son avis, MacEgan mit Geneviève à califourchon sur un hongre bai, à l'avant d'une selle qu'il enjamba à son tour. Geneviève serrait les dents pour ne rien laisser paraître des douleurs que provoquaient ces manipulations. Rien ne pouvait les diminuer, et toute plainte serait vaine.

Ewan chevauchait une petite jument noire. Après un temps de trot, les montures furent lancées au galop dans la plaine. Geneviève serra les dents, pour contenir la souffrance qui, maintenant, la mettait au supplice. Oserait-elle solliciter un ralentissement ou une halte ? Il n'en était pas question. En terrain découvert, il était naturel de presser l'allure.

Entre les bras de son sauveur, elle ne ressentait pas les rigueurs du froid. La chaleur qui s'émanait du corps de Bevan, contre le sien, lui aurait donné une impression de confort, si elle n'avait tant souffert. Elle s'efforçait d'éviter de se presser trop étroitement contre le cavalier, afin de ménager sa blessure.

Leur course s'infléchit soudain vers la gauche. Ewan porta sa jument au niveau du hongre.

— Tu fais un détour ! cria-t-il.

— Tais-toi ! répondit sobrement son aîné.

Après avoir encore une fois jeté un regard en arrière, il accéléra l'allure. Geneviève s'aperçut que l'on s'approchait de la mer. Nerveusement, elle se cramponnait à la crinière du cheval. Au versant d'une colline, Bevan modifia de nouveau la direction qu'il avait prise. On descendit à bride abattue un chemin que la neige dissimulait, et la mer apparut soudain, toute proche. Des pêcheurs s'affairaient autour d'embarcations échouées sur le sable.

A peine la course prenait-elle fin que Bevan se laissa glisser à terre, y posa Geneviève et courut vers le groupe le plus proche.

Ewan avait lui aussi quitté sa monture et la pansait

sommairement, sans quitter de l'œil son frère qui discutait âprement, désignant tantôt une grosse barque, tantôt les chevaux. L'accord fut assez vite obtenu. Deux jeunes garçons accoururent et s'emparèrent des brides du hongre et de la jument, pendant que Bevan, tout en aidant les pêcheurs à pousser la barque sur le sable, faisait signe à son frère et à Geneviève de le rejoindre.

La barque se balançait à présent, au gré des vagues. Sans un mot, Bevan souleva Geneviève et la porta jusqu'à l'embarcation en partie pontée, qui comportait trois bancs. Mais au lieu de la faire asseoir, il l'installa, bras et jambes repliés, au pied de l'abri de poupe.

Après un dernier coup d'œil, qui lui permit de voir les chevaux disparaître dans une grotte, Geneviève se trouvait comme enfermée, son champ de vision limité au spectacle du bois rugueux de la cale et à celui des jambes de ses compagnons, qui en utilisant les rames comme des perches s'éloignaient du rivage.

Elle comprit alors pourquoi Bevan avait modifié leur itinéraire. En abandonnant les chevaux au profit d'une barque, Bevan entendait donner le change à leurs poursuivants, que leur échec de la veille ne décourageait pas. A supposer que les gens de Rionallis aperçoivent au loin la barque, aucune silhouette féminine ne leur apprendrait le subterfuge.

Geneviève eut la confirmation de cette intuition lorsque Bevan, laissant Ewan ramer seul, établit une voile triangulaire et lui tendit la main pour l'aider à se relever, et à prendre place sur le banc le plus proche.

— Nous sommes hors de vue, à présent, dit-il sans s'expliquer davantage.

Il reprit les rames, face à elle. La neige drue ne cessait de tomber, se liquéfiant sur son visage. Il ramait en puissance, avec une apparente aisance, en évitant que leurs regards se croisent, sans doute pour que Geneviève ne puisse lire dans le sien qu'il souffrait.

La mer était sombre, on ne voyait plus le rivage, et pourtant les deux frères semblaient certains de la direction à prendre.

— Où allons-nous ? demanda-t-elle en élevant assez la voix pour se faire entendre malgré le clapotis de l'eau et la frappe régulière des rames.

— A Ennisleigh ! répondit Ewan avec une évidente fierté.

— Notre frère Patrick est roi de Laochre, expliqua Bevan. Ennisleigh est une île toute proche. Aucun Normand ne peut nous y poursuivre.

Rassérénée par cette information, Geneviève esquissa un sourire. Elle se sentait en sécurité, à présent. Alors que l'exercice physique évitait aux rameurs l'engourdissement, elle devait le combattre au contraire. Survenue après tant d'épreuves, la satisfaction d'une liberté retrouvée, en lui réchauffant le cœur, la tenait éveillée.

On entendit soudain, étonnamment proche, le cri des mouettes. On approchait donc d'un rivage. Ewan abattit aussitôt la voile, la barque se mit par le travers et Geneviève aperçut la base escarpée d'une sorte de falaise très élevée. En quelques coups de rame, on s'approcha d'un quai naturel en forte pente, et la barque, en frottant le fond, se trouva immobilisée.

Ewan sauta vivement à terre, une amarre à la main. Bevan souleva Geneviève entre ses bras, descendit sans hésitation dans l'eau et parcourut les trois ou quatre pas qui le séparaient du quai pour l'y déposer. Etait-il à ce point insensible au froid… et à la douleur ?

Un sentier capricieux semblait escalader le roc. Ewan s'y précipita avec la fougue de la jeunesse, tandis que son frère demeurait en compagnie de Geneviève, la précédant parfois, lorsque le sentier s'étrécissait.

— Nous voici donc chez vous, lança-t-elle tout à trac.

— Ennisleigh fait partie du royaume de Laochre, répondit Bevan. Mon frère aîné m'en laisse provisoirement la jouissance, en attendant que je reprenne possession de Rionallis.

Il revenait donc à sa marotte. Geneviève en conçut un peu d'agacement. La pente était raide, ils avançaient lentement, personne ne pouvait les entendre. Le moment semblait bien choisi pour mettre les choses au point.

— Puisque vous faites si grand cas de Rionallis, pourquoi l'avez-vous abandonné ? Quand le représentant de mon père s'y est présenté avec ses hommes, il ne s'est trouvé personne pour en réclamer la propriété. Dans le château, tout était à l'abandon, couvert de poussière. Les Irlandais établis dans leurs chaumières à l'intérieur de l'enceinte n'y mettaient jamais les pieds.

Le sentier s'élargissait. Geneviève vit que le visage de MacEgan s'était fermé. Son expression semblait indéchiffrable.

— Je leur avais donné l'ordre de ne pas y pénétrer, dit-il d'une voix sourde. Ils m'ont obéi. Ils attendaient que je revienne chez moi, pour prendre soin du domaine qui est le mien. Pour éviter qu'il ne tombe aux mains des envahisseurs, de ces étrangers venus d'ailleurs.

— Je suis de leur descendance, rappela-t-elle, et Rionallis appartient désormais à mon père. Je suis bien placée pour le savoir, puisque le domaine constitue ma dot.

— Une dot volée, maugréa-t-il.

Geneviève ne sut que répondre. S'il disait vrai, elle serait peut-être un jour amenée à lui rendre son bien, par souci d'équité. Mais dans le fond de son cœur une voix s'élevait contre toute espèce de restitution. Le château lui appartenait autrement que par héritage, parce qu'elle s'était jour après jour consacrée avec les serviteurs aux travaux de nettoyage et de remise en état, pendant que les soldats venus d'Angleterre réparaient les palissades.

C'est ainsi qu'elle en était venue à le considérer comme son bien propre. Il lui arrivait naguère de monter jusqu'aux parties hautes du rempart, pour admirer à la clarté de la lune le frisson des épais murs caressés par le vent.

— Rionallis est magnifique, dit-elle enfin. Mon père envisage d'en faire un fief, dont le roi Henry serait le suzerain.

Le regard de MacEgan s'assombrit. Malgré la pente, il accéléra le pas. Geneviève éprouvait la douloureuse impression de se trouver aux côtés d'un ennemi de sa famille, qui se disposait à lui faire la guerre. Et pour son propre malheur elle comprenait les raisons de cet adversaire, et ne pouvait le blâmer.

— Peut-être pourriez-vous conclure avec mon père une sorte d'arrangement ? suggéra-t-elle.

— Je refuse par principe toute espèce de compromis, déclara Bevan. Le domaine m'appartient, une fois pour toutes. Je n'en démordrai pas.

— Nous venons de nous rendre mutuellement service, plaida Geneviève. J'ai favorisé votre évasion, à votre frère et à vous. Il me semble naturel de faire entre nous la paix !

— Je m'engage à vous fournir une escorte qui vous conduira chez vous, en Angleterre, rappela Bevan. La dette que j'ai contractée à votre égard se trouvera ainsi acquittée. A compter de là, rien ne m'obligera plus envers vous.

Il s'était exprimé avec un tel sérieux, une telle froideur que Geneviève, ne sachant que répondre, se renferma dans le silence. Le sentier s'élevait sans cesse, si bien qu'en apercevant à la faveur d'un tournant la barque échouée sur le rivage elle fut saisie d'une sensation de vertige. A la pensée d'un combat entre son père et Bevan, la terreur s'emparait d'elle. Parviendrait-elle à prévenir pareille éventualité ?

Le cuir souple de ses escarpins ne la protégeait guère des aspérités du parcours. Elle n'en escaladait pas moins courageusement le sentier rocailleux, qui en lui infligeant des douleurs nouvelles, lui permettait d'oublier quelquefois les séquelles des coups reçus la veille. Bevan progressait sans se plaindre, mais elle le vit un moment tituber et porter la main droite à son épaule blessée.

Après un dernier détour, on atteignit soudain le sommet de l'île. Un haut donjon de pierre s'élevait au-dessus de bâtiments fortifiés dont la restauration s'achevait, à en juger par la présence de quelques échafaudages. Des pierres levées parsemaient une assez vaste étendue qui s'élevait en pente douce et s'interrompait brusquement, au sommet d'une falaise.

Des maisons de torchis couvertes de chaume se rassemblaient à l'intérieur d'une enceinte jadis protégée par une palissade, dont subsistaient des vestiges. On avait sans doute jugé inutile de l'entretenir, puisque l'altitude aussi bien que les difficultés d'accès de cet ensemble rendaient toute agression impossible.

Comme Ewan avait précédé son frère, des hommes faisaient la haie pour accueillir leur chef. A la rumeur de sympathie qui s'élevait sur son passage, Bevan répondit par un geste de lassitude et gravit un escalier de bois qui menait à la poterne, puis à une chicane, et pour finir à une salle basse de nobles proportions.

Geneviève se hâta de s'approcher de la grande cheminée pour exposer ses mains et tout son corps à la chaleur du feu. Elle suivait de toute évidence l'exemple d'Ewan, qui déjà sec et les joues empourprées réclamait à hauts cris de la nourriture. A la collation qu'apportaient des femmes tous deux firent honneur. Bevan pour sa part semblait avoir perdu l'appétit.

Dès son arrivée, il s'était débarrassé de sa cape avant de s'asseoir sur le banc latéral, le dos appuyé à la muraille et les yeux fermés. Il restait digne et se tenait bien droit, mais Geneviève discernait aisément les stigmates de l'épuisement. Elle garnit une tranche de pain de beurre salé, y posa de la venaison et s'approcha du banc pour la lui offrir.

— Vous êtes affamé, Bevan. Il faut reprendre des forces.

— Je n'ai besoin de rien, répondit-il sèchement.

L'agaçait-elle à ce point ? Sa voix semblait presque agressive.

Le visage défait, les paupières lasses, la chevelure en désordre, il inspirait la pitié. Une mèche noire tombait sur son front, jusqu'à ses yeux verts, qui brillaient d'un éclat étrange.

— Je vous conseille de vous allonger et de prendre du repos, conseilla-t-elle. Vos blessures vous font souffrir, après tous ces efforts. Vous devez aussi vous déchausser, vous sécher les pieds et les réchauffer. La mer est forcément glaciale. Vous n'auriez pas dû vous y tremper pour me porter sur le quai.

— Je vais fort bien, protesta-t-il sans conviction. Soyez sans inquiétude.

Dans un élan soudain, Geneviève lui posa la main sur le front. Sa peau était brûlante. Il avait la fièvre.

— Laissez-moi tranquille, dit-il encore.

Il s'entêtait. Contre toute évidence, il refusait de reconnaître sa détresse physique. Les hommes forts sont ainsi, hostiles à tout aveu de faiblesse.

— Je me sens responsable des blessures qui vous ont été infligées, murmura-t-elle pour n'être entendue que de lui seul. Permettez-moi de vous soigner comme il le faut. Rassurez-vous, je serai discrète. Ni votre frère ni vos hommes n'en sauront rien. Nous pourrions dire que vous allez m'installer dans une pièce bien tranquille, par exemple, pour que je puisse y prendre du repos. Je...

Elle n'en dit pas davantage. Indigné, Bevan lui avait saisi le poignet, pour la faire taire.

— Je n'ai pas besoin de garde-malade, fit-il rageusement, en étouffant sa voix. Je n'ai pas besoin de vous, Geneviève.

Insensible à cette rebuffade, Geneviève n'en tint pas compte, mais changea de registre.

— Vous m'en direz tant ! s'exclama-t-elle d'une voix si forte que plus d'un alentour sursauta. Il n'y aurait donc pas dans ce château fort une pièce un peu tranquille, où je puisse me reposer des fatigues du voyage ?

Parce qu'elle s'était exprimée dans la langue irlandaise, et que son accent révélait son origine, une réaction hostile n'aurait pas étonné Geneviève. Elle en fut pour ses frais. Rien ne semblait surprendre les habitants de cette île. Peut-être étaient-ils témoins des fantaisies des MacEgan, depuis si longtemps qu'ils ne s'en étonnaient plus.

Un personnage à barbe grise, intendant ou gouverneur à en juger par l'abondance des clés pendues à sa ceinture, vint saluer Geneviève.

— S'il vous plaît, madame, je vais vous montrer une chambre à votre convenance...

Revigoré par la provocation, Bevan se dressa sur ses pieds.

— Je m'en occupe moi-même, Dermot ! lança-t-il avec irritation.

Insensible au regard noir qu'il posait sur elle, Geneviève poursuivit son avantage.

— J'ai besoin d'eau chaude et de plusieurs linges bien propres, dit-elle à l'obligeant serviteur. Pouvez-vous m'en faire apporter ?

Il s'inclina en signe d'acquiescement. Geneviève observa que depuis son arrivée elle n'avait été l'objet d'aucune curiosité particulière. Son accoutrement et les ecchymoses qui sans doute marquaient encore son visage auraient pourtant dû attirer l'attention. De même, nul n'avait songé à s'inquiéter du pansement qui barrait la joue de Bevan. Rentrait-il blessé de chacune de ses expéditions ?

Sans hésiter, elle s'engagea dans l'escalier à vis, l'unique sans doute dans ce genre d'ouvrage, qui menait au niveau supérieur. Le maître des lieux la suivit et ne laissa paraître sa mauvaise humeur qu'au moment où ils furent seuls, dans une chambre sommairement équipée.

— Puis-je savoir pourquoi vous ne cessez de me contrarier ? demanda-t-il d'une voix sévère.

Il dardait sur elle un regard dominateur.

— Parce que votre conduite est absurde. Vos blessures peuvent vous tuer, si vous refusez de les soigner. La fièvre peut abattre les hommes les plus forts. Il faut la combattre.

Interrompant la discussion, un tintinnabulement de clés entrechoquées annonça la venue de Dermot, qu'accompagnaient une servante chargée d'un panier et les deux porteurs d'un brasero rougeoyant.

— On prépare un baquet d'eau chaude, dit-il.

Geneviève inventoriait avec satisfaction le contenu du panier. Il comblait ses vœux et bien au-delà, puisqu'elle y trouvait, dans de petites jarres, du vin, de l'huile et de l'hydromel.

— Vous avez très bien fait, dit-elle. J'ai vu quelques bouleaux, près de la palissade. Peut-on m'apporter une poignée d'écorce bien blanche ?

Un peu déconcerté, Dermot acquiesça de la tête.

— Je sais qu'il n'est pas d'usage de gâcher la nourriture, poursuivit-elle, mais s'il se trouve dans un recoin un quignon de pain moisi, j'en aurai l'usage.

Pour cette fois tout à fait décontenancé, Dermot, les sourcils levés, interrogea Bevan du regard.

— Ne cherche pas à comprendre et fais ce qu'elle te dit, répondit Bevan à son appel muet.

Lorsqu'elle eut remercié les serviteurs et rappelé au préposé qu'elle comptait sur sa diligence, Geneviève prépara les tissus et disposa sur un coffre massif les flacons.

— Asseyez-vous sur ce siège, dit-elle à Bevan, qui sans bouger ne la quittait pas des yeux. Nous allons changer vos pansements.

Contre toute attente, il obéit sans élever de protestation. Elle l'aida à faire passer au-dessus de sa tête la tunique souillée, puis il se tint fermement aux accoudoirs de la cathèdre.

Bien qu'elle l'ait déjà vu la veille torse nu, un frisson parcourut Geneviève lorsqu'elle dut porter la main sur lui. Sous sa peau, elle éprouvait le raidissement de ses muscles très apparents, et leur frémissement involontaire, dans l'expectative de la douleur. Sans doute s'était-il entraîné en tenue légère, l'été précédent, car son corps, jusqu'aux muscles carrés de l'abdomen étroit, avait la nuance du bronze clair.

Autour de sa blessure à l'épaule, la chair tuméfiée se colorait de taches sombres. Geneviève entreprit de la nettoyer en y passant délicatement un linge humecté de vin. Elle vit que Bevan serrait les dents. Malgré les efforts du voyage, la plaie profonde ne s'était pas rouverte. Une fois ses bords nettoyés, elle se mit à saigner un peu. Geneviève suivit le regard de Bevan, qui regardait stoïquement son sang couler.

— C'est un bon signe, dit-elle sur un ton neutre, dénué de toute compassion inutile. Les humeurs mauvaises s'évacuent ainsi.

On frappa à la porte. Geneviève y courut et ne fit que l'entrouvrir pour prendre des mains de Dermot un petit sac plein d'écorces de bouleau. Il lui en présenta un autre.

— C'était au fond de la huche, dit-il avec réticence, comme pour s'excuser.

Geneviève le remercia vivement et se hâta de refermer la porte. Au hochement de tête que lui adressait le blessé, elle sut qu'il lui était reconnaissant de lui avoir évité l'humiliation d'être vu en fâcheuse posture.

— Ne bougez pas et patientez, dit-elle. Je vais vous préparer une compresse.

Afin de ne pas éprouver davantage Bevan, c'est à la dérobée, derrière lui, en lui tournant le dos, qu'elle mêla un peu de moisissure à du pain en miettes mouillé d'huile et de vin. Comme on avait négligé le nettoyage des lieux, elle eut même la chance de pouvoir envelopper la mixture dans une toile d'araignée de belle apparence.

Une fois la galette ainsi obtenue bien posée sur la plaie et les bandes de tissu solidement enroulées et fixées, Geneviève s'en prit à la longue estafilade de la joue, qui semblait moins dangereuse, parce qu'elle était nette.

Le brasero avait réchauffé la pièce, mais Bevan, abattu et malheureux, frissonnait encore, sans se plaindre. Après lui avoir fait prendre une infusion d'écorce de bouleau, Geneviève, s'enhardissant, le déchaussa et s'asseyant devant sur un tabouret lui massa les pieds l'un après l'autre, en les posant dans son giron.

Jamais encore elle n'avait pris entre ses mains le pied d'un homme. Le caractère étrangement intime de cet acte la saisit. Très pâles, les pieds de Bevan étaient glacés, comme elle le soupçonnait. Il lui fallut en parcourir longuement la peau, jusqu'aux chevilles, en appuyant très fort la paume de la main, en pressant des doigts les muscles, pour que la chaleur y pénètre et qu'ils reprennent vie.

Geneviève trouva sa récompense dans l'efficacité de ces soins. Très las encore, MacEgan semblait se détendre. Son état s'améliorait, d'une certaine façon. Lorsqu'elle l'invita à se déplacer pour s'étendre sur le lit, il ne lui opposa aucune résistance. Elle le couvrit de son mieux, plaça sous sa tête un coussin. En lui effleurant le front, elle sut que la fièvre ne l'avait pas quitté.

— Merci, murmura-t-il en fermant les yeux.

— Dormez bien, dit-elle en lui rafraîchissant le front de sa paume.

Geneviève veilla jusqu'à la fin du jour sur le sommeil de Bevan. Mis par nécessité dans la confidence, Dermot lui apporta sans poser de questions tout ce qu'elle estima nécessaire. De temps en temps, elle s'efforçait, avec des succès divers, de faire boire au blessé une infusion d'écorce de saule. Dévoré par la fièvre, Bevan exécutait parfois des gestes brusques, au risque de déplacer ses pansements. Geneviève lui rafraîchissait en permanence le front à l'aide d'un linge humide, mais elle devait souvent le contraindre à rester allongé, lorsqu'il s'agitait trop.

Le soir venu, Dermot lui apporta une collation et lui proposa de la remplacer, afin qu'elle prenne du repos. Elle le remercia et déclina sa proposition.

Un peu plus tard, alors qu'elle se penchait au-dessus de Bevan pour abaisser son bras droit, qu'il venait soudain de brandir, il la saisit par la taille. Trop faible pour lui échapper et soucieuse de ne pas lui faire mal, elle renonça à se débattre. Les doigts dans sa chevelure, Bevan s'apaisa.

Dans l'impossibilité de se dégager sans avoir recours à la violence, Geneviève finit par se résigner. Si sa présence opérait un effet bénéfique, pourquoi la refuser ? Et puis elle se trouvait bien, dans la chaleur de ce grand corps. Blottie contre lui, elle succomba au sommeil.

Bevan rêvait de Fiona, de sa peau blanche comme le lait, douce comme les fleurs fraîchement écloses. Après avoir dessiné l'ovale de son visage, il enfouit les doigts dans sa chevelure soyeuse et noire. De l'autre main, il épousait le galbe de sa poitrine, plus développée que dans son souvenir. Mais il la tenait dans ses bras, elle était là, tout près de lui. De nouveau, il savourait le bonheur de sa présence.

Lorsqu'il la pressa contre lui, son corps réagit au contact des reins de la belle. Elle lui avait si cruellement manqué ! Il allait la déplacer tendrement, la couvrir de son corps et puis venir en elle. Il allait lui faire l'amour jusqu'à se perdre avec elle dans l'extase.

Des élancements lui parcouraient l'épaule, mais la douleur ne lui importait guère. Il se devait tout entier à sa femme, au bonheur de sa femme, à son propre bonheur. En attirant vers le sien le visage de l'être aimé, il lui baisa les lèvres.

Elles n'avaient rien perdu de leur douceur tendre, de leur séduction. Pour étouffer la protestation qu'elle allait émettre, par coquetterie peut-être, il lui saisit la nuque et fit de sa bouche un bâillon. Bien qu'elle fût depuis des années mère, elle retrouvait de la façon la plus charmante les réactions d'une jeune épousée.

— *A chroi*, murmura-t-il.

Car elle était son cœur, son âme. Dans la confusion de ses souvenirs naissait comme un doute, qui se dissipa lorsqu'il lui baisa de nouveau les lèvres.

— Ne m'abandonne pas, murmura-t-il encore.

Il l'entendit pleurer. Du pouce, il essuya ses larmes.

— Bevan, arrêtez, laissez-moi !

Des deux mains elle s'appuyait à son torse. Etrangement, elle le repoussait. D'un nouveau baiser, il voulut la convaincre.

— Laisse-moi te faire l'amour, Fiona. Donne-moi un autre enfant.

— Non ! Lâchez-moi !

Elle se débattait de toutes ses forces, à présent. Elle lui livrait combat, elle le chassait loin d'elle.

Les mains soudain inertes, Bevan MacEgan abandonna la partie. Dans l'épais brouillard de son rêve, il vit sa femme l'abandonner. Elle ne l'aimait pas. Elle refusait ses caresses. Interrompant son étreinte il se laissa aller sur le dos, la gorge serrée.

— Vous avez fait un rêve. C'est fini, maintenant. Dormez !

Un linge frais passait sur son front. Bevan ferma les yeux.

*
* *

Bouleversée, Geneviève reprit difficilement son souffle, en s'asseyant sur les coussins de la cathèdre, près du brasero. En se laissant aller à bénéficier de la chaleur de l'homme endormi, elle s'était exposée à un terrible danger. En rêvant d'une femme, MacEgan, dans son inconscience, avait eu l'impression de la sentir près de lui.

L'incident était fâcheux, mais sans conséquences. Bevan n'en garderait sans doute aucun souvenir. Mais lorsqu'il lui avait palpé les seins en lui baisant la bouche, des sensations étranges s'étaient éveillées en elle. Il s'agissait de privautés brutales, de la même nature que celles que lui infligeait Hugh pour son plus grand dégoût, pour sa plus grande honte. Mais cette fois, c'est du plaisir que ces privautés avaient fait naître, une jouissance qu'il lui aurait plu de prolonger, qu'elle ne retrouverait jamais.

Il avait murmuré des mots d'amour en lui prodiguant des caresses, éveillant pour la première fois en elle la chaleur du désir, l'espérance d'autres d'accomplissements, d'autres félicités. Seule avec son détestable fiancé, humiliée par lui, elle sentait son sang se glacer dans ses veines, la nausée lui monter à la gorge.

Mais cette nuit...

Bevan lui avait baisé la bouche en écartant ses lèvres, en lui caressant la langue de la sienne, vive et pénétrante, comme animée d'une sorte de gourmandise. Sous les doigts de Bevan, ses seins gonflés lui avaient donné du plaisir. Leurs pointes durcies appelaient d'autres provocations, d'autres résistances. Ce n'est qu'en éprouvant contre sa cuisse la pression menaçante de sa virilité qu'elle s'était décidée à repousser Bevan de toutes ses forces.

Mais il ne rêvait pas d'elle. Ce n'est pas à elle que s'adressaient ses mots tendres, ni qu'étaient destinées ses caresses. Il rêvait d'une autre femme. Dans son sommeil ou son délire, il ne prenait conscience ni du temps ni du lieu.

Geneviève enviait la femme inconnue. Dans le passé,

Hugh Marstowe lui apportait des rubans et des fleurs. Elle sentait son cœur battre, lorsqu'il lui souriait. Elle avait eu l'illusion d'être aimée.

Que savait-elle de l'amour, après tout ? Chacun se plaisait à donner en exemple le bonheur de ses propres parents, considéré de l'avis général comme exceptionnel. Sur ce point, leur fille ne risquait pas de leur ressembler.

Comme elle ne souhaitait pas se rendormir, bien que la nuit ne fût pas achevée, elle entreprit de mettre de l'ordre dans la pièce. En ramassant sur le sol la tunique souillée de Bevan, elle découvrit un petit carré de lin blanc délicatement brodé de fleurs. On ne s'attendait pas à trouver ce tissu délicat dans la poche d'un guerrier.

Il s'agissait nécessairement d'un cadeau symbolique, d'un souvenir donné en gage d'affection. Bevan impressionnait par son audace, sa force le rendait redoutable, mais il ne manquait donc pas de sensibilité. Pour qu'il retrouve facilement ce souvenir, Geneviève posa le tissu en évidence, sur le dossier d'un siège.

Dans son sommeil Bevan geignait parfois, mais il s'agitait moins. Il allait guérir, il fallait que sa santé revienne. Il fallait aussi le convaincre de renoncer à la violence, lorsqu'il s'agissait de Rionallis.

Par une étroite ouverture, elle vit la mer sombre se nuancer de reflets d'argent. Le soleil allait se lever. Le temps du calme et de la paix était-il proche ?

Hugh Marstowe se frotta nerveusement le cou. Les traînées rouges qui marquaient sa peau finiraient-elles par s'effacer ? Il n'osait se montrer à personne. Ces stigmates évoquaient trop nettement la corde du pendu, ou la hache du bourreau.

Geneviève l'avait trahi. Elle s'était faite complice de l'Irlandais. Elle l'avait suivi dans sa fuite, par des voies inconnues. Fallait-il que lui, Hugh Marstowe, son fiancé, ait été assez sot pour ne pas la prendre de force, cette garce !

Sans doute se vautrait-elle à présent sur les peaux de bêtes qui devaient servir de couche à ce barbare.

Les quelques prisonniers capturés lors de l'attaque ne s'en étaient pas cachés : ils appartenaient au clan des MacEgan, anciens occupants de Rionallis auxquels le père de Geneviève avait succédé sans coup férir. Si Thomas de Renalt était mis au courant de la fuite de sa fille avant qu'elle ne soit reprise, le mariage prévu n'aurait pas lieu.

Hugh se trouverait alors dépossédé de la dot à laquelle il attachait une extrême importance, puisqu'elle jouait un rôle essentiel dans ses projets d'avenir. Seigneur de Rionallis, il pourrait prétendre à l'anoblissement. Le roi Henry, qui l'appréciait, l'honorerait d'un titre flatteur. Dès lors, il lui serait possible de donner libre cours à son ambition.

Pour reprendre le contrôle de la situation, il lui fallait concilier prudence et vitesse d'exécution. Les MacEgan étaient trop puissants pour qu'il puisse lancer contre eux une offensive sans alerter Thomas de Renalt. L'opération se ferait en secret, si bien que le comte ignorerait qu'elle ait été nécessaire.

Pour l'instant désœuvré, Hugh Marstowe choisit pour se distraire l'arme la plus brutale de son arsenal personnel. Il lui suffit d'imaginer qu'il se trouvait en présence de MacEgan pour qu'il fracasse un coffre d'un seul coup de sa masse d'armes. Sa très chère fiancée ne demeurerait pas longtemps loin de lui.

— Depuis tous ces jours, mon frère attend ma visite, dit Bevan. Il est temps que je me rende à Laochre. J'y dormirai ce soir. Mon absence sera brève.

Geneviève, qui achevait de mettre en place un pansement neuf, se contenta de hocher la tête. Dès leur arrivée à Ennisleigh, Patrick MacEgan, chef du clan et roi de Laochre, avait été mis au courant de leur présence. En vertu d'un accord qui laissait l'usage de l'île à son frère, le roi Patrick s'était abstenu de traverser l'étroit bras de mer qui séparait l'île de la grande terre, mais ses émissaires n'avaient pas manqué de prendre des nouvelles de Bevan et des progrès de sa convalescence.

L'un d'eux avait même apporté le soir même un coffre de linge et de vêtements à l'usage exclusif de Geneviève, qui après les péripéties de l'évasion et du voyage se trouvait à cet égard dans un état d'indigence extrême. Cette initiative revenait selon Ewan à la reine, Isabelle MacEgan.

Il avait suffi de quelques jours pour que la santé de Bevan se rétablisse. Sa plaie à l'épaule nécessitait encore des soins quotidiens, mais sa cicatrisation rapide laissait présager une guérison complète et sans séquelles. Geneviève se félicitait du succès de son travail. Mais à mesure que le temps passait, l'angoisse se développait en elle. S'il avait survécu à la strangulation, Hugh se consacrait nécessairement à sa vengeance. A n'importe quel prix, il s'acharnerait à reprendre possession de sa proie.

— A Ennisleigh, vous êtes en sécurité mieux que partout au monde, reprit Bevan, qui semblait lire dans ses pensées. L'accès en est difficile, et j'ai là plus de soixante hommes, sans cesse en alerte.

— Sans doute, répondit-elle, mais cette situation ne peut être que provisoire, vous en conviendrez. Il me déplaît de jouer quelque rôle que ce soit dans un conflit qui vous oppose à mon père et aux miens.

— Ce conflit s'est ouvert bien avant que vous n'arriviez en Irlande, dit-il. Rionallis m'appartient. Les Normands m'en ont spolié. Je veux réparer cette injustice.

Geneviève se raidit. En reprenant des forces, Bevan revenait à la charge. Il prenait de la distance avec elle.

— Mes ancêtres sont nés en Normandie, fit-elle observer, sans que j'y puisse rien.

— Je ne le sais que trop, rétorqua-t-il sombrement.

Geneviève prit conscience que leur bonne entente n'était pas faite pour durer. Dès qu'elle serait rentrée en Angleterre, si les choses se passaient au mieux, Bevan la mettrait au nombre de ses pires ennemis.

Sans doute n'avait-il pas tort, dans le principe. Elle comprenait le sens de ses revendications. Mais Thomas de Renalt ne renoncerait jamais aux biens dont les circonstances l'avaient rendu propriétaire. Geneviève ne pouvait pactiser avec un ennemi de son père.

Avant de donner la réplique à Bevan, elle prit le temps de préparer sa phrase.

— Rionallis constitue ma dot, dit-elle en détachant bien les mots. Celui qui m'épouserait en deviendrait propriétaire et maître. Pour en reprendre possession, iriez-vous jusqu'à faire couler mon sang ?

Bevan se dressa, comme pour l'écraser de sa haute stature. Torse nu, les muscles en évidence, il se pencha vers Geneviève et la prit par la nuque pour l'empêcher de s'enfuir.

— Je vais vous donner une escorte assez nombreuse pour vous reconduire en Angleterre aussi vite que possible. Une fois chez vous, je vous conseille d'y rester.

Comme ses yeux verts brillaient, et comme sa voix était impérieuse ! Le cœur battant, Geneviève s'interdit de céder à la panique.

— Aucune escorte ne sera assez nombreuse, dit-elle. Hugh massacrera vos hommes jusqu'au dernier et me fera prisonnière. Seul mon père est capable d'assurer ma sécurité. Envoyez-lui un messager pour faire appel à lui, et vous n'aurez à vous préoccuper de rien.

— Pour attirer les Normands jusqu'ici ? Il n'en est pas question, dit-il sur un ton si définitif que Geneviève en demeura interdite.

Se désintéressant apparemment d'elle, il revêtit sa tunique et ramassa sa cape.

— Il viendrait me chercher, murmura-t-elle. Je n'ai confiance qu'en lui seul.

— Jamais je ne demanderai quoi que ce soit à un Normand !

*
* *

Sur ces mots, Bevan se disposa à sortir. Il regrettait déjà la dureté de son intonation. Il l'avait blessée sans doute, cette étrangère. Mais un guerrier ne pactise pas avec l'ennemi.

Geneviève le surprit en se précipitant soudain vers lui pour prendre sa main entre les siennes et glisser dans sa paume un tissu.

— Vous tenez sans doute à ce carré de broderie, dit-elle.

Les doigts de Bevan se crispèrent sur l'objet familier.

— D'où le tenez-vous ? demanda-t-il.

— Il est tombé de votre tunique, l'autre jour. Je l'avais mis en évidence, mais la fièvre vous a empêché de le voir.

En toute innocence, elle n'avait pas lâché sa main. Hors de propos, Bevan sentit qu'une pulsion de désir le parcourait.

Depuis la disparition de Fiona, aucune femme ne s'était ainsi approchée de lui, pour lui prendre la main. Aucune d'entre elles n'avait pris ce risque.

Il sortit. Le vent d'hiver glaçait son corps, mais sa main gardait la chaleur du geste innocent. Car Geneviève ne savait pas qu'il portait le deuil d'une femme adorée, et les événements récents avaient créé entre eux une sorte d'intimité temporaire qui excusait bien des familiarités.

Au demeurant, l'incident n'avait aucune importance. Il mit le tissu dans une poche, descendit jusqu'au rivage, salua les rameurs qui l'attendaient et prit place à la poupe.

Pendant la traversée, il contempla le ciel et les flots. Deux ans plus tôt, les torches ennemies en étaient surgies, empourprant la mer. Le sang répandu le jour même par les hommes et les femmes du clan était rouge, lui aussi.

Dans sa poche, il vérifia des doigts la présence du carré brodé que Geneviève venait de lui rendre. Peut-être l'aurait-elle détruit, en apprenant ce que symbolisait ce souvenir, la volonté de vengeance contre les envahisseurs.

Une mouette solitaire accompagnait la barque. Confondant la mer et le ciel, le soleil couchant effaçait la ligne d'horizon. Ce somptueux spectacle lui remit à la mémoire les soirs où seul en compagnie de Fiona il avait attendu avec elle qu'apparaissent les étoiles. Ils partageaient les mêmes espérances, rêvaient de ce que leur promettait l'avenir.

Bevan chassa de son esprit la tentation du désespoir. Il trouverait l'oubli dans l'ivresse des combats futurs.

Geneviève elle aussi serait oubliée. La tentation sied mal aux âmes solitaires.

Chapitre 4

Dès que Bevan se trouva en présence de sa belle-sœur, une émotion violente le saisit. Son fils nouveau-né contre son sein, Isabelle MacEgan souriait avec gravité. Les yeux gris-bleu de l'enfant semblaient rassembler les nuances contrastées de ceux de ses parents, la rigueur de son père et la douceur de sa maman.

— Il s'appelle Liam, dit-elle, en souvenir de son oncle, qu'il ne connaîtra jamais.

Patrick, roi de Laochre, avait en effet succédé à son frère Liam, tué au combat le jour même où Fiona était morte. Son visage rayonnait de bonheur et de fierté.

En cherchant un peu ses mots, Bevan parvint à prononcer les compliments d'usage. Il se vit, très fier lui aussi quelques années plus tôt, couvant des yeux sa femme lorsqu'elle donnait le sein à leur petite fille. Pour conjurer son émotion, il regarda ailleurs.

— Votre absence nous a semblé bien longue, dit Isabelle. Aurons-nous le plaisir de vous garder plus longtemps près de nous, cette fois ?

— Dès que j'aurai fait valoir mes droits sur Rionallis, j'irai mettre les armes au service de Lionel O'Riordan. Strongbow menace son royaume.

— J'espérais que l'administration de votre domaine suffirait à vous éloigner des champs de bataille, lança sa belle-sœur.

Elle déplorait en chaque occasion l'acharnement de Bevan à combattre. Son mari ne jugea pas utile d'encourager la poursuite d'un débat qui ne convaincrait personne, et donna un autre cours à la conversation.

— Nous t'attendions plus tôt, et ton visage porte la marque d'une nouvelle blessure, dit-il. Quelles aventures viens-tu de courir encore ? Ewan s'est pour une fois montré discret sur le sujet. Sans doute parce qu'il a désobéi, et qu'il se sent coupable.

Bevan aurait pu prévoir cette question. Dans l'ignorance de ce que le plus jeune des MacEgan avait pu révéler, il entreprit une relation prudente des récents événements. Il n'en était qu'aux préliminaires lorsque Ewan fit irruption dans la pièce.

— Te voilà, Bevan ? Ton épaule est guérie ? s'exclama le jeune étourdi. Je te croyais encore dans l'île, avec Geneviève.

Comme Bevan dardait sur son jeune frère un regard furieux, il ne vit pas qu'une lueur amusée passait dans les yeux de Patrick et dans ceux de sa femme.

— Geneviève ? fit Isabelle le plus innocemment du monde. Qui est cette personne ?

Bevan ouvrit la bouche pour répondre. Ewan le devança.

— C'est la…

— Il faudra qu'on lui coupe la langue ! pesta Bevan.

— … la femme à qui nous avons sauvé la vie, poursuivit avec emphase Ewan. Ce n'était qu'un prêté pour un rendu, puisqu'elle venait de sauver la nôtre.

Il rayonnait d'une telle satisfaction que Bevan céda à la tentation de lui infliger une correction. Il leva la main. En se réfugiant derrière le roi Patrick, l'indiscret échappa au châtiment.

— Voilà qui ne manque pas d'intérêt, dit Patrick en relevant les sourcils.

— Voilà qui est passionnant ! renchérit Isabelle. Qui est cette personne ? Pourquoi ne vous a-t-elle pas accompagné, aujourd'hui ?

— Elle est de passage, se défendit Bevan. Elle se repose à Ennisleigh.

Isabelle aurait visiblement souhaité en savoir davantage, mais d'un coup d'œil son mari lui conseilla la discrétion.

— Elle vient d'en face, lança Ewan.

— Tu as pris en otage une Normande ? s'exclama Patrick. Ne compte pas sur moi pour te féliciter !

— Elle n'est pas mon otage, protesta Bevan. Elle nous a effectivement sauvé la vie. En guise de récompense, elle souhaite que je la mette hors de portée de son fiancé, voilà tout, ce n'est rien.

En l'absence de tout commentaire et de toute autre question, il s'en prit à Ewan.

— Je te donne rendez-vous demain à l'entraînement, jeune homme. Tu as la langue bien pendue. Nous verrons si tu manies l'épée avec autant d'adresse que le babillage !

Insensible à la provocation, Ewan s'épanouit au contraire. Ce dont son frère voulait faire une sanction le comblait de bonheur.

Bevan regretta de lui avoir lancé ce défi. Le jeune garçon tenait absolument à suivre l'exemple de ses grands frères, qui tous étaient de redoutables guerriers. Bevan avait dépensé des trésors de patience pour lui permettre de réaliser cet idéal, mais ses efforts demeuraient vains. Ewan ne faisait aucun progrès.

On allait jusqu'à reprocher à ses aînés de lui faire tenir une arme car de l'avis général il en viendrait à se percer le pied, ou le cœur. Avec le temps, il prendrait conscience de ses insuffisances, espérait-on. Il embrasserait alors la carrière ecclésiastique, comme le font souvent les cadets de grandes familles.

Bevan prenait congé. Ewan quitta la pièce avec lui, car il recherchait sans cesse sa présence, et le prenait constamment pour modèle. Cet attachement expliquait la plupart de ses initiatives, et certains de ses mécomptes. Il n'aurait jamais dû par exemple se fourvoyer aux abords de Rionallis.

*
* *

— Bevan ne nous a pas tout dit, fit observer Isabelle après leur départ. Il a une telle haine des Normands !

— Il s'est sans doute trouvé contraint d'emmener cette fille avec lui, répondit Patrick. Je ne vois pas d'autre explication.

— De quelle sorte de femme s'agit-il ? Je me le demande, murmura pensivement Isabelle. Grâce à Dieu, les serviteurs se montrent parfois indiscrets ; je savais déjà qu'Ennisleigh accueillait une invitée impromptue même si je ne connaissais pas les circonstances de son arrivée. Je lui ai fait porter le nécessaire pour sa toilette. D'après mes renseignements, la pauvre manquait du minimum…

Fronçant le sourcil, son mari lui adressa un regard chargé d'inquiétude.

— Auriez-vous quelque idée derrière la tête, ma chère ?

— Ce serait prématuré, rassurez-vous. Mais j'aimerais en savoir davantage sur elle. Je ne me suis pas rendue à Ennisleigh depuis des semaines.

— Ces affaires sont les leurs, Isabelle. Ne vous en mêlez pas, je vous le conseille.

— Est-elle jolie ? J'aimerais le savoir. Bevan vit seul depuis si longtemps !

Patrick posa le bras sur les épaules de sa femme, qui refermait son corsage.

— Laissez-le tranquille, *a chroi*. Bevan vit encore son deuil.

Elle leva les yeux vers son visage.

— Il serait temps qu'il se remette à vivre, tout simplement, dit-elle. Je vais me renseigner sur cette mystérieuse inconnue.

Le lendemain matin, Bevan était au supplice. Sous les yeux goguenards de quelques témoins, Ewan faisait la démonstration de sa maladresse et de son incompétence. Tout en retenant ses attaques, d'autant que son épaule gauche le faisait encore souffrir, Bevan ressentait l'imminence d'une catastrophe. Muni d'un bouclier de bois, la poitrine et les bras couverts de protections, Ewan s'agitait beaucoup sans jamais cesser de s'exposer. Il semblait sourd aux ordres de son frère.

— Rompt ! Pare ! Plus haut, le bouclier ! Dégage !

Comme galvanisé par cet ordre, Ewan bondit en avant. Brutalement appuyée à son pourpoint, la pointe de l'épée que tenait Bevan s'incrusta dans le cuir épais. D'instinct, Bevan lâcha la poignée de son arme, qui tomba sur le sol. Privé d'appui, le garçon fit quelques pas en titubant. Une rumeur s'éleva du groupe des assistants, qui s'étaient manifestement attendus au pire.

— Ils ont cru que tu t'embrochais, pour le seul plaisir de m'être désagréable, dit Bevan en gratifiant le maladroit d'une bourrade.

— J'ai voulu te surprendre, plaida le coupable.

— Alors sois content, tu as réussi. Cela suffit pour aujourd'hui. Rends-toi à l'évidence, mon garçon. Il y a assez de spadassins dans le clan MacEgan. Tu n'es pas fait pour la carrière des armes, c'est une chose entendue.

Les traits tendus, la tête basse, Ewan fixait obstinément le sol. On aurait pu croire qu'il avait les larmes aux yeux.

— Tous les MacEgan sont des guerriers, je ne veux pas qu'on me tienne à l'écart, protesta-t-il en geignant presque. Je manque d'entraînement, voilà tout.

Pour atténuer la sévérité de son propos, Bevan eut recours à la plaisanterie.

— Tu t'exerces depuis le jour où tu as cessé de marcher à quatre pattes, dit-il. Et je ne serai pas toujours là pour t'éviter le pire, ajouta-t-il sérieusement.

— Je ne t'ai rien demandé ! s'exclama son frère sur un ton indigné. Je suis assez grand pour m'occuper de moi-même.

Bevan s'abstint de le contredire.

— N'en parlons plus, et rentrons, dit-il pour clore le débat.

Ewan ne l'entendait pas de cette oreille. Il releva la tête. Ses yeux brillaient sous l'effet de la révolte et de la colère.

— Je t'apporterai les preuves de ma valeur au combat, j'en fais le serment. Si les Normands m'ont fait prisonnier, c'est par surprise.

— Personne ne se trouve enfermé volontairement, fit observer Bevan. Prisonnier, tu l'étais bel et bien. Ils auraient pu te mettre à mort.

— Excuse-moi, dit Ewan, l'air contrit. Excuse-moi pour tout.

Il faisait bien sûr allusion à l'échec subi par Bevan, à Rionallis. Mais qu'importaient ses regrets ? Il fallait qu'il entende raison, tout simplement.

— Tu es encore très jeune, rappela-t-il sur un ton apaisant. Tu as le temps de découvrir ta véritable voie. N'est pas guerrier qui veut.

— Je suis un MacEgan. Tous les MacEgan sont des guerriers.

En entendant cette fière déclaration, Bevan eut le cœur serré. Il se souvint de Liam, mort à la grande bataille contre les Normands, deux ans plus tôt, le même jour que Fiona.

— Nous verrons cela, dit-il en passant la main dans la chevelure d'Ewan, pour le décoiffer. Un jour, peut-être...

A son sourire, il sut que le benjamin de la famille se rassérénait. Comme pour confirmer cette impression, la question qui lui fut posée aussitôt supposait d'autres préoccupations.

— Et Geneviève, est-ce que nous allons la revoir, aujourd'hui ? Je l'aime bien, cette fille.

Bevan ne répondit d'abord que par un grommellement qui ne l'engageait à rien.

— Tu ne la reverras sans doute pas, puisque je vais réunir une escorte pour la reconduire en Angleterre, demain peut-être. En ce qui te concerne, tu ne quittes pas Laochre.

— Sir Hugh va te faire des difficultés. Il est capable de lever une armée pour la reprendre.

— Il n'en a pas les moyens. A Ennisleigh, Geneviève n'a rien à craindre.

— Alors, il faudrait l'y laisser. Et puis, il n'est pas difficile de grimper jusqu'au donjon.

— Les gardes veillent.

— Ils ont beau veiller, j'y suis allé plus d'une fois, la nuit, en été, pour dormir à la belle étoile.

— Les sentinelles te connaissent.

— Personne ne m'a aperçu. Et puis si tu mobilises une escorte, Hugh le saura. Il les fera tuer jusqu'au dernier, ces malheureux.

Cette prévision était d'autant plus exaspérante qu'elle reprenait précisément les arguments de Geneviève. Il ne se laisserait pas gouverner par une femme. Pour lever ces objections, il irait jusqu'à prendre en personne le commandement de l'escorte.

En débarquant sur l'île, Bevan maudit la destinée, qui bouleversait les projets les mieux arrêtés. Il s'était promis de ne pas revenir de sitôt à Ennisleigh. Il y rentrait le jour même, et pour aggraver son cas, Ewan avait su le circonvenir, si bien qu'ils venaient de traverser ensemble l'étroit bras de mer que les gens du pays appelaient le Gouffre.

La perspective d'une expédition en Angleterre ne l'enchantait pas. Mais le souvenir des coups donnés par Marstowe à Geneviève ne cessait de le hanter. Il fallait qu'il la mette à l'abri.

Il regrettait à présent le scrupule chevaleresque qui lui avait interdit d'achever le bourreau. On ne tue pas un homme inconscient et blessé. Mais on abat un monstre dangereux.

Ewan avait raison. Sir Hugh allait surgir un jour ou l'autre, à la recherche de sa fiancée, à moins qu'il ne tende une embuscade sur la route de Dun Laoghaire, le port tout proche de Dublin.

En gravissant le sentier rocailleux, Bevan palpa son épaule gauche, encore douloureuse, mais en bonne voie de guérison. Par chance, la blessure n'affectait guère son aptitude aux armes.

Depuis que sur la proposition de Patrick il avait fait d'Ennisleigh son domaine réservé, un terrain d'exercice permettait à la soixantaine d'hommes dont il disposait personnellement de s'entraîner, sous la direction d'un lieutenant. Dès qu'ils eurent atteint le plateau, au sommet de l'île, Ewan courut se joindre à la troupe et croisa bravement le fer, dans l'évidente intention de manifester sa bonne volonté.

Le fracas régulier des lames remplissait l'atmosphère, et le souffle des hommes en action s'échappait en vapeur blanche dans l'air glacial.

Bevan avisa Geneviève, enveloppée dans une cape dont le capuchon lui protégeait la tête, et qui observait la scène. Son visage s'éclaira lorsqu'il vint vers elle.

— Comme je suis heureuse de vous revoir, lord MacEgan.

— Lord est de trop, corrigea-t-il. Bevan suffit. Nous faisons peu de cas des titres, nous autres Irlandais.

— Va pour Bevan, donc. Vos hommes s'exercent chaque jour ?

— *Tà*. Nous nous entraînons sérieusement, depuis que les Anglais nous ont appris à nos dépens que le temps des guerres tribales est terminé. Avant l'invasion, nous nous battions sans cesse, entre clans, mais nous ne faisions pas la guerre. Ces hommes ne sont plus des paysans qui se donnent des coups de fourche et de fléau à la saison froide. Vous voyez ici des soldats d'élite.

— Vous pouvez être fier de vos hommes, dit-elle avec conviction. J'aimerais m'entraîner, moi aussi.

Bevan haussa les sourcils en esquissant un sourire. Il se moquait.

— Les femmes ne manient pas l'épée, ni la masse d'armes !

— Il n'est pas question d'armes, dit-elle. Je veux seulement apprendre à combattre avec mes mains, avec mes pieds.

— Pourquoi ?

— Pour que des hommes tels que Hugh apprennent à me respecter, répondit-elle.

Surpris par sa réponse, il l'étudia : ainsi la conscience de sa faiblesse la faisait tant souffrir ! Hugh ne l'avait dominée que par sa force physique. En lui cassant une cruche sur la tête l'autre jour, elle l'avait surpris, sans plus. Il est certain que mieux entraînée, elle l'aurait assommé. Bevan chassa aussitôt cette idée de son esprit ; il avait fait ce qu'il pouvait pour cette Anglaise. Pour le reste, elle devait se débrouiller seule. Pas question de jouer les maîtres d'armes !

— Rentrons au donjon, dit-il. Il fait froid.

Il voulut la précéder, mais elle ne le suivit pas.

— Je veux apprendre à me battre, répéta-t-elle, sans bouger.

— Je n'en vois pas la nécessité. Vous ne risquez rien, à Ennisleigh.

En se retournant vers Geneviève, Bevan observa l'évolution de l'ecchymose qui marquait sa joue. Elle n'était plus tout à fait bleue. Des nuances de pourpre y apparaissaient. Un regain de haine à l'égard de Marstowe lui serra le cœur.

— Je veux définitivement me soustraire à ce genre de risque, insista-t-elle. J'étais absolument sans défense. Il faut que cela cesse.

Lorsque Bevan posa la main sur son bras, elle sursauta nerveusement. Il vit briller des larmes dans ses yeux. Non pas des larmes de tristesse, mais des larmes de rage.

— Avec ou sans votre aide, je prendrai des leçons, lança-t-elle tout à trac.

Bevan se sentit fléchir. Si Fiona avait appris à se défendre, son ravisseur l'aurait-il aussi aisément hissée sur sa monture ? Non, sans doute. Le départ pour Dun Laoghaire pouvait sans dommage être retardé d'un jour. En cédant à son caprice, il expierait peut-être l'erreur qu'il avait commise en laissant Fiona sans défense.

— C'est entendu, dit-il. Je vais vous enseigner les premiers rudiments.

Geneviève exultait intérieurement. Elle avait gagné. Pour ne pas manifester trop ouvertement son enthousiasme, elle remercia le maître d'Ennisleigh d'un sourire timide.

La première leçon eut lieu dans la salle basse. Face à son élève, Bevan lui releva le menton, pour qu'elle fixe sur lui son regard.

— Premier précepte : ne jamais quitter des yeux le visage de l'adversaire.

Obéissante, Geneviève le dévisagea hardiment. Les cicatrices qui marquaient les joues et le front de son instructeur ne l'enlaidissaient pas. Elles lui donnaient du caractère et mettaient en évidence ses larges méplats. Ses lèvres semblaient d'une fermeté remarquable, et elle n'avait jamais vu des prunelles d'une aussi troublante couleur d'opale.

— Second précepte : ne frapper que très fort, avec la volonté de faire mal, en prenant pour cible les parties les plus sensibles, qui sont les yeux, la pomme d'Adam et l'entrejambe.

Ce dernier mot rappela à Geneviève une expérience. Au moment où ils simulaient tous deux un enlèvement, pressés l'un contre l'autre, en présence de Sir Peter, et surtout lors de leur longue chevauchée, elle avait accidentellement ressenti, outre la pression du corps et des cuisses de Bevan, celle de cette chair qui ne lui était pas apparue aussi délicate qu'il le prétendait à présent. Ce souvenir la dérangea, car il la troublait et dissipait sa concentration.

Bevan prit soudain position derrière elle en posant une main sur chacune de ses épaules. Cette attitude anodine ne fit pas moins passer dans son dos un frisson. N'était-il dû qu'au désagrément de se trouver immobilisée ? Geneviève en doutait, sans oser se l'avouer.

— Si un homme vous agresse de cette façon, ne vous penchez pas en avant, ne baissez pas la tête. Lancez-la en arrière, au contraire, aussi vite et aussi fort que possible. S'il est de votre taille, vous lui écraserez le nez. S'il est plus grand, vous lui fendrez les lèvres. Dans un cas comme dans l'autre, il se trouvera nécessairement décontenancé, car seuls les lâches s'en prennent à une femme. Sans vous attarder à triompher, il convient alors de faire volte-face ensuite et de frapper du pied ou bien l'entrejambe ou bien la rotule. Vous avez compris ?

Geneviève se refusa à laisser paraître son désarroi en le priant de répéter son exposé. Elle se contenta d'acquiescer d'un hochement de tête.

— Si on menace d'un poignard, il n'est pas de riposte possible, avança-t-elle.

— Mais si, bien sûr, répondit-il en lui lâchant les épaules pour venir se poster devant elle, en lui tournant le dos. Vous êtes l'agresseur. Faites semblant de me mettre un couteau sur la gorge.

Geneviève obéit comme elle le put, car la carrure du personnage semblait le mettre à l'abri de toute agression. Elle dut se guinder sur la pointe des pieds pour passer un bras au-dessus de l'épaule de Bevan et lui poser sur le cou un invisible poignard.

On aurait pu croire qu'au lieu de l'égorger elle se disposait à lui baiser l'oreille. Pour retrouver la maîtrise de ses pensées, il lui fallut chasser de son esprit ce fantasme. Elle prit une profonde inspiration et reprit vaillamment la pose.

— Je rentre le menton, fit Bevan en joignant le geste à la parole. Je l'appuie très fort sur ma poitrine pendant qu'à deux mains j'agrippe le poignet de l'ennemi.

Joignant le geste à la parole, il lui saisit le poignet et l'avant-bras. Une fois de plus, leur excessive proximité fit naître en Geneviève une sorte de malaise. Le nez contre sa tunique, elle appréciait sans l'avoir voulu son odeur d'homme, celle des herbes aromatiques, du bois brûlé et des résineux de la forêt.

— A ce moment je recule la jambe droite et je me dérobe du même côté.

Déséquilibrée, Geneviève tenta en vain de s'agripper à lui. Sans savoir comment, elle se trouva allongée sur le sol, l'homme au-dessus d'elle, et triomphant. De toutes ses forces, elle ferma les paupières. Bevan poursuivait sa leçon.

— En principe, il faut tomber de tout son poids sur l'ennemi, le coude en avant, pour lui couper le souffle et lui prendre son arme.

En état de choc, Geneviève tremblait de tous ses membres. En se contraignant à rouvrir les yeux, elle lut dans ceux de Bevan de la surprise et de l'inquiétude. Il la fit s'asseoir sur le sol et adopta la même position, en s'asseyant près d'elle.

— Qu'avez-vous ? Je vous ai fait mal ?

Elle fit non de la tête et laissa s'apaiser la vague de terreur qui l'avait bouleversée. Bevan était près d'elle. De Bevan, elle ne redoutait rien. Mais Hugh allait survenir, elle le savait. Il la traquait déjà, avec acharnement. Il voulait l'entendre encore gémir sous ses coups.

— J'ai toujours peur de lui, murmura-t-elle dans un souffle.

Plutôt que s'attendrir sur sa faiblesse, Bevan la mit au contraire au rang des combattants véritables.

— On a toujours peur, au combat. Sur un champ de bataille, seuls les morts ne craignent plus rien.

— Vous n'aviez pas peur, l'autre jour, quand Hugh vous a frappé. Il s'apprêtait à vous tuer.

— Non. Il voulait seulement me faire souffrir.

— Il cherchait à vous intimider, mais vous lui avez tenu tête. Tandis que moi… J'ai toujours peur. Je vis dans la peur.

— N'essayez pas d'y échapper, dit-il avec conviction. Devenez forte. Je pense que Marstowe n'aura jamais plus l'occasion de s'en prendre directement à vous, mais cela ne vous empêche pas de vous endurcir. A force d'entraînement, vous exécuterez d'instinct les mouvements que je vous ai montrés. Si les guerriers répètent sans cesse leurs exercices, c'est pour combattre sans avoir à réfléchir. L'habitude des gestes leur est une seconde nature.

Geneviève l'écoutait, heureuse de le voir si proche, et si persuasif. Elle enviait la confiance qu'il mettait en lui-même. Elle désirait tant la partager ! Et puis il prenait son temps pour lui parler, comme s'il savait que le son de sa voix la calmait !

— En fait, reprit Bevan, j'ai eu vraiment peur, l'autre soir.

— Pour votre frère ? demanda-t-elle.

Il la regarda dans les yeux. Geneviève s'attendait à un acquiescement, qui ne vint pas. Le silence se prolongea. Et puis, de son index replié, il effleura la marque sombre de sa pommette. Elle ne savait que penser. Son expression était indéchiffrable.

Comme sa personnalité était impressionnante ! Ses cicatrices, son assurance, son sang-froid, tout cela faisait un peu peur. Mais il était si séduisant ! Il y avait dans le jais de sa chevelure et l'opale de son regard quelque chose de fascinant, qui la faisait frissonner.

— *Tà*, répondit-il enfin. J'ai eu peur, ce soir-là.

Bevan se redressa et lui tendit la main pour l'aider à se relever. Mais lorsqu'elle fut debout, il garda sa main dans la sienne.

— Tant que je serai avec vous, nul ne vous agressera, personne ne vous fera du mal, je vous en donne ma parole.

Il lui pressa la main, comme pour donner à son serment un caractère solennel. Toute disposée à lui faire confiance, Geneviève souhaita que cette promesse garantisse effectivement sa tranquillité.

— Qu'il en soit ainsi, murmura-t-elle.

A la fin de l'après-midi, Bevan enseigna à Geneviève d'autres parades, d'autres feintes, d'autres techniques de combat. En élève attentive, elle retint les gestes à effectuer et les postures à prendre. Après qu'il l'eut laissée seule, elle répéta à plusieurs reprises chacun des exercices, combattant avec détermination un ennemi qu'elle ne voyait pas.

L'entraînement qu'elle s'imposait ainsi ne l'empêchait pas de jeter de fréquents coups d'œil par l'ouverture qui tenait lieu de fenêtre. Sur l'esplanade avait lieu un autre entraînement, plus brutal et plus bruyant. Une vingtaine de guerriers s'affrontaient, par deux. Bevan passait d'une paire à l'autre, séparait les hommes et subissait successivement l'assaut de l'un et de l'autre.

Face à l'adversaire supposé, l'épée basse, il attendait l'attaque, toujours différente, parait le coup et portait dans le même élan la riposte. Par jeu aussi bien que pour mettre en évidence leurs talents, les soldats tentaient tous de le mettre en difficulté, sans succès. Certains tombaient parfois, parmi les rires. Il évoluait avec une telle aisance que personne n'aurait pu soupçonner qu'il avait été blessé à l'épaule.

— Je vous ai vu tout à l'heure, lui dit-elle au cours du repas, le soir. Où avez-vous appris à vous battre ?

— Mon père seul nous a formés, mes frères et moi-même.

— Il était sans doute très fier de vous.

— Il l'a été, en effet, jusqu'à la fin de sa vie. Comme il nous a quittés il y a déjà quatre ans, il n'a pas eu le malheur de devoir enterrer Liam, notre aîné.

Comme il s'assombrissait, Geneviève s'ingénia sans succès à trouver un sujet de conversation moins austère. Elle n'en eut pas le loisir. Ce fut Bevan qui rompit le silence.

— Vous réunirez vos affaires avant la nuit, dit-il en se levant. A la première heure du jour, nous partons ensemble à Dun Laoghaire. Les palefreniers de Laochre ont préparé nos chevaux.

Geneviève s'étonna. Pourquoi Bevan voulait-il partir si vite, et s'embarquer au port de Dublin ?

— Je pensais que nous allions partir d'ici même, dit-elle, sans prendre le risque d'une mauvaise rencontre, sur les chemins.

— En faisant directement la traversée, nous pourrions faire de mauvaises rencontres sur la mer. La flottille de Strongbow contrôle la navigation, d'ici jusqu'au sud de l'Irlande. Il vaut mieux l'éviter, et passer plus au nord.

L'argument ne manquait pas de sens. Geneviève se souvenait des conversations entendues au château de Renalt. Son père et ses amis parlaient souvent de Richard FitzGilbert de Clare, comte de Pembroke, qui se flattait du surnom de Strongbow. Appelé en Irlande deux ans auparavant par le roi déchu Dermot MacMurrough, l'ambitieux était parvenu à le rétablir sur son trône, au prix d'épouvantables massacres.

Après cette victoire, Strongbow était devenu le gendre du roi irlandais, et s'était fait élire roi de Leinster. Le père de Geneviève, ainsi que d'autres membres de l'entourage du roi Henry, n'avaient reçu l'ordre de s'installer en Irlande que pour surveiller Strongbow, car les souverains ont tout à craindre de certains ambitieux.

Geneviève ne pouvait donc qu'approuver le choix de Bevan.

— Pour l'escorte, combien d'hommes allez-vous réunir ? demanda-t-elle.

— Un nombre suffisant, affirma Bevan.

Geneviève ne pouvait se contenter d'une réponse aussi évasive. Elle revint à la charge.

— Combien, au juste ?

— Ce sont les combattants les mieux entraînés et les plus aguerris d'Irlande, déclara Bevan sans chercher à dissimuler son impatience. Sous leur protection, vous n'avez rien à craindre de personne.

— La valeur militaire ne suffit pas, fit-elle observer. Vous n'êtes pas parvenu à investir Rionallis, l'autre jour, et vous comptiez sur la ruse plutôt que sur la force pour vous en rendre maître. Certains de vos hommes manquent à l'appel, semble-t-il. Sont-ils morts, ou prisonniers ?

Bevan demeura silencieux.

— Si vos effectifs sont insuffisants, reprit Geneviève avec fermeté, je préfère attendre dans cette île que mon père ou ses gardes viennent m'y chercher.

— Je ne crains pas sir Hugh, gronda Bevan.

— Votre force et vos talents ne font aucun doute, naturellement. Mais votre blessure n'est pas encore tout à fait cicatrisée, et il arrive aux guerriers les plus vaillants de succomber sous le nombre.

La main sur la garde de son épée, Bevan se raidit.

— Vous n'avez pas confiance en moi ?

— Vous m'avez tirée des griffes d'un monstre, dit-elle. Je vous en serai éternellement reconnaissante.

Se contenterait-il de ce vague remerciement ? Elle en doutait. Comment lui dire sans l'offenser qu'à l'heure présente seul son père se trouvait en mesure d'assurer sa sécurité ? En face de Thomas de Renalt, Hugh Marstowe n'était rien.

Les traits de Bevan se glacèrent. Cette échappatoire, il la considérait sans doute comme une injure. Geneviève lui tint tête, sans se laisser impressionner. En le regardant dans les yeux, elle s'aperçut que le regard de MacEgan n'exprimait pas seulement la fureur d'un être fier, sous le coup d'un affront. Une lueur de désespoir s'y fit jour un instant, et s'éteignit.

— Ne vous souciez plus de mon voyage de retour en Angleterre, reprit Geneviève. A Ennisleigh, je me sens en parfaite sécurité. Je n'ai pas de nouvelles de mon père depuis un certain temps. Il est peut-être déjà rentré en Irlande. Il viendra me chercher, s'il apprend où je me trouve.

Cette simple éventualité eut le don d'irriter Bevan plus qu'il ne semblait raisonnable.

— Je vous l'ai déjà dit, s'insurgea-t-il, les Normands ne sont pas les bienvenus chez moi !

Il fallait qu'il ait les nerfs à vif, pour réagir ainsi. Comment lui faire entendre raison ?

— Mon père ne s'en prendrait ni à vos hommes ni à vous, dit-elle d'une voix apaisante. Il vous remercierait au contraire de m'avoir prêté assistance.

— A vous entendre, ironisa Bevan, on pourrait croire qu'il irait jusqu'à me récompenser. En me rendant Rionallis, par exemple.

— Il n'en est pas question, vous le savez bien.

— Dans ce cas, avez-vous compris que cette affaire pourrait se traiter par les armes ? Que je pourrais m'attaquer à vos amis, à vos proches ?

Geneviève se croisa les bras sur la poitrine.

— Je vous crois incapable d'une telle violence, dit-elle résolument.

Menaçant, il s'avança vers elle jusqu'à presque la toucher.

— Ne vous y trompez pas, Geneviève. Je ne me laisse jamais déposséder de ce qui m'appartient.

Bevan voulait l'effrayer et il y était parvenu, car Geneviève frissonnait de crainte. Mais cette peur s'accompagnait d'autres sensations, violentes et contradictoires. En elle se combattaient le dépit de l'incompréhension et l'élan du désir. Son corps se souvenait trop précisément des moments particuliers où il s'était trouvé tout proche de celui de Bevan. Il revivait avec plaisir ce qu'il avait éprouvé à son contact.

Inconscient de ses états d'âme, Bevan poursuivait sa démonstration.

— Rionallis est la propriété de ma famille, des MacEgan,

insistait-il. Le fils de Patrick en héritera quand le moment sera venu, son fils, ou bien Ewan.

— Vous n'en voulez donc pas pour vous-même ? Vous prendrez femme un jour, vous élèverez vos propres fils !

— J'ai fait le serment de ne jamais me remarier, dit-il.

La souffrance et la tristesse donnaient à son intonation une nuance très particulière.

— Vous pensez à celle qui se nommait Fiona ?

— Qui vous a dit son nom ?

— Vous l'avez appelée dans votre délire, lorsque la fièvre vous emportait. Elle était votre épouse ?

— Elle l'était, en effet.

— Que lui est-il arrivé ?

— Les Normands l'ont assassinée.

Il s'exprimait posément, sans geindre et sans élever la voix. Mais Geneviève était sensible à sa colère. Elle ne se trouvait plus en présence d'un guerrier haineux, assoiffé de vengeance, mais d'un veuf inconsolable, et secret. Aucune émotion n'apparaissait sur son visage. Il portait comme un masque d'impassibilité.

Geneviève aurait aimé l'interroger encore, lui faire part de sa sympathie, mais elle préféra garder le silence. Sous les traits marqués de cicatrices, il y avait un homme qui ne s'était pas encore délivré des fantômes de son passé. La compassion lui serrait le cœur.

Pour ne pas prolonger ce moment douloureux, elle revint à sa préoccupation première.

— Faites tenir un message à mon père, insista-t-elle. Pourquoi risquer la vie de vos hommes dans une affaire qui ne les concerne en aucune façon ? Pourquoi les mettre en danger pour le salut d'une étrangère ?

Comme il ne s'insurgeait plus et demeurait muet, Geneviève poursuivit son avantage.

— Mon père venait assister au mariage prévu entre sir Hugh et moi. La maladie l'a obligé à s'arrêter en chemin, en attendant sa guérison. On a intercepté nos messages, sans doute. Mais s'il est à présent guéri, comme je le crois, il se trouve avec ses gardes en Irlande. Il sait que je me suis enfuie, il me recherche.

Bevan, les yeux tournés vers la grande terre, au-delà du détroit, se laissa fléchir.

— S'il en est ainsi, nous irons demain matin à Laochre, dit-il sur un ton neutre. Mais dites-vous bien, reprit-il avec emportement, que si votre père lançait une attaque, il le regretterait bientôt. Mon frère dispose d'une garnison de trois cents hommes, qui savent se battre !

Dans le fond de son cœur, Geneviève le plaignit. Il fallait qu'il souffre beaucoup, pour se montrer aussi agressif.

— Jamais il n'aurait une pareille idée, je vous l'assure, dit-elle pour tenter de l'apaiser.

— Les Normands ne sont pas de ceux à qui l'on peut faire confiance, dit rudement Bevan. Ils n'ont pas de parole. Plus tôt vous serez loin d'ici, mieux nous nous sentirons, conclut-il.

Geneviève en éprouva de la tristesse, d'autant plus amère qu'elle devait la garder pour elle. Dans son aveuglement, Bevan la considérait comme une ennemie. Qu'avait-elle fait de mal ?

Pour se consoler, elle songea que Hugh ne s'était pas manifesté, depuis son évasion. Bevan avait donc tenu sa promesse, en lui assurant la sécurité sur son île.

Dans la chambre bien chauffée qu'il occupait à Rionallis, Hugh Marstowe faisait les cent pas. Geneviève se trouvait aux mains de MacEgan. Les mains de MacEgan souillaient la peau délicate d'une jeune aristocrate anglaise, de la fiancée d'un Normand.

Bevan MacEgan méritait la mort.

Dans un miroir de bronze parfaitement poli, Hugh contempla son visage. Sa chevelure blonde, coupée court, répondait aux canons de la mode, certaines de ses amies auraient pu lui envier le poli de ses joues bien rasées. Mais à quoi bon se faire beau, quand la jalousie vous dévore ?

Dans son lit, une jeune garce attendait son bon vouloir. Elle avait les cheveux aussi sombres que ceux de Geneviève, mais sa taille épaisse et son visage niais lui ôtaient tout attrait.

— Vous venez, monseigneur ?

Pour être plus vite honorée sans doute, la coquine lui tendait les bras et dévoilait un peu de sa nudité. En d'autres moments, l'ampleur de ses seins juvéniles l'aurait sans nul doute excité. Mais la pensée qui l'obsédait le privait de toute énergie.

Geneviève ne le comprenait pas. Il l'aimait bien, pourtant. Elle lui était promise, elle n'avait pas le droit de l'abandonner. En la corrigeant, il ne cherchait qu'à la rendre heureuse. Plus vite elle apprendrait à se conduire en bonne épouse, plus tôt il cesserait d'avoir à la corriger. Chez les filles de bonne famille, l'entêtement est un fâcheux défaut.

Geneviève le faisait penser à une pouliche en cours de dressage. Une fois mise au pas, elle lui serait reconnaissante de l'avoir domptée. Quand elle serait digne de siéger près de lui sous le dais d'honneur, alors la gloire lui en reviendrait à lui, baron de Rionallis, ou comte, pourquoi pas ?

Le torque tout neuf expressément commandé pour elle reposait sur un coussin. Les saphirs incrustés dans l'or finement travaillé feraient merveille. Leur nuance s'accordait à celle de ses yeux. Après avoir reçu ce cadeau, dont il voulait lui faire la surprise, Geneviève pourrait-elle lui garder rancune ? Non, bien sûr, car les femmes aiment la parure.

Il enseignerait à Geneviève tout ce qu'une épouse doit savoir. Elle serait le modèle de la femme parfaite, aveuglément soumise à son mari, attentive à satisfaire ses moindres caprices. En récompense il lui offrirait des présents, si précieux qu'il en tirerait gloire, et ferait des jaloux.

Perdu dans sa rêverie, il passa l'index sur le beau collier, qui ferait sur la gorge de Geneviève un si bel effet. En lui agaçant le doigt, le relief des pierres le ramena à la réalité.

Le temps pressait. Dans un récent message, Hugh avait proposé à son futur beau-père de retarder encore son voyage, mais cette suggestion n'avait pas été retenue. Thomas de

Renalt, comte de Longford, arriverait à Rionallis dans une semaine au plus tard. S'il n'y trouvait pas sa fille, le pire était à craindre.

L'heure n'étant décidément pas à la distraction, il invita la gueuse qui se vautrait dans son lit à déguerpir.

— En silence ! ordonna-t-il.

En la voyant s'éloigner, ses atours sous le bras, vers les dépendances voisines, il éprouva un furtif regret, vite compensé par une visite à laquelle il ne s'attendait pas. Staunton, le chef de ses gardes, sollicitait une audience. Hugh le fit entrer.

— Que monseigneur me pardonne, je voudrais lui montrer une prisonnière, une femme qui vient de l'extérieur. Une Irlandaise. Je l'ai mise en bas, avec les autres. Elle devrait vous intéresser, je pense.

Depuis sa mésaventure, Hugh n'était pas descendu à la prison. Le visage fermé, il s'enveloppa de sa cape et suivit Staunton.

Retenue à la muraille par une chaîne, la femme en question, déjà marquée par de nombreuses années de labeur, avait le visage sali de suie, et le regard fuyant.

— On l'a trouvée tout près d'ici, à l'arrière des cuisines, expliqua Staunton. Elle essayait de se mêler aux autres servantes, pour aider les prisonniers à s'enfuir, comme s'ils n'étaient pas bien gardés !

Hugh jeta un coup d'œil aux hommes capturés le jour même où MacEgan s'était introduit dans le château. Silencieux et hostiles, ils observaient la scène. Plusieurs gardes les surveillaient en effet, en évitant d'attirer l'attention de Hugh.

— Il m'est venu une idée, reprit le chef des gardes, qui tenait visiblement à s'attirer les bonnes grâces de son maître. Regardez, monseigneur !

Dégainant son poignard avec ostentation, il s'approcha vivement de la prisonnière et le brandit. La femme ne fut pas la seule à crier. A son exclamation de terreur s'associa le hurlement d'un prisonnier, qui dans sa langue criait des protestations et sans doute des injures.

Avec un temps de retard, Hugh hocha la tête, pour indiquer à Staunton qu'il l'avait compris. Tous d'eux s'approchèrent de l'homme trapu, qui était pourpre de fureur.

— Demande-lui son nom, dit Hugh.

Staunton n'eut pas le temps de traduire. Le prisonnier venait de cracher sur le sol, aux pieds de Hugh, qui prit le temps de vérifier que ses bottes étaient demeurées hors d'atteinte avant d'adresser au malheureux un signe de dérision. Tirant à son tour un poignard de sa gaine, il revint à la femme, prit dans sa chevelure défaite une mèche épaisse et la trancha d'un geste vif, sans que sa lame ait semblé rencontrer la moindre résistance. Muette de stupeur, l'Irlandaise était sur le point de défaillir.

— Et maintenant, je lui coupe le pouce !

Hugh n'eut pas à lutter longtemps pour ouvrir la main qu'il venait de saisir. Comme broyée par celle de son bourreau, la main de la femme y disparut tout entière. On n'en voyait plus que le doigt le plus court. Haletante, éperdue, la femme, à demi écroulée sur le sol, gémissait si bruyamment que celui qui s'intéressait à elle ne parvenait pas à se faire entendre.

D'un geste et d'un sourire, Staunton fit savoir à son maître que la partie était gagnée.

— Il s'appelle Mullins, monseigneur, et il tient à sa femme. Il ne veut pas qu'on lui fasse du mal !

— Du mal ? Il faudra qu'il s'en donne, ironisa Hugh, pour exécuter mes ordres !

Chapitre 5

Il fallut moins d'une heure pour traverser le détroit et atteindre, non loin du rivage, le château fort de Laochre. Consciente de son ridicule, Geneviève ne cessa pourtant pas de s'inquiéter. A plusieurs reprises, elle se retourna discrètement pour scruter la mer jusqu'à l'horizon. C'est avec soulagement qu'elle débarqua. Aucun navire poursuivant n'était apparu.

La résidence principale du roi de Laochre ne manquait pas d'allure. Entourée d'une palissade renforcée qui enfermait aussi une agglomération de quelque importance, elle venait de recevoir des aménagements récents, à en juger par la propreté de ses murailles de pierre.

Sur l'esplanade et dans les rues avoisinantes régnait une sympathique animation. On transportait des caisses et des jarres, les marteaux des forgerons sonnaient, des enfants couraient en tous sens, on s'interpellait joyeusement. Comme pour ajouter quelque chose à la bonne humeur générale, des cris d'accueil saluèrent l'arrivée de Bevan et d'Ewan. Un jeune homme blond et rieur, d'une très haute taille, sauta assez haut pour administrer par surprise à Bevan une grande tape dans le dos. Par Ewan, qui chevauchait près d'elle, Geneviève apprit que ce personnage était lui aussi l'un des membres de la fratrie, et se nommait Connor.

— Il est mon aîné, indiqua le garçon. Peut-être verrez-vous aussi Trahern, le plus grand de nous tous.

Combien étaient-ils en tout ? Geneviève n'osa le demander. Apparemment détendu, Bevan saluait les uns et les autres, le sourire aux lèvres. Sa bonne humeur ajoutait à son charme. Il est rare qu'un homme aux cheveux noirs ait les yeux couleur d'opale. Chaque fois qu'elle l'observait, Geneviève s'en étonnait. En fait, ce contraste faisait beaucoup pour le rendre séduisant. Les deux longues cicatrices qui marquaient son visage auraient pu le défigurer. Au contraire, elles faisaient valoir la régularité de l'ensemble. Et puis il fallait bien dire que ces marques étaient d'une certaine façon celles de la virilité. Geneviève se reprochait cette remarque ridicule et absurde, mais l'impression était bien réelle. Bevan était ainsi. Il donnait à rêver, autant qu'à craindre.

Il fit halte, pour que ceux qui se trouvaient en arrière viennent à sa hauteur.

— Je dois aller saluer mon frère, dit-il. Ewan connaît bien le château, il va vous trouver un logement convenable.

Alors qu'il s'éloignait, Geneviève s'attarda un moment à le suivre des yeux. Elle ne pouvait oublier la dureté dont il pouvait faire preuve. Comment accorder sa confiance à un homme qui la menaçait, puisqu'il voulait la dépouiller de sa dot, et ne s'en cachait pas ? Mais la terreur que lui inspirait Hugh l'emportait sur toute autre considération.

A Laochre, retrouverait-elle bientôt la tranquillité, parce qu'elle n'aurait plus à craindre ? Elle l'espérait. Il n'y manquait pas d'hommes bien entraînés pour la protéger, et Bevan mettrait un point d'honneur à s'assurer qu'il ne lui arrive rien de fâcheux. Mais cette protection n'était que provisoire. Que lui préparait l'avenir ? Le cœur lourd, Geneviève franchit derrière Ewan le rempart du château.

Patrick MacEgan, roi de Laochre, assistait à un exercice d'entraînement sur l'esplanade extérieure. Chargés de leur équipement complet, les hommes, répartis en quatre groupes, couraient en rangs serrés et faisaient halte au commandement des officiers, sans cesser de tenir leurs distances. Chacun des groupes restait ainsi soudé.

En s'approchant, Bevan apprécia la qualité de la manœuvre. Pendant que deux brigades évoluaient, les autres se trouvaient en attente, sur le qui-vive, prêtes à répondre au signal.

— Avec de tels gaillards, tu vas reconquérir tout le Wexford ! s'exclama-t-il en guise de salut.

— Je tiens surtout à faire respecter mon domaine, répondit son frère. Les Normands auraient tort de me chercher noise. Je reviens.

Il courut en effet secouer un homme dont le carquois mal attaché allait se vider sur le sol. Une fois l'incident clos, il fit le trajet inverse en souriant, comme pour s'excuser.

— Je t'ai vu passer tout à l'heure, avec Ewan et une femme, dit-il. Celle dont tu nous as parlé, je suppose ?

— En effet. Ewan va lui trouver un logement, au château. Elle veut envoyer un message chez elle, pour qu'on la ramène en Angleterre.

— J'avais cru comprendre que tu allais l'escorter en personne jusqu'à Dun Laoghaire.

Bevan se rembrunit. Ce rappel ravivait son ressentiment. Lorsque Geneviève s'était permis de lui refuser sa confiance, son premier mouvement avait été de la déposer au bord d'un chemin, sans plus se soucier d'elle.

Puisqu'elle doutait de lui, il s'en désintéressait. Que Geneviève attende à Laochre, qu'elle fasse appel à son père, qu'il vienne la chercher, à sa guise. Elle n'était plus sous sa responsabilité, il ne lui devait plus rien. Débarrassé d'elle, il allait pouvoir se consacrer à son grand dessein.

— J'ai décidé de reprendre Rionallis, par la force cette fois, annonça-t-il. Je laisserai cette fille ici. Cela peut nous être utile.

Etonné, Patrick haussa les sourcils.

— On va t'accuser d'enlèvement, fit-il observer. Le roi Henry va exiger réparation.

— Henry ne prendra pas le risque de se déclarer notre ennemi. Il préfère nous avoir pour alliés.

— Ses armées viennent de rentrer dans Meath et Breifne. Si tu provoques le roi, s'il se fâche, il peut concentrer ses forces sur Laochre. Je n'y tiens pas. Nous irions au désastre, tout simplement.

Les traits tendus, Bevan restait fermé aux arguments de son frère et fixait un objectif lointain, pour éviter de croiser son regard.

— Tes hommes ne sont pas tous revenus de Rionallis, je le pressentais, reprit Patrick. Tu t'inquiètes pour eux. Tu crains qu'ils ne soient morts. S'ils sont prisonniers, que sir Hugh les maltraite.

Serrant les dents, Bevan acquiesça d'un hochement de tête. Le souvenir de sa récente défaite le hantait. Il ne cessait de penser à la prison souterraine. Humilié, privé de quelques gardes et mis publiquement en état d'infériorité, Hugh Marstowe pouvait reporter sa fureur sur de simples membres du clan.

— Si tu me prêtes une trentaine de guerriers pour soutenir l'action des miens, je peux libérer mes hommes et reprendre Rionallis, insista Bevan.

— J'ai besoin de toi à Laochre, répondit Patrick. Connor se chargera d'aller délivrer tes hommes, s'il le faut. Le roi des Normands va se rendre à Tara pour y tenir sa cour, en compagnie de notre Grand Roi. Henry n'est encore jamais venu en Irlande. Puisqu'il se dérange, ce sera peut-être pour faire la paix, et conclure un accord.

— Quelle sorte d'accord ?

La question avait été posée si hargneusement que Patrick préféra faire une autre proposition, pour ne pas froisser la susceptibilité de son frère.

— Nous pourrions tout aussi bien avoir recours à un échange, suggéra-t-il. Connor reconduit cette Geneviève à Rionallis, et il revient avec les prisonniers.

— Il n'en est pas question. Marstowe la battait, Patrick. Si je ne l'avais pas emmenée avec moi, il aurait fini par la tuer. Il la frappait avec une violence inimaginable. Si tu avais vu une brute frapper ainsi Isabelle à coups de poing, tu n'aurais pas agi autrement.

Les mots lui étaient spontanément sortis de la bouche, sans qu'il y ait réfléchi. Jamais il n'avait songé à établir une comparaison entre l'étrangère et l'épouse de son frère. Dans son propre cas, il ne s'agissait naturellement que de porter secours à un être en difficulté.

Le regard de Patrick se fit attentif.

— Tu m'inquiètes, dit-il. Il serait fâcheux que tu t'exposes à la mort pour les beaux yeux d'une femme.

— Sois tranquille. Je ne suis pas homme à laisser les femmes se mêler de mes affaires.

A plus forte raison, songea-t-il, lorsqu'il s'en trouvait une assez folle pour revendiquer la propriété d'un domaine qui ne lui appartenait pas. Geneviève n'était-elle pas décidée à lui faire la guerre, pour défendre cette sotte prétention ?

— Je tiens à délivrer mes hommes, reprit-il. Tôt ou tard Rionallis nous reviendra, j'en ai la certitude.

— Ce n'est pas impossible, admit Patrick. Mais il y a dans ce genre d'affaire des moyens plus pacifiques, et plus sûrs, ce qui ne gâte rien. Henry ne serait pas mécontent, je pense, d'arranger les choses par une alliance entre nos deux familles.

— Nos deux familles ?

— La nôtre et celle de cette fille. Tu ne m'as pas compris ?

— Je préférais ne pas comprendre. Moi, me remarier ? Et pour faire un mariage d'intérêt ? Jamais de la vie !

Patrick hocha la tête et lui posa la main sur le bras, en le regardant dans les yeux.

— Tu te trompes, Bevan, si tu imagines que Rionallis va te tomber dans les mains. Si tu parvenais à le reprendre aux Normands, leur roi enverrait toute une armée pour te jeter dehors. Pour récupérer le domaine, tu ne disposes que d'un moyen, à mon avis. Tu te maries avec cette fille, en lui faisant remarquer qu'elle s'est déjà bien compromise avec toi...

— Compromise ? Pas du tout ! Nous n'avons...

— Ne jouons pas sur les mots, veux-tu ? Une pucelle qui court par monts et par vaux pendant des jours avec un gaillard de ton espèce ne fait pas la fière. Si elle n'y est pas disposée, je me charge de lui faire entendre raison. Il vaut mieux recevoir une dot que livrer un combat perdu d'avance, je te le dis franchement.

Bevan n'en croyait pas ses oreilles. Patrick oubliait son serment de ne jamais reprendre femme.

— Tu n'as pas le droit de me conseiller une chose pareille, protesta-t-il. Après Fiona...

— Si tu refuses de l'épouser, alors Connor s'en chargera. Il est célibataire, et par conséquent sans excuse.

— Mais il ne la connaît pas !

— Il aura tout le temps de la connaître, fais-moi confiance. Et je ne serai pas fâché de rappeler ainsi à mes frères qu'ils me doivent obéissance.

Le regard impérieux, il ne plaisantait pas. Bevan retint sa fureur. Patrick lui rappelait la loi du clan, avec un cynisme révoltant. Il se mettait en tête de donner Geneviève à l'un quelconque de ses frères. Pour arranger ses affaires, il la mettrait dans le lit de Connor, qu'elle ne connaissait pas, et qui était bien trop jeune pour se marier. Quelle honte ! On pourrait la mettre au couvent, à la rigueur, songea-t-il. Elle y serait à l'abri des hommes.

Patrick, qui savait lire en lui, interrompit le cours de ses pensées.

— Tu t'intéresses beaucoup à elle, n'est-ce pas ? dit-il sur le ton de l'évidence.

— Elle a risqué sa vie pour sauver celle d'Ewan et la mienne, rappela Bevan. Cela s'arrête là.

— Je n'en suis pas certain, mon cher frère. Tu ne ferais pas cette tête, s'il en était ainsi.

— Elle se trouvait en grand danger, je l'en ai tirée, voilà tout.

Au souvenir de Marstowe, Bevan s'assombrit davantage encore. Les fiançailles de sir Hugh avec Geneviève avaient été arrangées entre leurs deux familles, sans doute. Une fois rendue à son père, elle serait peut-être obligée d'épouser cette brute, contre son gré.

Bevan n'avait aucunement l'intention de se marier avec elle, mais il ne voulait pas qu'elle souffre, car la souffrance des femmes lui était intolérable. Les cris de Fiona, appelant à l'aide alors qu'il se trouvait hors d'état de la secourir, il les entendait encore. C'est pour cela qu'au contraire de la plupart des hommes d'armes il souffrait d'une sensibilité particulière, à l'égard des femmes.

S'il abandonnait Geneviève à son sort, son mariage avec Marstowe aurait lieu, il en était certain à présent. Bevan MacEgan, si attentif pourtant au bonheur des femmes, serait responsable du martyre de l'une d'entre elles. Du martyre de celle à qui il devait la vie sauve. C'était intolérable.

Mécontent de lui-même et furieux, il reconnut ses torts. Patrick avait raison, bien sûr. En n'épousant pas Geneviève, il la condamnait à une existence de douleur et d'humiliation.

Pour tenter de retrouver son calme, Bevan exposa son visage au vent, où voletaient des flocons de neige. Les réticences de Geneviève étaient raisonnables, à la réflexion. Comment peut-on se dire véritablement guerrier, lorsqu'on se trouve incapable de secourir des compagnons de combat ? En s'estimant en permanence plus vaillant et plus fort que l'ennemi, il s'était rendu coupable de présomption.

Ewan n'était pour rien dans l'échec subi à Rionallis. En sous-estimant la capacité de résistance des Normands, il l'avait lui-même provoqué. Par sa faute, de fidèles compagnons souffraient dans un cachot. Ils étaient déjà morts, peut-être.

Il leva les yeux vers les remparts. Geneviève s'y tenait, le visage soucieux. Sans raison, il la revit, lui soignant les pieds, les massant pour y faire pénétrer la chaleur de ses mains si fines et si bienfaisantes. Elle avait pansé ses plaies, veillé à son chevet quand la fièvre le consumait.

Une échelle était appuyée à la muraille. Bevan quitta la compagnie de son frère sans prendre congé et entreprit de gravir l'échelle pour rejoindre Geneviève. Sur son visage, la trace du coup de poing faisait encore une marque sombre.

Ils restèrent tous deux silencieux. Bevan ne lui demanda pas les raisons de sa préoccupation, parce qu'il les lisait sur ses traits et dans son regard. Geneviève vivait dans la crainte.

Il ne put s'empêcher de tendre le bras pour effleurer de l'index l'ecchymose. Geneviève lui prit la main.

Elle ferma les yeux. Une mèche sombre s'échappa du voile blanc qu'elle portait et vint caresser la main de Bevan. Malgré le froid qui rosissait ses joues, Geneviève avait la peau douce. Bevan passa le pouce sur la trace du coup, comme pour l'effacer.

Elle pencha la tête pour nicher sa joue dans la main ouverte, les lèvres posées sur ses doigts. Il ne s'agissait pas d'un véritable baiser, mais d'un simple contact, d'une attitude. Bevan sentit son corps réagir avec indiscrétion. Les lèvres si douces qui s'appuyaient à ses doigts, il aurait voulu les sentir sous les siennes, en savourer la fraîcheur. Il lui fallait la tendresse d'une femme, après deux ans de solitude et de sécheresse du cœur.

Il lui releva la tête pour fixer son regard dans ses yeux bleus, pleins d'une crainte qu'il ne pouvait chasser.

Jamais ils ne pourraient vivre ensemble. Epouser Geneviève, ce serait rompre son deuil, et se parjurer.

D'un coup, Bevan se détourna. La proposition faite par Patrick était inacceptable. Mais dans le même temps il se rappela son devoir d'homme d'honneur. Il n'avait pas le droit d'abandonner Geneviève aux griffes d'un dément.

Il ne pouvait résoudre seul ce dilemme. Le roi auquel rendaient hommage tous les souverains des royaumes d'Irlande serait bientôt à Tara. Bevan lui demanderait son aide. En cas de nécessité, il s'adresserait aussi à Henry, le roi d'Angleterre et des Normands. Il accepterait à la rigueur cette concession, sans renier ses principes.

*
* *

Geneviève, levée à l'aube, se vêtit avant que les femmes dont elle venait de partager la chambre ne soient encore réveillées. En la voyant descendre, quelques servantes l'observèrent avec curiosité. Elle ignora leur présence.

Une assez vive animation régnait dans la salle basse, où les résidents du château prenaient, dans un certain désordre, leur repas du matin. A la déférence que tous lui témoignaient, elle reconnut la maîtresse des lieux.

Vêtue d'une cape d'un bleu profond et d'une *léine*, la robe traditionnelle des femmes irlandaises, la reine de Laochre avait grande allure. D'une taille élevée, elle parvenait à donner à sa simple *léine*, qui la drapait jusqu'aux pieds, un air d'élégance. Sa chevelure blonde, tressée au-dessus du front, s'étendait librement sous son voile, jusqu'à la taille. Geneviève la vit venir vers elle.

— Vous vous nommez bien Geneviève, n'est-ce pas ? Je suis Isabelle MacEgan.

La reine de Laochre s'exprimait avec une aisance si étonnante dans sa propre langue que Geneviève faillit lui en faire la remarque. Elle la salua avec modestie.

— J'avais hâte de faire la connaissance de celle qui a sauvé les vies de Bevan et d'Ewan, poursuivit la reine. Il est rare qu'une jeune lady vienne au secours d'un guerrier, lorsqu'il s'agit d'un MacEgan, surtout.

— Bevan m'a permis d'échapper à la violence de mon fiancé, que je déteste, répondit Geneviève en rougissant. En les aidant à s'évader, je me suis libérée moi-même.

— Tous les MacEgan vous en sont infiniment reconnaissants, reprit la reine. Et je comprends en vous voyant que Bevan s'intéresse tant à vous.

Ne sachant que dire, Geneviève s'abstint de relever le compliment.

— Je n'ai rien fait qui mérite une telle gratitude, majesté.

— Appelez-moi Isabelle. En ce qui concerne Bevan, je n'exagère en aucune façon. Depuis la mort de sa femme, aucune autre n'a retenu son attention, je l'ai remarqué.

— Nos chemins se sont croisés par hasard, voilà tout.

Geneviève avait fait cette mise au point, sur un ton désinvolte, d'une voix assez neutre pour décourager la marieuse.

Car Isabelle MacEgan s'était de toute évidence mis en tête d'arracher son beau-frère à sa solitude. Geneviève pour sa part ne souhaitait pas entrer dans ce jeu. Il lui était arrivé de trouver du charme à un prétendant en tout point remarquable et promis à un brillant avenir, le séduisant Hugh Marstowe. Une fois les fiançailles conclues, le cauchemar avait succédé à l'idylle.

Probablement sensible à sa réticence, la reine engagea la conversation sur un autre terrain.

— Nous organisons une petite fête, ce soir, à l'occasion du retour de Bevan au bercail, si l'on peut dire. Il m'a dit que vous êtes en partance pour l'Angleterre. Mais vous aurez le temps j'espère de vous joindre à nous pour l'occasion.

— J'en serais enchantée. A condition bien sûr que je puisse vous aider à la préparer. J'aime me rendre utile, voyez-vous. Dans l'oisiveté, je me morfonds. Une occupation me distrairait, n'importe laquelle.

— Laquelle préférez-vous ?

Geneviève eut une hésitation. Elle adorait la musique, et chantait naguère, en s'accompagnant au psaltérion. Au cours de l'une de ses crises, Hugh avait détruit l'instrument. Il considérait les activités artistiques comme inutiles à une épouse selon ses vœux. Depuis, Geneviève ne chantait plus. Saurait-elle encore charmer son public, comme jadis à Longford ? Elle venait à en douter.

— J'aime la couture, dit-elle, mais je n'ai avec moi ni fil ni aiguille. Lorsque Bevan m'a offert asile à Ennisleigh, je n'ai pas eu à réparer mes vêtements, qui étaient en lambeaux, puisqu'une personne inconnue m'a envoyé de quoi me vêtir proprement. Je sais à présent qui est ma bienfaitrice, et je vous suis infiniment reconnaissante, madame.

— Laissons cela. Bevan voulait tenir provisoirement votre présence secrète, ainsi que son retour. Mais les nouvelles vont vite, d'un bord du Gouffre à l'autre.

— Du Gouffre ?

— C'est ainsi que les gens du pays nomment le détroit. Puisqu'il vous faut du matériel de couture, nous allons y pourvoir sans tarder.

Interpellant dans la langue locale une servante, Isabelle l'invita à aller chercher à la lingerie du matériel de couture.

— Je m'étonne, dit Geneviève, qu'une reine irlandaise s'exprime aussi parfaitement dans ma langue natale. Pourquoi riez-vous, je vous prie ?

— C'est que votre langue natale est aussi la mienne, répondit Isabelle. C'est en entrant dans le clan des MacEgan qu'il m'a fallu m'initier à son langage. Mais à mon tour de m'étonner. Où avez-vous appris l'irlandais ?

— J'étais en nourrice au pays de Galles. La femme qui s'occupait de moi venait de Dublin. Elle est devenue plus tard ma gouvernante.

En s'interrogeant sur leurs origines respectives, toutes deux s'aperçurent que leurs ancêtres étaient originaires l'un de Combourg, l'autre de Pontorson, en Normandie. Compagnons de Guillaume le Conquérant, ils avaient fait souche et prospéré en Angleterre.

Leur entretien se poursuivit parmi les servantes et les hommes de peine, qui tous préparaient en vue de la fête la salle basse du château, à grand renfort de guirlandes de feuillage et de banderoles.

Pour nettoyer le sol, bancs mobiles et tréteaux avaient été entassés à l'extérieur. Geneviève s'étonna de voir la reine participer aux plus humbles des travaux, en balayant par exemple les dalles avant d'y répandre de la paille fraîche mélangée d'herbes aromatiques. Pour ne pas être en reste elle l'imita, dans la bonne humeur générale.

Comme la rumeur des conversations baissait d'un ton et que les regards des femmes convergeaient vers un même lieu, en arrière d'elle, Geneviève se retourna. Elle vit Bevan. L'estafilade qui lui barrait la joue se trouvait entièrement cicatrisée.

— Bevan, quel plaisir. Comment vous portez-vous ?

En le saluant ainsi, Geneviève ne crut pas déplacé de lui

tendre les deux mains, en souriant. Comme pour lui reprocher ce geste pourtant bien simple, Bevan garda les bras le long du corps. Embarrassée, elle n'eut plus qu'à baisser les siens. Pourquoi agissait-il ainsi ? Comme il ouvrait la bouche, elle put croire qu'il allait lui dire quelque chose. Mais elle le vit resserrer aussitôt les lèvres. On aurait dit qu'il n'avait ouvert et fermé la bouche que pour souligner sa volonté de se taire.

Le silence menaçant de se prolonger, Geneviève prit le parti de revenir à ses occupations, et se remit à garnir le sol. Une guirlande de lierre et de houx lui parut beaucoup trop épaisse. Elle entreprit de la dédoubler, sous les yeux de Bevan, qui se taisait encore.

Comment mettre fin sans ridicule à cette comédie ? Elle lui posa une question anodine, puis une autre. A chacune, il ne répondit que d'un mot bref. Pour le faire sortir de ses retranchements, une question plus personnelle s'imposait.

— Avez-vous envoyé comme vous l'aviez promis un message à mon père, afin qu'il vienne me chercher ?

— Non.

Il persévérait, et comme pour souligner sa goujaterie se passionnait soudain pour les évolutions d'un poseur de banderole qui jouait les acrobates, sur le dernier barreau d'une échelle.

— Vous avez changé d'idée ? insista-t-elle.

— Patrick s'en occupe, répondit distraitement Bevan, le nez en l'air.

Il tenait absolument à se montrer déplaisant, insupportable même. Pour en finir, Geneviève en vint à l'apostropher directement.

— Je me trouve en présence d'un être qui me fuit comme la peste, maugréa-t-elle, les bras croisés, en fixant sur lui un regard impitoyable. Il refuse de m'adresser la parole parce que mes ancêtres sont nés en Normandie. Peut-être croit-il que leurs descendants se transforment en loups-garous, à la pleine lune !

Bevan ne put s'empêcher d'esquisser un vague sourire, mais demeura silencieux.

— A moins que je n'aie affaire à un individu qui se fâche comme un petit garçon boudeur, parce que j'ai douté des capacités de son escorte…

Geneviève eut le plaisir de le voir sursauter. Il réagissait vivement, cette fois.

— Je vous l'ai proposée. Vous n'en avez pas voulu. Tant pis pour vous. J'ai d'autres chats à fouetter, d'autres affaires à régler, qui ne vous concernent pas.

Dressé de toute sa taille, Bevan tentait de l'intimider. Avec ses bras forts, son large torse, son regard impérieux et la brutalité de son vocabulaire, il rappelait à Geneviève qu'il pouvait l'écraser, qu'elle avait tout à craindre de lui. Mais au fond de son cœur elle savait qu'il ne lui ferait jamais le moindre mal.

— Et puis je ne suis plus un petit garçon, Geneviève, ajouta-t-il pour faire bonne mesure.

— Alors cessez de bouder ! dit-elle entre ses dents pour ne pas mettre en alerte le voisinage. Les gens de ma famille vont venir me chercher, et plus jamais vous n'entendrez parler de moi. J'ai affaire, moi aussi.

Sur ces mots, Geneviève tourna résolument le dos à son interlocuteur et s'engagea droit devant elle, en direction de la reine Isabelle, qui n'eut que le temps de fixer ailleurs son regard.

Bevan avait des idées de meurtre. La main sur la poignée de sa dague, il serra les mâchoires. Un combat. Il lui fallait un combat, le froissement du fer, le choc des lames. Il sortit à grands pas de la salle bruissante de bonne humeur. Il faisait froid dehors, des nuages bas et lourds annonçaient d'imminentes chutes de neige. La rage l'étouffait. Incapable de contenir sa colère, il fallait qu'il la fasse éclater, d'une façon ou d'une autre.

Après tout ce qu'il avait fait pour elle, l'insolente osait le traiter de « petit garçon boudeur » !

Sur une portion de l'esplanade, des fantassins s'entraînaient à l'épée. Il suffit à Bevan de dégainer la sienne pour que l'un des plus jeunes, soucieux sans doute de se faire valoir, se mette hardiment à sa disposition. Patrick voulait le marier ! A cette folle ! Jamais !

Son partenaire esquissa une feinte, aussitôt déjouée, et battit aussitôt en retraite, ferraillant pour parer les assauts furieux qui le menaçaient, son bouclier de bois résonnant sous les coups et s'effilochant en échardes. Au lieu du visage du jeune homme, Bevan voyait celui de Hugh Marstowe, l'indigne fiancé, qui serait bientôt acculé à la muraille. Geneviève lui avait sauvé la vie, et celle d'Ewan, sans doute, mais il ne lui devait rien, plus rien !

Le dos au mur, l'ennemi se défendait désespérément. Soudain, Bevan sentit un coup qu'il n'avait pas vu venir.

— Pardon !

Il accusa le coup et dut bloquer sa respiration, tant la douleur était vive. Du sang frais souillait sa manche.

— Pardon, Bevan ! répéta le malheureux, qui n'en menait pas large.

— Au combat, on ne s'excuse jamais, lui rappela sa victime. Tu t'es bien battu, je te félicite. Je n'ai pas vu venir la botte, cela me servira de leçon.

Il n'aurait pas aimé que l'insolente le surprenne dans cette situation. En rentrant aussi discrètement que possible au château, la main droite appuyée à sa blessure pour ralentir l'afflux de sang, il s'attendrit pourtant au souvenir des soins qu'il avait reçus de Geneviève. Il revit aussi les ecchymoses sur son visage, le sang séché sur ses cheveux, près de la tempe. Il se souvint de la terreur que son fiancé lui faisait vivre.

Marstowe l'avait traitée comme une chose, comme un objet en sa possession, non pas comme une personne. Il s'estimait infiniment supérieur à sa future épouse.

Bevan au contraire s'était toujours considéré comme

très inférieur à Fiona. Par sa beauté aussi bien que par son intelligence, elle était la perfection même. Le jour même de son mariage, il doutait encore de lui. Il s'estimait trop jeune et trop maladroit pour être digne d'une épouse d'une qualité aussi exceptionnelle.

Patrick avait beau penser qu'un mariage avec la fille de l'usurpateur serait le moyen le plus sûr de rentrer en possession de Rionallis, Bevan ne l'épouserait jamais. Pas plus qu'une autre femme, d'ailleurs. En improvisant dans sa chambre un pansement de secours, il revint à ses tristes pensées.

Un petit garçon boudeur.

A bien y réfléchir, c'est par fierté qu'il avait refusé d'admettre que Geneviève avait raison. Il s'était vexé, comme le font en effet les enfants ou les êtres faibles. Il n'avait surtout pas voulu voir qu'ils étaient tous deux attirés l'un par l'autre. La voyant fragile et vulnérable, il était venu à son aide. Mais à l'égard d'un homme il n'aurait pas éprouvé la même compassion. En secourant Geneviève, il cédait à la séduction d'une femme.

Depuis plus de deux ans, Bevan s'interdisait la fréquentation des femmes. L'abstinence le satisfaisait moralement, parce qu'elle témoignait de la force de sa volonté, et de sa grandeur d'âme. Mais son corps avide d'émotions et de plaisirs s'impatientait.

En présence de toute autre héritière, Bevan aurait peut-être accepté un mariage d'intérêt, pour rentrer en possession de son bien. Lorsqu'on épouse une personne qui vous est indifférente, il est facile de la tenir à l'écart, et de vivre sans elle.

Mais Geneviève au contraire effacerait le souvenir de Fiona. Elle la remplacerait. Il n'en était pas question. Jamais Bevan n'épouserait Geneviève. Jamais.

Chapitre 6

Dans une pièce calfeutrée, une grande cuve pleine d'eau fumante était couverte en partie de draps blancs. La reine Isabelle disposait sur une sorte de mannequin d'osier une léine aux nuances délicates, avec les manches assorties, une mante pourpre et une ceinture dorée.

— Voilà qui devrait mettre en valeur votre belle chevelure sombre, dit-elle.

Geneviève lui était reconnaissante de n'avoir manifesté aucune surprise et de s'être abstenue de toute remarque, lorsqu'en se dévêtant en sa présence elle n'avait pu lui cacher les marques laissées sur son corps, au niveau des côtes surtout, par son ancien fiancé.

— Je suis certaine, reprit la reine, que ce soir Bevan ne vous quittera pas des yeux.

Geneviève ne lui dit pas qu'elle en doutait, après leur dispute.

Une fois entrée dans le bain chaud, aux bons soins d'une matrone qui ne comprenait que la langue irlandaise, elle éprouva d'abord une intense satisfaction. Cette euphorie laissa d'un seul coup place à la mélancolie. Elle aurait tant souhaité faire la paix avec Bevan. Elle venait de l'outrager si cruellement qu'elle s'en était certainement fait un ennemi.

Sur le rempart, il lui avait effleuré la joue, sans qu'elle ait eu le courage de refuser cette caresse. Elle éprouvait à son égard une telle attirance qu'elle s'était laissée aller à imaginer dans ses rêves qu'il allait lui faire connaître une vie nouvelle. Mais Bevan la rejetait à présent, il ne voulait plus la connaître. Il la méprisait en raison de ses origines, de sa famille, qu'il haïssait parce qu'elle occupait la demeure qu'il avait lui-même abandonnée. Il fallait qu'elle évite tout conflit entre son père et Bevan. Mais par quel moyen ?

On mit dans l'eau du bain des plantes odoriférantes en même temps qu'un liquide délicatement parfumé. Elle y plongea la tête pour que la servante lui lave les cheveux, puis s'appliqua à frotter délicatement ses côtes, marquées de larges traces d'un pourpre sombre. Son visage était-il lui aussi à ce point abîmé ?

— Je voudrais un miroir, lança-t-elle tout à trac.

Quelques instants plus tard, l'image que lui renvoyait le miroir de bronze l'épouvanta. Une traînée sombre s'étendait de la mâchoire à la tempe, du côté gauche. Lorsqu'elle rendit le miroir à Isabelle, ses mains tremblaient. Malgré tous ses efforts pour les retenir, elle versa des larmes.

— Je n'avais pas pris conscience de l'ampleur du désastre, dit-elle.

— Il ne s'agit pas d'un désastre, puisque dans quelques jours il n'y paraîtra plus, fit observer sa bienfaitrice. Dans l'immédiat, je prône le recours au fard. Je n'en fais pas usage, mais il m'en reste un peu, je crois, du temps de mon enfance, lorsque j'étais en âge de me déguiser.

Le visage d'Isabelle respirait la bonté. On voyait qu'elle aimait se rendre utile, et faire le bien.

— Je suis doublement heureuse d'avoir pu m'enfuir de Rionallis, dit Geneviève. Sans mon évasion, je n'aurais pas eu le plaisir de vous rencontrer. L'essentiel n'est pas là, bien sûr, mais cela compte. Ne plus être soumise à Hugh, quel soulagement ! Je n'aurais pu l'épouser. Il était trop cruel, vraiment.

— C'est votre fiancé qui vous a frappée ainsi ?

Geneviève sortit du baquet. Pendant qu'on l'enveloppait de linges tièdes, elle eut le temps de réfléchir. Fallait-il tout dire à Isabelle ? Elle décida de ne rien lui cacher.

— Hugh était un tyran, dit-elle quand elle fut assise. Il prétendait m'apprendre l'obéissance. Il m'accablait de tels reproches qu'il m'arrivait parfois de le croire, et de douter de moi-même. Il fallait que je parte, il le fallait.

Elle se tut pendant qu'on l'habillait de vêtements neufs, et se détendit lorsque la servante entreprit de peigner sa chevelure, tout près d'un brasero.

— Bevan n'a pu s'emparer de Rionallis, mais c'est à lui que je dois mon salut, reprit-elle. Il m'a fait découvrir des passages secrets dont j'ignorais l'existence.

La reine de Laochre avait de la suite dans les idées, car elle saisit au vol l'occasion qui lui était offerte de déplorer la solitude de son beau-frère, sans cacher son intention d'y remédier.

— Je suis heureuse qu'il vous ait rencontrée, dit-elle. Il ne vous quitte guère des yeux, je l'ai remarqué. Avant de vous connaître, il ne s'intéressait à personne.

Geneviève songea qu'Isabelle, ignorante de leur dernier entretien, se berçait d'illusions.

— Il est rare qu'un deuil se prolonge aussi longtemps, ajouta Isabelle pour faire bonne mesure.

— Sa femme se nommait Fiona, n'est-ce pas ? Il a prononcé une fois son nom, quand il avait la fièvre.

— Il n'en parle jamais, mais nous savons tous combien il la regrette. Je souffre de le voir quelquefois errer comme une âme en peine au bord de la mer, à l'endroit où…

Isabelle, qui s'était penchée sur un coffre, se tut brusquement.

— Tenez ! s'écria-t-elle en se relevant. Ces boucles d'oreilles me semblent tout à fait seyantes…

— A l'endroit où quoi ? fit Geneviève.

Visiblement gênée, la reine eut un moment d'hésitation. Elle regrettait d'en avoir trop dit.

— A l'endroit où on a retrouvé son corps, répondit-elle en détournant les yeux. Puisque j'ai commencé, autant tout vous dire. Voilà. C'était pendant ce qu'on appelle ici la grande bataille, celle où a été tué le frère de Patrick, le roi Liam. Fiona s'était aventurée semble-t-il aux abords du champ de bataille. Un cavalier normand l'a enlevée. Elle criait. Bevan se trouvait trop loin pour pouvoir intervenir.

— Ce cavalier, il ne l'a pas poursuivi ? s'étonna Geneviève.

— Il est tombé à l'instant même, assommé par trois hommes qui lui ont enlevé son heaume avant de le frapper, répondit Isabelle. Il semble que Fiona ait pu s'enfuir et se réfugier dans une cabane de pêcheur, au bord de la mer. Mais au cours du combat la cabane a pris feu, et Fiona est morte dans l'incendie. C'est aux bijoux qu'elle portait, à son couteau et à la boucle de sa ceinture qu'il a été possible d'identifier son corps.

Geneviève frissonna. Cette épouvantable précision lui faisait voir des images affreuses.

— Quelle horreur ! s'écria-t-elle.

— Leur petite fille, qui se nommait Brianna, venait de mourir de maladie, quelques semaines auparavant. Bevan n'a appris la triste nouvelle qu'en revenant d'expédition, plusieurs jours après l'enterrement. Brianna n'avait que trois ans. Vous imaginez sa souffrance. La mort de Fiona l'a désespéré. Elle suivait de si près celle de leur fille. Jusqu'à présent, il est resté inconsolable.

Geneviève se souvint des mots qu'avait balbutiés Bevan dans son délire, pendant la première nuit passée à Ennisleigh. Elle se rappela aussi la méprise dont elle avait failli cette nuit-là devenir la victime, en quelque sorte.

— Il aimait beaucoup sa femme, n'est-ce pas ?

— Bevan l'idolâtrait. Il aurait donné sa propre vie pour la sauver.

Geneviève éprouva une sorte de pincement au cœur. Ce ne pouvait être la morsure de la jalousie, bien sûr. Mais qu'il était enviable, le sort de cette femme qui avait eu la chance d'être aimée si ardemment !

On venait d'apporter à Isabelle le coffret d'osier qu'elle avait réclamé. Elle fit son choix parmi les petits pots de fard, et estompa sur le visage de Geneviève les traces des coups qu'elle avait reçus.

— A la lumière des flambeaux, il n'y paraîtra plus, assura-t-elle.

En voyant que la reine était contente de son ouvrage, Geneviève reprit de l'assurance. On entendait de loin le bruit de la fête. Elles descendirent ensemble.

Dans la grande salle, la population de Laochre était déjà en liesse. Les tables à tréteaux, joyeusement décorées, étaient jonchées de victuailles et de pichets; les gens du peuple semblaient prendre un vif plaisir. Par une porte ouverte à mi-hauteur dans la muraille, on voyait s'affairer des femmes de cuisine. Au fond de la pièce, l'estrade où sans doute se tenaient ordinairement le roi, ses frères et les personnages les plus importants était occupée par les musiciens qui s'y succédaient et faisaient danser les amateurs.

Geneviève fut présentée à Patrick MacEgan, roi de Laochre, dans des circonstances qui excluaient toute mondanité. Il la salua courtoisement, tout en tendant à Isabelle le très jeune Liam, qui pleurait. Les mains libres, il se mêla aux danseurs, qui sur un rythme vif exécutaient des figures par groupes de quatre ou de huit, hommes et femmes mêlés.

Un peu étourdie, Geneviève s'appuya discrètement à la muraille, sous les guirlandes de verdure. A l'écart, Isabelle allaitait son enfant. Geneviève s'en étonna. En Angleterre, les dames de l'aristocratie laissaient ce soin à des nourrices, et les nobles évitaient la fréquentation du peuple.

Comme Isabelle semblait heureuse ! Geneviève connaîtrait-elle un jour les joies de la maternité ? Elle n'osait pas l'espérer. Son avenir de mère de famille semblait bien compromis. Après le fiasco de ses fiançailles et le scandale qu'il allait provoquer, trouverait-elle un prétendant assez hardi ou assez inconscient pour vouloir devenir son mari ?

Aux airs endiablés succéda une ballade mélancolique dont la foule reprit en chœur le dernier refrain. Les yeux fermés, Geneviève entendit ensuite d'autres airs de danse. Elle était depuis si longtemps privée de musique ! Il n'y avait pas de psaltérion à Laochre. Celui que Hugh avait brisé dans un moment de rage venait d'Angleterre. Ici, les musiciens jouaient de la harpe et de la flûte, de la viole, de la trompe et du tambourin. En temps ordinaire, ils travaillaient aux champs ou à la forge. Mais leur enthousiasme compensait largement la simplicité de leur jeu.

On lui frappa discrètement l'épaule. Le cœur battant, Geneviève sourit et rouvrit les yeux, toute prête à se réconcilier avec Bevan. Son sourire s'effaça aussitôt. Un gaillard dégingandé, aux cheveux roux et au visage échauffé, la contemplait avec admiration, le regard allumé.

— Moi, c'est Sean, dit-il en irlandais. On s'est jamais vus, mais vous me plaisez bien, et j'aime pas que les belles filles s'ennuient. Vous venez danser avec moi ? Avec les autres, je veux dire.

— Je vous remercie, répondit Geneviève. Je ne m'ennuie pas, et je ne sais pas danser.

— Raison de plus pour apprendre, conclut-il sans se démonter.

Il lui prit par surprise les deux mains.

— Non, vraiment, dit-elle en tentant de lui résister. Je préfère ne pas danser.

Sans tenir compte de son refus, il lui fit quitter son appui en la tirant vers lui.

— Laissez-moi tranquille !

Le garçon éclata de rire et pour se faciliter les choses lui pressa la taille et le flanc. Geneviève se raidit. Il lui faisait si mal qu'elle crispa les paupières. Elle s'entendit crier de douleur.

Elle eut soudain les mains libres. On lui prenait le bras, pour la soutenir. En ouvrant les yeux, elle vit le garçon aux cheveux roux partir à reculons, puis se noyer dans la foule en faisant volte-face.

— Cet imbécile vous a fait mal ? demandait Bevan.

— Il ne pouvait savoir l'état de mes côtes, plaida Geneviève pour ne pas accabler son admirateur. Tout va bien, à présent…

Elle aurait voulu ajouter « puisque vous êtes près de moi », mais s'en abstint. Il n'est pas utile de tout dire.

Bevan s'appuya comme elle à la muraille, dont le retrait faisait en cet endroit une sorte de niche. Ils restèrent ainsi, sans se parler. Geneviève se sentait bien. La simple présence de Bevan la réconfortait. Quand la harpe celtique préluda, annonçant une nouvelle mélodie, elle sourit de contentement, et sut ainsi que Bevan ne la quittait pas des yeux, comme l'avait prévu la reine.

— Je vous vois sourire. Vous aimez la musique ?

— Je l'adore.

Comme chacun se taisait dans la salle, on ne perdait ni une note, ni un mot. Pour bien entendre, Geneviève avait de nouveau baissé les paupières. Elle se recueillait. Une main frôla soudain la sienne. Elle frémit, mais ne fit rien pour interrompre le contact. En tolérant cette petite privauté, en s'en rendant complice, elle avouait sa faiblesse. Mais en faisant la paix avec Bevan, elle éprouvait un tel soulagement !

En s'écartant de lui, elle aurait évité que le flot de chaleur qui se répandait en elle l'envahisse tout entière. Un moment plus tard, comme pris d'une soudaine agitation, Bevan se déplaça pour lui faire face, et la surprit en lui enveloppant le visage de ses deux mains.

— Votre contusion n'apparaît presque plus, observa-t-il pour expliquer son geste.

— La reine Isabelle l'a maquillée avec euh… avec du fard.

Geneviève se désespérait de balbutier ainsi, mais se trouvait des excuses. Si les mots lui venaient difficilement aux lèvres, c'est qu'en caressant ses tempes et sa chevelure Bevan lui troublait l'esprit. Sur le conseil d'Isabelle, elle ne portait pas de voile comme à l'accoutumée, pour se mettre à la mode irlandaise. Les doigts pénétraient donc sans obstacle dans l'épaisseur de ses cheveux. Comment des mains si fortes peuvent-elles agir avec tant de douceur ?

— Vous avez l'air… d'aller bien, ce soir.

Bevan parlait d'ordinaire avec plus de facilité. Mais ses yeux verts brillaient d'un tel éclat qu'ils parvenaient à exprimer une foule de messages sans doute confus, mais si séduisants que Geneviève serait volontiers demeurée ainsi, dans cette attitude, pour les déchiffrer un par un en prenant tout le temps nécessaire.

Comme affaiblie par la distance, la voix de sa raison l'invitait à rompre le charme. Mais tout son être refusait de l'entendre.

Bevan semblait lui-même surpris par son audace, car il voulut s'écarter. Alors Geneviève posa ses deux mains sur les siennes, afin de les maintenir en place. Elle n'avait plus conscience des choses, son esprit vagabondait.

Dans un souffle, elle murmura le nom de Bevan. On aurait dit qu'il regrettait ce qu'il venait de faire. Pour ne pas le gêner, Geneviève le repoussa doucement.

— Je deviens fou, balbutia-t-il.

Tout à coup, il lui baisa les lèvres, sans vouloir la brusquer, ou lui faire mal. Ce baiser voulait la consoler, lui apporter la paix, effacer jusqu'au souvenir des souffrances passées.

Lorsqu'elle entrouvrit les lèvres, le baiser changea de nature. Leurs langues se rencontraient, se mêlaient, éveillaient au plus profond de chacun un désir immédiat, exigeant, enragé presque. Pour garder son équilibre, le corps de Geneviève s'appuya tout entier à celui de Bevan, et subit la pression affolante de sa virilité. Sans que ses lèvres cessent un instant de la dévorer, il lui baisa le cou, avec un tel emportement que le vertige du désir l'emporta tout entière. Elle ne s'appartenait plus.

Bevan la prit par la taille pour la serrer plus étroitement contre lui. Les éclats de la liesse voisine ne lui parvenaient plus que confusément, tant la tête lui tournait. A l'instant même où Geneviève se décidait à le repousser, il s'écarta, haletant comme elle.

— Je vous demande pardon, dit-il en reculant de plusieurs pas, sans la regarder. Je n'aurais pas dû.

Geneviève ferma les yeux, pour remettre de l'ordre dans ses pensées. Il regrettait de l'avoir embrassée. N'y avait-il pas dans ce remords quelque chose d'humiliant ? Elle s'en indigna.

— Pourquoi n'auriez-vous pas dû ? Parce que ma famille est normande, parce que je suis votre ennemie ?

— *Tà.* Il vaut mieux ne pas compliquer les choses, entre nous.

Cruellement offensée, Geneviève tenta de conserver son sang-froid. Etait-il à ce point désagréable de l'embrasser ? Bevan avait-il à se plaindre de sa maladresse, de son inexpérience ? Allait-il lui reprocher jusqu'à la fin des temps de ne pas être celte, comme lui ?

Bevan de son côté souffrait le martyre. Jamais une femme ne lui avait inspiré un désir aussi violent. Il s'épouvantait de la fragilité des sentiments, des souvenirs qui réglaient son existence. Pendant un moment, il avait oublié son deuil. Il s'en était fallu de peu qu'il emporte Geneviève dans ses bras, jusque sur son lit.

Deux années d'abstinence exacerbaient la force de son désir. Il savait bien que toute faiblesse à l'égard de Geneviève lui était interdite. Mais quand il avait vu cet escogriffe s'adresser à elle, la contraindre, lui faire peur, une fureur folle l'avait emporté sur la prudence qu'il s'imposait. La nécessité de la secourir avait détruit toutes ses bonnes résolutions.

Pour la première fois, le souvenir de Fiona s'était effacé de sa mémoire. Lorsque leurs lèvres s'étaient jointes, la passion toute pure l'avait embrasé.

Il venait de faire une découverte, la pire qui se puisse imaginer. Jamais sa femme n'avait éveillé en lui une passion aussi totale, aussi violente. Il avait vénéré Fiona, il l'avait aimée de tout son cœur. C'est avec tendresse qu'il lui avait fait l'amour.

Mais cette fois, il était entré dans un autre monde. Un simple baiser avait suffi pour lui apprendre l'existence d'un univers nouveau, celui où deux êtres peuvent ne plus en faire qu'un seul. Le destin les avait-il faits l'un pour l'autre ? Bevan se refusait à le croire. Jusqu'au jour de sa propre mort il resterait fidèle à son épouse défunte.

Il désirait Geneviève de Renalt, cependant, la fille d'un ennemi qu'il aurait tué, s'il l'avait fallu.

Désormais, il se tiendrait sur ses gardes. La passion pouvait le désarmer, tarir sa volonté de vengeance. Il devait s'en guérir. Il devait se séparer définitivement de Geneviève, et mettre entre elle et lui la plus grande distance possible.

Chapitre 7

Le jour suivant, une tempête de neige s'abattit sur le château, blanchissant les alentours jusqu'à l'horizon. Geneviève n'aperçut guère Bevan, qui l'évitait visiblement. Comme Isabelle surveillait à la buanderie collective les préparatifs d'une lessive, elle se sentait bien seule. Aussi se trouva-t-elle heureuse, alors qu'elle cousait dans la salle basse presque déserte, de voir Patrick MacEgan, le roi de Laochre, faire un détour pour s'approcher d'elle. Elle voulut se lever, mais d'un geste il l'invita à n'en rien faire et s'assit familièrement à ses côtés.

Geneviève devina qu'il voulait lui parler sérieusement.

— Bien que je n'aie pas eu l'occasion de m'entretenir longuement avec vous, madame, je n'ai pas manqué de réfléchir à votre situation. Sur la suggestion de mon frère, j'ai également accompli certaines démarches qui vous concernent. Il me semble nécessaire de vous en faire part.

Malgré la simplicité de son attitude, Patrick MacEgan s'exprimait avec la prudence et la dignité des hommes de loi ou des négociateurs d'affaires difficiles. Geneviève posa sur le banc son ouvrage, pour lui montrer qu'elle l'écoutait attentivement.

— Ma présence vous a été imposée, sire…

— Je me nomme Patrick.

— Je crains qu'elle ne provoque du trouble, aussi bien dans vos relations avec vos voisins qu'à l'intérieur de votre clan.

— Les habitants de Laochre sont assez fidèles aux MacEgan pour approuver leurs initiatives, dit-il. Celle qu'a prise mon frère m'engage personnellement. Par ma volonté, vous êtes ici chez vous, madame, aussi longtemps qu'il vous plaira.

De ses yeux d'un étonnant gris ardoise, il la scrutait, comme pour évaluer son caractère.

— En ce qui concerne mes voisins, reprit-il, qu'ils soient irlandais ou viennent d'ailleurs, les choses sont parfois délicates.

Geneviève hocha la tête. Au-delà de ces considérations générales, elle savait où le roi voulait en venir.

— Il s'agit de Rionallis, n'est-ce pas ?

— En effet. Les guerres ont provoqué tant de catastrophes dans ma famille comme dans tous les clans d'Irlande que je souhaite ardemment les éviter. Vous partagez mon point de vue, n'est-ce pas ?

Geneviève fit signe que oui.

— J'ai une suggestion à vous soumettre. En l'acceptant, vous nous permettriez d'éviter un conflit.

Geneviève devinait ce que serait cette proposition. Elle n'en dit rien, autant par pudeur que pour laisser l'initiative au souverain.

— Je déteste les conflits, quels qu'ils soient, déclara-t-elle. S'il m'est possible de vous aider, je me rangerai volontiers à votre avis.

Patrick hocha la tête et lui sourit.

— Voilà qui va fort bien. Mais je vous mets en garde sur un point. La solution que j'envisage vous concerne de très près, puisqu'elle engage toute votre existence. Vous pouvez donc la refuser à votre gré. Si elle ne vous convient pas, dites-le-moi franchement. Vous ne risquez ni de m'offenser ni de changer quoi que ce soit à l'estime que nous vous portons, Isabelle et moi.

Patrick MacEgan marqua une pause. Geneviève attendit la suite en silence.

— Voici mon souhait. Je sais que vous avez décidé de

rompre vos fiançailles. En épousant mon frère Bevan, vous mettriez un terme à la dispute qui vous sépare. J'ai toutes les raisons de penser que le roi d'Angleterre agréerait cet arrangement.

Geneviève ne s'était pas trompée. Le roi de Laochre en venait où elle l'avait prévu. Mais il négligeait l'essentiel.

— Votre frère ne m'a pas caché ses sentiments, dit-elle. Il ne désire pas remplacer l'épouse qu'il a perdue, et pour rien au monde il n'épouserait une personne dont les aïeux sont venus de Normandie.

Patrick fit un grand geste, leva les yeux au ciel et retint un rire.

— J'ai très longtemps partagé avec lui ce préjugé, dit-il. J'en suis revenu, puisque mon mariage avec la fille d'un baron anglais a fait de moi le plus heureux des hommes. Quant à Bevan, j'en fais mon affaire. Il vous épousera, si je lui en donne l'ordre.

Il était sûr de lui, mais Geneviève n'avait pas à s'en réjouir. Les mariages d'intérêt ou d'alliance entre des familles ennemies peuvent éviter des conflits. C'est là leur avantage. Mais il n'est guère enthousiasmant de partager la vie d'un homme qui ne veut pas de vous, et ne s'en cache pas.

Après lui avoir laissé le temps de réfléchir, Patrick voulut pousser son avantage.

— Le roi Henry d'Angleterre doit rencontrer bientôt le roi de tous les Irlandais, celui que nous appelons le grand roi, ou le roi suprême. C'est lui qui veille à maintenir nos traditions et résout nos différends. Si je leur propose de régler par un mariage celui qui nous divise à propos de Rionallis, m'autorisez-vous à leur dire que ce projet a reçu votre accord ?

Geneviève vit le danger. En disant oui, elle ne ferait que renforcer l'hostilité de Bevan. Il n'aurait pas tort de voir dans cette manœuvre une sorte de provocation.

— Je n'ai d'accord à donner à personne, dit-elle. C'est à mon père et à lui seul de décider du choix de mon époux.

Geneviève espéra que Patrick n'allait pas s'étonner d'une

telle déclaration d'obéissance. En rompant d'une façon spectaculaire ses fiançailles, elle avait surtout manifesté son esprit de révolte.

Patrick acquiesça d'un signe de tête, en souriant à demi. Lui aussi s'était fait cette réflexion. Il reprit son sérieux avant de passer au point suivant.

— Je vous ai parlé tout à l'heure de démarches qui vous concernent. Dès votre arrivée à Ennisleigh, j'ai adressé au comte de Longford un message, dont la réponse vient de me parvenir. Nous le rencontrerons si vous le voulez bien à Tara.

Geneviève ouvrit les yeux tout grands en inspirant profondément. Elle n'en croyait pas ses oreilles. Son père. Elle allait le revoir, enfin. Avait-il reçu les messages de détresse qui le suppliaient d'intervenir ? Elle le saurait bientôt. Mais une chose était sûre : une fois informé il se hâterait de rompre officiellement ses fiançailles.

Mais approuverait-il un projet de mariage avec Bevan MacEgan ? Dotés l'un et l'autre d'un caractère autoritaire, ils ne songeraient d'abord qu'à s'affronter. A moins qu'elle ne s'interpose entre eux ?

Elle aurait préféré que Thomas de Renalt vienne la chercher à Laochre et la ramène en Angleterre. La situation aurait été plus nette alors.

— Qu'en pensez-vous, lady Geneviève ? s'enquit le roi. Acceptez-vous d'épouser mon frère, sous réserve que je négocie la paix entre votre famille et la mienne ?

Tout comme Bevan, Geneviève n'avait pas le choix. Elle devait se soumettre, pour éviter d'incessantes batailles.

— Si mon père y consent, je l'épouserai, dit-elle.

La tempête avait cessé, le vent ne soufflait plus. La neige immaculée couvrait la campagne, jusqu'aux collines qui fermaient l'horizon. Marquée par la conversation qui venait de s'achever, Geneviève songea qu'une promenade dans la solitude lui permettrait de mettre de l'ordre dans ses pensées.

Enveloppée d'un *brat*, le grand châle de laine en usage

en Irlande, et d'une grande cape, elle traversa l'esplanade. L'air lui sembla glacé. En l'absence de vent, d'épais flocons de neige tombaient verticalement, limitant à une dizaine de pas le champ de vision.

Au-delà de la palissade, ni homme ni cheval n'avait encore foulé la couche de neige. En essayant de distinguer l'horizon, elle ne put s'empêcher de penser à Hugh, qui sans doute vivait par là, à Rionallis ou ailleurs. Quel traquenard préparait-il ? Car il n'était pas homme à abandonner la partie.

Laochre, avec sa garnison, ses remparts et surtout la présence de Bevan et de ses frères, était bien le refuge le plus sûr que l'on puisse imaginer. Geneviève se le répétait souvent, sans pouvoir se débarrasser de sa peur. Elle éprouvait souvent la sensation d'être observée. La nuit, elle s'éveillait au moindre bruit, et cherchait dans l'ombre un assaillant invisible. Elle se reprochait de ne pas pouvoir reprendre de l'assurance, et de rester sans cesse sur le qui-vive, comme à Rionallis. Loin d'elle, Hugh ne cessait de régir son existence. Elle s'enrageait de sa propre faiblesse.

Rien de tel qu'une promenade dans la neige pour retrouver le calme, et la paix de l'esprit.

L'un des gardes en faction à la porte extérieure l'empêcha de sortir.

— Par un temps pareil, personne ne sort sans escorte, madame, c'est le règlement.

— Je n'irai pas plus loin qu'au pied de la colline, promit Geneviève.

Il lui suffirait de cette distance pour se sentir vraiment seule et réfléchir tranquillement. Le château de Laochre était sans doute accueillant, mais comme toutes les places fortes il prenait parfois des allures de prison.

— Pas un seul instant je ne demeurerai hors de vue, dit-elle encore. Voyez comme je suis vêtue, je ne crains rien du froid, et mon *brat* rouge se voit de loin.

Geneviève sourit au cerbère, qui se laissa attendrir et libéra le passage.

La couche de neige était si épaisse qu'après quelques

pas le bas de sa robe était trempé. L'immobilité du paysage inspirait l'apaisement, le silence de la nature donnait à rêver. Des irisations apparaissaient sur la blancheur de l'étendue.

Aucune silhouette n'apparaissait dans ce tableau. Aucune menace n'était à craindre. Geneviève prit plusieurs inspirations, et trouva dans l'air glacé le goût de la liberté, dont le destin la frustrait. Son avenir dépendait de tant d'intérêts et de volontés contradictoires !

Son mariage avec Bevan pouvait éviter des batailles, sans doute. Mais pour parvenir à un accord, il fallait que MacEgan accepte ce compromis et que le comte de Longford donne son consentement. Patrick se flattait de soumettre son frère à son autorité. Mais un mariage imposé ne fait le bonheur de personne. Sous l'effet de la contrainte, Bevan s'aigrirait, il ne supporterait pas sa présence. Faudrait-il qu'elle s'engage à ne jamais le déranger ?

A la réflexion, l'idée semblait séduisante. Epouser Bevan en le dispensant de toutes les obligations et de toutes les responsabilités qu'impose la coutume, ce serait un moyen de faciliter considérablement la négociation. Officiellement mariés, mais en réalité indépendants l'un de l'autre, ne trouveraient-ils pas une sorte d'équilibre ?

Bevan ne se laisserait pas convaincre aisément. Mais l'assurance d'une totale liberté pouvait lui plaire, ou du moins lui faire entendre raison. L'essentiel était d'éviter la guerre entre deux familles. Lorsqu'une jeune fille s'imagine qu'il est des mariages d'amour, elle se berce de chimères. Geneviève le savait d'expérience. La leçon avait été rude, mais elle l'avait parfaitement assimilée.

Dans le silence absolu, elle crut entendre le cri d'un oiseau, mais n'en vit aucun. Elle fit quelques pas sans plus y penser et entendit de nouveau ce cri, un peu différent cette fois, mais venant de la même direction. Intriguée, elle alla vers l'endroit d'où il venait et l'entendit plus fort, cette fois, sans qu'apparaisse le moindre oiseau. Relevant le bas de sa robe, elle s'avança alors à grands pas dans la neige épaisse, sans souci de se tremper davantage.

Dans un creux elle découvrit une mare gelée. La neige recouvrait la glace à la périphérie, mais au centre des éclats durcis flottaient sur l'eau sombre. Le visage convulsé d'un petit enfant apparaissait à la surface.

Sans s'interroger sur la résistance de la glace, Geneviève atteignit le bord de la mare et s'allongea à plat ventre dans la neige, rampant dans cette position vers le centre.

— Tiens bon, mon petit, j'arrive ! dit-elle en espérant être entendue.

En même temps que le craquement léger de la glace qui s'affaissait un peu sous son poids, elle entendit un sanglot. Encouragée par cet appel, elle redoubla d'efforts et tendit le bras aussi loin que possible. Elle toucha un tissu serré sur une maigre épaule. Elle s'en saisit et le tira à elle, de toutes ses forces.

Comme elle s'était un peu redressée en faisant cet effort, la glace se brisa sous elle. Plongée dans l'eau glacée, elle se débattit sans lâcher le petit corps, et parvint à relever la tête pour prendre une profonde inspiration.

La mare était peu profonde, mais la vase et la boue contrariaient tous les efforts qu'elle faisait pour se redresser et trouver une prise ferme. Alourdies par l'eau, sa cape et sa robe de laine embarrassaient ses membres jusqu'à presque les paralyser. Mais elle serrait contre elle l'enfant, et l'entendait respirer.

Saisie par le froid, hors d'haleine, elle aurait voulu appeler au secours, et s'en trouvait incapable. Qui l'entendrait, d'ailleurs, à cette distance du château ? Une voix inquiète lui rendit soudain l'espérance.

— Madame ! Madame ! Hors de vue, vous êtes hors de vue ! Quelle affaire !

Geneviève eut le temps de penser qu'en suivant ses traces dans la neige épaisse le gardien bienveillant aurait tôt fait de la secourir.

Lorsqu'elle reprit connaissance, trois hommes la portaient vers la palissade toute proche. Elle tenait toujours l'enfant, qui n'avait pas plus de trois ans sans doute, et dont le visage bleuâtre faisait peur.

Déjà informées des événements, Isabelle et quelques servantes l'attendaient à l'entrée de la salle basse. On la remit sur ses pieds, on les enveloppa de couvertures, elle et l'enfant, et la reine l'entraîna vers ses appartements, en donnant toutes sortes d'ordres, concernant le bain, le chauffage et les boissons réconfortantes.

Avant qu'elles aient atteint l'escalier, Bevan survint soudain, dans un état d'agitation extrême.

— Quelle folie vous est passée par la tête ? demanda-t-il à Geneviève en lui saisissant le bras.

— La glace s'est cassée sous lui, dit-elle, je ne pouvais le laisser se noyer.

— Il est interdit de sortir du château sans escorte et sans autorisation. Sous aucun prétexte !

— Il serait mort, dit Geneviève pour sa défense. Regardez-le, il respire !

— Vous auriez pu mourir, vous aussi !

Geneviève renonça à plaider sa cause. Bevan fulminait sans doute, mais il manifestait à son égard une sollicitude à tout prendre fort satisfaisante.

— Ne vous inquiétez pas pour moi, Bevan. C'est l'enfant qu'il faut soigner.

Bevan lui prit le petit corps avec une surprenante délicatesse et l'examina, le visage grave.

— Il a trois ans à peine, murmura-t-il. Isabelle va s'occuper de vous. Je me charge du rescapé.

— Il n'en est pas question, je ne m'en sépare pas ! s'exclama Geneviève.

— Je sais soigner les enfants ! Allez vous sécher, vous chauffer, à l'instant ! Vous voulez que je m'en occupe moi-même ?

Il s'emportait, mais Geneviève s'abstint de lui tenir tête et se soumit, en voyant avec quel soin il faisait de son bras replié une sorte de berceau.

— C'est entendu, dit-elle. Mais dès que j'en aurai fini, je viendrai prendre de ses nouvelles, et vous aider.

A l'étage, Geneviève s'abandonna aux soins de la reine et de ses servantes. Dévêtue, frictionnée et séchée, elle fut enveloppée dans des serviettes chauffées, et invitée à ingurgiter un breuvage qui lui brûla la gorge.

Les muscles endoloris, les membres gourds, elle fut enfin revêtue d'une *léine* bien sèche et d'un *brat* qui l'enveloppait des épaules à la taille. Sans souci de son propre confort, elle ne songeait qu'au sort de l'enfant.

— Connaissez-vous les parents du petit ? demanda-t-elle à Isabelle. Il faudrait les avertir, il me semble.

Embarrassée, la reine chercha ses mots avant de lui répondre.

— On m'a dit que son père accompagnait Bevan à Rionallis, où il serait à présent prisonnier. On est allé chercher sa mère.

Geneviève hocha la tête et se disposa à quitter la pièce. Isabelle la retint.

— Il faut que vous le sachiez, Geneviève. Je vous ai dit que Brianna, la petite fille de Bevan, a été emportée par la fièvre. C'est à la suite d'un refroidissement qu'elle est morte. Elle allait avoir trois ans.

Geneviève hocha la tête. Elle comprenait mieux encore la sollicitude de Bevan à l'égard de l'enfant.

— Je vais l'aider, dit-elle.

Le visage de l'enfant n'était plus bleui par le froid intense, mais blême. Massé, séché, enveloppé dans des linges bien chauds, il respirait régulièrement mais avec bruit. Bevan, les yeux fermés, les deux bras croisés haut sur sa poitrine, le berçait lentement. Au creux de son poignet, le souffle léger faisait comme une caresse. Il était signe de vie.

Du fond du cœur, Bevan priait pour que cet enfant vive. Il n'en pouvait plus. A force de fuir les souvenirs de deuil qui l'obsédaient, jusqu'à ne jamais visiter les tombes de sa femme et de sa fille, son cœur s'était durci. Durant plus d'un an, il avait fui son château. Il participait à tous les combats pour l'endurcir encore, dans l'ivresse de la cruauté.

Il retrouvait en cet instant la tendresse depuis longtemps oubliée. C'est ainsi qu'il berçait Brianna, sa petite fille, à Rionallis, aux temps heureux. Elle aurait plus de cinq ans, à présent.

On frappa à la porte, et Geneviève entra dans la pièce.

A peine entrée, Geneviève s'apprêtait à parler, mais se retint, impressionnée par la scène. Sans dire un mot, elle vint s'asseoir au bord du lit, à côté de Bevan, et posa la main sur le petit corps. Ils restèrent un long moment ainsi, immobiles. Les traits tendus, le regard fixe, Bevan contemplait le vide.

Il souffrait, elle le voyait bien. Des paroles auraient été impuissantes à le consoler. Elle préféra lui poser la main sur le visage, sa paume sur les traces de la blessure la plus récente. La cicatrice était rouge encore. Dans quelque temps, la couleur s'estomperait, et la peau retrouverait sa souplesse. Les blessures du corps s'effacent, avec le temps. Dans le cas de Bevan, celles de l'âme semblaient inguérissables.

Sa souffrance intérieure apparaissait si clairement à Geneviève qu'elle en eut les larmes aux yeux. Elle finit par lui prendre la main pour la porter à ses lèvres et la baiser.

— Que Dieu vous vienne en aide et vous donne la paix, murmura-t-elle.

Les doigts de Bevan se refermèrent sur les siens et ils continuèrent ainsi leur veille. Des heures plus tard, Bevan succomba au sommeil et s'allongea sur le lit, tenant toujours l'enfant. Geneviève remit en place une mèche qui barrait son front et profita de ce qu'il avait fermé les yeux pour le contempler longuement.

Ce soir, elle ne les abandonnerait ni l'un ni l'autre, elle resterait près d'eux, sans se soucier d'éventuels commentaires. La présence de l'enfant les unissait.

Elle courait un risque, en s'attardant à sympathiser avec

lui, à s'apitoyer sur les souffrances qu'il avait subies. Quelle serait sa réaction, lorsqu'elle lui proposerait de devenir sa femme ?

Attablé près de l'entrée de la salle basse, qui servait de dortoir aux hommes célibataires, Bevan attendait le lever du jour. Le petit garçon avait survécu, mais sa respiration était sifflante, et il toussait fréquemment. C'était pitié de le voir tressauter avec tant de violence.

Brianna avait-elle souffert ainsi ? Fiona était-elle bien conseillée, quand elle avait assisté à l'agonie de leur fille, jusqu'au dernier souffle ? Jamais Bevan n'aurait dû s'absenter. Il n'avait pas assisté aux derniers instants de Brianna. Elle reposait déjà dans sa tombe, lorsqu'il était revenu de guerre.

Tout à l'heure, en s'éveillant, il avait trouvé Geneviève endormie sur son lit, l'enfant entre les bras. Sans oser se l'avouer, c'est avec plaisir qu'il s'était réveillé en compagnie d'une femme endormie. La première, depuis bien longtemps.

Patrick apparut à l'extrémité opposée de la salle et la traversa silencieusement, pour ne pas déranger ceux qui dormaient encore. Sur un simple signe, Bevan se leva et le suivit à l'extérieur.

Il y régnait un froid sec, et la neige épaisse crissait sous les bottes. Des nuages bas occultaient la clarté de la lune.

— Notre roi suprême a répondu au message que je lui ai envoyé, dit Patrick. Rory O'Connor te convoque à Tara.

Aussitôt sur ses gardes, Bevan eut un mouvement d'impatience.

— Le *Ard Ri* veut me voir ? Pour quoi faire ?

— Le roi des Normands vient lui rendre visite. Ils pourraient arranger l'histoire de Rionallis.

Bevan fronça les sourcils. Cette annonce ne laissait présager rien de bon. Selon la coutume irlandaise, la solution était simple : l'antériorité faisant droit, les juges traditionnels lui auraient donné raison. Mais Patrick préparait l'avenir. Pour éviter d'autres conflits, il accordait une grande importance aux avis des juristes venus d'Angleterre. Bevan trouvait qu'il les ménageait trop.

— Autrement dit, tu tiens vraiment à ce mariage, maugréa-t-il.

— En effet. C'est la solution la plus simple et la plus rapide. Les deux rois ne peuvent que l'approuver.

— Et moi je n'en veux pas.

Sans doute avait-il parlé trop vite. Mais ce refus exprimait bien le fond de sa pensée. Dans un premier temps, il s'était agi de rester fidèle à la mémoire de Fiona, en demeurant célibataire. A présent, la personnalité de Geneviève lui interdisait ce remariage.

En présence d'une inconnue qui lui aurait été indifférente, il aurait pu consentir à une union simplement politique. Dans un tel cas, il est facile de prendre ses distances avec une épouse de circonstance, et de la tenir à l'écart. Geneviève lui posait un tout autre problème. Il la désirait, il ne pensait plus qu'à elle. Elle ne faisait rien de particulier pour l'attirer, mais sa discrétion ajoutait encore à son charme.

Bevan se figurait un enfant qui aurait les yeux bleus et la chevelure sombre de Geneviève. Le souvenir torturant de sa petite fille morte confortait sa décision. Se remarier, n'était-ce pas courir le risque de devenir veuf pour la seconde fois, de perdre un autre enfant ?

A vrai dire, cette hypothèse était peu vraisemblable. Elle ne passait par son esprit que pour soutenir son entêtement, il devait bien le reconnaître.

— Je te comprends, dit Patrick, mais ne parle pas trop vite. On ne te laissera peut-être pas le choix. Le roi d'Angleterre souhaite me voir, lui aussi, en même temps que Rory O'Connor.

— Tu vas accepter l'invitation ?

— J'hésite encore, mais Isabelle me conseille d'aller à Tara. Comme elle est elle-même fille de Normand, elle pense qu'une telle rencontre renforcerait la paix. Je te préviens tout de suite : Henry pourrait bien exiger que ce mariage ait lieu.

— Et alors ?
— Alors je serais contraint de te l'imposer.
— Tu n'en as pas le droit !
— Je ne suis pas seulement ton frère, Bevan, je suis ton roi, et tu me dois obéissance. Rien ne t'autorise à mettre en danger la vie de mes sujets. J'ai bien voulu accorder l'asile à cette femme, parce qu'elle a beaucoup souffert. Nous n'avons à redouter que la mauvaise humeur de son fiancé. Mais s'il fallait entrer en guerre, il en irait tout autrement. Voilà qui est dit.

Tout était dit, en effet, et Bevan se trouvait à court d'arguments. Il ne s'en obstina pas moins.

— Je vais aller à Tara, déclara-t-il. Rory O'Connor m'accordera audience, et quand cette affaire sera réglée, Geneviève rentrera chez elle, en Angleterre.

Malgré de fréquentes applications de compresses froides, le front du petit garçon demeurait brûlant. Les différents remèdes qui auraient dû faire cesser sa toux et faciliter sa respiration ne donnaient aucun résultat. Geneviève avait tenté de lui faire prendre du bouillon léger, sans succès. Elle devait donc se contenter de le tenir dans ses bras, et de prier pour sa guérison. Il était d'autant plus nécessaire de s'occuper de lui que sa mère restait introuvable, malgré toutes sortes de recherches.

Pour la dixième fois depuis l'aube, Bevan revint dans sa chambre, l'air de plus en plus préoccupé.

— Il n'y a pas d'amélioration ?
— Je crains qu'il n'ait plus que quelques heures à vivre, murmura-t-elle.

Bevan prit à deux mains l'enfant et l'éleva à la hauteur de son visage.

— Je vois que l'on vous a apporté de l'eau très chaude, dit-il. Mettez-en dans une bassine, s'il vous plaît, et préparez une serviette.

Geneviève lui obéit sans poser de question. Une fois

les préparatifs achevés, Bevan posa le récipient devant lui et recouvrit la tête du garçon d'un linge, afin de lui faire inhaler de la vapeur.

— Je n'ai jamais vu appliquer un tel remède, dit-elle.

— Il a fait de l'effet sur Brianna jadis, en plein hiver. Elle respirait mal. Fiona et moi n'avons pas fermé l'œil de la nuit, ce jour-là.

A ce souvenir, Bevan s'attendrissait, son visage s'adoucissait. Geneviève ne crut pas mauvais d'encourager cette nostalgie en lui posant une question dont la réponse allait de soi.

— Brianna s'en est trouvée guérie ?

— Une heure après avoir respiré de la vapeur, elle s'est éveillée en réclamant du lait chaud et du gâteau au miel. On les lui a apportés aussitôt, comme vous pouvez l'imaginer. Elle voulait aussi que je l'emmène faire une promenade à cheval.

— Vous y êtes allé ?

— Non, bien sûr. Mais dans un premier mouvement j'en ai eu la tentation, je l'avoue.

Il passa les doigts dans la chevelure ébouriffée de l'enfant.

— Isabelle m'a dit que l'on n'avait toujours pas retrouvé sa mère, reprit-il. J'ai envoyé trois hommes sonder la mare, et la curer.

En songeant à la possibilité d'une découverte macabre, Geneviève se sentit frissonner. Si jeune, cet enfant était incapable de se déplacer seul dans la campagne. On l'avait chaudement vêtu, comme on le fait en vue d'un assez long voyage. Ce n'était sans doute pas un fils de paysans.

Comme s'il lisait dans ses pensées, Bevan répondit à la question que Geneviève se posait.

— Son père faisait partie de ma milice personnelle, dit-il. Il est peut-être prisonnier à Rionallis, avec quelques autres.

Geneviève frissonna. Connaissant bien Hugh, elle doutait qu'il fasse des prisonniers. Quel triste sort que celui d'un orphelin !

— Vous allez les délivrer ? lança-t-elle avant d'avoir mesuré la maladresse de sa question.

— Mon frère Connor est déjà parti en expédition, avec un groupe d'hommes expérimentés. Je voulais m'en charger en personne, mais Patrick me l'a interdit. Il paraît que ma présence est requise, comme on dit, à Tara.

Geneviève remarqua que Bevan ne la regardait pas en face. Pourquoi ? Il aurait préféré s'occuper lui-même de ses hommes, sans doute.

— Vous ne craignez pas que Marstowe s'attaque à votre frère et à ses gens ?

— Connor ne se laissera pas prendre au dépourvu, on peut lui faire confiance.

Geneviève caressa l'épaule du petit garçon, que Bevan tenait toujours entre ses bras. Leurs regards se croisèrent.

— Je sais que vous auriez voulu l'accompagner, dit-elle.

— Je sais où est mon devoir, répondit-il.

Malgré la fermeté de son intonation, on sentait qu'il n'agissait que sous la contrainte. Il aurait aimé se battre et délivrer ses hommes, plutôt qu'aller se perdre en discussions à propos d'une femme dont il ne voulait pas.

La réplique n'appelant pas de commentaire, Geneviève s'affaira en silence, renouvelant l'eau chaude et mettant de l'ordre dans la pièce.

— On vous attend sans doute, dit-elle enfin. Je vais lui faire encore respirer de la vapeur. Vous pouvez me laisser seule avec lui.

— Non, je vous remercie. Je tiens à m'en occuper.

Il ne se souciait que de l'enfant, bien sûr. Mais Geneviève apprenait à le connaître. Comme guerrier, Bevan la fascinait jusqu'à lui faire peur. Mais il avait la fibre paternelle, et savait se montrer tendre. Malgré sa force, il n'avait jamais rien exigé d'elle. Il n'en avait reçu que ce qu'elle avait bien voulu lui donner.

C'est avec douceur qu'il l'avait embrassée, sans se douter peut-être que ce baiser éveillait en elle des élans inconnus. Il contenait jalousement ses émotions les plus intimes. Si un jour il leur donnait libre cours, quel homme Geneviève découvrirait-elle ?

— Quand devez-vous partir à Tara ? demanda-t-elle.

— Dans trois jours. Je vais demander au *Ard Ri*, à notre roi suprême, de régler avec le vôtre la question de Rionallis.

Le moment semblait venu de lui faire part des intentions de son frère, pour le cas où il les ignorerait.

— D'après le roi Patrick, il suffirait d'un mariage entre nous pour éviter le conflit, dit-elle.

— Un mariage ! Et puis quoi encore ! Je ne veux que rentrer en possession de ce qui m'appartient en droit, répliqua-t-il sèchement. Je n'ai pas de concession à faire pour récupérer ce qui m'est dû.

Geneviève l'excusa. Il parlait naturellement sous le coup de la colère, comme le font les hommes à la forte personnalité, qui refusent par principe toute espèce de contrainte. Sans le vouloir, Bevan lui faisait de la peine. Pour l'apaiser, aurait-elle le courage de lui faire une proposition qui lui brisait le cœur ? L'oserait-elle ?

— Vous voulez vous débarrasser de moi parce que vous me considérez comme votre ennemie, murmura-t-elle. Je suis pourtant la seule femme que vous puissiez épouser sans trahir le vœu qui vous lie encore à Fiona.

Il y eut un moment de silence. Bevan s'était figé. Entre eux, la tension était extrême.

— Si cela vous convient, je me contenterai d'un mariage de façade, reprit-elle.

Bevan ne semblait pas la comprendre. Elle vint plus près de lui, et posa la main sur son épaule.

— Je veux dire, expliqua-t-elle avec effort, que vous seriez dispensé de… de partager mon lit. Vous préserveriez votre liberté. Rionallis vous reviendrait, sans conteste ni conflit. Sans mort d'homme. La violence me fait horreur. Je désire la paix, quoi qu'il m'en coûte.

Bevan lui prit le poignet pour écarter sa main.

— Vous n'avez aucune idée de votre extravagance, dit-il. Ces choses-là sont trop graves pour qu'on en parle à la légère.

Ils étaient si près l'un de l'autre qu'elle sentait son odeur, sa chaleur. Le cœur battant, elle voyait sa bouche, à portée de baiser. Absurdement, elle se reprochait sa propre origine, qui faisait d'elle l'une de ces femmes que l'on n'épouse pas.

— Vous voulez bien y réfléchir ? dit-elle encore.

Bevan ne lui répondit pas, mais caressa du pouce son poignet. Ses lèvres s'incurvaient, ses yeux couleur d'opale semblaient se remplir d'elle. Geneviève voyait bien qu'il la désirait, malgré tout.

Elle s'écarta de lui. Un faible espoir subsistait. Que dirait l'avenir ?

— Pensez-y, Bevan, murmura-t-elle. Je vous offre Rionallis, et je vous laisse vivre libre.

Chapitre 8

— Venez voir, vous autres ! cria une voix forte. Un piéton à vingt toises, tout seul ! Halte, manant, ou je te perce !

Le voyageur solitaire se figea aussitôt. La menace n'était pas vaine. Tout vagabond risquait un mauvais sort.

Le traître aurait voulu se nommer, mais il n'en avait pas la force. La gorge nouée, les lèvres sèches, il reconnaissait chacune des sentinelles. Ses compagnons de toujours allaient l'accueillir chaleureusement, et fêter son retour. Réussirait-il à partager leur bonne humeur, à faire admettre ses mensonges ?

Il n'eut pas à s'annoncer. Deux hommes se détachaient du groupe et convergeaient vers lui. A mi-distance, ils le reconnurent.

— Mullins ! s'écrièrent-ils simultanément. On te croyait mort !

— Je me suis évadé, dit Mullins en s'avançant vers eux. Les trois autres sont encore prisonniers.

— Pas pour longtemps, dit l'un de ses camarades en lui frappant amicalement le dos. Connor MacEgan est allé les chercher. Il ne reviendra pas sans eux.

Mullins n'eut aucun mal à exprimer la surprise. La partie serait plus serrée qu'il ne l'avait imaginé. Connor allait-il ramener avec lui Kiara, sa femme ? Dans ce cas, les explications seraient difficiles à inventer, mais le problème se résoudrait de lui-même. Rien ne le lierait plus à

Hugh Marstowe. Il garderait au fond de son cœur le secret de sa trahison.

Mais à Rionallis on avait certainement séparé Kiara des autres, et Connor MacEgan n'aurait aucune raison de la chercher. Sir Hugh ne s'intéressait qu'à la fille qui l'avait quitté. Il fallait donc faire l'échange sans perdre de temps. Plus vite il en aurait fini, plus tôt il retrouverait sa Kiara, la plus courageuse des femmes.

Tout en réfléchissant ainsi, Mullins subissait les bourrades et les exclamations de bienvenue dont on l'accablait. Dans le brouhaha général, il n'avait guère à parler, et ne le regrettait pas. Mais comment pouvait-il se renseigner sur la dame de Rionallis sans éveiller les soupçons ? Bevan l'avait peut-être enfermée à Ennisleigh ?

Devant le brasero du poste de garde, il accepta une pinte de cervoise, sous l'œil ému des autres. Pendant qu'il la vidait à grandes gorgées, il surprit un manège étrange. On échangeait des regards, comme pour lui faire une farce.

— On lui dit ?

— Autant qu'il le sache tout de suite.

— Que je sache quoi ? s'enquit Mullins en reposant sa chope vide.

— Ton fils… Tu ne demandes pas des nouvelles de ton fils ?

Interloqué, il se tint sur ses gardes. Kiara avait confié le jeune Declan à une amie sûre, mais il n'était pas censé le savoir.

— Tu dois une fière chandelle à lady Geneviève !

— A lady Geneviève ?

— La dame que la reine protège, celle qui est venue avec Bevan. Elle a sauvé ton fils, qui se noyait, pas plus tard qu'il y a deux jours ! Elle le soigne, faut voir comme !

Frappé d'une sorte de commotion, Mullins ne respirait plus. Un tourbillon d'émotions lui paralysait l'esprit.

— Declan, parvint-il enfin à balbutier, où est-il ? Je veux le voir !

— Attends que le jour se lève et que tout le monde soit

réveillé au château. Depuis qu'elle l'a retiré de la mare, lady Geneviève, elle ne le quitte plus, ton marmot. Elle le garde dans sa chambre, bien au chaud.

— On cause, on cause, et on ne garde pas la porte, fit observer le chef de poste. Si Strongbow s'avisait d'entrer, on ne le verrait pas passer. Va dormir dans la salle basse, Mullins, et prends patience. Il ne risque pas de se sauver, ton Declan.

Après d'ultimes congratulations, Mullins traversa l'esplanade, déserte à cette heure de la nuit, et pénétra dans la salle basse, où des lumignons permettaient d'entrevoir les nombreux dormeurs, dispersés çà et là. A son entrée discrète, nul ne s'éveilla. Comme chacun apportait sa propre paillasse, aucune ne se trouvait disponible, et malgré sa fatigue Mullins n'avait pas envie de dormir.

Surélevée de quelques marches, la porte qui donnait accès à l'office était entrouverte. Une vague lueur dessinait son cadre. Au même niveau se trouvaient les cuisines. Invisible de la salle basse, un escalier intérieur menait aux appartements des maîtres, à l'étage. Declan dormait, sans doute. La matrone qui le gardait serait une femme de connaissance, elle ne s'étonnerait pas de sa visite, malgré l'heure.

Mullins se rendit à l'office et emprunta l'escalier intérieur. Jamais il n'avait pénétré dans cette partie du château. Un corridor commandait plusieurs pièces. Devant l'une des portes, on avait abandonné deux baquets et des linges. Un rai de lumière pâle, le seul visible, apparaissait au bas de cette porte. Le cœur battant, Mullins actionna précautionneusement le loquet, en priant le Ciel qu'il ne grince pas.

Il aperçut d'abord Bevan endormi, inconfortablement renversé sur une cathèdre, et cessa de respirer. Son regard se porta sur le lit. Une jeune femme, tout habillée, s'y trouvait étendue. Elle dormait, elle aussi, un enfant entre ses bras.

A sa tignasse, Mullins reconnut son fils.

Il referma silencieusement la porte. Sa mission prenait un tout autre cours. Entre sa femme et son fils, pouvait-il faire le choix ? On avait changé les enjeux.

*
* *

Un gémissement enfantin réveilla Geneviève. Le petit garçon remuait contre elle, en balbutiant. Il appelait sa mère.

— Tu la reverras bientôt, mon chéri, murmura-t-elle en lui baisant le front.

Il était tard, semblait-il. Après une nuit assez agitée, l'enfant s'était endormi quelques heures avant l'aube, d'un sommeil tranquille. Il respirait sans bruit, à présent. Il n'allait pas mourir.

Geneviève jouissait d'un bonheur inattendu. Avant même d'être devenue femme, elle éprouvait la joie de la maternité heureuse. Comme il était doux de sentir la chaleur de cet être innocent qui suçait son pouce en se blottissant contre elle. Il s'abandonnait, il lui faisait confiance.

En se redressant pour se dégourdir les membres, elle vit Bevan. Un bras pendant vers le sol, les jambes allongées, les épaules gauchement appuyées au dossier de son siège, il dormait profondément. Malgré les exhortations de Geneviève, il avait refusé de la laisser seule. La fatigue l'avait terrassé. Les yeux fermés, il conservait sur son visage un air d'inquiétude.

Il n'avait pas répondu à la proposition de mariage blanc qu'elle lui avait faite. Quelle humiliation, s'il la refusait !

L'enfant dans les bras, elle sortit de la pièce sur la pointe des pieds, pour laisser dormir Bevan. Comme la matinée était déjà avancée, chacun dans le château vaquait à ses occupations ordinaires. Elle pria une servante de lui apporter du bouillon et s'installa sur un banc latéral de la salle basse, un peu à l'écart.

L'enfant s'était éveillé. Elle lui demanda son nom, sans succès. Il se contenta de fixer sur elle ses yeux bruns, avec le sérieux et l'attention si particuliers à cet âge, et prit une mèche de ses cheveux pour s'y frotter les lèvres. Lorsqu'on apporta le bouillon, il en but avec un appétit de si bon augure que Geneviève en fut elle aussi réconfortée.

A peine avait-elle reposé le bol vide qu'un avenant

personnage fit son entrée. Jeune et très grand, ses longs cheveux blonds flottant sur ses épaules, il se déplaçait avec l'assurance des individus dynamiques et certains de leur charme. Geneviève se souvint de l'avoir entrevu, le jour de son arrivée à Laochre. En l'apercevant, il lui sourit.

Il ne s'agissait pas d'un sourire simplement aimable et courtois, mais de celui des séducteurs patentés. Geneviève se contenta de le saluer d'un bref hochement de tête et reporta son attention sur l'enfant.

Sans façon, le nouvel arrivant vint s'asseoir près d'elle.

— J'ai donc l'honneur et le plaisir de me trouver en présence de lady Geneviève, lança-t-il avec pétulance, celle dont la renommée s'étend au-delà de Dublin !

Geneviève se sentit rougir. Une telle désinvolture la surprenait. Pour comble, il surprit le regard qu'elle voulait lui lancer à la dérobée, et s'en amusa.

— Je me nomme Connor MacEgan, dit-il en étendant le bras pour passer l'index dans la chevelure de l'enfant. Brave petit. Vous l'avez sorti d'une mare, m'a-t-on dit.

— Il est difficile de trouver ses parents.

— Je sais, dit-il brièvement.

Son visage s'était soudain fermé, mais l'impression ne fut que fugitive, car il retrouva d'un coup tout son allant.

— La beauté de votre visage est de celles que l'on n'oublie pas, déclara-t-il hardiment. Votre présence met du soleil dans cette morne matinée d'hiver.

Sa physionomie exprimait une franchise, une spontanéité bien propres à convaincre les âmes naïves. Geneviève ne fit qu'en rire.

— Je vous remercie du compliment, ironisa-t-elle. Vous le récitez je suppose à toutes les filles qui ont le privilège de vous rencontrer.

— Il a cette audace, en effet, confirma Bevan, qui venait d'entrer. Connor se croirait déshonoré s'il ne dispersait pas ses hommages aux quatre vents.

Geneviève songea qu'en critiquant ainsi son frère Bevan niait la justesse de ses appréciations et la mettait au rang des femmes ordinaires. Mais son mécontentement, plus manifeste sur son visage que dans ses paroles, l'enchantait véritablement.

Il venait sans doute de s'éveiller, car de l'eau brillait en gouttelettes sur les poils de sa barbe, qu'il n'avait pas encore rasée. Malgré cette négligence, ou à cause d'elle, il lui parut beaucoup plus séduisant que son cadet, dont le visage lisse paraissait moins viril.

Pendant que Bevan scrutait l'enfant endormi, voyait le bol vide et hochait la tête en signe de satisfaction, son frère, indifférent à la critique, poursuivait son manège.

— Dites-moi, murmura-t-il en se rapprochant avec affectation de Geneviève, Bevan vous fait-il les yeux doux ? S'il vous importune, je mets mon épée à votre service ! Jamais chevalier servant ne sera plus attentif et soumis que moi-même, je vous le promets.

— Laisse-la tranquille, maugréa Bevan. Les prisonniers, tu les as ramenés de Rionallis ?

— Sans difficulté, répondit Connor en reprenant d'un coup son sérieux. Ils sont trois. Deux autres sont morts la semaine dernière, et il en manque un.

— Les gardes d'Hugh Marstowe ne vous ont pas inquiétés ?

— Il a suffi d'une manœuvre de diversion. Tes Irlandais et le Père O'Brian nous ont aidés, et sir Hugh était en déplacement. Il cherche lady Geneviève, semble-t-il.

Connor ne lui apprenait rien. Geneviève n'en éprouva pas moins un malaise.

— Il sait où elle se trouve, fit observer Bevan.

— *Tà*. Mais il ne peut rien contre Laochre. Vous n'avez rien à craindre, madame.

Il jeta un coup d'œil à Geneviève en marquant une hésitation. Sans doute se demandait-il si l'on pouvait parler en sa présence de choses sérieuses.

— En arrivant tout à l'heure, reprit-il, j'ai appris que le père du garçon dont vous prenez soin était rentré dans la nuit. Il se nomme Mullins. C'est lui qui manquait à l'appel, lorsque nous avons libéré les prisonniers.

— Il est rentré ? s'étonna Bevan. Pourquoi ne se montre-t-il pas ? Il a envie de revoir son fils, j'imagine.

Connor eut l'air embarrassé.

— On lui a appris dès son arrivée que ce garçon avait échappé à la mort, on l'a vu entrer au château, mais il semble qu'il ait disparu, dit-il. D'après ses compagnons, sa femme était prisonnière avec eux, il y a quelques jours.

Geneviève serra plus fort le petit garçon et lui baisa le front, en priant pour le salut de la malheureuse. Hugh se montrerait impitoyable, à l'égard d'une femme.

— Nous n'avons pas vu trace d'une prisonnière, reprit Connor. Je ne sais ce qu'elle est devenue.

— Il faut les retrouver, l'un et l'autre, déclara Bevan. Tu t'en chargeras, pendant mon absence. Je vais à Tara.

— Quand pars-tu ?

— Demain matin. Tu veilleras sur elle, bien sûr.

Geneviève ne comprit qu'il s'agissait d'elle qu'avec un temps de retard. Cette passation de responsabilité avait quelque chose d'un peu humiliant. On l'assimilait à un être encombrant et passif.

— Je vous remercie l'un et l'autre, dit-elle en se levant vivement. Je suis assez grande pour m'occuper seule de moi-même.

Sur ces mots, elle cala l'enfant contre sa hanche et s'en fut dignement. Comme elle se disposait à franchir la porte de la salle basse, son protégé eut un sursaut inattendu.

— Papa ! cria-t-il en se cambrant violemment.

Geneviève fit halte et inspecta les alentours, sans rien remarquer d'anormal. Elle poursuivit son chemin en posant contre son épaule la tête de l'enfant, qui se débattait en criant encore. En lançant son appel, ce mauvais sujet lui avait donné l'impression de sentir peser sur elle un regard.

Il s'apaisa bientôt et se frotta le visage à sa chevelure, comme il commençait à en prendre l'habitude. Geneviève s'en émut. Son propre fils se comporterait ainsi sans doute, à supposer qu'elle en ait un.

Avant que Geneviève entre dans la chambre, le petit

s'était déjà endormi. En le couchant, elle éprouva de nouveau l'émotion que ressentent sans doute les mamans, quand rien ne menace leur bonheur. Le connaîtrait-elle un jour, ce bonheur ? Dormirait-elle un jour dans un lit conjugal ? Par la faute de Hugh, elle redoutait d'avoir à se soumettre aux caprices d'un homme. Mais elle aurait volontiers fait confiance à Bevan, par exemple. Sachant ce qu'elle avait souffert, il prendrait le soin de la ménager, le cas échéant.

Mais elle venait justement de lui proposer un mariage qui le dispenserait d'accomplir ce qu'on appelle le devoir conjugal. S'il disait oui, à cette condition, elle n'aurait jamais d'enfants. Un tel malheur était-il possible ?

Dans quelques jours son père et les deux rois allaient décider de son avenir, pendant qu'elle se morfondrait à Laochre. Cette dépendance l'enrageait. Comment se rendre libre ? Mille projets se bousculaient dans sa tête, plus irréalisables les uns que les autres.

Toujours prête à organiser des fêtes, la reine Isabelle vint la distraire de ses réflexions. Une femme d'un certain âge l'accompagnait.

— J'ai besoin de vous, Geneviève. Siorcha va vous remplacer un moment. Vous pouvez lui faire confiance, elle ne compte plus ses petits-enfants. Et ne vous inquiétez plus pour votre protégé. Il va bientôt retrouver ses parents.

Geneviève se garda de manifester son scepticisme. Le retour et la disparition du père avaient quelque chose de mystérieux, et la cruauté de Hugh à l'égard des femmes laissait craindre le pire pour la maman.

— Nous célébrons ce soir le solstice d'hiver, poursuivit Isabelle. Les Irlandais sont christianisés depuis plus de cinq siècles, mais les anciennes coutumes celtes demeurent en usage. J'ai découvert leurs fêtes il y a peu, mais je les célèbre avec plaisir, je l'avoue. Allons rejoindre ces dames !

Geneviève l'accompagna jusque dans la salle basse, où des femmes s'affairaient déjà. Elle n'avait pas le cœur aux réjouissances. En l'absence de Bevan, elle allait se trouver bien seule. Quant aux prévenances du trop charmant Connor, elle les trouvait simplement puériles.

En participant une fois de plus à la confection de guirlandes, Geneviève reprit de son allant. Elle devait apprendre à ne compter que sur elle-même, et à faire face aux aléas de l'existence. Il fallait avant tout éviter un conflit entre sa propre famille et celle des MacEgan, qui lui étaient si sympathiques.

Pourquoi n'exigerait-elle pas de se rendre à Tara, elle aussi ? Le roi Henry pourrait lui venir en aide.

La fête battait son plein. Geneviève comprenait à présent qu'Isabelle, née comme elle en Angleterre, y prenne goût. Au château de Longford, le faste était plus impressionnant, mais l'atmosphère plus cérémonieuse, et moins familiale. Abandonnant son masque de séducteur permanent, Connor se contentait d'être drôle, et la faisait rire.

— Il est agréable de vous voir de bonne humeur, dit-il en lui apportant, sur une large tranche de pain, un morceau de venaison grillé à point.

— Ces derniers temps, je n'ai guère eu l'occasion de me détendre, répondit-elle. Votre famille est si accueillante et les gens de Laochre si chaleureux que j'ai repris le goût de vivre.

— Nous sommes un peuple de braves gens, j'ose l'affirmer, déclara Connor avec une simplicité attendrissante. Faire le bonheur des autres, telle est notre devise.

Geneviève songea au petit garçon qui dormait là-haut, et qui peut-être était orphelin.

— Avez-vous retrouvé les parents de ce pauvre enfant ?

— Les recherches reprendront dès l'aube. Qui sait ? La fête pourrait les attirer, ce qui nous délivrerait d'un souci. Mais ne rêvons pas, et distrayons-nous.

Comme il l'avait promis à son frère, Connor prenait grand soin de Geneviève. Elle surprit les regards envieux de quelques jeunes filles qui auraient visiblement aimé recevoir les mêmes égards. Où se trouvait Bevan ? Campait-il avec les membres de son escorte sur la route de Tara ?

Dans son for intérieur, Geneviève se reprocha d'avoir des idées fixes. Comment rester lucide, comment réfléchir, quand on est sans cesse obsédé par les mêmes images ?

— Vous avez l'esprit ailleurs, constata Connor. Souhaitez-vous que je vous laisse seule, que je vous abandonne à vos pensées ?

— Pardonnez-moi, dit Geneviève en s'ébrouant. Il m'est difficile de vivre dans l'instant.

— Eh bien, allons danser avec les autres ! Les figures et les pas concentrent si bien l'attention qu'un danseur pense, dit-on, avec les pieds !

Geneviève sourit à cette plaisanterie, mais n'y donna pas suite. Elle écouta plusieurs chansons, apprécia le jeu de la harpe et de la flûte, le rythme du tambourin et le dynamisme des Irlandais qui se démenaient avec énergie, en émettant avec un bel ensemble une sorte de cri de triomphe à la fin de chaque mouvement.

Entraînée par l'allégresse générale, incitée à la bienveillance par l'hydromel, Geneviève finit par se laisser convaincre de participer à une sorte de parade. Rangés en lignes, face à face, les danseurs se saluaient, se déplaçaient latéralement, en avant, en arrière, en se tenant sans cesse à une distance constante de leur partenaire. Pour faciliter les choses, Connor, les bras tendus, la tenait par les mains, et lui donnait les impulsions nécessaires.

Elle dansa de son mieux, sans cesser de penser à Bevan. Il ne dansait sans doute jamais, de même qu'il ne riait guère. Comment se comportait-il, avant ses deuils successifs ? Il était probablement très jeune, au moment de ses fiançailles avec Fiona. Ensemble, s'amusaient-ils bien ? Elle ne le saurait jamais.

Connor lui secoua les mains, non pas pour l'avertir d'une évolution, mais pour la ramener sur terre.

— Vous l'aimez bien, n'est-ce pas ? dit-il sur un ton pénétré.

Instinctivement, elle sut qu'il parlait de Bevan. Elle dut réfléchir pour choisir ses mots.

— J'ai beaucoup d'amitié pour Bevan, affirma-t-elle en essayant de ne pas rougir.

Il éclata de rire.

— Qui vous dit qu'il était question de lui ? Vous parlez d'amitié, alors que vous éprouvez tout autre chose. De l'attachement, peut-être ? Ne protestez pas. J'en prends pour preuve que malgré tous mes efforts pour vous plaire, je le trouve toujours présent entre nous. S'il en était autrement, vous m'auriez déjà donné un baiser, ou deux !

Geneviève rit à son tour.

— Vous me croyez donc assez généreuse pour couvrir de baisers tous les jolis garçons ?

— Vous me trouvez donc joli garçon ? Quelle victoire ! Je lui répéterai le compliment, et il me haïra sans doute. Attisons sa jalousie, voulez-vous ?

Prêt à lui baiser les lèvres, le frère de Bevan lui enveloppa de ses deux mains le visage.

— Bevan ne nous voit pas, dit-elle en se défendant.

— Il est rentré d'Ennisleigh et ne nous quitte pas des yeux depuis un certain temps, déclara Connor en lui caressant la joue. Poursuivons l'expérience. Je vais vous donner un baiser. Un seul.

— Quelle prétention !

— Un seul, vous dis-je. Les femmes ne me résistent jamais. Vous n'êtes pas curieuse de constater sa réaction ?

— Je constate votre fourberie, Connor MacEgan. Vous inventez une histoire, vous imaginez un défi, dans le seul but de me voler un baiser. Bevan est bien loin d'ici.

— Habile manœuvre, en effet ! s'exclama-t-il en riant. Mais il est bien présent, et ses sourcils se froncent !

Connor profita du fait que Geneviève suivait son regard pour lui baiser légèrement la joue. Il n'avait pas menti. Appuyé à la muraille, un gobelet à la main, Bevan les observait en effet. Mais elle ne vit pas que ses sourcils se fronçaient. Ses traits étaient impassibles, l'expression de son visage indéchiffrable.

— Je suis certain qu'il va venir vous chercher, dit Connor. Mon frère est homme à relever tous les défis, quels qu'ils soient.

Connor se trompait. Geneviève vit Bevan leur tourner le dos et quitter la salle. Elle cessa de respirer. Il se montrait indifférent. Il venait de vérifier que Connor s'occupait bien d'elle, qu'il écarterait à l'occasion les importuns, cela lui suffisait.

Connor semblait surtout mécontent d'avoir perdu son pari.

— Le sot personnage ! s'exclama-t-il. Il l'aura voulu !

Il effleura de ses lèvres celles de Geneviève, qui faillit le frapper. Sa désinvolture lui en rappelait une autre. En recevant ce baiser sans importance, elle se trouvait prise au piège. Une sorte d'étouffement lui serra la gorge. Hugh lui aussi l'avait fait sourire, s'était fait charmeur, mais pour la dominer ensuite, et finir par la torturer.

Ce terrible souvenir lui arracha un gémissement de douleur. Elle frémit si visiblement que Connor la prit par les épaules, de peur qu'elle tombe.

— Tout va bien ?

— Non ! répondit-elle en le repoussant.

Sans insister, il la laissa s'éloigner de lui, en la suivant des yeux. Pour échapper à sa vue, elle gravit les premières marches d'un escalier et s'effondra, le front appuyé à la muraille. Elle haletait. Son cœur battait à tout rompre.

En réagissant avec tant de violence, Geneviève se rendait ridicule. En compagnie du frère de Bevan, elle ne courait aucun danger. Mais l'incident avait suffi à faire renaître en elle l'angoisse morbide dont elle souffrait tant. Une fois de plus, elle se trouvait prise de panique. Hugh Marstowe était toujours son maître, puisque son souvenir la hantait. Sans verser de larmes, elle pleurait le bonheur perdu, l'espoir impossible.

*
* *

Pour s'empêcher de courir vers elle, Bevan réunissait toute la force de sa volonté. La fureur l'étouffait.

De sa cachette, il la surveillait. Il la voyait assise sur une marche, le front appuyé à la pierre. Une longue mèche noire s'échappait de sa chevelure et lui barrait la joue. Elle s'enveloppait le corps de ses deux bras, mais gardait les yeux secs. Pourquoi ne pleurait-elle pas ? Les sanglots auraient pu la soulager.

Il n'avait pas pris conscience des audaces dont son frère était capable, et se haïssait de sa propre maladresse. Au lieu de distraire Geneviève en cherchant à lui plaire, Connor l'avait épouvantée. Il ne fallait pas s'en étonner. Après avoir tant souffert des violences d'un seul, elle avait peur de tous les hommes.

A l'exception de lui-même, semblait-il. Entre ses bras, elle s'était abandonnée. En lui rendant son baiser, elle avait éveillé en lui une passion si vive que le souvenir de Fiona avait un moment disparu de sa mémoire.

Pour éviter la guerre, elle acceptait un mariage incomplet. Elle renonçait à la vie familiale, au bonheur d'être mère. Elle le dispensait d'honorer les devoirs des hommes mariés, elle le laissait libre de se déplacer et d'agir à sa guise, en toutes circonstances.

Cette proposition, elle l'avait faite de bonne foi. Il la savait sincère. Mais en homme d'honneur il se trouvait dans l'obligation de la refuser. En l'observant en secret, il l'avait vue bercer tendrement l'enfant contre son sein. Il l'avait entendue lui chanter des berceuses, alors qu'elle se croyait seule.

Emporté par un élan irrésistible, Bevan fit un pas vers elle, sans se cacher la gravité de l'erreur qu'il allait commettre. S'il franchissait la courte distance qui les séparait, il n'y aurait pas de retour. Mais il tenait tant à la réconforter, à chasser de son esprit les mauvais souvenirs !

Pourquoi se sentait-il tout pénétré d'elle ? Par quel

miracle renaissait-il aux sensations, aux sentiments ? Dans l'expectative, sa gorge se serrait davantage à chaque pas. Sans plus d'expérience qu'Ewan, l'adolescent de la famille, il retrouvait l'innocence de ses premières années, l'âge où les garçons ont peur des femmes, et se demandent en quels termes les aborder. Qu'allait-il dire à Geneviève ?

Elle releva la tête, et l'aperçut. Elle avait le regard vide. En encourageant Connor à lui faire la cour afin de la distraire, Bevan avait provoqué une crise qu'il ne prévoyait pas aussi effrayante. Son cadet aurait refusé d'accomplir cette mission, s'il avait su les ravages qu'il allait provoquer.

— Je prendrai demain le chemin de Tara, dit-il sur le ton banal de la simple information. Le roi des Irlandais réglera la question de Rionallis.

Aussitôt ces mots prononcés, il les regretta. Plutôt se mordre la langue que répéter des propos dix fois proférés, qui n'apportaient aucune précision nouvelle, et que Geneviève savait sans doute par cœur.

— Je devrais vous souhaiter bonne chance, dit-elle en esquissant un sourire distant, mais je m'en trouve incapable, vous comprenez pourquoi.

Bevan ne trouvait pas les mots qu'il aurait dû prononcer pour exprimer une pensée qui d'ailleurs lui échappait. Il se contenta d'attendre la suite.

— J'ai réfléchi moi aussi à cette question, dit-elle. Je souhaite vous accompagner à Tara. J'ai beaucoup de choses à dire à mon père, et je pourrais aussi intervenir en votre faveur, en cas de besoin.

Pris de court par cette proposition, Bevan la jugea aussitôt inacceptable. Il aurait en effet à discuter avec le comte de Longford. Ils se querelleraient, peut-être. Mais il entendait bien mener seul le combat. Un brave ne donne pas délégation en matière de conflits. Il les règle en personne.

— Il n'en est pas question, répondit-il fermement. Vous ne sortirez pas d'ici. Laochre est le seul lieu où la garnison est assez forte pour décourager toute attaque.

— Vous voulez m'y enfermer, comme dans une prison ?

— Que les choses soient bien claires entre nous, dit-il en lui prenant les mains. Lorsque j'affirme que vous ne sortirez pas d'ici, il faut me croire.

— Vous n'avez ni le droit ni le pouvoir de m'en empêcher !

— Vous en êtes bien certaine ? dit-il en lui agrippant fermement les poignets. Les émissaires de Marstowe n'attendent qu'une occasion pour vous enlever et vous ramener à lui. Je vous interdis de leur offrir cette occasion. Sur ce sujet, il n'y a plus rien à dire.

Il espérait la faire taire. Il fut déçu.

— Vous n'avez aucun pouvoir sur moi, Bevan. Je suis libre d'agir à ma guise, et personne, même pas vous, ne me privera de cette liberté.

Les yeux de Geneviève étincelaient de colère. Bevan maudit son entêtement. Comment lui faire entendre raison ?

— Ne me poussez pas à bout ! menaça-t-il.

Dans le même élan, il fit un pas en avant, si bien que Geneviève, qui s'était levée, heurta le mur rugueux. En voyant son visage exprimer la surprise et la douleur, Bevan s'écarta d'elle aussitôt.

— Pardonnez-moi, murmura-t-il, je ne voulais pas vous faire mal.

Ajoutant le geste à la parole, il lui caressa des deux pouces les poignets, et trouva dans cet effleurement l'apaisement qui lui faisait cruellement défaut.

— Que vous importent mes pensées et mes actions ? dit-elle dans un souffle.

Faute de connaître la réponse à cette question, il soutint son regard en silence.

— Bevan, je tiens à vous accompagner, poursuivit-elle. J'ai commis l'erreur d'insister auprès de mon père pour qu'il accepte des fiançailles qu'il n'approuvait pas. Il me semble que c'est à moi de solliciter du roi Henry leur annulation.

— Cela ne regarde que votre père, répliqua Bevan. Il aurait dû récuser votre fiancé dès que vous avez subi ses sévices.

— Il n'en a pas été informé, et les lois anglaises mettent

les femmes sous la tutelle des hommes, avant même que leur union ait été consacrée.

— En Irlande, les lois reconnaissent des droits aux femmes, et condamnent la brutalité à leur égard.

— Les Irlandaises sont bien heureuses. Mais chez nous le père dispose de l'avenir de ses filles. Lorsqu'un jour ou l'autre je me marierai, c'est mon père qui aura choisi mon époux. Pour qu'il puisse en trouver un qui soit moins odieux que Hugh, il faut que je redevienne libre, et j'y tiens.

Bevan trouvait ces considérations matrimoniales parfaitement illusoires. Thomas de Renalt ne trouverait nulle part au monde un prétendant digne d'épouser sa fille.

— Vous pourriez entrer en religion, lança-t-il étourdiment. Il ne manque pas de couvents, en Irlande.

— Nous en avons moins en Angleterre, admit Geneviève, mais il suffirait d'un seul. Disons que je ne m'estime pas digne de prendre le Seigneur pour époux, ajouta-t-elle avec un tel sérieux que Bevan ne sut pas si elle plaisantait.

Il se félicita que Geneviève n'ait pas raillé plus cruellement le ridicule de sa suggestion, comme elle aurait pu le faire. Elle avait la vocation de la maternité, cela ne faisait aucun doute.

Il répondait donc à ce vœu en refusant de l'épouser, puisque jamais plus il ne serait père.

S'il se trouvait contraint d'épouser Geneviève, aurait-il la force de s'astreindre à l'abstinence, comme il l'avait promis sur la tombe de Fiona ? Non, sans doute. En cet instant même, malgré leur désaccord à propos du voyage, il ne rêvait que de la serrer dans ses bras pour lui baiser la bouche. Elle semblait si vulnérable, et son propre corps manifestait de si violents appétits !

Il s'éclaircit la voix avant d'aborder un tout autre sujet.

— L'enfant va bien ?

— De mieux en mieux. Siorcha le gâte, comme on pouvait le prévoir. Mais il continue à réclamer sa mère.

Voyant le visage de Geneviève s'assombrir, Bevan voulut la consoler.

— Tous les enfants chérissent particulièrement leur mère, dit-il. Brianna refusait quelquefois que je la prenne dans mes bras, parce qu'elle préférait ceux de Fiona.

Geneviève n'apprécia guère ce rappel, qui ramenait Bevan à ses obsessions.

— Tous les enfants sont capricieux, conclut-elle vivement. Je crains fort, poursuivit-elle sur un tout autre ton, que Hugh n'ait cruellement maltraité cette pauvre femme. Faute de pouvoir me frapper, je le crois assez lâche pour se venger sur elle.

— Je vous conseille, dit Bevan, de ne pas vous attacher avec excès à cet enfant. C'est à son père de s'en occuper, me semble-t-il.

— Vous avez raison, admit-elle en s'efforçant de sourire, pendant qu'une larme descendait sur sa joue. Il ne m'est pas toujours facile de retenir mes émotions.

Bevan se hâta d'essuyer du doigt la goutte chaude. Aucune trace ne marquait plus le visage de Geneviève. Comme elle était belle, et désirable ! Il ne voyait plus qu'elle.

— Cela n'est facile à personne, murmura-t-il d'une voix qui s'enrouait. Nos émotions s'expriment malgré nous, malgré les efforts de notre volonté, lorsque nous approchons de trop près la personne qui les fait naître.

Appuyé d'une main à la muraille, il prit Geneviève par la taille et marqua une pause, pour lui permettre de le repousser, si l'envie lui en venait.

Elle demeura immobile. Lentement, il saisit une mèche rebelle et la remit en place, derrière l'oreille. Le temps semblait s'être arrêté. Fasciné par le saphir des yeux de Geneviève, Bevan éprouvait un vertige. Sa main remontant vers la nuque, il sentit son sang s'échauffer.

Lorsqu'il lui baisa doucement le cou, elle prit appui sur la pierre. Il la sentait consentante, animée des mêmes élans que les siens. Contre sa joue, il éprouvait la tiédeur de sa respiration.

La voix de sa raison lui ordonnait de mettre fin à cette folie, de s'éloigner de cette femme et de la tentation. Elle ne lui appartenait pas, elle ne lui appartiendrait jamais. Il était dans son tort.

Geneviève lui palpait timidement le torse, appuyait légèrement ses paumes contre le relief des muscles pectoraux. Elle lui passa enfin les bras autour du cou. Incertaine d'elle-même, hésitante, elle semblait à la fois effrayée et décidée à agir.

Bevan renaissait à la douceur des caresses, à l'ardeur sauvage de la passion. Depuis quand n'avait-il senti sur sa nuque la chaleur soyeuse des mains d'une femme ? Il n'en gardait pas le souvenir. Son corps s'impatientait, le pressait d'agir. Il finit par se soumettre, et céda à ses pulsions en dévorant les lèvres de Geneviève, pour goûter la chaleur de sa bouche.

Elle frémit violemment, mais s'abstint de le repousser. Une sorte de râle lui échappa.

— Il ne faut pas, balbutia-t-elle. Je ne puis…

— Moi non plus… Il ne faut pas…

Au moment même où il tentait de prononcer ces mots, il la serrait plus fort. Comment endiguer le désir, lorsqu'il vous emporte ?

Il lui baisa encore les lèvres, à petits coups, comme par jeu, puis longuement, avec une ardente insistance. Complices dans le partage des sensations les plus suaves, ils n'étaient plus qu'un.

Venue de la salle, une clameur prolongée les ramena à la réalité. La fête prenait fin dans la joie. On risquait de les surprendre. La main dans la main, sans s'être concertés, ils gagnèrent en hâte l'étage supérieur et coururent dans le corridor.

A la porte de sa chambre, Bevan posa la main sur le loquet en contemplant le visage de Geneviève, avant le moment décisif. Il vit ses lèvres rouges et humides, plus sensuelles encore à force de baisers, son regard perdu dans l'attente. Il allait l'aimer, la faire sienne. Bouleversé par l'imminence de ce qui allait suivre, il se souvint soudain de son caractère définitif, irrémédiable. Un homme d'honneur ne commet pas de tels actes.

— Laissez-moi seul, Geneviève, dit-il en rompant le contact avec elle. Vous ne méritez pas une pareille humiliation.

Elle recula d'un pas, puis d'un autre. On eût dit qu'elle allait s'enfuir en courant. Mais elle demeura sur place, malheureuse et désemparée.

— Bevan, m'aimez-vous un peu ? Ne suis-je toujours à vos yeux que la fille d'un Normand ?

Il vit des larmes perler à ses paupières, et se détesta de les faire couler. S'avançant vers Geneviève, il enveloppa des deux mains son visage et la regarda dans les yeux, de tout près, pour qu'elle y voie l'ardeur de sa passion.

— Juste un baiser, murmura-t-il. Un seul.

Elle ferma les yeux, et entrouvrit ses lèvres. Bevan se pencha pour y caresser seulement les siennes. Par contraste avec la délicatesse de cet effleurement, il lui saisit les hanches et les appliqua contre son corps, pour qu'elle éprouve physiquement la puissance de son désir. Avec la même vigueur, Geneviève l'enlaça jusqu'à ce que ses seins se pressent contre son torse.

La main de Bevan pénétrait à l'intérieur de la large manche de sa robe, glissait tout au long du bras, jusqu'à ce que ses doigts palpent ses seins sous le fin tissu de la chemise. Il suspendit son geste, de peur de la brusquer. Geneviève cessa un moment de respirer, mais d'un regard enfiévré elle l'invita à persévérer.

Libéré de tout scrupule, il étendit sa main ouverte sur le galbe ferme des seins, s'y frottant la paume, refermant les doigts sur leurs pointes érigées. Les épaules en appui contre le mur, le corps cambré, elle s'offrait à la caresse, et gémit bientôt de plaisir.

Elle lui baisa soudain le visage, bouche ouverte, et leurs langues entreprirent un combat érotique, le plus intime qui soit. Bevan renaissait aux joies sensuelles, retrouvait la plénitude de son être.

Ils haletaient au même rythme, respiraient ensemble.

Bevan sentit soudain le goût salé des larmes. Geneviève pleurait. Il se détesta aussitôt. Dans son inconscience, il la blessait.

— Allez-vous-en, ordonna-t-il. Tout de suite.

Interdite et désemparée, elle n'obéit qu'après un moment d'hésitation. Bevan se réfugia aussitôt dans sa chambre, et referma la porte d'un coup de poing. La présence de Geneviève le conduisait à la folie, annihilait sa volonté.

Dans le corridor, Geneviève pleurait encore, le front appuyé à la muraille. En s'abandonnant, en s'enflammant pour se voir finalement repoussée, elle s'était humiliée, sans doute. Pour mettre un comble à sa honte, elle devait reconnaître que quelque chose en elle regrettait que l'exaltation des sens ait été interrompue.

Elle s'était crue aimée. Et puis Bevan n'avait plus eu envie d'elle. Pourquoi s'était-elle imaginé que la passion pouvait les unir tout à fait ?

A présent que Bevan l'avait initiée à des sensations enivrantes, son corps voulait en connaître d'autres, plus fortes encore. L'esprit en déroute, elle regagna sa chambre, en titubant un peu. Demain, Bevan partait à Tara. Il ferait tout pour conquérir le domaine qui lui appartenait, à elle.

Mais Rionallis n'était rien. Pire encore que son domaine, il s'apprêtait, malgré lui, à conquérir son cœur.

Chapitre 9

En faisant route vers le campement avancé des Normands, Mullins ruminait de sombres pensées. Il n'avait été autorisé à s'absenter que pour un court laps de temps, car sir Hugh entendait agir vite, une fois les renseignements pris. Plus il s'éloignait de Laochre, plus son cœur était sombre. A deux reprises, il n'avait pu qu'entrevoir furtivement son fils, et cette cruelle expérience le déchirait.

A quelques heures près, il aurait été libéré en même temps que ses compagnons de captivité. Connor MacEgan et ses hommes auraient tout fait pour délivrer Kiara. Elle restait prisonnière à présent, et lui-même avait avoué d'une certaine façon sa traîtrise, en quittant le château, à peine arrivé. Declan avait par miracle échappé à la mort. Avertie en hâte, la sœur de Kiara allait le prendre en charge. Mais quelles explications Mullins allait-il fournir aux MacEgan, à supposer que sa femme et lui sortent indemnes de cette ténébreuse affaire ?

Peu fait pour l'espionnage, il courait sans doute à sa perte. Le prétexte qu'il avait invoqué à son récent départ de Laochre, à l'usage de deux ou trois gardes, serait sans doute éventé le jour même. Et pour surcroît de malchance, les renseignements qu'il allait devoir fournir à sir Hugh seraient d'assez peu d'intérêt.

Le campement des Normands occupait un vallon encaissé, à l'écart de tous les chemins. Lorsqu'il y parvint, Mullins fut aussitôt conduit non pas à Hugh Marstowe, mais à son principal officier.

— Te voilà, mari fidèle ! ironisa Staunton. Quelles nouvelles nous apportes-tu ?

— A Laochre, tout un pan de la palissade extérieure menace de s'écrouler et les charpentiers ne s'en occuperont pas de sitôt. Les gardes ne se risquent pas sur le chemin de ronde, et je les connais assez pour les attirer à l'opposé, du côté des écuries.

— Voilà qui va bien. Mais encore ?

— Bevan MacEgan va prendre le chemin de Tara avec une escorte si nombreuse que le roi Patrick s'en inquiète, poursuivit Mullins. La garnison va se trouver affaiblie.

En proférant ces mensonges ou ces demi-vérités, Mullins rougissait-il ? Il espérait que non, car Staunton le tenait sous le feu de son regard méfiant.

— Et la fille ? Lady Geneviève ?

— Je l'ai vue de près. Je me charge de la ramener à Rionallis, en échange de ma femme.

Le capitaine hocha pensivement la tête, et sans détourner les yeux fit signe à un palefrenier d'approcher son cheval. Son visage impassible s'éclaira soudain d'un sourire si cordial que Mullins cessa de respirer.

— J'espère que tu ne m'as pas raconté d'histoires, dit-il sans cesser de sourire. Cela vaut mieux pour toi. Et pour ta femme.

On lui présentait sa monture. Il mit le pied à l'étrier, et comme se ravisant sortit de son pourpoint une bourse.

— Toute trahison mérite salaire ! lança-t-il.

Mullins attrapa la bourse au vol. Il la trouva trop légère pour contenir des pièces d'argent. Il attendit pour l'ouvrir que Staunton se soit éloigné au trot de sa monture.

Le petit sac de cuir contenait des cheveux, de longues mèches, celles qui naguère faisaient la fierté de Kiara. Submergé par un flot de haine, Mullins se sentit défaillir. Le hurlement qui ne parvenait pas à sortir de sa gorge l'étouffait. Des Normands avaient coupé les cheveux de

Kiara, si courageuse et si bonne. Staunton était l'instigateur de ce crime. Kiara vivait-elle encore ? Elle ne pouvait être morte, Mullins se refusait à imaginer le pire. Il fallait qu'elle soit vivante, qu'elle revoie Declan et le chérisse. Les Normands répandaient autour d'eux le malheur et le crime. Lady Geneviève était l'une des leurs. Avec son air protecteur et sa figure d'ange, cette diablesse transportait avec elle leur tare héréditaire.

En prétendant qu'il était capable de l'enlever, il avait menti. Peut-être Staunton ne l'avait-il pas cru. Pour le convaincre et reprendre Kiara, Mullins n'avait plus qu'à réaliser l'impossible. De gré ou de force, il rendrait à Hugh Marstowe sa fiancée.

Il riait de si bon cœur que Geneviève se plut à le chatouiller encore une fois. Complètement rétabli, Declan manifestait toutes les qualités d'un enfant éveillé et de bonne composition, assez jeune encore pour vivre dans un état de parfaite innocence.

En jouant à la maman, Geneviève parvenait à se distraire de ses contrariétés. Ce dérivatif ne compensait pourtant pas sa peine. Le matin même, alors qu'elle se préparait au voyage, Bevan était venu lui interdire fermement d'y participer. Dans l'impossibilité de recruter une escorte, elle avait dû se résigner. Elle allait attendre à Laochre la suite des événements, alors qu'elle aurait tant voulu parler à son père. La décision qui serait prise la concernait si près !

On vint lui annoncer une visite. Avant que la servante ait pu nommer la personne qui demandait audience, celle-ci pénétra vivement dans la pièce, les deux bras tendus et le visage épanoui.

— Sheela ! cria Declan.

Il se précipita vers elle pour lui enlacer les jambes de ses bras, le nez contre sa robe. La nouvelle venue lui caressait la tête, en murmurant en irlandais des mots tendres. Geneviève éprouva comme un vertige.

— Vous êtes sa mère ?

— Je suis sa tante, et je me nomme Sheela. J'ai l'honneur de m'adresser à lady Geneviève, n'est-ce pas ?

Geneviève acquiesça. En s'exprimant ainsi et en lui donnant son titre, contrairement aux usages locaux, cette personne paraissait mieux informée que la plupart des femmes de sa condition.

— Pour aller au secours de son mari, ma sœur avait confié Declan à des voisins, expliqua-t-elle. Le garnement s'est échappé et personne n'a retrouvé sa trace. Son père a dû s'absenter à son tour, et il m'a fait savoir où le trouver.

Elle prit Declan dans ses bras mais le reposa aussitôt sur le sol, car il se débattait.

— Au nom de toute la famille je vous adresse nos remerciements, poursuivit-elle. Isabelle m'a dit que vous lui aviez sauvé la vie.

— Je suis heureuse d'être intervenue à temps, dit simplement Geneviève.

Declan s'escrimait à l'aide d'une petite épée de bois, tout en émettant des sons inarticulés. A ce spectacle, Geneviève s'efforçait de sourire, mais son cœur était triste. Sa tante allait l'emporter, elle ne le reverrait sans doute jamais.

Ces derniers jours, elle avait pris l'habitude de s'éveiller près de lui, qui se lovait contre elle et la pénétrait de sa chaleur. Elle s'était laissée aller à rêver que cet enfant pouvait être le sien.

— Vous ressemblez beaucoup à Fiona MacEgan, lança tout à trac Sheela. Je l'ai aperçue de loin l'été dernier, dans la région de Leinster.

Geneviève feignit l'indifférence, et s'abstint de signaler à cette femme que la malheureuse n'était plus de ce monde depuis plus de deux ans. Bevan ne lui avait en tout cas rien dit de cette ressemblance.

Avant que Declan et sa tante ne quittent la pièce, elle sollicita le privilège de prendre une dernière fois l'enfant dans ses bras.

— Je suis heureuse de te voir rétabli, mon petit trésor, murmura-t-elle.

Trop jeune pour répondre avec civilité à cette manifestation de tendresse, Declan se débattit, et fut aussitôt rendu à sa tante. Geneviève les vit sortir avec un serrement de cœur.

Un jour, se promit-elle, un jour elle aurait des enfants bien à elle.

— Alors tu crois qu'il nous raconte des histoires ?

— J'en ai la certitude, répondit Staunton. Ces damnés Irlandais sont incapables de trahir tout à fait leur clan. Et quand notre homme se prétend capable d'enlever seul une femme, il se surestime. Mais je lui ai fait un cadeau qui devrait le contraindre à se surpasser. Mes hommes vont le suivre de près. Il suffit qu'il convainque lady Geneviève de franchir la palissade extérieure, elle sera à nous.

Hugh Marstowe s'impatientait.

— Voilà beaucoup de temps perdu. Longford peut débarquer, d'un jour à l'autre. On va donner l'assaut, c'est décidé. Que les hommes soient prêts. Exécution.

Comme son maître lui tournait le dos, le capitaine fit la grimace. Obnubilé par son désir de vengeance, Hugh Marstowe s'apprêtait à prendre des risques inconsidérés. Il fallait l'en dissuader.

— Pourquoi ne pas attendre l'arrivée du comte, monseigneur ? Les gens de sa garde nous faciliteraient la victoire.

— Il n'en est pas question, trancha Marstowe, qui loin d'espérer la venue du comte la redoutait. Longford me croirait incapable de reprendre sa fille avec mes propres troupes, et m'accablerait de son mépris. Une victoire n'est jamais facile, Staunton. Nous la remporterons seuls.

Comme son maître venait de se retourner pour prononcer ces fortes paroles, Staunton se contenta de pâlir. L'offensive ainsi lancée, la défaite était certaine. Pour éviter la catastrophe, il lui fallait prendre un autre biais.

— Mullins m'a appris que MacEgan doit se rendre à Tara, rappela-t-il.

— Tu m'as dit qu'il mentait.

— Il a dû mêler le vrai et le faux, les traîtres le font tous. Il est vrai en tout cas que l'Irlandais prépare une expédition, puisque ceux d'Ennisleigh ont quitté leur île. Ils campent à Laochre. Voilà qui devrait faciliter le travail de Mullins. Il y aura moins de monde autour de votre fiancée.

Tout en faisant la moue, Marstowe réfléchissait. Staunton trouva le moment bien choisi pour poursuivre son avantage.

— Si Bevan MacEgan fait le voyage de Tara, à la place du roi Patrick, c'est forcément pour défendre sa cause à lui. Notre roi Henry va tenir pour la première fois sa Cour en Irlande. En allant vous aussi lui faire visite, vous pourriez lui parler de la question, monseigneur. Le roi vous estime tant et vous avez tellement raison qu'il ne pourra que prendre parti pour vous, et vous aider par les armes, s'il le faut. Les MacEgan en face des troupes royales, vous voyez d'avance le résultat.

Hugh avait salué de hochements de tête approbateurs l'essentiel de ce discours.

— Et votre gloire s'en trouverait renforcée, ajouta Staunton pour faire bonne mesure.

— Tu oublies, fit observer Marstowe afin d'avoir le dernier mot, que le comte de Longford tenait à ce que le roi soit témoin du mariage de sa fille. Ma décision est prise, Staunton. Tu te charges de ramener Geneviève à Rionallis, et je vais défier MacEgan à Tara.

On jouait dans l'une des pièces provisoirement désertes un air mélancolique que Bevan n'avait jamais entendu. Sensible à sa nostalgie, il s'arrêta pour l'écouter. Un musicien aussi expérimenté venait nécessairement de loin, car il n'en existait pas de tel à Laochre. Il s'avança vers la porte, que l'on avait laissée entrouverte.

La harpe légèrement inclinée vers elle, Geneviève semblait

ne vouloir jouer que pour elle-même, en sourdine. Ses mains se déplaçaient avec grâce sur les cordes tendues sans qu'elle ait à les voir, car elle fermait les yeux pour échapper à toute autre sensation que la musique qui la pénétrait.

Lorsque résonna l'accord final, Bevan signala sa présence en toussant un peu. Comme prise en faute, Geneviève sursauta, redressa l'instrument et se hâta de fermer ses mains dans son giron.

— Excusez-moi, balbutia-t-elle. Je ne voulais pas... J'ignorais...

— Lorsqu'on joue de la harpe avec un tel talent, dit Bevan, les excuses ne sont pas de mise. On n'a droit qu'à des éloges, au contraire. Votre mère vous a appris la musique ?

— Non. C'est une jeune fille irlandaise qui était comme moi en pension dans une famille du pays de Galles. Elle m'a appris à jouer de la harpe celtique en même temps qu'elle m'a fait connaître votre langue. Je vous en ai déjà parlé.

En s'approchant, Bevan vit à l'éclat de ses yeux que Geneviève avait pleuré.

— Vous vouliez me parler ? demanda-t-elle en se levant.

Bevan chercha ses mots. Il aurait dû présenter à Geneviève des excuses, car la veille il ne s'était pas conduit en gentilhomme. Elle lui en voulait, sans doute. Faute de trouver les phrases convenables, il s'en tint aux préoccupations immédiates.

— Mon escorte m'attend. Avant mon départ, je voulais m'assurer de votre état, et de votre confort.

— Je vais bien, merci, répondit-elle le plus banalement du monde. Il n'empêche, poursuivit-elle en changeant d'expression, que je ne comprends toujours pas pour quelles raisons vous m'interdisez de rencontrer mon père.

— Il viendra vous chercher lorsque sera réglée la question de mes droits sur Rionallis.

— Réglée à votre avantage, croyez-vous ? Ce domaine vous appartenait, c'est une chose entendue. Mais vous l'avez abandonné. Mon père n'est pas votre ennemi. Il a occupé Rionallis sans avoir à se battre. Lorsque Strongbow est passé par là, au printemps dernier, le château aurait été détruit et les braves gens massacrés, si mon père n'avait pas été là pour l'en empêcher.

Au nom honni de Strongbow, Bevan eut un élan de haine. Deux ans plus tôt, c'est au cours de la grande bataille contre l'envahisseur qu'il avait perdu, le même jour, Fiona et Liam, son frère aîné.

— Je vous rappelle qu'en Irlande, les Anglais et les Normands sont des étrangers, dit-il. Je n'ai pas l'intention d'abandonner à votre père ce qui m'appartient. Pas plus que de me laisser imposer un mariage avec une personne que je n'aurais pas choisie.

— Si j'épousais un homme qui ne veut pas de moi, pensez-vous que ce serait de gaieté de cœur ? s'indigna-t-elle, les yeux étincelants. Vous haïssez ma famille, libre à vous. Vous ne voulez pas qu'on vous impose une femme ? Je ne veux pas qu'on m'impose un mari. Mais j'aurais le courage de sacrifier ma fierté, s'il fallait éviter les horreurs de la guerre !

A ce discours, Bevan fut décontenancé, muet de stupeur devant la véhémence de Geneviève. Qu'allait-il lui répondre ?

— Brisons là, dit-il sèchement. Je m'en vais. Après mon retour, nous n'aurons plus à nous revoir.

Geneviève pâlit. Il vit que ses mains tremblaient. Un malaise intérieur faisait comme un vide en lui, mais il se trouvait dans l'incapacité de prononcer les mots d'excuse qui s'imposaient pourtant. Geneviève avait raison. Il s'était éloigné de son peuple. Obsédé par ses deuils, il l'avait abandonné, ainsi que son domaine. Le Père O'Brian le lui avait souvent reproché, en son temps.

Les traits figés, Geneviève inclina la tête en signe d'acquiescement.

— Qu'il en soit ainsi, dit-elle.

Elle tourna les talons et s'en fut.

*
* *

Malgré son apparente impassibilité, Geneviève ne décolérait pas. Son mécontentement s'accrut du fait qu'elle n'avait pas pris la précaution de se couvrir en sortant. Le vent glacé dérangeait sa chevelure, et la faisait frissonner.

— Attrapez ! cria une voix juvénile.

Elle se saisit au vol du châle qu'Ewan lui jetait du haut du premier retranchement.

Pendant qu'il dévalait l'échelle, elle s'enveloppa la tête et se couvrit les épaules du *brat* de laine bleue.

— Vous venez de vous disputer avec mon frère, dit Ewan en la rejoignant.

— Tu écoutes aux portes ?

— Pas cette fois-ci. Mais ça se voit à votre façon de marcher. Ne vous en faites pas pour lui. Il ne ferait pas la tête, s'il ne tenait pas à vous. Et puis il ne serait pas monté vous dire au revoir en faisant attendre ses gardes, ceux d'Ennisleigh. Vous voulez grimper avec moi jusqu'au-dessus de la grande porte ? Le parapet est plein de neige. On pourrait les rafraîchir au passage !

Par braverie, le benjamin des MacEgan aimait à passer pour un jeune homme en faisant oublier qu'il n'avait que quatorze ans. Un peu détendue par son bavardage, Geneviève ne put s'empêcher de sourire à cette proposition, mais s'abstint de la retenir.

L'escorte attendait en effet, rangée en bon ordre. Les voitures chargées de matériel et de provisions s'éloignaient déjà, tirées par des mulets. Bevan apparut soudain, suivi de son écuyer, et remonta la colonne au pas pour l'inspecter. Parvenu au premier rang, il donna le signal du départ et demeura seul sur place.

Lorsque ses hommes eurent fini de défiler devant lui, il tourna la tête vers les spectateurs. Le cœur battant, Geneviève le vit mener son cheval vers elle. Il était tête nue, le heaume et ses armes accrochés à la selle. Des flocons de neige faisaient sur sa chevelure noire un effet surprenant.

— *Tà bron orm*, dit-il en se penchant vers elle.

Il la couvait si intensément des yeux qu'elle crut défaillir. C'est à grand-peine qu'elle retint ses larmes.

— Je vous demande pardon, moi aussi, murmura-t-elle.

La gorge serrée, elle imagina qu'il lui baisait les lèvres. Tout son corps se souvenait des caresses de sa bouche, de celle de ses mains sur sa poitrine. Ses seins sentaient encore ses doigts.

En présentant ses excuses, en renonçant à son attitude belliqueuse, Bevan faisait preuve de courage. Les regrets qu'il exprimait apportaient à Geneviève une sorte d'apaisement.

Après un dernier regard, il fit volter son cheval et le mit au trot pour rattraper ses hommes, qui s'éloignaient en chantant à tue-tête un air guerrier.

Geneviève attendit qu'il disparaisse au tournant du chemin pour se déplacer. Le destin allait-il les séparer, ou les unir ? La décision prise à Tara modifierait nécessairement le cours de leurs existences à tous deux. Au retour de Bevan, ils seraient des ennemis déclarés, ou bien de futurs époux.

Roi suprême de tous les Irlandais, Rory O'Connor avait pour résidence à Tara, point de convergence de cinq routes principales, un château fort protégé par plusieurs systèmes de remparts. La visite du roi Henry faisait régner en ce lieu particulier une animation tout à fait exceptionnelle.

Des tentes d'apparat ou de simple commodité se dressaient partout. Une foule de soldats, de palefreniers, de serviteurs et de gentilshommes venus d'Angleterre occupaient une sorte d'enclave bien dégagée, qui leur évitait le risque de contacts indésirables avec les populations locales.

Les Irlandais pour leur part offraient un spectacle plus divers et plus coloré. Chefs de clans dominants ou roitelets de modestes territoires se distinguaient par l'importance de leurs escortes et l'étendue de leurs campements. Attirés par l'affluence exceptionnelle, des rôtisseurs, des artisans, charrons ou bourreliers, et jusqu'à des matrones aux talents variés apportaient leur aide aux membres des différentes délégations.

Dans l'antichambre de la grande salle du château, toutes les personnes admises à assister à l'audience se trouvaient dans l'obligation de déposer leurs armes. Bevan posa son épée et sa dague sur la longue table à tréteaux réservée aux chefs de clan. De l'autre côté de la pièce, les officiers et les gentilshommes anglais disposaient de leur propre table.

Rory O'Connor et le roi Henry occupaient sur une estrade des sièges identiques. Debout, un peu en retrait, des religieux se disposaient à servir d'interprètes, en cas de nécessité. Plusieurs conseillers en tenue d'apparat entouraient le roi d'Angleterre. Auprès du roi suprême des Irlandais se tenait le seul Ailfred, poète officiel de la nation. Peu soucieux d'élégance, Ailfred portait une sorte de souquenille que dissimulait en partie sa très longue barbe grise. Ce fut lui qui fit signe à Bevan de s'approcher, lorsque son tour fut venu.

— Nous sommes instruits de ton affaire, dit Rory O'Connor en guise de préambule. Comme des sujets du roi Henry se plaignent de tes récents agissements, c'est à lui de rappeler leurs griefs. Il parle votre langue, sire.

Visiblement satisfait de cette information, un interprète se redressa, pendant qu'un autre se penchait à l'oreille du roi suprême.

Bevan salua d'un bref mouvement de tête et dévisagea le roi Henry, dont l'attitude ostensiblement débonnaire avait pourtant quelque chose d'inquiétant.

— Au cours d'une attaque lancée avec vos hommes contre l'une des possessions de Thomas de Renalt, comte de Longford, vous avez tenté d'assassiner le fiancé de sa fille, sir Hugh Marstowe, dit le roi d'Angleterre.

— Je ne désirais que reprendre mon bien, répondit Bevan, et je n'ai blessé Marstowe qu'en état de légitime défense.

— Non content de le blesser, vous avez commis un enlèvement sur la personne de sa future épouse. Mais nous allons tirer cela au clair, puisque sir Hugh est à présent rétabli, et se trouve parmi nous. Qu'il avance.

Bevan avait sursauté de surprise. Dès qu'il aperçut Marstowe, richement vêtu d'une tenue éclatante, d'instinct, il porta la main à la garde de son épée. Faute de la trouver, il serra les poings à s'en faire mal.

— L'enlèvement est punissable aussi bien en Irlande qu'en Angleterre, rappela Ailfred sans songer à demander l'autorisation de s'exprimer. Nos lois prévoient une compensation financière si importante qu'elle met fin à toutes les contestations.

Satisfait, sinon de son audace, du moins de son humour, le poète esquissa un demi-sourire. Tout en écoutant l'interprète, Henry jetait sur le poète un regard effaré.

— Les nôtres prévoient la mort ! s'écria-t-il.

— Je n'ai commis aucun enlèvement, déclara Bevan d'une voix assurée. Geneviève de Renalt s'est enfuie de Rionallis pour échapper aux violences que lui infligeait son fiancé, et c'est de son plein gré qu'elle m'a accompagné.

Henry consulta du regard Marstowe, qui se contenta de hausser les épaules.

— Dans ce cas, dit Ailfred, le délit subsiste. Les droits de sa famille sont bafoués, et l'honneur de la jeune fille compromis. Une indemnité est due à son père.

Bevan s'impatienta. Le débat prenait un tour déplaisant. On allait discuter le montant d'une amende, sans aller à l'essentiel.

— Je réclame uniquement la restitution d'un domaine dont je me suis trouvé spolié, rappela-t-il fermement. Lady Geneviève désire rentrer en Angleterre, chez ses parents. En attendant qu'ils viennent la chercher, elle se trouve sous la protection de mon frère, le roi Patrick, au château de Laochre.

Les deux souverains échangèrent un regard d'intelligence.

— Il me semble, dit l'Anglais avec un peu d'irritation, que la réputation d'entêtement de vos féaux n'est pas usurpée. Puisque celui-ci refuse tout compromis, je suggère que lady Geneviève soit simplement rendue à sa famille, qui n'a que faire d'une quelconque indemnité. En ce qui le concerne, il lui serait tout simplement interdit de s'approcher du domaine de Rionallis.

Bevan jeta un regard de haine à Hugh Marstowe, qui n'avait pas eu à intervenir. Le sourire goguenard et triomphant du bourreau de Geneviève lui apparut comme une insulte.

Une douleur lui serra la poitrine. Ce fourbe allait-il se vautrer dans la demeure de ses ancêtres ? Allait-il épouser Geneviève avec l'accord de ses parents, et la torturer encore ? En acceptant le verdict du roi des Normands, il la condamnait au désespoir, au martyre.

Dans certaines circonstances, la nécessité contraint les hommes d'honneur à renier leurs vœux les plus sacrés.

— Lady Geneviève ne refuserait peut-être pas de m'épouser, suggéra-t-il calmement, sans élever la voix.

Des exclamations s'élevèrent. Le procès prenait un nouveau cours, pour le plus grand plaisir des assistants.

— Mésalliance ! Mésalliance ! criait Marstowe, si fort qu'il couvrait presque la rumeur générale.

Rory O'Connor leva la main et attendit que la rumeur se calme pour s'exprimer.

— Le clan des MacEgan est l'un des plus importants d'Irlande, rappela-t-il, et la reine de Laochre, fille d'Edwin de Godred, baron de Thornwyck, est née plus près de Londres que de Dublin. On ne saurait parler dans ce cas de mésalliance.

— J'ai moi-même approuvé cette union, déclara Henry. Il ne saurait donc être question de mésalliance. Puisque l'Irlandais se met sur les rangs, Lady Geneviève a deux prétendants. La décision revient à son père. Que le comte de Longford fasse son choix, à sa guise. Quel que soit ce choix, l'honneur sera sauf.

Sir Hugh s'était renfrogné, mais il n'émit aucune protestation.

— Je me rends à votre avis, majesté. Que Geneviève de Renalt, ou plutôt son père, en décide.

Pris au dépourvu, Bevan soupçonna aussitôt une fourberie. Hugh ne pouvait raisonnablement s'imaginer que le choix de Geneviève se porterait sur lui. Le comte de Longford pouvait sans doute réprouver l'union de sa fille avec un étranger. Mais quand il apprendrait ce que Marstowe lui avait fait subir, il ne pourrait que le récuser.

Sir Hugh acceptait sans réserve de se soumettre à ce choix. Il avait donc de bonnes raisons de croire au succès de son entreprise. A Laochre, Geneviève n'avait-elle vraiment rien à craindre ? D'urgence, Bevan devait s'en assurer, et la rejoindre.

— J'accepte moi aussi cette décision, dit-il en s'inclinant. Plaise à vos majestés que je me retire de leur présence. J'ai hâte de faire part de votre jugement à mon frère, ainsi qu'à lady Geneviève.

— Pourquoi tant de hâte ? objecta Rory O'Connor. Ils seront tous deux d'autant mieux informés que le comte de Longford va peut-être faire son choix à l'instant même.

Le roi suprême marqua une pause, pour jouir de l'étonnement que provoquait cette annonce.

— N'appartient-il pas à votre suite, Henry ? poursuivit-il avec un peu de malice, car en l'interpellant ainsi il se faisait son égal.

— Thomas de Renalt est en effet présent en ce lieu, dit le roi d'Angleterre, non parce que de droit il m'accompagne dans mes déplacements, mais surtout à l'instigation du roi de Laochre, qui lui a suggéré dans un message d'assister à nos débats. Je m'étonne de son absence. Qu'on aille le quérir, sans tarder !

Un conseiller s'éclipsa aussitôt. En attendant son retour, Bevan contint un mouvement d'humeur. Comme son frère ne lui avait pas fait part de son initiative, il se trouvait dans la position fausse d'un cadet auquel on ne demande pas son avis. Encore une fois, il jeta un regard de haine à son adversaire, mais s'attarda à l'observer en constatant son embarras. Marstowe n'avait visiblement pas souhaité une rencontre qui le surprenait, lui aussi.

Elégamment mais sobrement vêtu, le comte de Longford fit son entrée. D'une tête moins grand que Bevan, il respirait la force, et l'autorité.

— Sire, déclara-t-il en s'inclinant devant le seul Henry, je n'ai pas voulu assister à la discussion de cette affaire, pour ne gêner personne. On me dit que votre verdict est rendu. Quel qu'il soit j'y souscris, cela va sans dire.

— Nous avons conclu un accord sur la question qui paraît essentielle, dit le roi. Votre fille a deux prétendants. Sir Hugh Marstowe, que vous connaissez bien, et Bevan MacEgan, frère puîné de Patrick, roi irlandais de Laochre. Le domaine de Rionallis constituant sa dot, comme vous l'avez voulu, le prétendant choisi par elle, ou plutôt par vous, selon la loi, en aura l'avantage.

— Votre Majesté m'honore en s'intéressant à mes affaires de famille, dit le comte, le visage impassible. Je connais en effet sir Hugh Marstowe. Me sera-t-il permis de voir et d'interroger l'autre personne ?

— Bevan MacEgan est là pour vous répondre.

Le père de Geneviève se tourna vers Bevan, qui le salua et parvint à garder son calme en se soumettant à son examen. Le silence s'était fait dans la salle, et Longford prenait son temps, sans dire un mot. Il ne laissait paraître aucune émotion particulière. Bevan vit qu'il s'intéressait aux cicatrices qui lui marquaient les joues, car il s'y prit à deux fois pour les observer.

— Vous avez enlevé ma fille, dit-il abruptement.

Malgré la gravité de l'accusation, Bevan n'eut pas l'impression d'avoir affaire à un ennemi.

— Je l'ai aidée à s'enfuir de Rionallis, répondit-il, pour la soustraire aux brutalités dont elle était victime. Elle attend votre arrivée à Laochre, chez mon frère.

Du coin de l'œil, Bevan vit le visage de sir Hugh se convulser de haine.

— Croyez-vous ma fille Geneviève disposée à épouser un homme tel que vous ? poursuivit Thomas de Renalt.

Il se sentait très supérieur à Bevan, et ne le cachait pas.

— Mon frère est roi, monsieur le comte, rappela Bevan. Et si lady Geneviève est sommée de choisir entre un personnage qui la frappe et un homme qui la respecte, je ne doute guère de son choix.

Marstowe bondit sous l'insulte, bégayant des injures.

— Il a perdu sa femme, la seconde mourrait aussi ! Et puis elle perd la tête, Geneviève, elle fait des fugues, avec n'importe qui !

Il levait les poings. Les mains grandes ouvertes, Bevan s'apprêtait à l'étrangler. Croisant leurs hallebardes, des gardes s'interposèrent.

— Cela suffit, dit le comte. Avant de prendre ma décision, il m'est nécessaire de consulter ma fille.

Bevan vécut la fin de l'audience dans une sorte de brouillard. Geneviève. Il devait la rejoindre, la protéger. Elle courait un risque mortel.

Chapitre 10

Thomas de Renalt devait forcer l'allure de son cheval pour le maintenir à une distance raisonnable de l'Irlandais, qui galopait à bride abattue. Leurs escortes respectives les avaient depuis longtemps perdus de vue, ce qui rendait improbable l'installation d'un campement. Bevan MacEgan semblait animé d'une sorte de hantise qui précipitait tous ses gestes. Il dévorait l'espace, désespérant d'atteindre Geneviève.

Cette attitude n'était pas celle d'un ancien châtelain seulement soucieux de reprendre possession de son domaine.

Peut-être, songea le comte de Longford, ce guerrier allait-il lui ouvrir d'intéressantes perspectives. En offrant ce choix, le roi Henry revenait sur une décision qu'il avait prise, puisqu'il avait encouragé naguère les fiançailles de Geneviève avec Hugh, en dépit de ses propres réticences.

Ses pressentiments anciens avaient reçu leur confirmation, quand un prêtre itinérant lui avait apporté un message de sa fille. L'interrogatoire des membres de sa garde revenus de Rionallis l'avait édifié.

Questionnés un par un et pressés de rapporter fidèlement ce qu'ils avaient vu, ils décrivaient tous des incidents spectaculaires, d'autant plus humiliants pour Geneviève qu'ils avaient eu lieu en public. L'une des pires anecdotes concernait un jeune officier, assassiné dans les bois pour avoir voulu la défendre.

Lorsqu'à Tara, MacEgan avait lancé en présence des

deux rois des accusations d'une extrême gravité, le comte ne s'en était pas étonné. Avant le départ pour Laochre, avec l'accord de son souverain, il avait signifié à Hugh Marstowe la rupture de ses fiançailles, et son interdiction de rentrer à Rionallis.

L'un des deux prétendants de sa fille se trouvait donc éliminé, sans que l'autre le sache. Cet Irlandais au visage balafré plaisait-il à Geneviève ? Etait-il digne de confiance ? Longford le saurait ce jour même, puisqu'à cette allure on atteindrait Laochre avant le crépuscule.

— Lady Geneviève, on m'envoie vous avertir de l'arrivée de votre père.

Tout heureuse, Geneviève posa son ouvrage et se leva. La servante affectée à son service négligeait son devoir, puisqu'elle laissait pénétrer un soldat dans les appartements, et n'annonçait pas sa présence. Tout en s'apprêtant à revoir Thomas de Renalt, Geneviève eut une pensée malicieuse pour la femme de chambre, qui risquait une remontrance.

— Je descends avec vous, mon brave. Le roi Patrick l'accueille ? On l'a fait entrer dans la salle basse ?

— Non, madame. Il attend sur le chemin avec ses gens, derrière la colline.

Geneviève songea que son père avait bien changé, car en temps ordinaire il imposait sa présence dans tous les lieux où le hasard le conduisait, en grand seigneur imbu de son importance. Il fallait croire aussi que Patrick MacEgan et la reine Isabelle s'étaient absentés, puisque l'un et l'autre rivalisaient de prévenances, lorsqu'il était question d'hospitalité.

Son père allait-il l'emmener sans délai, avant qu'elle ait pu remercier ses hôtes, et leur dire adieu ? Reverrait-elle Bevan ? Comment saurait-elle le résultat de ses négociations ? Il y avait dans cette affaire quelque chose d'un peu étrange.

A son habitude, elle s'inquiétait de tout. Pourquoi soupçonner ce soldat ? Elle se souvenait l'avoir aperçu. Il appartenait bien à la garnison du château, et n'aurait pas l'audace de l'importuner. Il se pouvait aussi que Thomas de Renalt se soit pris récemment d'une telle haine à l'égard des Irlandais qu'il refusait d'entrer dans leurs demeures. Il ne fallait pas le faire attendre.

Elle prit dans un coffre un grand châle et revêtit sa cape. Dans l'une des poches se trouvait un poignard de dame, au manche étroit. Elle faillit s'en séparer et le ranger dans le coffre, mais afin de ne pas montrer au soldat l'objet, qui lui servait parfois de couteau à découper, elle le laissa où il était.

Dans l'escalier et dans la salle basse, ils ne rencontrèrent personne. Dans la cour intérieure, des palefreniers maintenaient debout un cheval blessé. Plus loin, près du poste de garde, les hommes de service devisaient paisiblement, leurs armes posées contre la paroi, à portée de main.

C'est alors que Geneviève comprit qu'on lui tendait un piège. Si le comte de Longford et son escorte s'étaient trouvés à proximité, des archers auraient garni le chemin de ronde, et l'alerte aurait été donnée à la garnison.

— Vous comptez me faire sortir du château avec vous ? Je refuse de faire un seul pas de plus !

Le soldat lui saisit fermement le poignet. Geneviève se débattit, frappant du poing, de l'épaule, des pieds, sans parvenir à se libérer. Au cours de ses gesticulations, son arme tomba de sa poche. Le traître la ramassa aussitôt, et la lui posa sur la gorge.

— Vous êtes fou, dit-elle en s'immobilisant. Bevan ou Patrick vous tueront.

— Je ne reviendrai jamais à Laochre, dit l'homme entre ses dents. Sir Hugh tient ma femme prisonnière. Ses hommes m'attendent à une lieue d'ici, un peu moins peut-être. Si je vous livre à eux, ma Kiara sera libre.

Comme il se livrait à cette confidence, Geneviève tenta de le faire parler encore, dans l'espoir d'une intervention extérieure.

— Si vous connaissiez sir Hugh aussi bien que moi, vous sauriez qu'il fait peu de cas des prisonniers. Votre pauvre femme ne vit peut-être plus, à cette heure. Alors vous auriez trahi pour rien.

— J'en prends le risque, s'obstina-t-il en jetant un rapide coup d'œil à sa ceinture, où pendait un sachet de cuir.

D'un coup, Geneviève se souvint d'un incident dont le sens lui avait échappé.

— Vous êtes le père de Declan, murmura-t-elle. Il vous a appelé, alors que je le tenais dans mes bras. Il a crié papa ! Mais vous n'êtes pas sorti de l'ombre.

A ce souvenir, le traître sembla s'attendrir.

— Sa tante s'en occupe, à présent, dit-il.

— Declan est un enfant adorable. Je lui ai sauvé la vie, rappela Geneviève d'une voix pressante. Cela ne signifie rien pour vous ?

Il baissa les yeux, mais s'enferma dans son entêtement.

— Tout ça, c'est votre faute, grommela-t-il entre ses dents. Si vous n'étiez pas venus, vous, les Normands, ma femme et mon garçon seraient tranquilles, à la maison.

Il agissait en désespéré. Geneviève renonça à le raisonner. Sans mot dire, elle l'accompagna vers le poste de garde. Dès qu'ils furent à portée de voix, elle cria au secours.

Son ravisseur lui posa le poignard sur la gorge. Elle se déroba et lança un violent coup de pied en arrière, comme le lui avait enseigné Bevan, mais le soldat, mieux entraîné qu'elle, lui fit perdre l'équilibre et d'un mouvement circulaire la poussa en avant. Il se faisait d'elle un bouclier.

— Lâche-la, Mullins ! cria le chef du poste, pendant que les autres se saisissaient de leurs piques. T'as aucune chance, on va devoir te taper dessus ! On est quatre, Mullins, si tu la lâches on dira rien aux MacEgan, c'est promis. Elle dira rien non plus, pas vrai, madame ?

Geneviève ressentit sur sa peau la morsure d'une lame, et vit les gardes pâlir et s'écarter, laissant libre passage au ravisseur. Quelques gouttes de sang tombèrent sur le devant de sa cape. En retrait, un archer encochait une flèche.

— Si tu me tires dans le dos, tu la perces, lança Mullins. Et si je tombe avec elle, elle meurt avant moi !

La serrant étroitement devant lui, Mullins franchit avec elle la porte. Les hommes de garde sonnaient de la trompe. Il la poussa, pour accélérer l'allure. Geneviève résistait. Tous deux haletaient, congestionnés par l'effort. La pointe de la lame lui piquant à présent l'omoplate, Geneviève se jeta soudain en avant, en réitérant sa tentative de ruade.

Un sifflement aigu précéda le choc sourd d'un déchirement, tout proche, et l'amorce d'un râle. Elle tomba. Du sang ruisselait près d'elle. Le sol résonnait d'un roulement de galop. Sautant en voltige, Bevan jetait son arc et la relevait.

— Le danger est passé, dit-il en l'enlaçant, votre père me suit.

— J'ai froid, murmura-t-elle.

Il la couvrit de sa propre cape. Baignée de sa chaleur et de son odeur, elle ferma les yeux. Des hommes accouraient en criant. Un autre galop retentissait. En rouvrant les yeux pour accueillir son père, elle eut une brève vision du corps sanglant de Mullins et de la flèche qui lui avait traversé le cou. Ce spectacle cruel, dont elle s'était aussitôt détournée, lui donna l'idée de fermer plus haut son châle, afin de dissimuler toute trace d'estafilade.

Lorsque son père quitta sa monture, elle voulut se jeter dans ses bras, mais il la tint d'abord à distance, les mains sur ses épaules, pour l'examiner.

— La vie me semble bien agitée, chez les MacEgan, fit observer Thomas de Renalt.

Geneviève remonta encore un peu son châle, et put lui baiser la joue. Son père pratiquait l'humour mais son émotion était vive, à en juger par son regard et par l'artère qui battait vite à sa tempe.

— Je viens de Tara sur l'ordre du roi Henry pour te poser une question importante, reprit-il. Ne perdons pas de temps. Souhaites-tu épouser Bevan MacEgan ?

Prise de court, Geneviève jeta un coup d'œil au principal intéressé. Fidèle à son habitude, il resta impassible.

— Pourquoi me le demander ?

— Hugh Marstowe n'est plus ton fiancé. Il t'en faut un autre. Le nom de Bevan MacEgan a été avancé.

Pour souligner ou pour feindre une parfaite objectivité, le comte s'exprimait sur un ton neutre. Geneviève aurait aimé connaître son sentiment. Avait-il lui-même choisi ? Il ne voulait pas le laisser paraître.

— Avez-vous donné votre accord à cette négociation ? demanda-t-elle à Bevan.

Le visage fermé, il ne se hâta pas de répondre.

— Le roi d'Angleterre ne voit pas d'inconvénient à ce que je bénéficie de votre dot, dit-il enfin.

Cette réplique aurait semblé offensante à une personne sentimentale mais elle avait l'avantage de la franchise. Bevan ne simulait ni la passion ni le désintéressement, comme le font certains.

— Aucun engagement n'a encore été conclu, précisa le comte. En Angleterre, je n'aurais aucune peine à te trouver un prétendant convenable, ou plusieurs, si tu veux faire un choix. La renommée de notre famille est telle qu'aucune alliance ne nous est interdite.

Geneviève s'efforça d'examiner d'un cœur serein cette proposition, qui témoignait chez son père d'une délicatesse qui la surprenait. Il lui suffit de jeter un coup d'œil à Bevan pour que sa décision soit prise. Le visage fermé, le regard dur, il inspirait la peur. Pour conquérir Rionallis, il provoquerait des carnages. Elle ne supporterait pas d'en être responsable.

Les yeux dans ceux de son père, elle s'éclaircit d'abord la voix.

— J'accepte d'épouser Bevan MacEgan, déclara-t-elle.

— Tu en es bien certaine ?

— Oui, papa. Mon choix est fait.

Elle n'osa lever les yeux vers Bevan. Il déplorait sans doute en cet instant qu'un mariage forcé le contraigne à trahir sa chère Fiona.

— Ta mère viendra assister à la cérémonie, dit Thomas de Renalt. Tu peux m'embrasser, ma fille.

Il lui tapota la tête pendant qu'elle lui baisait la joue.

Emue par ce geste de tendresse, Geneviève s'abandonna un moment à l'attendrissement, puis se reprit et s'arma de courage. Avec beaucoup d'application, elle parviendrait peut-être à conquérir son mari. Aux futures épouses, le rêve est permis.

Chapitre 11

Le surlendemain, Bevan et le comte reprirent le chemin de Tara, pour prévenir les rois de l'accord obtenu et leur soumettre le contrat qui préciserait les détails de l'alliance. Le même jour, Geneviève quitta Laochre en promettant de revoir bientôt le roi et la reine, qui s'enchantaient de la voir entrer dans leur famille.

Pour l'occasion, Thomas de Renalt avait mis au service de sa fille une partie de son escorte. L'officier qui commandait ce détachement remplacerait Staunton à la tête de la garnison anglaise de Rionallis. En complétant l'escorte d'une vingtaine de ses hommes, Patrick MacEgan s'était plu à y adjoindre son frère Ewan, trop jeune pour combattre mais d'une compagnie assez agréable pour distraire Geneviève de sa solitude temporaire.

Dès l'arrivée à Rionallis, il apparut que Staunton et ses hommes avaient déserté leur poste. Ils accompagnaient sans doute Hugh Marstowe dans son exil. Informés du retour prochain de leur seigneur irlandais, artisans et paysans s'en réjouissaient à grand bruit. Le Père O'Brian, complice de l'évasion de Geneviève, était le premier à accueillir celle qu'il allait reconnaître à présent comme véritable châtelaine.

La première tâche des domestiques, dont beaucoup avaient spontanément offert leurs services, fut de faire disparaître tout ce qui rappelait le séjour de sir Hugh et de ses hommes. La malheureuse épouse de Mullins était morte en prison et inhumée, ainsi que l'avait prévu Geneviève. Dans son propre appartement, elle prit soin de faire détruire tout ce qui rappelait le passage de son détestable fiancé, et jusqu'au lit où elle s'était parfois trouvée contrainte de s'allonger. Par une sorte de miracle, Hugh, tout en lui faisant violence, ne l'avait pas déflorée.

Dans quelques jours, elle aurait à partager avec Bevan le lit nuptial. Son futur époux ne voulait pas d'elle, mais il faudrait bien que le mariage soit consommé, pour être déclaré valide. Cette formalité aurait lieu une fois. Une seule fois. Bevan serait attentif à ne pas lui faire mal, sans doute, mais quelle satisfaction peut apporter un acte qui ne se répétera jamais ?

Pour oublier ses états d'âme, elle décida de laisser soubrettes et hommes de peine transformer son appartement et de requérir la présence d'Ewan, présenté par la reine Isabelle comme un remède à la morosité. Depuis son arrivée au château, le benjamin des MacEgan ne cessait d'en parcourir les salles, les corridors et les passages, afin de se familiariser avec un bâtiment dont il ne connaissait guère que le sous-sol. Partant à sa recherche, elle finit par le trouver dans la salle d'armes.

Le bras levé et le poignet souple, mais la main vide, le benjamin de ses futurs beaux-frères observait ses pieds, qui dansaient des pas complexes, tout en marmonnant à son seul usage la liste de figures imposées, ainsi que les commentaires qu'elles lui inspiraient.

— En quarte, en tierce, en sixte, et non, et si, haute la lame !

— Pardon, fit Geneviève en l'interrompant, à quel jeu jouez-vous ?

— Je ne joue pas, je suis en plein travail. Entrez et fermez la porte, je vais vous faire une démonstration.

Il alla prendre une épée au râtelier d'armes et se mit en position d'attaque contre un adversaire invisible. Sa lame fouettait l'air, mais il n'avait toujours d'yeux que pour ses pieds, qui frappaient le sol en figures rapides.

— Je m'entraîne tous les jours ! lança-t-il fièrement.

Geneviève s'était appuyée au mur et ne perdait rien du spectacle.

— Vous faites des progrès ? lança-t-elle étourdiment.

— On ne parlera bientôt plus que de moi, sur les champs de bataille !

Geneviève l'aurait volontiers mis en garde contre un excès d'optimisme. Pour ne pas le décourager, elle s'en abstint.

— Cela me semble fort complexe.

— Vous l'avez dit. Il faut des heures et des heures de travail, pour maîtriser le jeu de jambes.

— Au lieu de surveiller vos pieds, ne vous serait-il pas plus utile de regarder l'adversaire en face ?

— Bevan n'arrête pas de me le répéter. Dès que j'aurai appris mes pas, je m'y mettrai.

— Lorsque j'étais plus jeune, j'assistais parfois à l'entraînement de mes frères, dit Geneviève après un moment de contemplation silencieuse. Ils n'ont jamais voulu m'apprendre leur art, comme ils disaient.

— Les armes sont trop lourdes et les filles trop faibles, dit sentencieusement Ewan, sans s'interrompre.

— C'est bien vrai, acquiesça-t-elle pour ne pas le contrarier. Mais eux, ils ne regardaient jamais leurs pieds.

— Les miens s'emmêlent, dit Ewan en trébuchant en effet. Une fois que je les aurai domptés, tout s'arrangera.

Geneviève rit de bon cœur.

— Vous êtes tout à fait différente de Fiona, lança-t-il tout à trac, après s'être tu un moment. Différente, on peut le dire.

— Comment cela ?

Ewan fouetta l'air de sa lame, et dut s'y appuyer pour reprendre son équilibre.

— Vous venez de rire. Elle ne riait jamais. Bevan essayait toujours de la faire sourire, mais il n'y arrivait pas souvent.

— Elle n'était pas heureuse, à Rionallis ?

— Quand Bevan n'était pas dans les parages, elle faisait de longues promenades toute seule, sans valet ni dame de compagnie. Des promenades de plusieurs heures, quelquefois. Et même…

Il interrompit son exercice et baissa la voix, marquant ainsi l'importance de ce qui allait suivre.

— Une nuit, alors que Bevan se trouvait à Ennisleigh, elle n'est rentrée qu'au petit matin. Je me souviens bien du moment, c'était deux semaines avant sa mort.

— Elle s'était sans doute fait accompagner, suggéra Geneviève. Votre frère ne l'a certainement pas laissée s'absenter seule.

— Personne n'en a rien su, sauf moi, parce que je l'ai suivie !

Geneviève ouvrit de grands yeux. Le visage d'Ewan se ferma soudain, et son regard se porta distraitement ailleurs. De toute évidence, il n'en dirait pas davantage.

— Je suis bien content que vous deveniez la femme de Bevan, reprit-il, passant abruptement d'un sujet à un autre, à son habitude.

— Et pourquoi, je vous prie ? demanda Geneviève, un moment déconcertée par ce changement de ton et de sujet.

— La façon que vous avez de le regarder. On voit que vous l'aimez bien, beaucoup mieux que Fiona.

Le jeune garçon ne semblait pas porter la défunte dans son cœur. Pourquoi ? Geneviève ne le saurait sans doute jamais. Emportée par un élan de sympathie, elle ne craignit pas d'en faire son confident.

— Bevan ne m'a pas choisie, murmura-t-elle. Il n'accepte ce mariage que pour reprendre possession de Rionallis. Epouser une fille de Normands, cela contrarie ses principes.

— Patrick l'a bien fait ! Ce n'est pas tellement votre famille qui le dérange. C'est Fiona. Quand elle est morte, il a bêtement juré de ne jamais se remarier !

Pour souligner l'absurdité de ce serment, il se fendit vivement, et ne rencontrant pas d'obstacle dut avancer de deux petits pas pour éviter une chute.

Geneviève aurait aimé en savoir plus sur les relations entre Bevan et sa femme défunte. Il semblait lui vouer un véritable culte. Pour qu'il l'admire ainsi, il fallait bien qu'elle ait eu véritablement des qualités exceptionnelles. Si Ewan la dénigrait, c'est qu'il était trop jeune pour les apprécier. Peut-être en était-il un peu jaloux, à douze ans. Elle aurait aimé en savoir davantage. Entre elle-même et Fiona, Bevan cherchait-il des ressemblances ? La trouvait-il trop différente de la femme idéale ?

Mais à quoi bon se perdre en considérations inutiles, alors qu'elle n'avait rejoint Ewan que pour se distraire ?

Elle s'approcha du râtelier d'armes et prit à son tour une épée, qui pesait un peu sans doute mais qu'elle trouva tout à fait maniable.

— Puisque vous prenez mon parti, fit-elle par manière de plaisanterie, quelle recette me conseillez-vous pour attendrir le cœur de votre frère ?

— En cette saison, je ne vois guère que la tarte aux pommes séchées et aux pruneaux, répondit fort sérieusement Ewan. Avec beaucoup de crème, bien sûr.

Geneviève éclata de rire.

— Eh bien, je n'ai plus qu'à donner des instructions dans la cuisine, et mon bonheur sera parfait ! conclut-elle.

Par jeu, elle fit crisser la lame de l'épée qu'elle avait en main contre celle d'Ewan.

— Vous pourriez venir en Angleterre, l'un de ces jours. Il y a plusieurs maîtres d'armes, au château de Longford. Ils accepteraient volontiers de vous avoir pour élève.

— Mon frère est le meilleur maître du monde, proclama Ewan, et ma place est auprès de lui. Tout comme la vôtre, ajouta-t-il après un temps de réflexion.

Geneviève se félicitait de trouver en Ewan un véritable ami. Leurs armes s'appuyaient encore l'une à l'autre. Par jeu encore, elle feignit de ferrailler. Une fantaisie lui vint à l'esprit.

— Accepteriez-vous de devenir mon maître d'armes, suggéra-t-elle, et de m'apprendre tout ce que vous savez ?

Le visage d'Ewan s'éclaira d'un large sourire.

— Devenir maître, voilà mon rêve ! s'exclama-t-il.

Vous saurez tout ce qu'on a pu m'apprendre ! Comme mes connaissances sont bien minces, poursuivit-il sur un autre ton, ce sera bientôt fait.

— N'en croyez rien, dit-elle en riant à ce trait. Un élève apprend beaucoup, lorsqu'il veut savoir. Et vous-même, vous y prendrez profit, je pense. Ne dit-on pas que le meilleur moyen d'acquérir la science, c'est de se mettre à l'enseigner ?

Bevan ne poussait pas sa monture aux limites de ses possibilités, comme il l'avait fait naguère. Il trottait parmi les gens de son escorte, à leur allure. Ainsi déchargé de toute préoccupation, il pouvait laisser vagabonder son esprit.

Sa blessure à l'épaule n'était plus qu'un mauvais souvenir. Il n'avait rien perdu de sa force et de sa précision puisque l'autre jour, après une dure chevauchée, il s'était trouvé capable de percer en pleine course la gorge du pauvre Mullins. Il ne souffrait donc d'aucune séquelle de sa blessure, alors qu'elle aurait pu lui coûter la vie, ou pire encore, le rendre infirme. Les soins donnés par Geneviève avaient fait merveille.

En évoquant son nom, Bevan se raidit, et revint à des préoccupations immédiates. Le mariage devait avoir lieu dès son retour à Rionallis, où sa future femme l'attendait. Le roi Henry l'exigeait, pour éviter les contestations. Une fois les formalités accomplies, l'ancien fiancé de Geneviève ne pourrait en effet mettre en œuvre les recours prévus par la loi. Il importait donc de conclure l'affaire au plus tôt.

Par une heureuse coïncidence, Helen de Renalt, l'épouse du comte, avait dû elle aussi se rendre à Tara, en qualité de chaperon d'une jeune princesse. Dispensée pour l'occasion de cette charge, elle assisterait à la cérémonie. La mère de Geneviève n'avait fait la connaissance de son gendre que quelques heures auparavant. Prise au dépourvu autant qu'on peut l'être, elle ne semblait éprouver aucune sympathie à l'égard de Bevan.

Elle ne voyait sans doute en lui qu'un barbare infréquentable. Aussi avait-elle refusé d'accepter son escorte, et suivait le même chemin à quelque distance, avec celle du comte, à l'allure des mules qui transportaient ses bagages.

A quelque distance de Rionallis, Bevan eut la satisfaction de rencontrer son frère Connor, qui venait de Laochre avec quelques hommes.

— Nous sommes l'avant-garde, dit joyeusement son cadet. Patrick et Isabelle nous suivent, ils viennent participer aux réjouissances. En ce qui te concerne, tu n'as pas l'air très gai. Tu peux compter sur moi, vieux frère. Je me dévouerais jusqu'à prendre ta place, sans que tu aies à m'en prier.

Comme Bevan, feignant l'indifférence, ne lui répondait pas et regardait ailleurs, Connor, toujours en quête d'amusement, se trouva contraint de le provoquer.

— Quelle fille ! Tu te souviens que je lui ai volé un petit baiser, à la fête ? Ses lèvres, douces comme des pétales de roses, je les…

Comme il avait pris soin de se préparer au choc, le poing de Bevan passa juste au-dessus de sa tête.

— C'était pour rire, dit-il en riant en effet. Le seul, le vrai marié, ce sera toi. On s'est pourtant bien amusés, quand tu m'as invité à lui faire la cour, pour voir.

Bevan avait vu, en effet, et ne décolérait pas contre lui-même. Il avait eu tort de tenter cette expérience, car la seule idée d'un homme s'approchant de Geneviève le rendait fou.

Il se souvint à ce propos de la gentillesse dont Fiona faisait preuve à l'égard des visiteurs, lorsque des étrangers se présentaient à Rionallis. Elle leur donnait l'impression de se plaire en leur compagnie. Mais lorsque Bevan et elle se trouvaient seuls ensemble, elle était souvent distraite, parfois absente. Il prenait naturellement l'initiative de leurs étreintes, toujours voluptueuses. Mais si Bevan savait se rendre maître du corps de sa femme, il n'était jamais parvenu à pénétrer les mystères de son âme.

Comment se faisait-il que depuis un certain temps il ne pouvait penser à Fiona sans se souvenir de ses imperfections ? A quoi bon ressasser d'anciens griefs ? Elle n'était plus de ce monde, et elle lui avait donné des années de bonheur.

Cet heureux temps n'était plus. Récemment, une pulsion sensuelle l'avait conduit à embrasser Geneviève, à la caresser. Dans quelques heures il aurait des droits sur elle, il lui serait loisible de disposer de son corps si désirable. Elle allait lui appartenir.

C'est là que résidait la difficulté. On l'avait contraint à accepter cette union, et il la refusait pourtant, par respect pour sa première épouse. En se laissant séduire par Geneviève, il trahirait un serment prononcé sur une tombe.

Pouvait-il satisfaire entre les bras de Geneviève ses appétits charnels, tout en la tenant à distance, en menant une vie séparée de la sienne ? Il lui semblait difficile de le croire.

L'élan sensuel qui le portait vers elle lui faisait honte. Il ne pouvait la voir sans éprouver l'envie de la caresser, de lui faire l'amour.

Puisqu'il était incapable de se contrôler, il devait s'interdire de vivre dans l'intimité d'une femme, quelle qu'elle soit. Dans celle de Geneviève surtout, qui à tout moment occupait ses pensées, alors même que de toutes ses forces il essayait de l'en chasser. Oserait-il encore se regarder en face, s'il ne respectait pas la parole donnée à Fiona ?

On gravissait une colline. Dans l'expectative, Bevan sentit son cœur battre plus vite. Au sommet de la côte, le spectacle tant attendu lui apparut. Rionallis se dressait fièrement dans la plaine, tout proche en apparence. L'été venu, les champs couverts de neige auraient la blondeur des blés. Des tailleurs de pierre seraient à l'œuvre, pour ériger des remparts, et dans peu d'années toutes les structures de bois auraient disparu. Le granit garantirait durant des siècles et des siècles la sécurité d'une population prospère.

Il n'avait pas compris combien Rionallis lui manquait. En demeurant près de Patrick, à Laochre ou à Ennisleigh, en mettant son épée au service des clans en guerre, il s'était détourné de l'essentiel. Amers et doux, des souvenirs lui revenaient à la mémoire, à mesure qu'il s'en approchait.

Fiona l'y attendait jadis. Il ne la reverrait plus, et en souffrait. Mais le château allait revivre, son existence prenait un autre cours, et Geneviève l'attendrait, elle aussi, chaque fois qu'il aurait à s'éloigner.

Non loin de la palissade, il ralentit l'allure. Il lui semblait qu'en franchissant la porte, il allait laisser derrière lui les souvenirs du passé. Quelques flocons se posèrent sur ses gants, et se fondirent aussitôt dans le néant.

En pressant les flancs de son cheval, Bevan MacEgan eut l'impression d'entrer dans une vie nouvelle.

Geneviève préférait la parade à l'esquive, car cette attitude permettait à Ewan de déployer ses talents et de mieux préparer ses assauts. Depuis leur arrivée à Rionallis, ils passaient deux ou trois heures, chaque après-midi, dans la salle d'armes. Bien que profane, elle prenait un plaisir extrême à ces exercices, qui la distrayaient et surtout lui redonnaient une assurance qui lui faisait parfois défaut.

Plus confiante en elle, elle se félicitait aussi des progrès accomplis dans ce domaine par son moniteur, qui pouvait pour une fois se flatter de dominer autrui, alors que les exploits accomplis par ses frères, et Bevan en particulier, lui donnaient le sentiment d'une infériorité permanente.

Il ne désespérait cependant pas de l'égaler, à force de travail.

— J'ai pris Bevan pour modèle, dit-il un jour, en rangeant les armes. Je ferai tout comme lui. Sauf que je ne me marierai pas, bien sûr.

— Pourquoi donc ?

— Je n'en ai pas les moyens. Comme je suis le plus jeune des MacEgan, ma fortune se limite à quelques dizaines de brebis tout au plus.

Geneviève se souvint qu'en Irlande la richesse ne s'évaluait pas en pièces d'or, mais en têtes de bétail.

— Le royaume de Patrick est assez vaste pour qu'il vous donne une centaine d'acres de terres cultivables, fit-elle observer.

— On compte sur moi pour entrer dans les ordres, dit

Ewan, parce qu'il y a toujours eu un MacEgan prieur ou évêque, dans les générations précédentes. Ils attendront la suivante, parce que je ne m'intéresse qu'aux armes. Une fois bien préparé, je ferai le métier de mercenaire, tout comme Bevan ces derniers temps, et j'économiserai mes soldes jusqu'à ce que je sois assez riche pour acheter un domaine.

Le projet ne manquait pas d'ambition. Geneviève l'approuva d'un hochement de tête.

— Une fois installé dans votre domaine, vous voudrez le transmettre à des héritiers, dit-elle en entrant dans sa logique. Et pour en avoir, il vous faudrait une femme !

Ewan détourna les yeux et décrocha une masse d'armes, pour se donner une contenance.

— Les filles se moquent de moi, parce que je suis trop jeune et que je ne sais pas encore me battre, dit-il en rougissant.

Le temps y remédiant, le problème que se posait le benjamin des MacEgan se résoudrait de lui-même.

— Les filles sont des sottes, dit Geneviève en guise de consolation.

En laissant seul son maître d'armes, elle faillit lui conseiller de ne pas jouer avec la masse hérissée de pointes, mais sut s'en abstenir.

Elle s'installa dans la partie la mieux éclairée de la salle basse, et tenta sans succès de trouver l'apaisement de ses inquiétudes dans un travail d'aiguille. De l'extérieur vinrent soudain des rumeurs bruyantes de voix, de piétinements de chevaux et de chocs métalliques.

Des cavaliers venaient d'entrer en nombre, salués par les gardes. Bevan était-il de retour ? Dans un premier mouvement, elle pensa courir à sa rencontre. Un instant de réflexion la fit rester assise. Une telle précipitation aurait quelque chose d'inconvenant, peut-être. Ne valait-il pas mieux qu'il la trouve penchée sur son ouvrage, dans l'attitude modeste d'une épouse soumise et patiente ?

S'en tenant à cette décision, elle se mit à patienter, en effet. Une vive animation régnait dans la cour intérieure, attirant l'ensemble du personnel, si bien que la salle restait vide, et qu'elle ne pouvait s'informer auprès de personne. Son attente se prolongeait. Elle allait y mettre fin lorsqu'un bruit de voix lui signala une arrivée. Bevan allait entrer. Pour parfaire son image, elle baissa les yeux et d'un geste ample tira ostensiblement son fil.

— Elle coud ! Voilà qui en dit long ! clama dramatiquement une voix mécontente.

— Maman ! s'écria Geneviève. Comme vous avez fait vite !

Elle courut embrasser sa mère, qui parcourait d'un œil critique la disposition des lieux. Grande et mince, l'air impérieux, les cheveux trop noirs pour ne pas être teints, lady Helen de Renalt avait fière allure.

— Dois-je entendre cela comme un reproche ? s'enquit-elle. Je n'ai pas fait vite, ma fille, je suis venue de Tara, où j'ai rencontré ton père. J'y ai rencontré aussi une sorte de barbare qui nous a précédés. Il semble que tu n'aies pas de chance dans le choix de tes fiancés, ma pauvre enfant. Il est vrai qu'en cette occurrence Henry a choisi pour toi. Enfin, n'en parlons plus.

— Parlons-en au contraire, dit Geneviève en présentant à sa mère le siège le plus confortable qu'elle put trouver. Bevan MacEgan est un homme courtois et généreux, maman. Il est aussi célèbre par sa droiture que par sa force. On vous a sans doute informée qu'il est veuf. Il n'a pas oublié sa première épouse, à laquelle il avait donné tout son cœur…

— Fi donc ! s'écria lady Helen en accompagnant son exclamation d'une grimace de dégoût. Un mariage n'est pas une affaire de cœur, c'est une affaire sérieuse.

L'heure n'était ni aux épanchements ni aux discussions oiseuses. Geneviève préféra les éviter en opinant.

— Je le sais bien, maman, dit-elle en baissant les yeux.

— On ne le dirait pas. Nous pouvions te présenter une foule de prétendants plus prestigieux les uns que les autres, et tu as choisi ce Marstowe, avec l'approbation du roi. Voilà qu'Henry t'en impose un autre, un étranger cette fois-ci, qui ne cache même pas son jeu, avec ses balafres et ses allures de sauvage.

— Les Irlandais n'ont jamais été des sauvages et ne sont plus des étrangers, maman, puisque leur roi suprême a fait acte d'allégeance au nôtre. Ils viennent de se déclarer vassaux d'Henry II Plantagenêt.

— Il les domine. Cela va de soi. Grand bien lui fasse. Mais vivre dans une île toute verte et peuplée de moutons, cela se peut-il concevoir ?

Comme lady Helen, intarissable à son habitude, poursuivait sa diatribe, Geneviève cessa de l'écouter. Bevan avait précédé le comte de Longford. Il était donc présent à Rionallis depuis un certain temps. Pourquoi tardait-il à venir lui donner des nouvelles des négociations entreprises ? Elle jetait de fréquents coups d'œil vers l'entrée. A l'extérieur semblait encore régner une assez vive animation.

Bevan la surprit en survenant soudain du fond de la salle. Il descendait des appartements, et s'était débarrassé de son attirail guerrier pour revêtir une tenue plus élégante. Dès qu'il aperçut la comtesse de Longford, il fit halte. A en juger par sa mine et par son attitude, il attendait qu'elle s'en aille pour demeurer seul avec Geneviève.

— Avancez donc, mon cher, vous ne nous dérangez pas, lança lady Helen avec une surprenante aménité.

— Maman, il faudrait que vous nous laissiez seuls, dit Geneviève à mi-voix.

— Vous laisser seuls ? claironna la comtesse. Pourquoi ? A mon âge, on peut tout entendre ! Ou bien, poursuivit-elle en lisant l'exaspération dans le regard de sa fille, je vais me tenir à l'écart, pas trop loin, pour que tu puisses m'appeler, en cas de besoin…

— Laissez-nous seuls, madame, dit Bevan en élevant assez la voix pour se faire entendre sans avoir à se déplacer.

— Prenez cet escalier et faites-vous montrer ma chambre, suggéra Geneviève. Je vous rejoins dès que possible.

Helen de Renalt hocha fortement la tête et obtempéra. Bevan s'avança alors très vite, à grands pas, et ne fit halte qu'au moment de la toucher presque. Cette raideur était étonnante, elle semblait affectée. Pourquoi ? Geneviève tint ferme, et ne recula pas d'un pouce. Les yeux verts de son nouveau fiancé brillaient d'un éclat redoutable. Il semblait presque agressif. Pour le ramener à de meilleurs sentiments, elle effleura du bout des doigts sur son visage la cicatrice la plus récente.

— Votre blessure s'est bien refermée, dit-elle.

Il recouvrit de la sienne la main qui lui touchait la joue.

— Notre mariage sera célébré ce soir même, annonça-t-il d'une voix ferme et assurée.

Prise au dépourvu, Geneviève songea d'abord à la douleur que devait ressentir Bevan, contraint à rompre son vœu.

— Je vous rappelle notre accord, reprit-il. Après la cérémonie, nous mènerons chacun notre existence particulière.

Ce rappel n'avait rien de surprenant. Geneviève en eut pourtant le cœur serré.

— Je sais, dit-elle.

— Cette disposition vous paraît-elle supportable ? Je ne peux vous offrir en échange que la liberté totale de mener votre vie comme il vous plaira.

Pourquoi lui parlait-il avec tant de froideur, sur un ton aussi impersonnel ? Geneviève s'efforça de l'imiter.

— Pour éviter une guerre, je suis prête à accepter cette contrainte.

Elle s'efforçait de s'exprimer d'une voix unie, alors que la colère sourde qui montait en elle lui donnait envie de crier.

— Eh bien, allez vous préparer, dit-il en lui lâchant les doigts. Nous nous reverrons en présence du prêtre.

Demeurée seule, Geneviève dut retenir ses larmes. Bevan ne voulait établir entre eux aucune connivence, aucun partage. Rien ne les réunirait plus. Elle devait se pénétrer de cette pensée, s'y résigner vraiment, pour ne plus en souffrir.

Elle éprouvait une sorte de répugnance à l'idée de se trouver dans le même lit que Bevan. Ce serait une seule fois sans doute, mais une fois de trop. Il le fallait bien, puisqu'un mariage non consommé est réputé nul. Mais il est parfaitement odieux de se trouver ravalée au rang de formalité à accomplir. Il lui faudrait rassembler tout son courage pour subir ce que les hommes font aux pucelles pour qu'elles deviennent des femmes.

L'arrivée d'Isabelle MacEgan, qu'elle n'attendait pas, la surprit mais la réconforta.

— Nous avons été prévenus à Laochre par un messager spécial, expliqua l'épouse de Patrick. Il ne sera pas dit que notre clan s'enrichit d'une nouvelle perle sans que nous soyons de la fête ! Une perle ! Je parle aussi pour moi, bien sûr !

Pendant que la reine de Laochre riait, Geneviève s'efforça de sourire. Elle admirait que cette fille née comme elle de l'autre côté de la mer fasse désormais si intimement partie d'une lignée irlandaise. Parce que son mari l'aimait, sans doute, et partageait tout avec elle.

— Allons rejoindre ma mère, proposa-t-elle. Elle m'attend là-haut.

— Sans doute ne m'a-t-on convoqué au dernier instant que pour éviter l'ennui d'un long discours, déclara le Père O'Brian, mais le sujet m'est si familier et les futurs époux si chers que cette précaution sera vaine.

Il marqua une pause, pour souligner l'effet. Pendant que l'assemblée, à vrai dire peu nombreuse, saluait ce prélude de sourires complaisants, les principaux intéressés, comme étrangers à la scène, demeuraient impassibles, comme perdus l'un et l'autre dans de sombres pensées.

Bevan regardait droit devant lui, au-dessus de la tête du prêtre, le mur nu de la chapelle. Geneviève savait pertinemment que son futur époux revivait en cet instant les émotions de son précédent mariage, sans doute célébré en ce lieu même, et demandait silencieusement pardon à sa Fiona bien-aimée.

Somptueusement parée des bijoux imposés par sa mère, qui semblait les avoir constamment emportés au cours de ses déplacements, Geneviève ressentait avec peine l'étrangeté de la cérémonie. Si Bevan n'avait pris soin de convoquer d'urgence Patrick, Isabelle et Connor, l'assemblée se serait réduite au comte et à la comtesse de Longford, qui n'avaient sans doute jamais assisté à des épousailles aussi confidentielles. Les émaux cloisonnés qui ornaient sa robe et les gros saphirs de sa parure provoquaient plutôt l'étonnement que l'admiration.

La nuit était tombée. La cérémonie fut suivie d'un repas dont la reine Isabelle avait apporté l'essentiel de Laochre. Le Père O'Brian fut le seul avec Connor à mettre de l'animation parmi les convives. Ewan, la bouche pleine en permanence, ne pouvait parler. Thomas et Helen de Renalt ignorant la langue des Irlandais, Isabelle leur traduisait par bribes les propos les plus intéressants du prêtre. Bevan s'efforçait de faire bonne figure, allait jusqu'à sourire à la comtesse, mais en se contraignant de telle façon que Geneviève en souffrait.

Sans pouvoir s'en ouvrir à personne, elle s'inquiétait des préparatifs et du déroulement de la nuit de noces. En Angleterre, elle avait souvent assisté à ces fins de banquets où les plus jeunes et les plus joyeuses des femmes mariées emmenaient la nouvelle épousée jusqu'au lit nuptial, et la dévêtaient en échangeant des plaisanteries qui les faisaient rire aux éclats.

Dans le cadre austère de Rionallis, en présence d'une assemblée réduite à l'essentiel, une telle éventualité semblait exclue. Soucieux d'accomplir sans tarder son devoir, Bevan allait sans doute la priver de sa virginité avant de prendre son repos. Devrait-elle se présenter à lui entièrement dévêtue ? Cette obligation, si c'en était une, lui glaçait le sang.

Lasse de sa propre anxiété, Geneviève prit la décision de se retirer sans attendre. A la faveur d'une discussion animée qui opposait son père à Connor sur le dressage des chiens de meute, elle quitta discrètement son siège.

— Où allez-vous ? lui demanda Bevan à mi-voix.

— Dans notre chambre, répondit-elle en esquissant un sourire timide. Je me sens un peu lasse.

En gravissant les marches de l'escalier, elle sentit qu'il la suivait des yeux. Elle se retourna. Une coupe de vin à la main, il la regardait, en effet. Geneviève s'attarda un instant à le contempler. Vu sous cet angle, il était d'une beauté saisissante.

Elle dut prendre une profonde inspiration pour avoir la force d'atteindre le palier. Dans sa chambre, elle s'assit sur un tabouret de bois et se mit à l'attendre. Moins massif que l'ancien, le lit que le maître charpentier du château venait de construire était beaucoup plus élégant. La literie neuve, vivement colorée, mettait un air de gaieté dans la chambre où ne subsistait aucune trace du décor ancien, à l'exception d'un très beau coffre.

Impatiente et désœuvrée, elle se surprit à tapoter nerveusement du bout des doigts la belle robe apportée par Isabelle. Les minutes passaient, et Bevan ne se manifestait pas. Lasse d'attendre, elle se débarrassa de ses bijoux, puis de sa robe, et se mit au lit, sans enlever sa chemise.

Ce fut le commencement d'une nouvelle attente, de plus en plus insupportable. Dans le parfait silence, Geneviève entendit confusément la relève des gardes. La moitié de la nuit était passée. Elle comprit alors que Bevan n'avait jamais eu l'intention de la rejoindre.

S'était-elle trompée ? Aurait-elle dû l'attendre, non dans sa propre chambre, mais dans celle de son mari ? Mal renseignée sur les mœurs irlandaises, elle se rendait ridicule. Les joues empourprées, elle sortit du lit. Devait-elle passer au-dessus de sa chemise une *léine* ? Il faudrait bientôt l'enlever. Elle y renonça.

L'idée d'entrer en pleine nuit dans la chambre d'un homme provoquait en elle un embarras tout à fait naturel. Elle se reprit pourtant. Une fois la chose faite, rien qu'une fois, une fois pour toutes, elle n'aurait plus à combattre ces émois. Son devoir accompli, elle aurait la conscience tranquille, et n'aurait plus à s'inquiéter de rien, puisque soumise à son destin Geneviève de Renalt dormirait toujours seule.

Elle se munit d'un lumignon, et sortit bravement dans le couloir. Etrange pays, songea-t-elle, que celui où les jeunes mariées sont contraintes d'aller à recherche de leur époux, la nuit de leurs noces.

Chapitre 12

Après le départ d'O'Brian, l'assemblée se sépara. Laissant à Isabelle le soin d'accompagner le comte et la comtesse à l'appartement qui avait été déjà le leur pendant plusieurs mois, Bevan se retira discrètement, laissant Patrick et Connor deviser en paix, pendant qu'Ewan achevait consciencieusement les corbeilles de pâtisserie.

Pour la première fois depuis plus de deux ans, il allait dormir chez lui, à Rionallis. Il avait choisi d'occuper l'une des chambres où rien ne rappelait le souvenir de Fiona. Le mobilier n'avait guère changé durant sa longue absence, ce qui n'était pas pour lui déplaire. Une tradition familiale se poursuivait, sans éveiller en lui la moindre nostalgie.

Son retour définitif avait lieu dans des conditions bien particulières. Dans le désordre des retrouvailles, il avait reconnu des artisans, d'anciens serviteurs, des fermiers venus des environs.

Tous semblaient un peu désarçonnés de le voir revenir en compagnie de Geneviève, l'ancienne victime du tyran qui les avait terrorisés. Allaient-ils bien l'accueillir ? On pouvait le penser, car la pitié devait sans doute atténuer leur animosité à l'égard des Normands. Persécutée comme eux, elle avait d'une certaine façon partagé leur sort.

Près d'un brasero qui rougeoyait encore, le grand baquet de bois dans lequel il aurait dû se baigner avant d'aller à la chapelle était resté en place, entouré de linges propres. En y trempant la main, Bevan constata sans étonnement que l'eau s'était tout à fait refroidie. L'occasion d'éteindre des ardeurs importunes était trop belle. Si les circonstances le contraignaient à se rendre dans la chambre de Geneviève, elle ferait tout pour l'attirer dans son lit, cela ne faisait aucun doute. Autant se prémunir contre la tentation.

Courageusement, il se dévêtit, prit place dans le baquet, en s'aspergeant la tête et le torse d'eau froide, et s'en trouva mieux. Une fois sa toilette terminée, il sortit de l'eau, s'essuya soigneusement tout le corps, noua la serviette autour de ses reins, et s'assit sur un tabouret, près du brasero.

A peine y était-il installé qu'un faible craquement l'alerta. Très lentement, il se baissa pour ramasser son poignard, qui traînait sur le sol avec sa ceinture. Il ne fallait pas que l'intrus sache qu'on l'avait entendu.

Une ombre se profilait en effet derrière les rideaux du lit, entre la porte et le baldaquin. Les pieds solidement posés sur le sol, prêt à bondir, Bevan tourna lentement la tête. Geneviève lui apparut en chemise, sa chevelure noire ruisselant sur ses épaules. Elle avançait en silence, tel un fantôme.

— Geneviève, murmura-t-il, trop surpris pour trouver d'autres mots.

Elle avait peur, elle ne savait quelle attitude prendre, cela se voyait dans ses yeux. Bevan n'osait se lever, afin de ne pas l'effrayer davantage en lui montrant dans quel état le mettait son apparition.

— Je ne savais pas s'il fallait que je vienne, dit-elle tout bas, d'une voix incertaine. Nos coutumes sont différentes, alors j'ai pensé…

Elle ne put en dire davantage. La tête basse, les épaules affaissées, elle semblait sangloter, mais ne versait pas de larmes.

Pétrifié, Bevan resta silencieux. Lentement, Geneviève parvint à reprendre le contrôle d'elle-même et se redressa. Sa fine chemise épousait par endroits les courbes voluptueuses de son corps. Comme elle était frêle et vulnérable ! Malgré sa fragilité, elle avait fait l'effort de venir jusqu'à lui, dans cette tenue ! Il ne pouvait que l'éconduire, naturellement. Mais en disant les mots définitifs et cruels qui s'imposaient, il risquait de la détruire.

Comme il aurait voulu la prendre dans ses bras, faire honneur à sa beauté, se comporter en époux digne des merveilles qu'elle lui offrait ! Il se leva, lui prit les mains et en pressa doucement les paumes pour l'apaiser, en l'attirant près de lui. Il lui caressa la joue, et sans y penser passa son pouce sur la lèvre inférieure, pour la consoler, la faire sourire, entrouvrir sa bouche… Bevan la lui baisa sans que Geneviève s'y oppose. Il était perdu.

Elle avait le goût de l'été, celui du miel, la saveur de l'amour qu'on espère. Il s'était juré de ne pas l'effleurer. Il l'enlaça dans une étreinte sauvage. Au contact de sa peau délicate, un embrasement le saisit. Les genoux tremblants, il se rassit sur le tabouret et l'installa à califourchon sur ses cuisses.

Naturellement surprise et choquée, Geneviève se débattit, mais il la maintint en place, jusqu'à ce qu'elle ne s'agite plus. Pour qu'elle se calme mieux encore, il lui caressa le dos par pressions successives, comme on le fait pour apaiser les chagrins des enfants. Sous ses yeux, il voyait se durcir les seins de Geneviève, leurs pointes s'ériger.

La serviette que Bevan avait lâchement nouée autour de ses reins tomba sur le sol, si bien que sur la hampe de son sexe dressé s'appliqua avec force la moiteur brûlante de l'autre sexe, que l'écartement des cuisses de Geneviève entrouvrait. Le souffle s'étrangla dans sa gorge, il voulut se lever. Mais ce mouvement ne fit que provoquer tout au long de son membre un glissement ascendant et soyeux, insupportable de volupté. Renonçant à se lever, il éprouva dans l'autre sens la même sollicitation, plus éprouvante encore.

Hors de lui, ivre d'une sorte de folie érotique, il dévorait la bouche de Geneviève, au bord du gouffre, si sauvagement qu'il en vint à l'étouffer. C'est pour pouvoir respirer qu'à bout de souffle elle s'arracha au baiser, et prit une profonde inspiration. Bevan parvint à échapper au vertige, et relâcha son étreinte. Elle lui échappa, prête à s'enfuir.

— Pardonnez-moi, murmura-t-elle d'une voix qui tremblait. J'ai cru que je devais vous permettre…

— Pas ce soir, Geneviève, balbutia-t-il.

Geneviève se sentit blêmir. Elle n'avait pas prévu une telle déception, une telle tristesse.

— Je vous suis désagréable, je pense. Excusez-moi.

— Je ne peux pas être votre mari, Geneviève. Pas comme cela…

L'excitation de Bevan restait violente, mais l'offense qu'il commettait lui serrait le cœur, ce qui l'aida à refréner ses élans. Il ramassa le linge tombé, s'en ceignit de nouveau les reins, et porta Geneviève jusqu'au lit, où il la borda.

— Dormez, maintenant.

Douloureusement frustrée, Geneviève maudissait son sort. Enfin parvenue à poursuivre son mari dans ses derniers retranchements, elle se trouvait privée d'une victoire qu'elle avait pu croire imminente. L'échec lui cuisait. Comment persuader Bevan qu'elle était son épouse, et non pas un pesant fardeau ?

Elle l'observa à la dérobée. A la lueur des lampes, sa peau avait la nuance du bronze. Marqués des traces de combats, ses muscles roulaient à ses épaules, alors qu'il remettait ses chausses. Sur son torse nu, une toison sombre appelait la caresse.

— Bevan ? murmura-t-elle.

— *Tà ?*

— Ne m'abandonnez pas. Ne me laissez pas seule. Pas ce soir.

Bevan comprit qu'elle redoutait une autre humiliation, celle que pouvaient lui infliger ses proches.

— Ne craignez rien, dit-il pour la tranquilliser. Les autres n'en sauront rien. Ils ne mettront pas en doute la… la consommation de notre mariage.

— Mais… les draps, balbutia-t-elle, le sang…

Elle se tut, incapable d'en dire davantage. Dans son

pays, on exposait avec fierté les draps tachés, le lendemain des noces.

Bevan haussa les épaules.

— En Irlande, cette cérémonie n'est pas d'usage. Nul ne doutera que vous ayez perdu votre virginité, sans exiger de preuves.

— Je voudrais que vous me prêtiez votre poignard, dit-elle.

— Pour quoi faire ?

— Pour rassurer mes parents. Ils tiendront à voir mon sang répandu.

Bevan dégaina son poignard, s'approcha du lit sans quitter Geneviève des yeux, et parvenu près d'elle s'entailla le bord de la main.

— Mon propre sang fera l'affaire, dit-il en le laissant couler sur le tissu.

Geneviève se crispa, un peu réticente, alors que Bevan semblait n'attacher aucune importance à cette substitution. Il improvisa sur le sol une couchette, et s'y étendit. Geneviève lui aurait volontiers suggéré de dormir près d'elle, pour se sentir plus à l'aise, mais faute de trouver les mots nécessaires, elle s'en abstint. Le corps douloureux et tendu sous l'effet de la frustration, elle enfouit son visage dans le coussin qui servait d'oreiller.

Comme elle ne trouvait pas le sommeil, elle se retourna et l'observa. Il ne dormait pas non plus, et changeait sans cesse de position. Geneviève ne se lassait pas d'observer les marques de ses anciennes blessures. Son cœur avait été profondément blessé, lui aussi. Il était bien à plaindre. Père d'une fille unique morte à trois ans, veuf d'une femme qu'il adorait, il se trouvait à présent l'époux d'une femme dont il ne voulait pas, puisqu'il avait juré de n'en connaître aucune autre.

Pour qu'il puisse se reposer, elle était bien résolue à ne pas faire de bruit. A quoi bon lui parler ?

— Bevan, lui demanda-t-elle pourtant, pourquoi m'avez-vous épousée ?

Avant son départ pour Tara, il avait bien dit et répété qu'il ne l'épouserait pas. Qu'il éviterait ce mariage à tout prix.

Comme il ne répondait pas, elle put croire qu'il ne l'avait pas entendue.

— C'est pour vous protéger d'Hugh Marstowe, dit-il enfin. On aurait pu vous contraindre à l'épouser. Aucune femme ne mérite semblable supplice.

Bevan n'avait donc voulu que lui rendre service. Il ne la désirait pas assez pour vouloir faire d'elle son épouse. Geneviève en aurait pleuré.

— Mon père m'a bien dit qu'il avait rompu mes fiançailles, murmura-t-elle. Hugh ne pouvait plus me nuire.

Bevan aurait pu s'irriter de cette conversation tardive. Elle semblait lui convenir, au contraire.

— Je me suis proposé pour le remplacer afin de lui interdire tout recours. Hugh est l'un des favoris du roi Henry, ne l'oubliez pas. A Tara, votre père a pris parti contre lui. Mais cela n'aurait peut-être pas suffi. En ces temps troublés les alliances entre nos deux nations sont très recherchées. J'ai l'avantage de ne pas être anglais.

— C'est bien possible, en effet.

— Et je n'ai aucune confiance en Marstowe, poursuivit Bevan. Je ne le crois pas homme à abandonner aisément la partie. A supposer que votre père ait eu un accident, il aurait aussitôt fait valoir ses droits sur vous, et sur votre dot, bien sûr. Il convoitait Rionallis. Vous pouvez vous sentir rassurée, à présent, conclut-il d'une voix apaisante. Vous n'avez plus rien à craindre de lui.

Lorsqu'il se tut et chercha sur sa couchette une position plus confortable, Geneviève serra les poings. Elle aurait aisément supporté une telle attitude chez un homme qui lui aurait été indifférent. Son cœur se serait fermé, elle aurait vécu seule, aux côtés de ce personnage si passionnément attaché à rester fidèle à une morte.

Par malheur, Bevan ne lui était pas indifférent. D'ailleurs, n'était-il pas en grande partie responsable de cet attachement ? Par ses caresses, par ses baisers, il avait éveillé en elle les élans du désir. Il lui avait révélé sa propre sensualité.

Parviendrait-il un jour à se défaire de ses obsessions ? En attendant, leur mariage ne serait rien qu'une convention de commodité, une union factice.

Lorsque Bevan s'éveilla, le lit était vide. Il quitta sa couchette incommode, l'épaule douloureuse et les membres ankylosés. Pour éviter l'inconfort et combattre l'insomnie, il avait un moment envisagé de s'introduire discrètement dans son lit, mais la raison l'emportant, il ne s'était pas exposé à une tentation qu'il savait par avance irrésistible.

Une fois convenablement vêtu, il se rendit à la salle basse afin de s'y restaurer de lait chaud, de pain et de fromage, à son habitude. Dans l'escalier, de savoureuses odeurs le surprirent. Cela sentait le miel et la pomme cuite, la pâte chaude et la crème aromatisée d'amandes grillées.

Ewan, visiblement décidé à ne pas abandonner son poste de combat, s'attaquait avec méthode à chacune des pâtisseries et des préparations délicates que pour plus de commodité il avait rassemblées à portée de ses deux mains.

— Geneviève n'est pas là ? demanda inutilement Bevan.

— Je ne l'ai pas vue, répondit son frère, qui pour ne perdre aucun instant parlait la bouche pleine. Pour commencer, je te conseille la tarte aux pommes. Les gens de la cuisine se sont surpassés, il faut leur faire honneur.

Bevan, qui ne faisait guère cas du repas matinal, prit distraitement un petit gâteau crémeux, et puis aussitôt un autre, avec gourmandise cette fois. Il y avait dans tout ce raffinement quelque chose d'intrigant.

— Que fête-t-on ce matin ?

— On ne fête rien. Geneviève a décidé qu'il en serait ainsi chaque jour. J'ai pensé à une chose, Bevan. Puisque tu récupères Rionallis, tu vas avoir besoin d'un homme de confiance. A Laochre, je ne sers à rien. Alors c'est dit, je m'installe ici, près de toi.

— Près de la cuisine ! protesta Bevan en lui plongeant le nez dans son bol de blé cuit au lait. La peste soit des goinfres !

Après avoir ri avec Ewan, il suivit son conseil, prit de la tarte et s'en trouva bien. Comme l'absence de Geneviève se prolongeait, il décida d'aller à sa recherche, s'équipa chaudement et sortit.

C'était jour de lessive au château. Il la trouva à l'arrière, près de la buanderie. Sur un brasier en plein air, des valets faisaient chauffer des chaudrons suspendus à des potences croisées, avant d'aller déverser l'eau chaude dans de grands baquets. Debout devant l'un d'eux, Geneviève remuait le linge à l'aide du manche d'un balai. Des femmes l'assistaient et échangeaient comme elle des plaisanteries avec des jeunes filles qui, *léines* relevées, piétinaient en dansant des linges dans un vaste récipient plat, en s'efforçant de lancer des éclaboussures aussi loin que possible.

Bevan s'avisa que Geneviève se trouvait bien dans son élément, parmi ces Irlandaises dont elle parlait la langue et partageait les travaux. Fille du comte et de la comtesse de Longford, elle n'avait pourtant rien de la morgue de mise parmi l'aristocratie dans son pays natal. Les femmes de Rionallis l'admettaient comme l'une des leurs, elles ne voyaient pas en elle une étrangère, alors même que les gens du peuple haïssaient en général les Normands. Cela donnait à réfléchir.

L'une de ses voisines aperçut Bevan et signala sa présence à Geneviève, puisque celle-ci, se retournant vers lui, lui fit un signe amical, et revint à son travail sans s'attarder. Il aurait aimé qu'elle vienne jusqu'à lui, mais elle tenait sans doute à donner l'exemple en n'abandonnant pas sa tâche.

Réformatrice des menus, aisément admise dans la population, Geneviève avait-elle exercé dans d'autres domaines ses initiatives ? Peut-être avait-elle quelque peu modifié l'agencement de l'ancienne chambre conjugale, qui à présent était la sienne ?

Pour s'en assurer, Bevan rentra dans le château et se rendit dans cette pièce, dont il n'avait franchi le seuil qu'à son récent retour, pour constater que les spoliateurs anglais s'étaient abstenus d'en modifier le décor.

Au moment même où il y pénétrait, le souffle lui manqua. La chambre semblait plus grande et plus claire, parce qu'elle était vide. Les tapisseries qui faisaient la fierté de Fiona avaient disparu. Le lit conjugal, si monumental que le charpentier n'avait pu que le construire sur place, se trouvait remplacé par une couche élégante, mais par comparaison si modeste qu'il avait fallu la couvrir de tissus aux couleurs éclatantes pour lui donner du volume.

Les sièges et les coffres, à l'exception d'un seul, n'étaient plus les mêmes. On les avait changés, eux aussi. Dépossédé de tout ce qui donnait corps à ses souvenirs, de tout ce qui nourrissait sa nostalgie, Bevan, d'abord stupéfait, s'abandonna d'un coup à la fureur. Par chance pour elle, Geneviève s'occupait de la lessive, loin de lui. Elle évitait ainsi ses foudres.

— Bonjour, fit-elle en franchissant la porte demeurée ouverte. Le nouveau décor vous plaît ?

Elle vit le visage courroucé de Bevan, et cessa de sourire.

— Mon lit, gronda-t-il, et les tapisseries qui ont coûté à Fiona des années de travail ?

— Les tapisseries sont préservées, rassurez-vous, dit-elle. Elles sont rangées quelque part, je ne sais où. Quant au lit, vous ne le verrez plus. Il était trop encombrant. Sur mon ordre, on en a fait du feu.

— Vous avez osé…

Outré de colère, Bevan ne levait pas le poing, mais faisait peur. Geneviève, pâle mais résolue, lui tint tête.

— Il vous rappelait des souvenirs, sans doute, des souvenirs heureux, lança-t-elle avec une sorte de hargne. Eh bien, moi aussi, je me souviens. Hugh fréquentait ma chambre, voyez-vous, ce lit était le mien, et c'est sur lui qu'il m'allongeait pour me battre. J'essayais de l'oublier. Y parviendrai-je un jour ? Ne dites plus rien, Bevan. Je vous laisse à vos nostalgies.

Bevan aurait voulu s'excuser, la plaindre, mais aussi expliquer sa douleur, et justifier sa colère. Geneviève était déjà sortie.

Encore bouleversée, Geneviève trouva un goût de cendre aux mets soigneusement préparés du repas de midi. Assise entre ses parents, dont la présence nécessitait un certain décorum, elle souffrait de voir le déjeuner se prolonger, alors qu'elle aurait tant aimé se trouver seule. Lorsque ce fut enfin terminé, Helen de Renalt se retira la première, aussitôt imitée par les frères MacEgan et Isabelle, qui la laissèrent seule en compagnie de son père.

— Je te vois bien mélancolique, dit le comte. Que se passe-t-il ? Il t'a fait mal ?

En posant cette question, Thomas de Renalt semblait embarrassé de sa propre indiscrétion. A sa demande, Geneviève le savait, on lui avait montré le drap rituel, et il s'en était dit satisfait. Mais cette tromperie lui donnait des remords.

— Il ne m'a pas fait mal, papa.

— Tu me rassures. Cet Irlandais sera un bon mari, j'en ai la certitude. Un guerrier de sa réputation ne saurait décevoir, conclut Longford, qui accordait aisément toutes les vertus aux combattants valeureux, comme le faisaient la plupart de ses pairs.

— Un mariage conclu par contrainte ne convient à personne, fit tristement observer sa fille. Ni à lui, ni à moi.

— Les mariages qui commencent mal sont souvent les meilleurs et les plus durables, affirma sentencieusement le comte. Laisse faire le temps. Un mariage arrangé, comme disent méchamment certains, arrange précisément tout le monde. Le roi, par exemple. Pembroke a épousé une princesse irlandaise, tu viens d'épouser le frère d'un roi irlandais, et la reine de Laochre est née en Angleterre. C'est ainsi que la paix règne entre les peuples !

Insensible à l'éloquence de cette tirade, Geneviève demeurait morose.

— Allons ! reprit lord Thomas, tu n'es plus une petite fille, à présent. Tu n'as plus le droit de bouder.

Pour lui obéir, elle lui sourit, et retrouva sa bonne humeur en le voyant content.

— Allez-vous demeurer un moment à Rionallis ? demanda-t-elle.

— Nous devons suivre le roi en Angleterre. Mais je vais t'envoyer un couple, un valet et une femme de chambre, qui m'avertiront à la moindre incartade de ton mari. Gare à lui, s'il lève la main sur toi !

— Bevan est un vrai gentilhomme, papa. Jamais il ne frappera une femme.

— Eh bien, va le rejoindre, et montre-lui de quoi tu es capable. Le cœur d'un combattant, cela se conquiert, ma fille !

Le matin suivant, Thomas et Helen de Renalt prirent congé de leur gendre et de leur fille, en leur promettant de revenir à Rionallis au printemps ou en été. Lorsque son père avait plaisamment fait mention de la naissance possible d'un futur héritier, Geneviève était parvenue à se maîtriser, et à sourire. Autant laisser à ses parents leurs illusions.

Après leur départ, elle résolut de se distraire de ses sombres pensées en allant prêter main-forte au personnel du château, comme elle l'avait déjà fait.

Un groupe de femmes, toutes fortement charpentées, rangeaient de gros sacs de céréales. Elle s'associa courageusement à leur travail, mais dut bientôt reconnaître qu'il excédait ses forces.

— Votre place n'est pas avec nous, lui dit une matrone aussi volumineuse et rebondie qu'une barrique. Si vous attendez un enfant, vous pourriez lui faire du tort, mince comme vous êtes.

N'étant mariée que depuis deux jours, Geneviève n'aurait rien eu à craindre de ce côté, à supposer que le mariage ait été consommé.

— Je n'en attends pas, dit-elle simplement.

— Que vous croyez ! insista la femme. Avec les MacEgan, on peut s'attendre à tout. De sacrés gaillards ! Notre Bevan, il n'aurait eu qu'à se baisser pour ramasser toutes les filles, s'il avait voulu. On est content que vous l'ayez marié, lui, et pas ce sauvage d'Anglais, qui tuait tout le monde ! Je lui crache dessus !

En gage de sincérité, l'admiratrice des MacEgan cracha en effet sur le sol.

— Quel est votre nom ? lui demanda Geneviève.

— On m'appelle Mairi, pour vous servir, madame. Si j'osais, je vous dirais bien quelque chose.

Geneviève ne put s'empêcher de rire.

— Eh bien dites !

— Voilà. On vous a vue toujours malheureuse, avant, et on n'avait pas le droit de vous parler. Maintenant que vous êtes censément la dame du château et notre maîtresse, les gens aimeraient bien se faire connaître de vous, ceux des champs surtout et du village, qui n'entrent dans l'enceinte que pour se réfugier des malfaisants, quand ça se trouve.

Geneviève scruta attentivement le visage de Mairi et hocha la tête en signe d'acquiescement. L'idée lui semblait excellente.

— Pourquoi ne pas commencer sans attendre ? dit-elle. Vous me servirez de guide.

Ainsi fut fait. Fière de son importance, Mairi annonça aux autres femmes qu'elles auraient à se passer d'elle, reçut leur approbation et saisit par le bras un jeune palefrenier de passage.

— Sors un hongre pour lady Geneviève, Tom, et mets ton chapeau. Tu tiendras la longe.

Geneviève se récria.

— Je n'accepte de monter qu'à la condition que Tom sorte deux hongres, et que vous chevauchiez aussi !

Cette suggestion mit en joie les commères aussi bien que le nommé Tom. On entendit des plaisanteries qui mettaient en doute la résistance de l'espèce chevaline aux charges excessives.

Après avoir ri avec les autres, Mairi s'instaura donc cicérone, et guida Geneviève de ferme en chaumière, nommant et dénombrant les occupants, racontant à l'occasion des anecdotes et faisant part quelquefois de la réputation des uns et des autres.

Intimidés mais sensibles à l'honneur qui leur était fait, les hommes et les femmes interrompaient leurs travaux pour saluer leur châtelaine. Ils lui présentaient leurs enfants et recueillaient religieusement ses bonnes paroles.

En cette saison, on apportait de la nourriture au bétail, on brisait la glace des mares pour l'abreuver, on réparait les chaumières et les outils agricoles. Devenus artisans pendant l'hiver, beaucoup d'agriculteurs se livraient à des travaux de menuiserie et de sculpture. Le travail des métaux, la fourniture du pain et la cuisson de certains aliments avaient lieu dans les dépendances du château.

Geneviève se félicitait d'avoir refusé de faire cette tournée à cheval. En se donnant des airs de châtelaine, elle aurait donné à ces visites un tout autre caractère.

— Il est dommage que la fête d'Alban Arthuan soit passée, dit-elle à Mairi. J'aurais voulu réunir tous ces gens au château, pour leur apporter de la chaleur et de la distraction. Leur existence me semble si austère !

— Il est vrai que nous autres qui vivons près des maîtres, nous sommes mieux lotis, reconnut Mairi. Mais si vous cherchez l'occasion de faire la fête, demandez au Père O'Brian la date de naissance du Bon Dieu. Instruit comme il est, il vous la dira, et tant qu'il y a à boire et à manger, on est prêts à tout, nous autres Irlandais.

Geneviève remercia silencieusement la Providence, qui avait mis sur son chemin une conseillère aussi avisée. Des perspectives nouvelles s'ouvraient à elle. Peu importait la date de la Nativité, qui ne serait qu'un prétexte à faire la fête.

Sa préparation allait tenir Rionallis en haleine, et distraire Bevan aussi bien qu'elle-même de leurs préoccupations.

— Nous ferons de la musique, dit-elle, et des jeux. Connaissez-vous des musiciens ?

— En Irlande, tous les hommes se prennent pour des rossignols, dit Mairi, et tout le monde danse, à force de fouler le blé sur l'aire. Et puis il y a Eoin, avec sa cornemuse. Il vous remplit les oreilles, faut voir comme.

En plein état d'excitation, Geneviève serra contre elle son *brat* et sourit à l'avenir. Une bonne idée ne venant jamais seule, elle songea à un arrangement qui toucherait sans doute Bevan et diminuerait le chagrin dont elle était la seule responsable.

— Savez-vous où ont été rangées les tapisseries que j'ai fait enlever de ma chambre ?

— On a plié les moins grandes dans trois coffres, et les autres par-dessus, dans le fond de la salle d'armes.

— Une fois dépliées et bien secouées, vous les installerez dans la salle basse, contre la muraille aveugle, derrière l'estrade.

Après la fête, elle ferait décorer sa chambre d'autres ornements, sur des modèles dessinés par elle-même.

Le temps des lamentations était révolu. Geneviève allait tenir tête à l'adversité.

Chapitre 13

Enchantés d'être les premiers à fêter Noël en collaborant à la décoration de la grande salle, les serviteurs les plus dynamiques et souvent les plus jeunes du château, hommes et femmes réunis, accrochaient des guirlandes, renouvelaient les torches, en installaient d'autres, disposaient au long des murs d'anciens trophées tirés des caves où on les avait oubliés. Juché sur une échelle que maintenait dressée le forgeron, Ewan avait contribué à l'ornement de la voûte en y appliquant des branches de résineux parsemés de fleurs en tissus multicolores, d'un surprenant effet.

Comme Thomas de Renalt avait pris soin avant son départ de reconstituer les réserves, en guise de cadeau de mariage, les provisions de toutes sortes ne manqueraient pas. Le plus gros des porcs que l'on élevait dans les communs et deux moutons fournissaient la viande du banquet. Le boulanger avait fait triple fournée, et les gens de cuisine assez de tartes et de pâtisseries pour étonner leur monde.

Aucune des personnes que désormais Geneviève fréquentait de près ne fit allusion à ses malheureuses fiançailles avec Hugh Marstowe. Elle leur en fut reconnaissante. En prétendant qu'une fille noble ne devait sous aucun prétexte fréquenter les gens du commun, Hugh l'avait condamnée à la solitude.

Bevan de son côté se consacrait à la remise en ordre de son domaine, et ne participait donc pas à ces préparatifs.

Profitait-il de ses propres obligations pour éviter de rencontrer son épouse ? Geneviève le soupçonnait parfois. Mais il avait approuvé le principe de la fête, d'autant plus volontiers que le Père O'Brian, qui par nécessité tolérait les anciennes cérémonies celtiques, n'était pas fâché de mettre en valeur les traditions de sa propre religion.

Comme Geneviève, juchée sur un banc près de la porte, redressait un bouquet de houx et de laurier, Mairi lui signala d'un regard appuyé une présence. Bevan se tenait à l'entrée, en admiration devant les tapisseries dont Fiona avait jadis décoré leur chambre. Suspendues de manière à se mettre les unes les autres en valeur, ces œuvres formaient un ensemble impressionnant.

Après avoir longuement contemplé l'accrochage, Bevan aperçut son épouse, qui ne le quittait pas des yeux. Leurs regards se croisèrent. Bevan ne prononça pas un mot et ne franchit pas le seuil de la pièce. Mais le message silencieux qu'il lui adressa apprit à Geneviève qu'il approuvait son initiative. Il s'excusait ainsi de l'avoir d'abord violemment condamnée.

Lorsque l'essentiel de la décoration et de la mise en place fut achevé, la plupart des assistants se retirèrent. Soucieuses sans doute de faire valoir leur bon goût et leur délicatesse, quelques jeunes filles s'attardaient aux finitions. Ewan couvait l'une d'elles, brunette aux grands yeux, d'un œil enamouré. Pour se consoler sans doute de l'indifférence dont il était victime, il avait entrepris de se livrer à une dégustation de gâteaux encore tièdes.

Il fallut que Geneviève lui en fasse la remarque pour qu'il cesse de s'empiffrer. Comme elle le plaisantait, un valet vint lui apporter un pli soigneusement scellé de cire. Elle l'ouvrit. Aucune inscription n'apparaissait sur le parchemin vierge. Mais il contenait un ruban bleu, un peu froissé, que Geneviève reconnut aussitôt. Hugh Marstowe le lui avait offert autrefois, à l'époque où il s'efforçait de lui plaire.

Il se rappelait à elle. Il ne l'oubliait pas.

— Qui vous a apporté ce message ? demanda-t-elle au valet.

— C'est un gamin dont les parents vivent à la limite du domaine, madame. Un cavalier qu'il ne connaissait pas lui a dit de vous l'apporter au château.

Ewan attendit que l'homme se soit éloigné pour poser sa question.

— Qui est-ce qui vous envoie ce ruban ?

— Hugh me l'avait donné.

— Il vous écrit des injures ? Des menaces ?

— Non, dit Geneviève en jetant le ruban et son enveloppe dans un brasero tout proche. N'en parlons plus.

— Il faudrait en parler à Bevan !

— C'est inutile. Encore une fois, n'en parlons plus.

Hugh tentait de lui faire peur, inutilement. Si elle mettait Bevan au courant de cet incident ridicule, il organiserait sur-le-champ une expédition, pour retrouver le cavalier et aller défier Marstowe, qui ne semblait pas avoir quitté l'Irlande. Le temps n'était plus à la colère et au combat, mais à la paix, à la fête.

Par un hasard que l'on aurait pu dire miraculeux, Trahern, frère puîné de Bevan, faisait étape à Rionallis, le jour même. Barde réputé, il se dirigeait vers Laochre après avoir visité la plupart des royaumes et des clans du pays. Géant barbu et chevelu, il dépassait d'une tête Bevan, possédait une voix de stentor et mettait au défi toutes les jeunes femmes qu'il rencontrait de lui enserrer à deux bras le torse.

Après le festin et les libations, il constituait à lui seul une attraction, car on savait qu'en poète et conteur confirmé il allait déclamer certaines de ses dernières œuvres, et réciter des chants des épopées anciennes. Un peu intimidée d'abord par ce personnage hors du commun, Geneviève, à l'instar de l'assemblée, avait été bientôt conquise.

Comme on écartait les tables à tréteaux pour préparer la salle, elle eut le loisir d'interroger Bevan sur sa famille.

— J'ignorais l'existence de ce frère, dit-elle. Combien en avez-vous au juste ?

— Nous étions six garçons. Nous ne sommes plus que cinq depuis la mort de Liam, le précédent roi de Laochre. Et vous-même, avez-vous des frères ? demanda-t-il en lui servant une timbale d'hydromel.

— J'en ai deux, mes aînés, qui fort heureusement vivent en Ecosse. Ils ignorent tout de ce que j'ai subi. S'ils l'avaient appris, ils auraient monté une expédition pour massacrer Hugh, et me venger.

— Je les aurais compris. A moi aussi, ce monstre fait horreur.

Le regard sombre, il dévisageait Geneviève, comme pour graver dans sa mémoire les traits de son visage.

— Oublions-le, reprit-il après un moment de silence. Avez-vous eu d'autres prétendants ?

En remplissant la timbale qu'elle n'avait pas tout à fait vidée, il posa la main sur la sienne. Un frisson la parcourut. Ce moment de tranquillité à deux, au milieu de la liesse générale, était le bienvenu. Autour d'eux, on n'avait d'yeux que pour le géant Trahern, qui racontait d'abord des histoires drôles pour captiver son public. Il faudrait, songea Geneviève, qu'elle organise des fêtes plus souvent.

— Bien sûr, répondit-elle hardiment. Certains d'entre eux ne manquaient pas de charme.

En pinçant les lèvres, Bevan retira sa main pour se saisir de son verre, et Geneviève ressentit comme une frustration.

— Moi non plus, je ne manque pas de charme, fit-il observer, en prenant un air contrit.

Comme il était drôle, en faisant cette mine ! Quand il oubliait ses préoccupations, son mari ne manquait pas d'humour, observa Geneviève. Elle éclata de rire.

— Le charme même ! s'exclama-t-elle. Vous êtes le charme même !

Pour célébrer leur bonne humeur à tous deux, elle leva sa timbale et but une gorgée.

Bevan détourna son regard et rougit un peu. Il semblait gêné.

— Je plaisantais, murmura-t-il comme pour s'excuser.

— Et moi je ne plaisantais pas, affirma-t-elle avec conviction.

Sans réfléchir, elle osa passer l'index tout au long de la plus récente de ses balafres. Et puis, n'y pouvant plus tenir, elle lui caressa la joue.

Bevan la regarda fixement, comme s'il se disposait à l'embrasser. Geneviève retint son souffle. Le baiser ne vint pas. Le public autour d'eux s'esclaffait bruyamment. Bevan porta son attention sur son frère. Elle s'inquiéta. On aurait pu croire qu'il tentait de lui échapper.

— Celle-là, dit-il, je la connaissais. Quel numéro, ce Trahern ! Il ferait rire de la mort de César, ou du roi Arthur ! !

Geneviève se tut pour le laisser écouter l'histoire suivante. Une fois de plus, elle se sentait mise à l'écart, repoussée. Comme elle avait bu trop vite, la tête lui tournait un peu. Elle s'avisa en rassemblant ses esprits qu'elle ne connaissait presque rien des MacEgan.

— Vos parents ne sont plus de ce monde ? lança-t-elle tout à trac.

— Ils sont morts depuis une dizaine d'années, dit Bevan. Avant que je n'épouse Fiona. Ils n'auraient jamais consenti à ce mariage, ajouta-t-il après avoir marqué une pause.

Il y avait dans cette confidence quelque chose de surprenant. La personne que Bevan révérait avec une insupportable constance ne plaisait donc pas à tout le monde. Consciente de sa propre mesquinerie, Geneviève se réjouit intérieurement de cette information. Elle voulait en savoir plus.

— Pourquoi n'y auraient-ils pas consenti ?

— Mon père haïssait le O'Callahan, tous, sans exception, du plus jeune au plus vieux.

De nouvelles acclamations le contraignirent à se taire. On porta un toast, auquel Bevan et Geneviève s'associèrent. Un silence relatif se rétablit lorsque Trahern entama un autre récit.

— Il les traitait de voleurs de brebis, de lâches, de traîtres, il les chargeait de tous les péchés du monde, reprit Bevan, mais personne n'ignorait d'où lui venaient vraiment sa hargne, et son acharnement.

— D'où venaient-ils ?

— Ma mère en était la cause. Dans leur jeunesse, O'Callahan et mon père lui faisaient la cour.

— Et c'est votre père que la jeune fille a choisi ?

— Pas du tout, fit Bevan en vidant le flacon dans leurs gobelets. Elle était amoureuse d'O'Callahan, mais ses parents l'ont contrainte à épouser mon père.

Bevan vida son verre. Cette histoire de mariage forcé ne manquait pas d'intérêt, songea Geneviève. Elle donnait à réfléchir.

— Vous étiez six frères. Vos parents ont donc fini par s'entendre, suggéra-t-elle.

— Vous auriez tort de le croire, dit Bevan en souriant à demi. Ma mère n'a cessé de demander le divorce qu'après la naissance d'Ewan. Elle accablait l'évêque et les juges de ses récriminations. Chaque fois, notre père avait fort à faire pour la convaincre de revenir près de lui.

Habituée aux lois et aux mœurs anglaises, la fille du comte de Longford n'imaginait pas qu'une femme puisse se séparer de son époux.

— Le divorce est donc autorisé, en Irlande ?

— Bien sûr. Il n'existe pas moins de sept conditions qui permettent à une femme de se séparer de son mari sans avoir à lui abandonner sa dot. Ma mère prétendait satisfaire à plusieurs de ces conditions, mais en fait elle n'en remplissait aucune. Elle a donc fini par se résigner à ne pas quitter mon père, qui de toute façon aurait gardé ce qu'elle lui avait apporté en l'épousant.

Au milieu de l'euphorie générale, Geneviève s'abandonna à la tristesse. L'un des fils de ce couple désuni évoquait le souvenir d'un drame familial avec une désinvolture qui le rendait plus lamentable encore. Jamais elle n'aurait cru à un tel cynisme de la part de son mari.

Bevan lisait dans ses pensées, sans doute. Il conclut en effet son récit sur une note d'optimisme.

— Je suis sûr qu'elle en est venue à bien aimer mon père, à la fin. Lorsqu'il est mort dans son lit des suites d'une blessure plus grave que les autres, elle s'est allongée près de lui, et l'a pris par la main. C'est ainsi que nous les avons découverts, un moment plus tard. Elle ne lui a survécu que quelques mois.

Geneviève hocha la tête, tout attendrie.

— Les mariages d'amour sont rares, dans les grandes familles, déplora-t-elle en hochant pensivement la tête. Il m'arrive parfois d'envier les gens du peuple, ajouta-t-elle.

Dès qu'elle l'eut prononcée, elle se dit que cette dernière remarque était peut-être un peu déplacée. Il est hasardeux d'envier le sort de ceux qui aimeraient partager nos avantages. Mais on ne peut nier que les filles qui n'ont pas de dot ont la chance de ne pouvoir être désirées que pour elles-mêmes. Que de bruit, autour d'elle ! Si seulement Bevan n'avait jamais rencontré Fiona, il aurait pu la choisir…

— Comment avez-vous rencontré Fiona ? lança-t-elle.

Geneviève eut honte d'avoir pensé tout haut. Bevan allait se fâcher sans doute, refuser de lui répondre. Elle s'étonna de l'entendre.

— C'était en forêt, dit-il. Un sanglier l'avait chargée, elle était assise sur une grosse branche, dans un chêne. J'ai tué le sanglier, bien sûr. Fiona n'osait pas descendre, parce qu'elle était montée trop haut. Mais elle n'avait pas le vertige. Elle aimait les hauteurs.

Trahern, après avoir vidé une grande chope de bière, entamait un nouveau récit.

— Il y a de cela longtemps, bien longtemps, une fille de Killkenny trouva dans un fossé…

Geneviève s'enchanta de cette histoire d'amour. Elle la vivait, si intensément qu'elle n'entendait plus qu'un bourdonnement confus.

— Ne vous endormez pas, dit soudain la voix d'Ewan, les jeux vont commencer.

Elle cligna des yeux, et vit que Bevan n'était plus près d'elle. Il avait rejoint les hommes les plus valides, qui se tenaient côte à côte, alignés. La plupart se débarrassaient de leur tunique et faisaient rouler leurs muscles, pour le plus grand plaisir des femmes, qui les scrutaient et lançaient des appréciations flatteuses aussi bien que des quolibets ironiques.

— A la fin des épreuves, il y a des prix ! expliqua Ewan en entraînant Geneviève à proximité des compétiteurs. Celui qui gagne a le droit d'embrasser la fille de son choix !

Le jeune homme semblait tout excité à cette pensée, qui inspira à Geneviève, qui bâillait un peu, un élan de révolte. Il ferait beau voir que Bevan embrasse une femme en sa présence. Ce mouvement de jalousie n'était digne ni d'elle ni de sa condition, mais la plus noble des grandes dames ne peut-elle s'abandonner un peu, les jours de fête ?

Les hommes semblaient en attente et respiraient fort. Trahern vint se placer à la tête de la file, dont Bevan occupait la dernière place, et leva les deux bras. Une clameur sauvage réunit tous les spectateurs. Geneviève pour sa part demeura muette. Le spectacle était épouvantable.

L'énorme poing du géant faisait tituber son voisin le plus proche, frappé au ventre. Avançant d'un pas il cognait le thorax du suivant, dont on entendit craquer les côtes, et continuait ainsi, sans désemparer. Des hommes tombaient à la renverse, d'autres à genoux. La plupart toutefois demeuraient debout, le visage blême ou congestionné.

— C'est une épreuve d'endurance, expliqua Ewan. Au cours d'un combat, un guerrier doit savoir résister à la douleur. Trahern est l'homme le plus fort du clan, personne ne peut frapper comme lui.

Chaque coup soulevait une exclamation générale, qui rythmait la progression de celui qui les donnait.

— Il n'osera pas s'en prendre à son frère ! s'exclama Geneviève. Il va lui faire mal !

Trahern venait précisément d'atteindre l'extrémité de la file, et faisait halte devant Bevan. Il marqua une pause en souriant, jusqu'à ce que la foule perde son souffle. Son bras se détendit avec la rapidité d'une flèche, et l'on vit son grand corps s'abattre sur le sol, comme désarticulé. Bevan lui avait tordu le poignet en bloquant le coup, tout en lui fauchant les jambes. Il lui posa le pied sur la gorge, mais lui tendit la main pour l'aider à se relever. Tous deux riaient de bon cœur.

Soulagée, Geneviève participa à la liesse générale, mais elle n'avait d'yeux que pour Bevan. Le cœur attendri par la bonne humeur ambiante et peut-être aussi par l'excellence de l'hydromel, elle se félicitait d'être l'épouse d'un tel homme, le plus prestigieux sans doute des athlètes présents, et le plus beau. Quelle perfection dans le jeu de ses muscles à la fois puissants et déliés ! La lueur des flambeaux dorait son torse de tels reflets que l'on pensait voir du bronze vivant.

Cet homme était son mari.

Geneviève sentit monter en elle une étrange chaleur. Si Bevan se délivrait de son obsession, quel époux il serait !

Elle vit qu'il remettait sa tunique et s'asseyait près de Trahern, pendant que commençait la véritable compétition.

Les épées des deux premiers concurrents faisaient un rapide cliquetis, des chocs secs, des froissements d'acier. Les spectateurs leur lançaient des encouragements, s'exclamaient aux coups les mieux réussis, aussi bien qu'aux défaillances. Bien qu'acharné, le combat restait amical. Au premier sang versé, il s'interrompit.

Des femmes plus hardies que les autres s'étaient avancées, dans l'espoir d'être choisies. Le vainqueur déclaré les dédaigna en plaisantant, et vint chercher dans la foule une jolie fille que de toute évidence il connaissait bien, puisqu'ils échangèrent sous les vivats un baiser passionné, jusqu'à en perdre le souffle.

Geneviève éprouva au fond de son cœur une sorte de déchirement. Il y avait dans cette réaction quelque chose d'absurde et de pervers, sans doute, puisque ces amants vivaient leur passion en toute liberté, dans leur monde à eux. Mais l'amertume lui serrait la gorge et jetait le trouble dans ses pensées.

Les couples de duellistes se succédaient, les cris et les rires ne cessaient pas, mais Geneviève ne les voyait plus, ne les entendait plus. Enfermée en elle-même, elle désespérait de chasser le souvenir de ses tourments, de vaincre ses peurs.

Un silence soudain l'arracha à sa rêverie mélancolique. Un dernier combattant, l'épée à la main, était seul.

— Il me faut un partenaire ! lança-t-il d'une voix juvénile.

Ewan entendait participer à la compétition. Mince et dégingandé, il faisait figure d'enfant, parmi ces guerriers aguerris. Geneviève se souvint de ses longues heures d'entraînement, et du soin qu'il apportait à son jeu de jambes.

N'ayant aucune chance de vaincre, il ne trouverait aucun partenaire. Personne ne prendrait le risque de l'humilier en lui donnant la preuve de sa faiblesse, et en lui rappelant son extrême jeunesse.

Mais il avait la vocation des armes, et l'expérience lui viendrait avec le temps. Geneviève se leva, s'approcha de l'espace réservé aux combats, et tira du fourreau d'un inconnu son épée. L'homme désarmé esquissa un geste de protestation, mais elle le repoussa de la main. En souriant, elle entra dans le cercle et salua Ewan de son arme.

— A nous deux, MacEgan !

Chapitre 14

Des éclats de rire et des quolibets jaillirent de la foule. Bien droite, Geneviève jeta sur les rieurs un regard impassible. Sans dissimuler un début d'impatience et de contrariété, Bevan se déplaça, dans l'intention évidente de mettre fin à la plaisanterie. Avant qu'il ait pu l'atteindre, elle pointa vers lui sa lame.

— Arrière, monsieur mon mari ! Ceci n'est pas votre combat. C'est le mien !

— Je ne vous permets pas…

Il s'approchait dangereusement. Elle fit deux pas vers lui en martelant le sol, les pieds bien à plat, le bras gauche levé, lui menaçant le cœur.

— Lorsque j'en aurai fini avec votre frère, vous pourrez prendre sa place !

Un rugissement joyeux de l'assemblée salua cette saillie. Riant avec les autres, Trahern saisit Bevan à bras-le-corps et le tira en arrière.

— Voilà un spectacle à ne pas manquer, lui dit-il tout en adressant à Geneviève un clin d'œil d'encouragement.

— Alors, gamin, t'as pas peur des femmes ? lança un farceur.

Déconcerté par l'hilarité bruyante qui suivit, Ewan parut soudain abattu. Abaissant son arme, il allait abandonner, sans doute. Craignant qu'il ajoute à l'humiliation de la boutade la honte de l'abandon, Geneviève fit tout pour qu'il reprenne courage.

— Laisse-les dire, montre-leur de quoi tu es capable !

Ewan ne semblait guère convaincu.

— Montre-leur ! répéta-t-elle.

Comme il demeurait immobile, elle l'attaqua avec tant de vigueur qu'Ewan se trouva contraint de parer au dernier instant. Revigoré au bruit du choc, il effectua un mouvement circulaire et porta à son tour une botte, de toutes ses forces. Il tenait à prendre l'avantage, par simple amour-propre.

Pour mettre son adversaire en valeur, Geneviève comprit qu'il lui fallait donner le meilleur d'elle-même. Sans s'être concertés, ils en vinrent à répéter dans l'ordre les attitudes prises au cours de leurs précédents entraînements, en leur donnant plus d'ampleur.

La foule s'était tue, comme charmée par la démonstration. Ewan, le regard dans celui de Geneviève, laissait ses jambes jouer leur jeu avec une sorte de désinvolture. Un instant déséquilibré, il baissa les yeux vers ses pieds. Laissant passer l'occasion de le dominer, elle se contenta de le rappeler à l'ordre en ferraillant. Il réagit aussitôt, si vivement que des murmures d'approbation s'élevèrent.

Enfin détendu et sûr de lui, Ewan se déplaçait plus vite, et ses coups devenaient plus précis. Geneviève se fatiguait. Il le sentit sans doute. Un regard d'intelligence les mit d'accord. Sur un dernier assaut, ils rompirent simultanément et se saluèrent, l'épée dressée.

— Il ne sera pas dit que j'ai blessé l'épouse de mon frère ! lança Ewan, sous les applaudissements.

S'improvisant juge, Trahern leva en même temps le bras de l'un et de l'autre.

— Je les déclare tous deux vainqueurs ! Ils ont droit à la récompense ! Choisis ta fille, Ewan !

Le visage empourpré par l'émotion, Ewan prit la main de la brunette qui tout à l'heure semblait l'ignorer. Elle glousse en recevant son baiser, toute rouge elle aussi.

— Et vous Geneviève, reprit Trahern, qui voulez-vous embrasser ?

Il réunit ses grosses lèvres en faisant la moue et les avança pour les offrir, soulevant ainsi un élan de gaieté générale. Geneviève dut lever le bras pour lui donner une tape sur la joue et se fraya un chemin parmi les spectateurs pour rejoindre Bevan, qui se tenait en retrait.

— Je choisis celui-ci ! annonça-t-elle en lui prenant la main.

Une ovation s'éleva. Bevan avait les traits tendus, lui sembla-t-elle, mais il ne pouvait se dérober sans causer un scandale. Geneviève sentit son cœur se serrer. N'est-il pas douloureux de devoir trouver un prétexte pour donner un baiser à qui ne vous désire pas ?

Elle lui effleura la bouche de ses lèvres, et s'enfuit sans lui laisser le temps de réagir. La cornemuse d'Eoin mugissait. Les trompes sonnaient, la harpe lançait des arpèges. On allait danser. Personne ne la retint. Elle emprunta un passage étroit pour atteindre sa chambre.

Bevan ressentait l'émotion qui lui avait serré la gorge, le jour où pour la première fois son père l'avait emmené à la chasse. Il se souvenait du regard innocent et peureux de la biche, à l'instant où il décochait la flèche mortelle.

Ce regard, Geneviève venait de le poser sur lui. Elle le craignait, mais n'avait pas perdu tout espoir. Au lieu de l'encourager, il n'avait fait que la décevoir. En la voyant s'approcher, il s'était tenu prêt à lui donner le baiser qu'elle désirait, celui que les spectateurs attendaient, le baiser chaleureux que se donnent de jeunes mariés qui vivent en parfaite harmonie. Mais elle l'avait planté là, après ne lui avoir donné que le baiser rapide d'une petite fille qui embrasse son père ou son oncle. Sans intention précise, Bevan quitta la salle et se mit à la recherche de sa femme.

Il la trouva debout à la porte de sa chambre, le front appuyé à son avant-bras contre la muraille, les épaules agitées de mouvements spasmodiques. Elle sanglotait. Par sa faute.

Le remords l'accabla. Comment la consoler de son chagrin ?

— Je suis là, Geneviève, murmura-t-il, avec vous.

Elle lui fit face, le regard désespéré. Bevan vint vers elle et lui prit à deux mains le visage.

Sur ses joues, il sentit le goût salé des larmes, et lui baisa les lèvres. Geneviève retint son souffle. En se faisant plus pressant, il la contraignit à lui abandonner sa bouche. Elle le prit alors par le cou, et lui caressa la nuque, des deux mains.

Il l'embrassait avec douceur, pour se faire pardonner, pour la guérir de son désespoir. Leurs langues se mêlaient sans violence, avec lenteur. Elles semblaient hésiter, attendre, préparer le plaisir. Dans un élan soudain d'impatience, Bevan laissa libre cours aux pulsions qui l'animaient. Sans ménagement il prit Geneviève par les hanches et la pressa étroitement contre lui en la soulevant un peu, pour qu'elle éprouve physiquement la force de son désir.

— Bevan, balbutia-t-elle, il ne faut pas…

D'un nouveau baiser sur la bouche il la fit taire. Sourd aux voix intérieures qui le rappelaient à son devoir, il avait conscience de sa faute. Jamais il n'aurait dû se comporter ainsi. Mais comme il la désirait ! Il lui fallait sentir la douceur de sa peau, la chaleur de son corps.

Sans se séparer d'elle, il ouvrit la porte de leur chambre et la referma au verrou derrière eux. En la pressant debout contre le mur, il détacha en hâte les rubans de sa robe, et palpa à tâtons la chaleur de sa peau. Lui enveloppant des deux mains les seins, il en titilla les pointes, tout en lui dévorant la bouche.

Le désir en lui faisait rage, avec la violence d'une tempête. Les jambes de Geneviève se dérobaient sous elle. Il la soutint en la soulevant. Plus rien n'existait qu'elle-même, c'est à elle que se limitait l'univers.

Entre le mur et lui, Geneviève ne touchait plus terre. Le cœur battant à tout rompre, il explorait son corps, avide de sentir sous ses doigts sa peau nue. La bouche ouverte sur un sein, il la dépouillait de tout ce qui la couvrait, déchirant son linge, arrachant ses rubans.

Il la sentit soudain s'affaisser entre ses bras. Inerte, elle ne répondait plus à ses sollicitations, elle ne participait plus à leur ivresse sensuelle. Le visage inondé de larmes, elle lui serrait convulsivement le bras. Elle ne se défendait pas, elle subissait. Son regard terrorisé exprimait sa détresse. Bevan s'épouvanta à son tour de l'erreur criminelle qu'il venait de commettre.

Il ne l'avait dévêtue avec tant de hâte, et même de brutalité, que pour satisfaire ses désirs égoïstes, pour se trouver plus près d'elle, pour jouir de la douceur de sa peau, pour pénétrer dans son intimité. En agissant avec emportement, il lui avait fait revivre les sévices qu'elle avait subis avant de le connaître. Il se haïssait.

Geneviève était si fragile encore. En lui offrant d'entrer dans son lit, le jour de leur mariage, elle avait fait preuve d'un courage que par sottise lui-même n'avait pas soupçonné.

— Je vous demande pardon, murmura-t-il en cessant de la maintenir.

Abandonnée, livrée à elle-même, Geneviève glissa sur le sol, tel un pantin désarticulé. Les bras autour des jambes, la tête basse, elle était prostrée.

— Je ne voulais pas vous effrayer, dit-il encore. Seulement...

Ne sachant que dire, il se passa une main dans les cheveux.

— Jamais je ne vous ferai du mal, Geneviève, je le jure.

Elle continua à se taire, en lui dissimulant son visage.

— Je vais vous laisser seule, si vous le désirez ainsi, proposa-t-il en désespoir de cause.

— Non. Ne m'abandonnez pas, murmura-t-elle sans relever la tête.

Il s'assit près d'elle, épaule contre épaule.

— Vous m'avez fait perdre la tête, avoua-t-il comme pour s'excuser.

— J'ai cru me trouver avec lui. Je pensais qu'avec vous ce serait différent.

Bevan tressaillit. Ces mots le frappaient douloureusement.

La comparaison l'indignait. Il voulait s'en défendre. Rien en lui ne rappelait Hugh Marstowe, et sa folie criminelle.

Pourquoi se mentir à soi-même ? Il venait au contraire, de faire la démonstration de leurs ressemblances. C'est dans un moment de folie qu'il avait contraint Geneviève à subir ses caresses, qu'il avait heurté sa pudeur.

— Je ne vous ennuierai plus, promit-il. Rien de tout cela n'aurait dû se passer.

Il l'entendit inspirer profondément, et pousser un soupir de résignation.

— Nous sommes obligés de consommer notre mariage, murmura-t-elle, je le sais bien. Une seule fois. Lorsque ce sera fait, vous aurez accompli votre devoir. Alors je ne vous ennuierai plus.

— Vous n'êtes pour rien dans cette affaire, Geneviève. J'ai poussé les choses trop loin, et vous n'étiez pas prête.

Lentement, Geneviève s'accota à la muraille, assise bien droite. Elle pleurait encore, mais à travers ses larmes son visage exprimait une ferme détermination.

— Je ne suis pas prête, dites-vous. Je peux le devenir. Délivrez-moi de mes peurs, Bevan. Une fois libérée, je vous promets de ne plus faire ce genre de crise, de ne pas vous repousser. Il vous suffit... de prendre patience avec moi.

— Je prendrai patience, Geneviève.

Bevan ne pouvait lui répondre autrement. Mais il lui arrivait de s'impatienter, justement. Et les voix qui lui rappelaient son serment de fidélité à Fiona lui semblaient de plus en plus souvent importunes. A la réflexion, sa première femme occupait trop de place dans son esprit. Peut-on porter indéfiniment le deuil ?

Geneviève lui caressa la joue.

— J'ai confiance en vous, dit-elle dans un souffle.

Bevan ne s'estimait pas digne d'une telle confiance. Il désirait ardemment Geneviève, sans aucun doute. Mais était-il digne d'elle ?

Il aurait voulu s'expliquer, mais les mots se mêlaient dans sa bouche. Elle posa sa joue contre la sienne. Il passa le bras sur ses épaules. Incertain de lui-même, privé d'argument, il se contentait de lui servir d'appui. Entre autres pensées confuses, il se demandait s'il saurait se comporter en homme d'honneur jusqu'à trouver la force de l'éloigner de lui.

Geneviève tentait manifestement de contrôler ses émotions. Emu, Bevan la contempla un moment. Si elle parvenait à ne pas s'épouvanter, à se tenir tranquille au moment décisif, il éloignerait d'elle les fantômes du passé. Il le fallait.

Il lui fit relever la tête, jusqu'à lui faire face. D'un geste, il l'invita à dénouer sa chevelure. Comme elle hésitait, il fit lui-même cascader sur ses épaules la masse sombre et soyeuse, qui descendit jusqu'à ses reins.

En lui passant la main dans les cheveux, il la sentit se raidir un peu. Elle ne parvenait pas encore à maîtriser ses nerfs.

Il éprouva la tentation de la porter jusqu'au lit tout proche. L'abstinence qu'il s'était si facilement imposée durant plus de deux années lui était désormais intolérable. Seule le retenait la crainte de l'effrayer. Il lui faudrait agir avec délicatesse, l'apprivoiser, lui apprendre à ne plus s'épouvanter des hommes.

S'il parvenait à la délivrer de ses fantasmes, il lui serait utile.

Geneviève semblait lire dans ses pensées, puisqu'elle osa, timidement, lui caresser le torse. Elle tentait ainsi de s'accoutumer au contact d'un homme, en parcourant du bout des doigts ses muscles pectoraux. Bevan ferma les yeux, pour jouir plus intensément de l'effleurement enchanteur.

Tant de mois et de jours s'étaient écoulés depuis qu'il refusait tout contact physique avec une femme ! En cet instant, l'intimité retrouvée agissait comme un baume sur son esprit tourmenté, elle lui apportait la guérison.

— Cela vous plaît-il ? murmura-t-elle. Si vous ne voulez pas…

Au tremblement de sa voix, Bevan sut que Geneviève n'était pas tout à fait délivrée de ses appréhensions. Il lui posa un doigt sur les lèvres, pour l'inviter à se taire. Le désir qu'il avait d'elle atteignait une telle intensité que la caresse subtile qu'elle lui infligeait risquait de le consumer. Elle venait à lui, elle voulait qu'il l'aide.

Sa décision fut bientôt prise. Cette nuit même, il la guérirait, en l'initiant à la volupté. Mais il n'en resterait pas moins fidèle au serment fait sur la tombe de Fiona.

Bevan plaça les bras de Geneviève autour de son cou et se pencha vers elle. Leurs lèvres se rencontrèrent. Du bout de la langue, il invita celles de Geneviève à s'entrouvrir et pénétra dans la chaleur de sa bouche.

Le vœu ancien exigeait un tel effort que Bevan l'aurait volontiers rompu. Il se trouvait entre les bras de sa nouvelle épouse. La volonté divine exigeait de lui qu'il la fasse sienne. Et Geneviève avait hâte d'apprendre en ce domaine tout ce qu'il était capable de lui enseigner.

De toute la violence de son désir, son corps l'invitait à obéir à ses pulsions, à faire de Geneviève une femme, sa femme.

Bevan ferma les yeux, et s'interrogea sur la validité d'un serment fait à une morte. De la même façon que Hugh Marstowe continuait d'exercer son pouvoir sur Geneviève en vertu de la peur dont elle ne parvenait pas à se débarrasser, Fiona continuait à exercer le sien sur son propre cœur.

Les mains de Geneviève tremblaient. Dans son regard la confiance se mêlait à la crainte. Elle comprenait son intention, et se livrait à lui.

— Que voulez-vous… je…

Elle trébuchait sur les mots. Pour s'exprimer, elle dut prendre une profonde inspiration.

— Que voulez-vous que je fasse, à présent ?

Elle parlait avec la candeur de l'innocence. Bevan en eut la gorge serrée. Il ne pouvait désigner précisément les sentiments que Geneviève lui inspirait. Grâce à elle, il échappait déjà à la morosité de son deuil. Il lui devait cette délivrance.

— Rien, *a chroi.* Vous n'êtes pas encore prête, prétendit-il.

Il mentait. Si l'un d'eux n'était pas prêt encore, c'était bien lui. Dans le fond de son cœur, il savait qu'il était temps d'abandonner Fiona. Mais au moment même où il tenait Geneviève entre ses bras, où il s'enflammait à l'idée de lui apprendre l'amour, il craignait de ne pouvoir s'en tenir à ses résolutions, et de briser le lien ténu qui l'attachait encore à sa première épouse.

Le moment était pourtant venu de faire connaître à Geneviève les plaisirs de l'amour, la volupté qu'il procure, et la délivrer ainsi de ses cauchemars.

— Voulez-vous que je vous laisse seul ? demanda-t-elle.

Il fit signe que non. Encadrant de ses deux mains le visage de Geneviève, il lui caressa les joues de ses pouces et lui frôla les épaules, en la scrutant.

A quoi pensait-il, se demanda Geneviève, pourquoi laissait-il sa question sans réponse ? En descendant vers les siennes, les lèvres de Bevan lui dirent qu'il la voulait, qu'il la désirait. L'ardeur du baiser la fit frissonner, se communiqua à toute sa peau, soudain brûlante. Sous ses paumes, elle sentait rouler les muscles forts qu'elle parcourait des doigts tout à l'heure. Le baiser suscitait en elle des aspirations si intenses qu'elles en étaient douloureuses, et la moiteur d'une chaleur liquide baigna sa chair, entre les cuisses.

Bevan ne faisait rien que lui baiser la bouche. Et pourtant Geneviève éprouvait une crispation au creux de son ventre, celle d'une crainte diffuse. Comme une marée, le désir s'élevait en elle. Elle s'efforça de le contenir, de peur de s'y abandonner.

Bevan cessa de l'embrasser, mais retint ses mains entre les siennes. L'esprit égaré, Geneviève n'avait plus qu'une conscience confuse des choses. Elle sentit qu'il portait sa main droite à ses lèvres pour titiller de la pointe de la langue le creux de sa paume. Elle frémit à ces nouvelles sensations, qui la surprenaient.

— Vous êtes si belle, Geneviève, murmura Bevan en élevant une mèche de ses cheveux sombres pour la baiser.

Oubliez les méchancetés qu'on vous a dites. Vous êtes belle, sachez-le bien.

Il lui caressa la joue, éprouva du pouce la douceur de la chair tendre, sous le menton. Il y posa un petit baiser. Pourquoi ce geste si simple provoquait-il en elle une sorte de commotion ? Geneviève n'aurait pu le dire. Elle avait chaud, tellement chaud. Elle vivait dans l'attente, mais de quoi ?

Bevan utilisait le langage de ses ancêtres à présent, pour lui dire des mots tendres, des mots dont la musique aussi bien que le sens la pénétraient jusqu'au cœur. Il lui parlait dans le cou, elle sentait son souffle caresser le creux de ses seins.

— Cette nuit, annonça-t-il, je vais vous montrer comment un mari doit s'y prendre pour faire plaisir à son épouse.

Il la porta jusqu'au lit et l'y étendit. Geneviève éprouva un court instant de panique, car de mauvais souvenirs risquaient de la tourmenter. Mais déjà son sein droit lançait en elle de pénétrantes ondes de jouissance, comme dévoré par la bouche de Bevan, si grande ouverte qu'elle mouillait le fin tissu de sa chemise. De la langue, il semblait combattre la pointe étonnamment durcie, comme pour en vaincre la résistance. Elle s'entendit gémir lorsqu'il fit naître de l'autre sein des sensations différentes mais tout aussi enivrantes, effleurant la pointe de sa paume, le soulevant un peu et le pressant malgré sa fermeté.

Sa bouche n'abandonna le sein qu'elle savourait que pour s'emparer de l'autre, déjà tendu de plaisir. Une étonnante fraîcheur faisait comme une excitation nouvelle sur le globe humide, que la main ne sollicitait pas. Dans la confusion de ses pensées, Geneviève s'en étonna d'abord, l'espace d'un instant. Elle la sentit ensuite sur la chair tendre de son abdomen, sur sa hanche, et soudain entre ses cuisses, qu'elle écartait un peu, avant de la faire chavirer entre ses aines, sur sa petite toison. Quatre doigts frémissaient un peu. Le pouce se glissait dans la moiteur de son intimité, lui révélant la source d'une jouissance nouvelle.

Sollicitée à la fois par la bouche experte de Bevan et par la pression qu'il exerçait au centre de sa chair la plus délicate, Geneviève se sentait défaillir. Palpitante de jouissance, elle s'interrogeait pourtant. Si ces caresses n'étaient qu'un prélude, quelle volupté plus exquise, plus intense, procurait l'acte d'amour ?

— J'ai envie de vous, murmura-t-elle très distinctement.

Comment avait-elle eu l'audace de prononcer ces mots impudiques, de faire une déclaration aussi brutale ? En guise de réponse, Bevan lui baisa la bouche avec un tel emportement qu'elle éprouva une soudaine inquiétude. Ce baiser passionné était-il un adieu ? Le souvenir de Fiona lui rappelait-il son devoir ? Allait-il s'écarter d'elle, comme il l'avait déjà fait ? Après avoir éveillé en elle de telles sensations, il ne pouvait l'abandonner, lui infliger la torture d'une horrible frustration.

Elle l'attira vers elle, parcourant des deux mains tout son corps enfiévré, jusqu'à ses hanches et la barrière de sa ceinture. En un instant Bevan se dressa et se défit de son pantalon. Geneviève, abasourdie, s'assit sur le lit, pour contempler son membre en érection. Comme il était volumineux, et long ! Comme il semblait dur !

— Vous voulez le toucher ? dit Bevan à voix basse.

Tout naturellement, Geneviève s'effaroucha. Il lui prit la main et la fit passer sur toute la longueur de son sexe dressé. Violemment émue mais confiante, Geneviève s'étonna de la métamorphose qui se faisait en elle. Au cours de ses crises de démence, Hugh Marstowe s'était plus d'une fois exhibé devant elle après l'avoir battue, jusqu'à la faire pleurer de honte.

En présence de Bevan, elle n'avait pas honte. Elle s'éveillait au bonheur de la confiance, de l'intimité partagée. D'où lui venait ce bonheur ? De l'amour, tout simplement. Il y avait dans cette révélation quelque chose de troublant, d'embarrassant presque. Elle était amoureuse de son mari, qui ne l'aimait pas.

Il ne l'aimait pas, mais il la désirait. Elle le prit à deux mains. Bevan s'allongea près d'elle en fermant les yeux, la laissant libre d'explorer la partie la plus secrète de son corps, qui semblait la plus vivante en ce moment, alors que ses membres demeuraient immobiles, malgré la tension de leurs muscles.

Geneviève ne se lassait pas de faire monter et descendre tout au long de la hampe ses mains réunies, qui faisaient comme un étui mobile. De la façon la plus étonnante, le sexe déjà dur et gonflé grossissait encore. Sans doute, se dit-elle, en raison de la fréquence du mouvement qu'elle lui imprimait. Bevan respirait plus fort, son souffle s'accélérait en même temps que le rythme des allées et venues.

Il lui prit soudain les mains et les porta à ses lèvres, en se redressant vivement.

— Je ne suis pas homme à rompre mes serments, dit-il en haletant, mais si vous ne cessez pas de me toucher ainsi, alors je ne réponds plus de moi !

D'abord déçue, Geneviève éprouva à la réflexion un certain contentement. Ainsi, elle avait quelque pouvoir sur lui.

Il la reprit dans ses bras, le dos contre son torse, en baignant son visage dans la masse de la chevelure défaite. D'une main, il lui caressa alternativement les seins, pendant que l'autre palpait la chair délicate du ventre et s'insérait entre les cuisses. Les yeux fermés, Geneviève sentit le pouce qui tout à l'heure s'était introduit en elle caresser les boucles de sa petite toison, pendant que l'index cette fois pénétrait plus profondément sa féminité. Impulsivement son corps se cambra, le désir lui brûlant les entrailles.

Lorsqu'un second doigt se joignit à l'index tendu et qu'ils exécutèrent ensemble un rapide mouvement de va-et-vient, de l'intérieur du sexe jusqu'à ses franges, Geneviève s'entendit crier longuement. Des profondeurs jaillissait un flux libérateur, une jouissance inouïe qui l'emportait ailleurs.

Lorsqu'elle reprit la claire conscience d'elle-même, Bevan lui baisait la bouche. Une lourdeur bienfaisante habitait tout son corps, et des ondes de volupté baignaient par vagues les régions qui venaient de s'éveiller au bonheur.

Elle venait d'en atteindre les sommets, mais sentait contre elle l'érection puissante de Bevan, qui l'avait conduite à l'accomplissement sans assouvir son propre désir. Une telle injustice était-elle tolérable ? Elle décida de la réparer.

D'un mouvement vif elle échappa à son étreinte et l'enjamba. A califourchon sur ses cuisses, elle voulut reprendre la hampe dressée. Bevan l'en empêcha en lui saisissant les poignets.

— Non ! s'écria-t-il.

La voix de Bevan s'étranglait. Se penchant en avant pour tenter de lui baiser les lèvres, Geneviève ne parvint qu'à lui mordre l'épaule, et frotta les pointes de ses seins durcis aux muscles pectoraux de son initiateur.

Tout humide encore et brûlante du plaisir reçu, sa féminité entra en contact avec la virilité érigée, et s'y caressa. De nouveaux désirs l'enflammèrent. Ce plaisir délicieux en préparait un autre sans doute, plus intense, et partagé.

— Bevan, s'il vous plaît, murmura-t-elle tendrement.

A la séduction de la voix, elle voulut associer celle du regard, et sut aussitôt que sa tentative était vaine. Les traits tendus, Bevan semblait subir le martyre. Il la repoussa très doucement mais avec fermeté, et rabattit sur elle la literie en désordre. Comme pour ajouter à son désarroi, il lui baisa le front.

— Dormez bien, Geneviève.

Il sortait. Son épouse le suivit des yeux, ivre de frustration. Allait-il bien dormir, lui-même ? Parviendrait-elle un jour à le libérer des fantasmes qui l'obsédaient ?

Tout était tranquille dans le petit jardin. Des stalactites de glace pendaient aux branches dénudées des arbrisseaux que dominait le vieux noyer blanchi par le givre. Il faisait encore nuit. La neige fraîche couvrait d'un linceul immaculé la terre, et les deux monticules.

Bevan s'agenouilla devant les tombes. Entre elles, on avait planté un rosier dont les branches épineuses et nues prenaient en hiver un aspect fantastique, comme une image de la mort. Il posa d'abord la main sur le tertre qui couvrait le corps de sa fille.

Il lui devait le plus pur bonheur de sa vie. La tendresse de ses élans enfantins, la gaieté de ses rires. D'une vie trop tôt achevée, il gardait des souvenirs que le temps n'effacerait jamais.

Ses doigts se crispaient sur la neige, le chagrin lui faisait ployer les épaules. Jamais son deuil ne prendrait fin. La douleur le submergeait, comme une mer. Le temps passait, mais rien de son amour paternel ne disparaîtrait jamais. Proche de sa tombe comme il l'était à présent, il le serait toujours jusqu'au fond de son cœur.

Toujours à genoux, il dut se déplacer un peu pour mettre l'empreinte de sa main sur la tombe de Fiona. La mort de sa femme l'avait plongé dans un effrayant chagrin, tout comme celle de sa fille, mais son deuil changeait peu à peu de nature. Il se rappelait avec reconnaissance son application au travail, l'intelligence de ses initiatives, et surtout le succès de ses efforts pour faire de Rionallis, un foyer accueillant. Jamais on ne la voyait inactive. La broderie, la couture et le tissage n'avaient pas de secret pour elle.

Mais Bevan ne se dissimulait plus la vérité, à présent. Dans la demeure qu'elle arrangeait avec tant de soin, Fiona n'était pas heureuse. Ni l'amour dont il la comblait ni les plaisirs sensuels qu'ils partageaient n'y avaient suffi. Ses sourires, qu'elle réservait d'ailleurs à leur fille, étaient rares.

Longtemps après sa disparition, Bevan souffrait de ne pas avoir été aimé par sa femme aussi passionnément qu'il l'avait aimée.

Durant plus de deux années, il avait porté le deuil de la défunte en la parant, à tort, de toutes les perfections. Son second mariage lui dessillait les yeux. Geneviève se donnait à lui, corps et âme. Dans ses yeux se lisait la sincérité de ses sentiments, et leur force. En ne répondant pas à son appel, en refusant de lui ouvrir son cœur, de lui faire l'amour, il l'avait cruellement meurtrie.

Dans l'air glacé de la nuit, son souffle devenait visible.

Parviendrait-il à soigner les blessures dont souffrait le cœur de Geneviève, aussi efficacement qu'elle avait guéri les siennes ? Saurait-il même l'aimer avec autant de passion qu'elle le méritait ?

Il était temps d'en finir avec le passé. La promesse qu'il avait faite ne tenait plus. Il venait d'épouser Geneviève en prétendant ne jamais vivre dans son intimité. Cette prétention tombait d'elle-même.

— Pardonne-moi, murmura-t-il sur la tombe.

Autour de lui tout n'était que silence. L'âme de Fiona le déliait-elle de son serment ? Il avait foi en son indulgence.

Bevan resta agenouillé devant les deux tertres, et pria jusqu'au moment où derrière lui le crissement de la neige l'avertit d'une présence.

— Lionel O'Riordan t'appelle au secours, annonça Ewan dès qu'il fut à portée de voix. Les Normands essaient encore une fois d'occuper ses terres. Il te rappelle votre accord.

— Je ne l'ai pas oublié, dit Bevan en se relevant. Donne l'alarme. Trente hommes et cinq cavaliers, les mules et les vivres.

— Cette fois-ci, je pars avec toi.

— Tu as mieux à faire, Ewan. Je te confie Rionallis. En cas de difficulté ou d'accident, je te demanderai d'envoyer du renfort. Va vite alerter les hommes, et avertis Geneviève. Je vais aux écuries.

Ewan partit en courant. En le suivant des yeux, Bevan maudit le contretemps qui l'éloignait de sa femme. Il venait de faire la paix avec Fiona. Rien ne le retenait plus. Dès son retour, il ferait la cour à sa femme, et l'épouserait vraiment.

Ils se rencontrèrent dans la cour intérieure. Sous un épais manteau à capuchon, Geneviève avait les joues rosies par le froid, et ses yeux bleus brillaient.

— Je me suis sentie bien seule, ce matin, dit-elle en faisant un peu la moue.

Ce n'était qu'un tendre reproche. Bevan la prit dans ses bras et l'embrassa de bon cœur.

— Et moi je n'ai pas dormi de la nuit, lui confia-t-il.

Je vais m'absenter quelques jours. Dès mon retour, nous reprendrons cette conversation. Si vous le voulez bien, Geneviève, vous ne dormirez plus seule, et vous non plus, vous ne dormirez pas de la nuit !

Chapitre 15

Geneviève contemplait le lit qui remplaçait l'ancienne couche conjugale. Bevan en ferait-il usage pour tenir sa promesse ? Car il avait bien promis la consommation du mariage, au moment de partir au combat. Mais quand allait-il revenir ? Dans quelques jours, avait dit Ewan, sans autre précision.

Elle jeta un coup d'œil inquiet au très beau coffre qu'elle n'avait pas eu le courage de faire enlever. Dans la chambre, c'était le dernier vestige de la présence de Fiona. Geneviève l'avait ouvert dès l'installation de sa famille à Rionallis. Il contenait des robes, un coupon de lin, et un bonnet de petite fille. Geneviève se souvenait d'avoir essayé l'une des robes, quelques mois plus tôt, et de l'avoir trouvée trop petite. Elle s'était demandé alors pourquoi on avait abandonné le coffre et son contenu.

Elle le savait, à présent. C'étaient les reliques d'un bonheur perdu. Les sachets de plantes aromatiques, désormais réduites en poudre, ne protégeaient pas seulement les tissus des insectes. Ils préservaient le passé, les souvenirs d'un amour.

Elle rouvrit le coffre, déplaça les robes, prit en main la petite coiffe de bébé.

Bevan avait-il achevé son deuil ? Oui, sans doute, puisqu'il avait promis de ne pas la laisser dormir seule. Geneviève lui faisait confiance sur ce point. Mais elle n'était peut-être parvenue qu'à réveiller ses sens, à l'inciter à jouir de plaisirs qu'il s'était longtemps interdits ? Comme elle aurait voulu être aimée comme Fiona, autant qu'elle !

Pourquoi ouvrait-elle cette boîte de Pandore ? Pourquoi enviait-elle le bonheur d'une autre ? Elle ferma les yeux. Bevan risquait de lui briser le cœur. Fallait-il qu'elle soit folle, pour l'aimer ? Eh bien, elle le serait.

Ewan la tira de ses pensées en faisant irruption dans la chambre. Il était hors d'haleine.

— Des Normands ! annonça-t-il, un groupe de Normands, des cavaliers, pas très nombreux ! Ils viennent vers nous, sans se cacher. J'ai fait doubler la garde, et dégager l'esplanade.

Geneviève se retint de sourire. Promu maître du château, Ewan prenait son rôle au sérieux.

— Deux précautions valent mieux qu'une, dit-elle. Ce ne sont sans doute que des visiteurs. Je vais me préparer à les recevoir, sous votre surveillance, Ewan MacEgan.

Les sourcils froncés, Ewan hocha la tête en signe d'approbation.

— S'ils n'ont pas de mauvaises intentions, ils vont se faire annoncer. Je vais aux nouvelles !

Geneviève aurait préféré que Bevan en personne reçoive les visiteurs, mais elle ne céda pas à la nervosité. En cas d'agression, les attaquants se déplaçaient en très grand nombre, et les cavaliers demeuraient en retrait lors des premiers assauts, pour éviter que leurs précieuses montures aient à en souffrir.

Elle convoqua ses servantes les plus proches, mit de l'ordre dans sa toilette et fit donner des ordres pour que l'on prépare des rafraîchissements pour les hommes, de l'eau chaude pour leur chef, s'il s'agissait d'un personnage de quelque importance, et du foin pour leurs montures. En l'absence de Bevan, c'est à elle qu'il revenait de faire honneur à ses hôtes.

Ewan réapparut, le front soucieux mais le regard brillant d'excitation.

— Ils viennent d'envoyer leur héraut, en avant-garde.

Devinez qui vous demande la permission de franchir la porte ? Sir Hugh Marstowe en personne !

Geneviève crut que son cœur allait cesser de battre, mais se reprit aussitôt. Une sorte de défi lui était lancé. En ne le relevant pas, elle s'exposerait à l'humiliation.

— Ils ne sont qu'une dizaine, poursuivait Ewan. Nous pourrions faire une sortie et les massacrer. Les trente archers de Rionallis n'attendent qu'un ordre.

Geneviève songea que Bevan aurait sévèrement condamné cette suggestion. Il se serait contenté d'éconduire l'importun. Et puis cette visite lui donnerait l'occasion de satisfaire sa curiosité. Dans quel but Hugh lui avait-il récemment envoyé ce ruban ? Il ne pouvait plus s'emparer de sa dot, puisqu'elle était mariée à Bevan, et que Rionallis reviendrait à leurs enfants. A supposer qu'ils en aient, bien sûr.

Comme elle le faisait sans cesse, Geneviève se souvint de la promesse que son mari lui avait faite au moment de son départ, et la bouffée de chaleur habituelle l'envahit. Avant même qu'elle ne devienne véritablement une femme, elle aurait peut-être l'occasion d'exorciser un autre souvenir, celui de la nuit au cours de laquelle son bourreau était presque parvenu à la violer.

— Vous n'avez rien à me refuser, avait balbutié Hugh en l'écrasant de son poids. Vous n'avez rien à me refuser, parce que je vais être votre mari.

Il l'avait frappée du poing en déchirant ce qui la couvrait. Elle s'était débattue, mais il était le plus fort. C'est dans la menace qu'elle avait trouvé son salut.

— Si vous le faites, je vous haïrai jusqu'à la fin de mes jours, était-elle parvenue à murmurer, malgré la pression qu'il exerçait sur sa poitrine.

Pour une raison ou pour une autre il avait renoncé à achever son crime. Sa fureur et sa lubricité demeuraient, mais la menace l'avait retenu.

Ce souvenir particulier la faisait vivre dans la peur et la hantait. En recevant le coupable sans plus avoir à redouter sa force physique, elle parviendrait peut-être à se délivrer de son obsession.

En venant l'importuner sans vergogne, Hugh Marstowe lui donnait l'occasion de regarder son ennemi en face, et de lui montrer qu'elle n'en avait plus peur.

— Qu'ils entrent, dit-elle. Je vais le recevoir.

Ewan, ébahi, n'en croyait visiblement pas ses oreilles.

— Je n'aurai rien à craindre, ajouta-t-elle pour le rassurer. La rencontre aura lieu dans la grande salle. Marstowe y entrera seul. Je veux que l'on dispose assez près de moi vingt gardes armés, sous votre commandement, mon cher beau-frère. Je peux vous faire confiance, n'est-ce pas ?

— Vous le pouvez, dit Ewan sur un ton solennel. Je donne des ordres et je vais porter votre réponse au héraut, qui attend.

Geneviève descendit quelques instants plus tard, suivie de plusieurs servantes. Des gardes entraient déjà dans la salle, trottant avec ensemble, et s'alignaient impeccablement à quelque distance des parois. Un valet apportait une cathèdre et l'ouvrait, en face du siège sculpté sur lequel Geneviève prenait place.

Venant de l'extérieur, on entendit bientôt des cliquetis, des chocs de sabots et des voix rudes. Le cœur battant, Geneviève se tint prête. Le chef des gardes, qui faisait fonction de chambellan, entra le premier, et frappa le sol de sa hallebarde. Beaucoup moins solennel, Hugh Marstowe le dépassa et s'avança d'un pas vif.

En armure légère, les joues bien rasées et les cheveux coupés court, il ne manquait pas d'élégance.

— Geneviève, dit-il en la saluant, je me flatte que vous ayez reçu mon message, ce ruban…

— Que voulez-vous au juste ? demanda-t-elle.

Quelle fermeté dans son intonation ! Elle s'en étonna la première.

Comme par enchantement, Hugh retrouva son ancien visage, le visage lisse, ouvert et séduisant dont Geneviève s'était entichée dans les temps anciens. Il était l'image même de la distinction et de la franchise.

— Il m'est arrivé de mal agir envers vous, dit-il. Je viens reconnaître mes torts, et solliciter votre pardon.

Il s'inclina. Geneviève ne dit rien.

— Je suis malheureusement doté d'un tempérament colérique, reprit-il sans se décourager, et c'est vous, je le reconnais, qui en avez été la principale victime.

Le silence de Geneviève, qui demeurait impassible, l'embarrassait visiblement. Il parcourut des yeux l'assemblée, comme s'il prenait soudain conscience de la présence des gardes, et des quelques servantes qui se tenaient en retrait.

— Nous pourrions peut-être poursuivre cette... cette conversation dans un cadre moins solennel, suggéra-t-il. Ce que j'ai à vous dire ne concerne que nous deux, Geneviève.

— Ce que vous avez à me dire, sir Hugh, mes gens peuvent l'entendre, répliqua-t-elle. Nous n'avons plus rien en commun.

— Je le reconnais, fit-il en s'inclinant.

Il faisait figure de pénitent, de pécheur repenti en quête d'absolution. Une fois de plus, Marstowe rappelait le jeune homme courtois qu'il avait été jadis.

— Je viens vous présenter mes vœux de bonheur à l'occasion de votre mariage, déclara-t-il en changeant de ton pour prendre une voix claironnante, et j'espère vous entendre dire que vous pardonnez mes fautes passées, poursuivit-il en baissant les yeux.

Quelle hypocrisie ! Allait-il bientôt mettre fin à sa comédie ?

— Et encore ? fit Geneviève. Vous n'êtes venu à Rionallis que pour me débiter ces sornettes ?

Le sourire forcé de Hugh se figea.

— Cet Irlandais, il vous rend heureuse ?

En lançant cette question brutale, il prit place sans y être invité sur la cathèdre et se mit à délacer ses bottes. En qualité d'hôtesse, Geneviève était censée lui laver les pieds. Hugh ricanait déjà, en songeant sans doute qu'il allait la voir s'agenouiller devant lui. Geneviève se félicita d'avoir prévu le piège et donné des instructions. Sur un signe d'elle, la simple servante désignée pour accomplir le cérémonial s'avança vivement et remplit son office, pendant qu'une autre apportait sur un plateau de l'hydromel.

— Mon mari me rend heureuse, en effet, déclara-t-elle avec une audace qui l'étonna. Et je me flatte d'exécuter fidèlement les ordres de notre souverain.

Il se fit un silence. Hugh prit un peu d'hydromel, le nez dans sa coupe. Allait-il relever l'allusion, et expliquer pourquoi il n'était pas rentré en Angleterre, comme le roi Henry le lui avait ordonné ? Non, bien sûr. Il ne pouvait pas se justifier. Sans doute préparait-il une riposte, songea-t-elle.

Il s'agissait en fait d'une provocation, car en relaçant ses bottes Hugh changea de registre pour adopter celui de la confidence et de l'intimité.

— Ce ruban, soupira-t-il, vous vous souvenez du jour où je vous l'ai offert ? C'était à Cork, pendant les fêtes. Il vous a plu, n'est-ce pas ?

Il releva la tête, les yeux pleins de tendresse et de nostalgie, le visage comme rajeuni par le souvenir d'un bonheur ancien.

— Vous m'avez donné un baiser, ce jour-là ! lança-t-il alors d'une voix forte, pour se faire bien entendre de toute l'assemblée.

Il voulait l'embarrasser, lui faire regretter la précaution qu'elle avait prise en disposant des gardes autour d'elle. Il savait que certains comprenaient la langue des Normands et ne manqueraient pas d'en traduire les meilleurs passages à leurs camarades. Geneviève s'étonna de ne pas se troubler, et de trouver aisément la parade.

— Je n'ai jamais manqué de prétendants, dit-elle en soulignant d'un sourire mutin cette affirmation, et j'ai toujours accordé un baiser à ceux qui ont eu la bonne idée de me donner un ruban.

— Légende que tout cela ! protesta Hugh. Nous nous sommes aimés !

Comment Geneviève pouvait-elle en effet s'être éprise de

ce comédien, qui l'avait si cruellement humiliée ? Elle se le demandait, à présent qu'elle n'en avait plus peur.

— Encore une fois, dit-elle en le regardant dans les yeux, que venez-vous chercher à Rionallis, Hugh Marstowe ?

— Que pensez-vous d'une annulation de votre mariage ? proposa-t-il d'une voix doucereuse. Nous pourrions être l'un à l'autre, comme naguère. Ne me dites pas non, Geneviève ! Tenez, insista-t-il en tirant d'une poche un écrin, je vous ai apporté ce présent. Ne le méprisez pas, Geneviève, je vous en conjure !

Il soulevait le couvercle du coffret, en montrait le contenu, un torque d'or incrusté de saphirs. Excédée, Geneviève fit de la main un signe de rejet et de dégoût. Elle s'indignait.

— Je n'ai que faire de vos dons, Hugh Marstowe, et quand bien même il me faudrait un mari et que vous soyez le dernier homme au monde, je ne vous épouserais pas.

Hugh passa d'un coup de la feinte tendresse à la franche fureur.

— Vous n'avez rien perdu de votre morgue, n'est-ce pas ? rugit-il en s'empourprant. Quand vous apprendra-t-on à rester à votre place, faible femme ? Je parie que votre Irlandais n'est même pas capable de vous dresser à lui obéir.

— Sortez ! s'écria Geneviève, les dents serrées. Je suis ici chez moi, et je ne tolère pas vos insultes !

— Chez vous ? Pour combien de temps encore ? lança Hugh, qui s'était levé. Votre époux est allé se battre. On meurt aisément, à la guerre. Qu'adviendrait-il de vous, et de votre dot, si vous étiez veuve ?

Geneviève comprit la menace, mais n'y répondit pas.

— Je vous ai demandé de sortir. Voulez-vous que mes gens vous raccompagnent ?

— Réfléchissez bien, lady Geneviève. Il suffit d'une seule flèche pour mettre fin à la vie d'un homme. D'un seul coup d'épée aussi. Votre mari combat l'armée à laquelle j'ai l'honneur d'appartenir. J'aurais plaisir à le rencontrer sur le champ de bataille.

Sur ces mots, il quitta la salle. Quand les gardes en furent sortis, eux aussi, Geneviève se couvrit le visage des deux mains, et se frotta les tempes. Que deviendrait-elle en effet, s'il arrivait malheur à Bevan ?

Geneviève ne trouva le sommeil ni cette nuit-là ni la suivante. La visite de Hugh Marstowe l'avait heureusement guérie de ses terreurs anciennes, mais sa présence en Irlande faisait naître de nouvelles préoccupations. Le dément se prévalait sans doute de la faveur du roi, qui ne le contraignait pas à regagner l'Angleterre.

A supposer qu'elle soit veuve avant même que le mariage soit consommé, Thomas de Renalt aurait-il assez d'influence pour la préserver d'une catastrophe ? Comme la présence de son père lui manquait, dans cette solitude ! Si Hugh osait faire état d'accords anciens pour s'emparer de sa dot, elle préférerait la lui abandonner plutôt que d'avoir à l'épouser. Mais ce n'est pas sans déchirement qu'elle ferait ce sacrifice, car elle s'attachait désormais à Rionallis et à ses habitants.

Naguère isolée de la population par la tyrannie de Marstowe, elle s'y mêlait aujourd'hui volontiers. La diligente Mairi lui faisait connaître les fermiers et leurs familles, et la fit même assister à une veillée collective chez Séan le brasseur. Distraite de son ennui par la musique, la récitation de poèmes, elle rentrait au château en compagnie de deux servantes et d'un garde lorsqu'une vive agitation lui apprit le retour des combattants.

A l'intérieur de l'enceinte, la bonne humeur des hommes fourbus lui apprit qu'ils avaient gagné. A la lueur des flambeaux, ils confiaient leurs montures aux palefreniers, et des femmes leur apportaient à boire. Le cœur battant, elle chercha des yeux Bevan, et vit d'abord Ewan, qui du haut d'un escalier de bois la désignait du bras à un personnage invisible.

Elle courut, et rencontra bientôt Bevan. Son armure couverte de boue était par endroits souillée de sang. Une barbe de quatre jours donnait une allure barbare à son visage, où ses deux balafres passaient presque inaperçues, tant ses joues étaient souillées, elle aussi. Seuls apparaissaient dans leur éclat ses yeux verts, plus lumineux que jamais.

A la vue du sang, elle s'inquiéta.

— Vous êtes blessé ?

— Quelques égratignures. L'affaire était moins grave qu'on aurait pu le craindre. Certains officiers normands tentent parfois de se donner de l'importance en imitant leurs supérieurs. L'ambitieux qui convoitait les terres de mon ami Lionel en sera pour ses frais. Mais comptez-vous me recevoir dehors, dans le froid, alors que je rêve d'être à l'abri, et... réchauffé comme il convient ?

Geneviève se sentit rougir à ce mot, et voulut lui prendre la main pour l'emmener à l'intérieur du château. Mais au lieu de la suivre il lui prit cette main pour en baiser la paume.

— Vous est-il arrivé de penser à moi ? demanda-t-il sur le ton de la confidence.

De plusieurs hochements de tête, les sourcils relevés en signe de sincérité, elle lui dit que oui, et souvent. Quelle émotion ! Bevan n'avait pas oublié sa promesse. Tout à l'heure, il viendrait dans son lit. Ne risquait-elle pas de se montrer maladroite ? Bevan l'avait éveillée à des sensations extrêmes, toutes nouvelles, qu'elle aurait voulu prolonger, porter à leur paroxysme. Cependant, au moment crucial, la crainte n'allait-elle pas l'affoler ? Tant qu'il ne s'agissait que de baisers et de caresses, rien ne contrariait le plaisir. Mais supporterait-elle la souffrance de son hymen perforé ?

— En prévision de votre retour, les gens de la cuisine ont préparé un bon repas, dit-elle. On va le servir bientôt à vos compagnons, dans la grande salle. Voulez-vous le partager avec eux ?

Sous l'effet de la nervosité, elle parlait vite. Avant de lui répondre, Bevan la contempla longuement. Brusquement, il lui baisa les lèvres et s'ébroua.

— Mes hommes m'ont assez vu ces jours-ci, dit-il avec humour. En mangeant avec eux, je les empêcherais d'éblouir les servantes du récit de leurs exploits. Il me faut un grand bain, et si vous n'y voyez pas d'inconvénient, c'est avec vous que je partagerai mon repas.

— Je vais donner des ordres. Ce sera bientôt prêt.

Bevan la suivit un moment des yeux. Depuis des jours, il attendait cet instant. Sa femme allait savoir ce que c'est que l'amour, sans frustration cette fois. Il allait la conduire au faîte de la volupté, voir dans ses yeux briller la lumière de l'extase.

Ewan avait sans doute observé le départ de Geneviève, car il surgit soudain près de son frère.

— Tu dois le savoir sans attendre, dit-il en l'entraînant à l'écart. En ton absence, Hugh Marstowe est venu à Rionallis. Geneviève ne l'a reçu qu'en présence des vingt gardes que j'avais disposés autour d'elle. Il avait pris pour prétexte de la féliciter après son mariage, mais elle l'a reçu d'une telle façon qu'il a vite découvert son jeu. Il tient à récupérer Rionallis. Il a voulu inquiéter Geneviève en lui disant qu'elle avait tout à craindre, si tu… si elle devenait veuve. Il est parti avec ses gens, huit cavaliers C'est tout.

Bevan l'avait laissé parler, pour qu'Ewan fasse son rapport sans que rien ne le trouble. L'animosité de Marstowe et son acharnement ne l'étonnaient pas. Sir Hugh n'était pas rentré en Angleterre, il se trouvait dans les parages de Rionallis et se renseignait sur ses déplacements. Pour qu'il ose se présenter au château, il fallait qu'on l'ait mis au courant de son absence.

— Pourquoi lui as-tu ouvert les portes ?

Ewan ne crut pas nécessaire de révéler à Bevan son intention première.

— Je voulais l'empêcher d'entrer, mais Geneviève a préféré le recevoir. C'est elle qui a demandé la présence des gardes. Et puis il s'est présenté dans les règles, en se faisant annoncer par son porte-fanion. Pour le lavement de pieds…

Ewan se détacha du sol. Bevan, empourpré de rage, le tenait à la gorge.

— C'est une servante qui s'en est occupée, parvint-il à balbutier.

— Tu l'as fait suivre, je suppose, dit son frère en le laissant retomber. Jusqu'où ?

— Jusqu'au chemin de Tara.

Henry s'y trouvait-il encore ? Ce n'était pas impossible. Perdu dans ses pensées, Bevan regarda Ewan, sans le voir d'abord, puis avec attention. Il y avait quelque chose de changé dans l'attitude du garçon. L'exercice d'une responsabilité l'avait mûri. Peut-être n'était-il pas fait pour entrer dans les ordres, après tout ?

— Ewan MacEgan, je suis content de toi, déclara-t-il avec une certaine solennité.

Pour confirmer sa satisfaction, il frappa du plat de la main l'épaule de l'intéressé qui rougit, soudain intimidé, ne sachant que faire de son corps.

— A ta place, j'irais faire un tour au dîner.

Il n'eut pas à répéter ce conseil. En traversant un moment plus tard la grande salle, où régnait une joyeuse animation, il vit Ewan faire bombance avec autant d'appétit que les hommes qui n'avaient rien mangé depuis la veille.

Dans l'escalier de pierre qui desservait l'étage, des débordements d'eau témoignaient des efforts déployés par les valets et les servantes. La préparation d'un bain chaud en un autre endroit que celui des ablutions collectives n'était pas une mince affaire. Il sourit.

Dans la chambre, Geneviève l'attendait, les cheveux dénoués, assise à distance du grand brasero que l'on avait disposé à côté de la cuve couverte de linges blancs, d'où s'échappait un peu de vapeur. Pour éviter tout malentendu, il lui parut sage d'évoquer d'abord l'événement qui le contrariait.

— Ewan m'apprend que vous avez reçu Marstowe en mon absence, dit-il sur un ton neutre.

Sûre d'elle, Geneviève le regarda droit dans les yeux.

— En m'enfuyant loin de lui, j'ai reconnu qu'il était le plus fort, et qu'il m'effrayait. Il sait à présent que j'ai la force de lui parler en face, et que je ne le crains plus.

Il l'approuva en hochant plusieurs fois la tête. Du regard, car les mots sont impuissants à exprimer les sentiments les plus intimes, il lui dit combien il appréciait ce changement. En silence encore, il vint lui caresser le haut de la joue, à l'endroit d'où la meurtrissure ne s'était effacée qu'après tant de jours.

— Je n'avais rien à craindre de lui, dit encore Geneviève, puisque vos gardes étaient présents. Ils me sont fidèles, je le sais, par loyauté envers vous.

N'ayant rien à ajouter, Bevan ramena d'un côté sa chevelure, et lui caressa longuement les épaules et la nuque, jusqu'à ce que, les yeux fermés, Geneviève émette une sorte de ronronnement. Il la releva. Elle le prit par le cou, le visage d'abord blotti au creux de son épaule, puis tendu vers le sien, les yeux grands ouverts.

Jamais Fiona ne lui avait offert ainsi son regard. Geneviève lui ouvrait son âme. Bevan en éprouva une impression de puissance. Il s'entendait avec elle, il pouvait partager avec elle sa passion. Jamais au cours de son premier mariage il n'avait connu une telle émotion, un tel état de grâce.

Comme elle aimait le faire, Geneviève lui passa l'index sur l'une de ses balafres, puis sur l'autre.

— Les coups m'ont dépouillé de ma grâce naturelle, dit-il en plaisantant.

— Vos cicatrices font votre beauté, au contraire. Elles représentent votre force, et votre courage.

Elle posa sur chacune d'entre elles un baiser. Bevan en ressentit deux brûlures, dont la chaleur se propagea dans son corps tout entier.

— J'ai d'autres cicatrices à vous montrer, suggéra-t-il pour le plaisir de l'entendre rire, et de la voir rougir.

Joignant le geste à la parole, il entreprit de se dévêtir avec une étonnante célérité. En quelques secondes il était nu, debout devant elle. Les joues de Geneviève s'empourprèrent, mais elle ne détourna pas le regard. Sur le corps de Bevan on voyait en effet de nombreuses traces de blessures anciennes.

Geneviève s'attarda à observer l'une des plus récentes, celle de l'épaule, dont elle avait elle-même rapproché les bords.

Bevan n'était que muscles fermes et déliés, agiles sous sa peau mate. Lorsqu'il écarta les linges qui couvraient la cuve et pénétra dans l'eau, sa chevelure ruissela sur ses épaules. De ses yeux verts, il adressa à Geneviève un message dont elle comprit aussitôt le sens.

Elle prit un linge et le chiffonna, dans l'intention de le laver.

— Pas ainsi, murmura-t-il en lui prenant le poignet. Je préfère vos mains.

Avant qu'il ne la rejoigne, Geneviève avait résolu de mettre son corps à la disposition de son mari. Elle avait prévu qu'il allait s'allonger près d'elle sur le lit, en disposer à sa guise, faire d'elle ce qu'il voudrait. Rien ne se passait comme elle l'avait prévu. Prête à recevoir des caresses, elle s'étonnait d'avoir à en donner.

— Non. Je n'ose pas. Je n'en suis pas capable.

— Mais si.

Il prit sa main droite dans la sienne, la trempa dans l'eau, y mit une pâte odorante et s'en frotta largement le torse. Comme elle ne suivait le mouvement qu'avec un peu de réticence, il lui serra plus fort le poignet.

— De quoi avez-vous donc peur ?

— Je n'ai pas peur, prétendit-elle.

A quoi bon mentir ? Bevan n'était pas homme à se laisser berner. Elle avait peur en effet. Parce que les choses ne se passaient pas comme elle l'avait prévu, surtout.

— Je pensais, dit Bevan, vous avoir délivrée de vos craintes. Vous n'avez pas eu peur, l'autre jour.

— Si vous le voulez, proposa-t-elle, je vais retirer ma robe et vous attendre sur le lit.

Il lui baisa l'intérieur du poignet et plongea de nouveau sa main dans le bain avant de la replacer sur son torse.

— Vous méritez mieux que cela, Geneviève. Je ne veux pas que vous soyez passive. C'est vous qui allez me prendre.

Geneviève s'épouvanta. Que voulait-il dire ? Il lui enfonçait l'avant-bras dans l'eau, à présent, elle frôlait sa cuisse.

— Mais je vous l'ai dit… Il faut m'apprendre ! Je ne sais rien faire !

— Faites ce que vous voulez, Geneviève. Je m'abandonne à vous, des pieds à la tête. Cette nuit, je suis votre esclave !

Geneviève eut peine à respirer.

— Et si ce que je fais ne vous plaît pas ?

— Voilà qui m'étonnerait. L'eau est bien chaude. Vous n'avez pas envie de venir avec moi dans le bain ?

Comme sa voix était caressante, et son regard séducteur. Qu'il était drôle, aussi !

— Vous êtes trop grand. Il n'y a pas place pour deux.

— Il y en aura si vous venez sur mes genoux. Chacune de mes cicatrices a droit à un baiser. J'en ai de nouvelles.

L'idée était tentante. Et puis Bevan l'aidait un peu, tout en prétendant lui laisser l'initiative. L'expérience valait d'être tentée.

— De toute façon, je vais devoir enlever ma robe, dit-elle.

Chapitre 16

La cuve déborda, et Geneviève faillit perdre l'équilibre. Bevan la prit par la taille et l'installa devant lui, entre ses cuisses. Tout contre elle, au niveau des reins et du dos, la raideur du sexe étonnamment long aurait pu faire penser à une menace. Mais cette hampe dressée était celle de Bevan. Il n'allait pas lui faire de mal.

Les cheveux de Geneviève trempaient dans l'eau. Elle sentait sous ses seins le bras de Bevan, qui les effleurait en la maintenant contre lui. Cette situation semblait lui convenir, car il la prolongeait. Il lui posa soudain un baiser au sommet de la tête.

— Voilà ce qui s'appelle prendre un bain, dit-il avec une évidente satisfaction.

— Nous sommes un peu serrés !

— Pas du tout !

De sa main libre, il lui éclaboussait les seins, lui palpait le ventre, poursuivait vers le bas son exploration. Pour lui échapper, par jeu, Geneviève s'appuya sur ses genoux et s'enfonça dans l'eau, lui caressant les cuisses, les mollets, les chevilles. Elle observait avec étonnement combien leurs épidermes étaient différents, ainsi que l'aspect de leurs membres. A sa chair lisse, à la délicatesse de son corps s'opposaient les muscles très apparents de Bevan, qui tous faisaient relief sous sa peau mate. Par endroits, sur les avant-bras, le torse et les jambes surtout, il y avait quantité de poils sombres. Lorsqu'elle en vint à lui palper les orteils, elle l'entendit étouffer un rire nerveux.

— Vous êtes chatouilleux ? Quelle honte !

Comme il s'abstenait de se défendre, elle parcourut des ongles la plante de ses pieds, et obtint un résultat plus spectaculaire encore. De l'eau se répandit de nouveau sur le sol.

Son rire la détendit. Elle voulut le chatouiller encore, mais il s'empara de ses deux mains et les plaça, paumes ouvertes, sur ses seins, en leur imprimant un léger mouvement. Geneviève tenta un instant de se dérober, dans un sursaut de timidité. Il l'incitait à se caresser elle-même.

— Et vous même, n'êtes-vous pas chatouilleuse ?

Il donna plus d'ampleur et plus de force au mouvement circulaire des mains. Parcourue de frissons délicieux, Geneviève s'étonna de ses propres talents.

Soudain, il la fit pivoter sur elle-même, en lui plaçant les jambes de part et d'autre de sa taille. Sa bouche s'empara d'un sein qu'elle semblait engloutir et de la langue il titilla par mouvements circulaires le téton durci, jusqu'à ce qu'elle sente les battements de son cœur s'affoler.

— Qu'en pensez-vous ? demanda-t-il.

Malgré l'eau du bain, Geneviève sentit entre ses cuisses une chaleur intense.

— A mon tour, murmura-t-elle.

S'enhardissant, elle plongea les mains dans l'eau et les plaça toutes deux autour de la hampe dressée, en leur imprimant un mouvement alterné. Bevan sursauta et se redressa un peu, les traits tendus par l'effort qu'il faisait pour se contrôler. Comme pour le harceler, elle baisait au hasard les cicatrices de son torse, de ses abdominaux, de ses hanches.

Comme sa bouche allait poursuivre plus bas, Bevan l'en empêcha et se dressa sur ses jambes, ruisselant, tandis que Geneviève restait à genoux. Elle put apercevoir ainsi une cicatrice plus discrète, à l'intérieur de la cuisse, tout en haut. Des lèvres et de la langue, elle la baisa, elle aussi.

Malgré sa musculature, Bevan tremblait tant qu'il semblait à bout de forces.

— Vous m'avez mis dans un bel état, balbutia-t-il.

Avait-il à se plaindre ? Son sexe érigé semblait brandi comme une épée redoutable. La menaçait-il ? Geneviève refusait de le croire. Bevan sortait du baquet sans se soucier d'inonder le sol, prenait une longue serviette et la passait autour d'elle, qui s'était relevée.

D'un mouvement rapide et souple il la souleva pour la porter sur le lit. Il l'y étendit tout en lui prenant la bouche, et leurs langues se mêlèrent. Il agissait dans un état second, découvrait une nouvelle existence. Jamais il n'avait joui d'une telle intimité, d'un tel enthousiasme en compagnie des femmes qu'il avait connues, pas même la sienne.

En s'allongeant près de Geneviève, il la tourna vers lui, et la plaça à califourchon sur ses cuisses. Parce qu'il n'avait pas pris le temps de l'essuyer, elle avait la chair de poule. L'effet de fraîcheur ainsi produit l'aurait rendue plus désirable encore, si elle n'avait été la séduction même. Ses seins humides se dressaient orgueilleusement, leurs pointes durcies. Il lui caressa la taille, les hanches et les fesses.

Geneviève se raidit un peu, les yeux dans les siens, en attente.

— Vous aviez raison, dit-elle. J'ai un peu peur.

— N'ayez pas peur.

A deux mains, il lui souleva les hanches et la plaça doucement, cuisses ouvertes, au sommet de son sexe. En sentant au creux de sa féminité le contact de la chair turgescente, elle inspira brièvement, en soupirant de surprise. Bevan se contraignit à l'immobilité. Il laissait l'initiative à Geneviève. A elle de le prendre, si elle partageait son désir.

Aurait-il la force de supporter cette épreuve délicieuse ? Son corps risquait d'éclater, tant la tension était intense. Il la sentit s'abaisser un peu, l'installer en elle, avec une torturante lenteur.

Sa chair moite et brûlante se serrait sur la hampe, à présent. Elle la serrait plus fort, plus loin. Bevan s'entendit haleter. Les yeux dans ceux de Geneviève, il la laissait décider de son mouvement, en choisir la lenteur. Lorsqu'il éprouva un peu de résistance, elle s'immobilisa un instant, puis d'un coup le prit tout entier en elle, en poussant une exclamation non de douleur mais de victoire. Ivre de bonheur, Bevan faillit perdre le contrôle de son corps au moment où son membre tout entier envahissait les profondeurs secrètes.

D'elle-même, Geneviève releva un peu les reins pour les abaisser et frotter l'une à l'autre leurs chairs enfiévrées. Elle respirait avec bruit, par à-coups, au rythme de sa chevauchée. La lenteur n'était plus de mise, à présent. Le mouvement s'emballait, sa course s'amplifiait. Fasciné, Bevan voyait les cheveux de Geneviève fouetter l'air, son corps nu s'élever et s'abattre dans une danse sauvage, son visage et ses yeux s'illuminer de bonheur.

Il avait voulu l'initier à l'amour. C'est elle qui le lui enseignait. Elle lui faisait découvrir la félicité qu'un homme éprouve lorsque la femme qu'il tient entre ses bras se donne à lui tout entière, et prend plaisir à le maintenir au bord de l'extase.

Ils étaient l'un à l'autre nécessaires, faits l'un pour l'autre. Rien ne les séparerait jamais.

Sortant de son apparente passivité, Bevan lui prit soudain les hanches et vint en elle aussi profondément qu'il le put. Elle se cambra en gémissant, et gémit sans discontinuer lorsqu'en rompant son rythme pour lui imposer le sien, il atteignit avec elle l'éblouissement suprême.

Etroitement enlacés, ils jouirent ensemble des spasmes qui suivent comme en écho l'explosion de l'extase.

Dans les bras de Geneviève, Bevan était heureux.

Si heureux qu'il se le reprocha. Qu'il en eut peur.

Le ciel gris se colorait d'azur, le soleil allait se lever. Geneviève s'éveilla, blottie contre Bevan, qui lui tournait le dos. Il lui suffit de tendre un peu le cou pour lui baiser l'épaule.

— Bonjour. Bonjour à vous, murmura-t-elle.

Un bon jour commençait, en effet. Jamais Geneviève ne s'était éveillée de si charmante humeur, malgré sa lassitude, ou plutôt grâce à elle. Rien n'est plus euphorisant qu'une nuit de noces bien réussie.

Instantanément réveillé, son mari roula sur le côté et quitta le lit, sans mot dire. D'où lui venait cette froideur, après l'embrasement de la nuit ? Après l'avoir révélée à elle-même jusqu'à l'ivresse, jusqu'à la folie, pourquoi n'avait-il rien à lui dire ?

— Tout va bien ? s'inquiéta-t-elle.

— Oui, tout va bien, répondit-il en s'habillant. Je n'aime pas faire attendre mes hommes.

Elle sortit à son tour du lit, dans le plus simple appareil. La nudité n'est-elle pas le meilleur remède à la mauvaise humeur ? Câline, elle lui passa les bras autour de la taille.

— Vous avez faim, peut-être ?

L'idée sembla un bref instant séduire Bevan, mais son regard s'éteignit aussitôt.

— Non, pas maintenant, répondit-il en s'écartant d'elle pour boucler sa ceinture. A plus tard, conclut-il en lui donnant distraitement un baiser sur le front.

Geneviève contint son amertume et remit ses vêtements. L'enthousiasme du réveil n'était plus qu'un souvenir. Une sombre pensée lui vint à l'esprit. La merveilleuse nuit de noces, son mari regrettait de l'avoir vécue.

Comment cacher sa désillusion ? Des propos anodins y suffiraient-ils ?

— J'ai promis à Mairi de l'aider. Nous allons teindre de la laine.

— C'est bien.

Sur ce, Bevan sortit de la chambre, sans même lui dire au revoir. Quand la porte se fut refermée, Geneviève contempla le lit où elle était devenue femme. Bevan se comportait étrangement, ce matin, mais il l'avait bel et bien délivrée de tout ce qui la rattachait encore à Hugh. Une partie douloureuse de son existence venait de se détacher d'elle, grâce à Bevan. Elle lui en serait toujours reconnaissante.

Après avoir rangé la chambre et refait le lit, Geneviève prit une profonde inspiration.

Peut-être ne parviendrait-elle jamais à remplacer Fiona comme il l'aurait fallu. Mais elle était de nouveau maîtresse d'elle-même. Avec Bevan, elle entamait une belle aventure, au parcours encore incertain sans doute, mais ouverte sur l'espoir.

Un simple ruisseau érode et creuse la roche la plus dure. A force d'obstination, Geneviève MacEgan parviendrait à atteindre le cœur de son intraitable guerrier.

Les toisons entassées dégageaient l'odeur âcre du suint, qui brûlait les narines. On allait les en débarrasser dans le grand chaudron fumant suspendu à un trépied de métal. Parmi les femmes qui s'affairaient, Geneviève eut la surprise de reconnaître Siorcha, la femme d'un certain âge qui s'était occupée du jeune Declan, à Laochre.

Siorcha lui sourit à travers ses rides. Ses cheveux gris formaient un gros chignon haut sur sa tête, et la fatigue assombrissait ses yeux bleus de larges cernes.

— Je suis contente de vous revoir, dit simplement Geneviève.

— J'ai toujours vécu à Rionallis, déclara Siorcha. J'en suis partie à l'arrivée de ce Normand de malheur. Travailler au service de ce monstre ? Jamais ! Maintenant qu'on ne le voit plus, sauf l'autre jour bien sûr, on vit tranquilles.

Geneviève songea que Siorcha n'avait pas tort, et l'aida à porter les toisons jusqu'au chaudron de lessive, que des hommes remuaient avec de longues perches. Que devenait Declan ? Siorcha l'avait si bien soigné. Sa tante se nommait Sheela, Geneviève s'en souvenait. Elle avait sans doute recueilli l'orphelin, à présent.

Mairi nettoyait des racines de garance, qu'elle allait faire bouillir. Soucieuse de se rendre utile, Geneviève lui proposa son aide, qui fut acceptée. Tout en frottant les racines, Mairi jetait sur elle de fréquents coups d'œil, qui l'intriguaient. Mairi hochait la tête en faisant la moue, maintenant, à la manière des personnes bien renseignées.

N'y tenant plus, Geneviève voulut en avoir le cœur net.

— J'ai une tache sur le front ?

— Il a fini par venir dans votre lit, répondit Mairi, imperturbable. Ne rougissez pas, madame, et ne me faites pas ces yeux-là. Vous êtes tellement contente que ça se voit. Il n'y a qu'un MacEgan pour donner cet air-là à une femme. Le nôtre ne rit pas tous les jours, mais il est bien de la famille !

Geneviève faillit protester, mais le petit sourire satisfait de la brave femme l'en dissuada. A quoi bon s'engager dans une vaine discussion ?

— Vous avez raison, dit-elle. J'ai de la chance.

Mairi l'approuva d'un grognement et l'on se remit au travail. Quelques instants plus tard, en pensant aux paroles échangées, Geneviève éclata de rire, sans pouvoir s'en empêcher. Elle avait besoin de cette détente. En observant Siorcha, qui se livrait à de savants mélanges, elle se demanda comment allait se passer la nuit suivante, lorsque Bevan viendrait la rejoindre. Une chaleur vint en elle. Son corps attendait le bonheur. Mais Bevan serait-il bien disposé, ou se montrerait-il distant, comme au réveil ?

Le travail, qui mobilisait une vingtaine de femmes pendant la majeure partie de la journée, était pénible mais donnait des résultats spectaculaires. Les toisons sales et grisâtres donnaient une belle laine pourpre grâce à la garance, fauve grâce au pissenlit, d'un orange vif grâce aux pelures d'oignons. Geneviève s'était étonnée dès son arrivée en Irlande du goût prononcé des aristocrates locaux pour les tenues où les couleurs se juxtaposaient jusqu'à fatiguer les yeux.

Plus tard dans l'après-midi, elle s'attarda aux abords du terrain d'exercice. Les hommes s'entraînaient par paires à l'attaque et à la défense, armés d'écus et de boucliers, de masses d'armes et de larges lames. Bevan allait des uns aux autres, rectifiant une position, adressant un reproche, mais le plus souvent prenant la place d'un combattant pour lui montrer l'exemple, ou pour démontrer à l'autre ses insuffisances.

Un peu à l'écart, Ewan se tenait en observation. Sans avoir à l'interroger, Geneviève savait qu'il enregistrait mentalement les attitudes, les maladresses et leurs corrections. Elle sourit au souvenir du duel auquel ils s'étaient livrés, le jour de la fête. Ewan n'ambitionnait d'autre carrière que celle de guerrier. Dès que l'exercice aurait pris fin et que la salle d'armes serait déserte, il irait s'y entraîner, songea-t-elle en s'attendrissant. Fasse le Ciel qu'il parvienne à force de volonté et de travail à acquérir les qualités que l'on admirait chez ses frères. Aussi bien, ne s'étaient-ils pas instruits du métier des armes, eux aussi, au cours de leur adolescence ?

Bevan multipliait ses démonstrations, ne défaisait un adversaire que pour en attaquer un autre. Comment associait-il à sa force tant de vivacité, et d'élégance ?

Sans doute s'aperçut-il que Geneviève l'observait, car elle le vit baisser son arme et sortir du terrain, en faisant signe à ses hommes de continuer sans lui. Pendant qu'il venait vers elle, Geneviève tenta de lire dans ses pensées. Un ruban retenait sa chevelure, et le plastron de cuir qu'il portait mettait en relief la puissance de sa musculature. Geneviève se le représenta lors de la chevauchée amoureuse, ses deux fortes mains lui pressant les fesses et sa bouche, pour l'instant fermée, dévorant la sienne. Quel séduisant spectacle !

Comme elle s'y attardait, Bevan fut près d'elle sans qu'elle l'ait vu traverser la cour.

— Que se passe-t-il ?

Prise en flagrant délit de rêvasserie érotique, Geneviève se sentit rougir et chassa loin d'elle ses fantasmes.

— Rien de particulier, répondit-elle en rougissant cette

fois de son mensonge. Il est temps que j'aille surveiller la préparation du repas.

— Je vais vous accompagner. J'en ai fini pour aujourd'hui.

Il l'accompagna en effet, mais lorsqu'elle voulut lui prendre la main il pressa le pas pour l'en empêcher. Voilà qui était étonnant. Mais à quoi bon protester ? Qu'il prenne de la distance, à sa guise !

A l'intérieur, près de l'entrée, une servante avait disposé un baquet, des linges blancs et un flacon d'huile odorante. Bevan se déchaussa et se trempa les pieds dans l'eau. La servante se disposait à les laver.

— Je m'en occupe ! lui dit Geneviève en s'agenouillant à sa place.

En épouse attentive et dévouée, elle lava avec soin les pieds de son mari, en insistant particulièrement sur les plantes qu'elle avait naguère chatouillées. Bevan s'en souvenait sans doute aussi, car il se crispa un peu. En présence des domestiques, il ne pouvait naturellement pas protester.

Bevan était au supplice. En lui la raison et les sens menaient un combat furieux. Emporté par la folie, il s'était laissé aller la veille à aimer d'amour sa femme. Fatale erreur, puisque le mariage est par dit-on incompatible avec l'amour. Un mari perd son autorité et ce qui fait sa force, s'il commet l'erreur d'être amoureux de son épouse.

Cette erreur de la veille resterait unique. Jamais plus Bevan MacEgan ne se laisserait séduire. La raison l'emporterait sur les sens.

Geneviève prenait son temps. Sur les pieds secs et propres, elle versait à présent de l'huile parfumée et massait avec des gestes très doux chaque parcelle d'épiderme, depuis les chevilles jusqu'aux petits orteils, sans oublier bien sûr les plantes, un peu rugueuses par endroits.

Lorsqu'il put se rechausser, Bevan souleva le menton de Geneviève, encore agenouillée, lui caressa les cheveux, et la releva pour lui baiser la bouche. Les sens gagnaient la bataille. Bevan la voulait nue, contre sa peau nue, elle aussi.

Sans un mot, il la prit par la main et l'emmena jusqu'à leur chambre.

Le désir qu'il avait d'elle l'emportait, le submergeait. Après avoir été si longtemps contenu, il était insatiable. Il adorait la tenir entre ses bras, sous elle ou sur elle. Dans l'intimité du lit conjugal, jamais elle n'avait les yeux vides. Ils exprimaient au contraire une intense émotion, alors même qu'il tentait de mettre son cœur à l'abri de la contagion amoureuse.

Une fois la barre de fermeture mise en place, il lui tendit les bras. Geneviève ne vit pas son geste. Son regard se fixait ailleurs, derrière lui.

Sur un tabouret se trouvait un torque d'or incrusté de saphirs.

— Qu'est-ce que c'est ? demanda-t-il.

Geneviève secoua la tête, les deux mains sur ses lèvres. Elle n'en croyait pas ses yeux.

— C'est un cadeau que Hugh voulait m'offrir, l'autre jour. Je l'ai refusé, bien sûr.

Bevan s'enflammait, non plus de désir, mais de rage.

— Alors pourquoi le trouvons-nous ici, dans notre chambre ?

Geneviève, horrifiée, tentait d'échapper à la fascination. Le riche bijou semblait la narguer, comme s'il était vivant.

— Je n'en sais rien. J'avais reçu un message de Marstowe, une semaine avant sa visite. Il s'agissait d'un ruban qu'il m'avait donné un jour, quand il me faisait la cour. Il voulait sans doute revenir aux temps anciens.

Bevan réprima un élan de fureur. On ne lui faisait pas confiance ? On lui cachait des manœuvres qui le concernaient au premier chef ?

— Vous auriez dû me parler de ce message, de ce ruban, dit-il d'une voix sourde. Je croyais être le seul avec mes frères à connaître l'existence de l'entrée secrète. Marstowe l'aurait-il découverte ? Mais il ne se risquerait pas à passer par les caves. Il faut qu'il ait un complice.

Le front plissé, il alla pousser le panneau coulissant par lequel il s'était introduit dans la pièce, le jour de sa tentative avortée. Dans le passage, on ne voyait que des ténèbres.

— Si Hugh avait connu ce passage, risqua Geneviève, il l'aurait peut-être emprunté un jour, pour me faire peur ?

— Vous avez raison, fit Bevan, la mine sombre.

— Ewan est curieux de tout. Nous pourrions lui demander s'il n'a pas observé d'allées et venues suspectes.

Bevan récusa d'instinct cette proposition. Les risques étaient trop grands.

— Laissons-le à l'écart de cette affaire, voulez-vous ? Je vais confier l'enquête à des hommes de confiance.

Froissée par ce refus, Geneviève ne craignit pas d'insister, jusqu'à se faire pressante.

— Donnez-lui sa chance, Bevan, dit-elle en lui posant la main sur l'épaule. Ewan est tellement soucieux de se rendre utile. Associez-le à vos hommes, par exemple. En cas de succès, il s'en trouvera grandi. Ne voyez-vous pas comme il s'impatiente ? Il ne rêve que de combattre à vos côtés, de faire ses preuves !

— Ewan n'est pas un bon combattant, et il ne le sera jamais. Il n'a aucune disposition pour le métier des armes.

— Mais il s'entraîne, plaida Geneviève. Il essaie de réussir.

— Au combat, il ne suffit pas d'essayer, répliqua vivement Bevan. C'est la victoire, ou la mort.

Il s'entêtait. Baissant les yeux pour cacher ses larmes, elle laissa pourtant voir sa tristesse.

— Je ne veux pas qu'il meure, Geneviève, reprit Bevan en adoucissant le ton. Il doit choisir une autre carrière que celle des armes.

— Mais il en a la vocation. A mon avis, vous ne pourrez pas l'en dissuader. Avec le temps et beaucoup d'efforts, il pourrait réussir !

— Je refuse d'en faire un soldat pour qu'il meure. S'il ne prend pas les armes, il n'en courra pas le risque.

Il avait parlé si fermement que Geneviève, à bout d'arguments, se tut.

Dans le fond de son cœur, Bevan savait bien qu'Ewan l'idolâtrait. C'était une raison de plus pour le préserver à tout prix contre lui-même. Il s'en ferait détester, peut-être, mais le salut d'Ewan était à ce prix.

Restait, dans l'immédiat, à prendre les dispositions nécessaires.

— Ecoutez-moi bien, dit-il à Geneviève. Tant que le complice de Marstowe ne sera pas découvert, vous ne quitterez pas vos appartements. En mon absence, le jour, un garde armé vous tiendra compagnie. Je vais condamner de l'intérieur le passage, vous ne risquerez rien de ce côté. Mon enquête commence en cet instant même. Je souhaite comme vous qu'elle aboutisse le plus tôt possible.

Après presque trois mois d'enfermement, Geneviève avait de plus en plus souvent envie de crier son exaspération. Sans qu'on lui ait confié de mission particulière, c'est Ewan qui, finalement, avait découvert l'identité du serviteur soudoyé pour déposer le torque dans la chambre. L'homme avait craint la mort ou le fouet, mais Bevan s'était contenté de le destituer de sa fonction de domestique d'intérieur pour le livrer à la hargne du forgeron. Rôti d'un côté, gelé de l'autre, il regrettait sans doute le confort du château.

Cette sanction lui avait été infligée deux jours seulement après son indélicatesse, mais Bevan, traumatisé par l'incident, avait maintenu les dispositions prises. Interdite de sortie, Geneviève devait supporter en permanence la présence d'un garde, choisi parmi les plus valeureux de la garnison. Elle n'était jamais seule, et vivait sans cesse sous le regard d'autrui.

Elle comprenait d'une certaine façon l'obsession de Bevan. Mais ce souci excessif de sécurité faisait d'elle une prisonnière. Et quelle étrange compagnie que celle de ces hommes d'armes accoutumés à respecter la consigne mieux que ne l'auraient fait des gardiens ordinaires !

A plusieurs reprises elle avait tenté, le soir, de prendre son époux à partie pour exiger sa libération. Mais comment s'y prendre, avec un amant qui semblait vouloir rattraper le temps perdu pendant deux années de célibat ? Il la comblait de jouissance, avec passion, l'étreignait si étroitement qu'il semblait vouloir l'absorber en lui-même, ne faire qu'une seule de leurs deux chairs. Le bonheur d'être aimée abolissait toute réflexion.

Lorsque le jour se levait, Bevan devenait un autre personnage. L'air lointain, il ne se souciait plus que de rejoindre ses gens.

Quand serait-elle mère, quand aurait-elle la joie de choyer un petit enfant ? Par deux fois encore, la lune avait parcouru son cycle, sans que l'amour porte son fruit.

Un beau matin, Geneviève tentait de tromper son ennui au rythme monotone du métier à tisser. A la mode irlandaise, elle mariait hardiment les couleurs, et se découvrait des talents jusque-là ignorés d'elle. Mais cette satisfaction n'était rien, au regard de sa lassitude et de son impatience.

Il faisait beau, des oiseaux traversaient le ciel. Ils étaient libres, Geneviève voyait dans leurs évolutions une sorte de provocation. D'un coup d'œil, elle constata que son gardien, qui lui aussi regardait dehors, partageait sans doute son impression, car il semblait mécontent. C'était aujourd'hui Malcolm, l'un des plus valeureux guerriers de la garnison. Vêtu d'une armure légère, armé d'une épée, d'un bouclier et d'un long poignard, réduit à la complète oisiveté et contraint par son équipement à demeurer debout, il ne rêvait sans doute que des joies viriles dont il se trouvait frustré.

— Je prends cette pièce en horreur, lança Geneviève, et il fait beau. Sortons.

— Bevan a donné des ordres, madame. Vous ne devez pas sortir d'ici.

— Et vous ne devez pas me quitter. Je serai donc seule à désobéir, si vous me suivez. Je veux aller le rejoindre, tout simplement. S'il vous fait des reproches, vous lui direz que je vous ai frappé.

Elle prenait déjà sa cape et son châle. A demi contrarié, à demi souriant, Malcom n'eut garde de la contrarier.

A l'extérieur, le grand air lui fit du bien. Bevan semblait introuvable. Elle finit par le découvrir sur le chantier du rempart intérieur, portant avec ses hommes les lourdes pierres qui allaient remplacer la palissade de bois.

Dès qu'il l'aperçut, Bevan jeta à son gardien un regard qui le cloua sur place. Geneviève s'avança seule et lui sourit.

— Vous n'avez rien à faire ici, dit-il avec impatience.

— Je voudrais faire une promenade jusqu'au bout de la lande, Bevan. Je meurs d'ennui, et il fait si beau !

— Il n'en est pas question. Votre place est chez vous, sous ma protection et celle de mes gens.

Sans qu'il s'en aperçoive, Geneviève serrait les poings à s'en faire mal, et bouillait d'indignation. Elle sut pourtant contrôler ses émotions. Rien de tel que la douceur féminine pour venir à bout des décisions les plus rudes d'un mari.

— J'aime me sentir sous votre protection, murmura-t-elle sur le ton de la confidence. En m'accompagnant, vous me feriez tant plaisir !

Bevan se montra d'abord inflexible. Geneviève insista, en mettant en œuvre tout son pouvoir de séduction.

— Tous vos gens nous regardent. Nous serions mieux ailleurs, il me semble.

En les prononçant, elle se félicita d'avoir trouvé ces mots, assez vagues pour être anodins, mais riches de tentations.

— Je ne dis pas le contraire, mais…

— Il nous suffit d'aller chercher les chevaux, poursuivit-elle. Et si cela peut vous rassurer, emportez avec vous tout un arsenal.

En le voyant hésiter, elle sut qu'elle avait partie gagnée.

— Trois mois se sont passés, Bevan. Nous sommes tranquilles, à présent. Profitons de cette belle journée, tous les deux !

Il se laissa conduire aux écuries et fit préparer les

montures, une jument baie pour elle et un hongre noir pour lui. Il ne prenait pas à la légère la suggestion qu'elle venait de faire pour plaisanter puisque, outre son épée et sa dague, il portait à l'épaule un arc, et sur le côté gauche un carquois plein de flèches.

Ils partirent au petit trot. Dès que l'on fut en rase campagne, Geneviève lança sa monture au galop, pour augmenter par la vitesse l'impression de liberté que lui donnaient le grand air et l'espace.

Bevan pressa son cheval pour venir à sa hauteur, et lui prit les rênes.

— Restez près de moi, Geneviève.

— Il n'y a rien à craindre, protesta-t-elle. Je ne prends aucun risque.

— Sans doute, mais je préfère vous garder près de moi.

En conséquence, c'est au pas que la promenade se poursuivit, en direction d'une sorte de vaste enclos limité par des vieux chênes et de hauts résineux. Lorsque, avec l'aide de Bevan, Geneviève mit pied à terre, le spectacle d'un grand nombre de pierres levées la saisit. Il la prit par la main pour lui montrer les plus remarquables des menhirs. Certains se penchaient, d'autres avaient été brisés. Ils formaient un grand cercle.

Très haut et très droit, un bloc de granit faisait comme un dossier géant. Bevan fit asseoir Geneviève et s'assura de son confort. Pourquoi l'observait-il ainsi, malicieusement ?

— Savez-vous ce que l'on dit de ces pierres ? demanda-t-il en s'installant près d'elle.

Geneviève l'ignorait. Elle fit non de la tête, et son mari, soudain égayé, en profita pour frotter leurs nez l'un contre l'autre. Il faisait chaud, tout à coup, dans l'ancien sanctuaire.

— Les Anciens leur attribuaient le pouvoir de rendre fécondes les femmes en mal d'enfants.

Comme pour esquisser la silhouette de l'une de ces femmes, il la saisit par la taille, passa l'autre main sur son cou, lui pressa les seins en s'y attardant, et poursuivit au bas de son ventre, entre ses cuisses. Geneviève lui offrit ses lèvres. Il lui baisa la bouche.

En l'entendant, elle venait de ressentir une émotion qui la comblait de joie et d'espérance.

— Je veux vous donner un enfant, dit-elle, le cœur battant.

Elle regretta d'avoir parlé avec tant de chaleur. Bevan détournait les yeux, la tristesse se répandait sur son visage. Son deuil le torturait encore.

— Voulez-vous me parler de votre fille ? proposa-t-elle. Cela vous ferait du bien.

Il se redressa d'abord, la tête fermement appuyée au granit, le regard lointain. Alors seulement il acquiesça, et se mit à parler.

— Elle était née le jour de la Sainte-Catherine. Fiona aurait préféré accoucher d'un garçon, pour me faire plaisir, mais Brianna m'a comblé. Au premier regard, j'ai su qu'elle serait belle. Aussi belle que sa mère.

« Ne sois pas jalouse », se dit Geneviève en entrecroisant ses doigts avec ceux de Bevan, qui cédait à l'abattement.

— Si elle était vivante, elle aurait cinq ans, dit-il encore.

— Que lui est-il arrivé ?

— Elle est morte d'une mauvaise fièvre. Quand cela s'est produit, je m'étais absenté de Rionallis, pour aider Patrick à repousser les attaques d'un autre clan. Avant mon départ, elle riait de bon cœur et courait partout. Au moment de me mettre en selle, elle m'a pris le cou à deux bras pour me dire au revoir. Je lui ai promis de lui rapporter un cadeau.

Bevan marqua une pause. Il revoyait la scène, songea Geneviève.

— Quand elle est tombée malade, Fiona a tant craint pour elle qu'elle s'est obstinée à la soigner seule, en n'acceptant près d'elle que la vieille Siorcha, que vous avez rencontrée à Laochre. Fiona est restée au chevet de Brianna nuit et jour. Et lorsque notre fille est morte, c'est Fiona qui l'a enterrée, toute seule, sans l'aide de personne.

Geneviève, le cœur gros, respirait mal. Elle connaissait déjà toute l'histoire bien sûr mais jamais Bevan ne la lui avait racontée lui-même. Elle se retint de pleurer. Quel drame avait vécu la pauvre Fiona ! Quel drame aussi pour Bevan ! Devant de tels chagrins, les paroles sont vaines. Mais le simple son de sa voix apaiserait peut-être le malheureux père.

— Sa mère s'est dévouée nuit et jour, murmura-t-elle en reprenant ses mots. Vous n'auriez pu faire mieux.

— J'aurais fait venir les guérisseuses, les prêtres, les savants de Dublin ! Ils l'auraient sauvée, peut-être.

Geneviève comprenait mieux Bevan, à présent. Ce souvenir le hantait, tout comme celui de sa femme, enlevée et tuée sans qu'il ait pu intervenir. Il se taisait. Après l'avoir laissé méditer un moment, elle lui baisa la joue. Il resta d'abord passif, puis s'anima, et s'abandonna enfin à une sorte de frénésie.

Se relevant d'un seul élan avec elle, il la souleva, l'appuya au granit, releva sa robe d'une main pendant que de l'autre il se dénudait en partie, lui saisit les fesses, et vint en elle d'un seul coup. D'abord lentement, puis à un rythme soutenu, il parcourut de toute la longueur de son érection la chair brûlante, soulevant Geneviève jusqu'à lui donner le vertige pour la laisser retomber sur lui.

Experte à présent, Geneviève prolongeait la jouissance en retardant de toutes ses forces son explosion. Quand elle la sentit imminente, elle passa ses jambes autour de la taille de Bevan et le pressa d'accélérer. De toutes ses forces, elle se pressa contre lui et se cambra, avant l'extase, comme elle le faisait souvent, dans une attitude qu'il appréciait plus qu'aucune autre.

Bevan gémit et la combla au moment même où elle atteignait avec lui la jouissance suprême.

L'acte d'amour les unissait. Après avoir conquis le corps de Bevan, saurait-elle conquérir son cœur ?

Chapitre 17

Cette nuit-là, au cœur du château, le silence était si profond qu'il invitait à la méditation. Après l'amour, Bevan attendait que Geneviève s'endorme tout à fait. La tête au creux de son épaule, elle respirait doucement. Ainsi qu'elle le faisait souvent, elle étendit les jambes pour poser ses pieds glacés sur les siens, afin de les réchauffer. Il sursauta comme il le faisait chaque fois, mais à son habitude se prêta à ce jeu intime, le dernier de la journée.

Frôlant sa joue, la soyeuse chevelure d'un noir de jais sentait la lavande, car Geneviève en mettait dans l'eau de son bain, il le savait. Ils n'étaient mariés que depuis quelques mois, mais leur couple semblait depuis longtemps soudé. Geneviève ne modernisait plus Rionallis avec la fougue qu'elle avait mise à rénover sa chambre au début, et lui soumettait ses projets.

Malgré leur bonne entente, ou plutôt à cause d'elle, Bevan se sentait chaque jour plus coupable.

Il n'avait pas respecté le serment de fidélité fait sur la tombe de sa première épouse. Il avait juré de ne jamais oublier Fiona, mais il lui était parfois difficile de se souvenir de son visage. Geneviève remplissait tout de sa présence, jusqu'à lui faire oublier des pans de sa mémoire.

Elle désirait ardemment devenir mère, il le savait. Mais dans le secret de son cœur il se réjouissait, à sa grande honte, qu'elle n'y soit pas parvenue. Il se souvenait de

Brianna le jour de sa naissance, si frêle et si petite que de ses deux mains il pouvait lui faire un berceau. A la pensée de devenir père encore une fois, il s'épouvantait. Tous les enfants ne meurent pas dans leurs premières années, mais il est affreux de craindre un deuil, quand le précédent vous fait souffrir encore.

Geneviève avait changé, ces temps derniers. Elle ne négligeait aucune de ses obligations, mais son regard s'attardait souvent sur les enfants des autres. Ces jours-là, elle se faisait plus désirable encore que de coutume, et plus inventive dans l'amour. Elle le conduisait à des sommets de volupté si vertigineux qu'il en perdait la raison.

Il s'était aperçu qu'elle exerçait sur lui une influence excessive, et cette constatation le troublait. Il lui fallait mettre un terme à cette dépendance. En s'endormant, Bevan songea à la surprise qu'il allait lui faire, le lendemain. En fournissant à sa femme de quoi s'occuper l'esprit, peut-être échapperait-il à son influence.

Quelques heures après le réveil, l'un et l'autre, la main dans la main, attendaient une visite. Le guetteur avait signalé l'approche d'un groupe, et l'émissaire envoyé en reconnaissance s'y était joint, après avoir signalé en agitant son fanion qu'il s'agissait d'amis.

Lorsqu'à la porte de la palissade intérieure Geneviève reconnut les arrivants, elle serra plus fort la main de Bevan, et son visage s'illumina d'un sourire radieux.

— C'est pour me faire plaisir que vous avez voulu qu'ils soient là, murmura-t-elle en lui posant un baiser sur la joue.

Il acquiesça, en s'étonnant un peu de la satisfaction qu'il éprouvait à la voir si heureuse.

Il la vit courir à la rencontre du jeune Declan et de Sheela sa tante. Pour l'embrasser, elle prit dans ses bras le fils de Mullins et de Kiara. Elle l'aurait volontiers porté jusqu'à l'intérieur du château, s'il ne s'était débattu. En le tenant par la main, elle sourit de loin à Bevan pour le remercier encore.

Au cours de la journée, constamment distrait, Bevan avait du mal à exécuter sereinement ses tâches. Sur le chantier, en compagnie de son intendant, de paysans, de ses lieutenants, il ne cessait de revoir ce charmant sourire.

— Cela fait plaisir de te voir, lui dit Ewan, qui sortait de la salle d'armes.

— Pourquoi ?

— Parce que tu es amoureux. Tu ne penses qu'à elle, ça se voit dans tes yeux.

— Tu fais erreur, mon garçon. Je pensais à la vieille grange, qu'il va falloir abattre.

— Tu pensais à Geneviève, répéta son frère, le visage narquois.

Bevan lui adressa une taloche qui n'atteignit pas son but, car le ricaneur avait pris soin de l'esquiver. L'adolescence est bien l'âge de la folie, songea son aîné. Entre Geneviève et lui, il n'était pas question du grand amour. Il l'aimait bien, sans doute. Cela n'allait pas plus loin. Ewan s'enhardissait un peu trop. Il était temps de le remettre à sa place, en lui faisant sentir sa faiblesse.

— Puisque tu sors de la salle d'armes et que j'ai quelques instants à perdre, je pourrais peut-être te donner une leçon, suggéra-t-il.

Il n'eut pas à le dire deux fois. Rougissant d'émotion, Ewan se tenait déjà en garde. Bevan bondit en faisant de rapides moulinets. Ewan le surprit en bloquant sa lame. Un nouvel assaut provoqua la riposte qui convenait.

— Tu t'es bien entraîné, reconnut-il.

Il avait pris soin de s'exprimer sur un ton neutre. En manifestant ouvertement sa satisfaction, il aurait risqué de donner des idées au jeune ambitieux.

Ewan, qui n'entendait d'ordinaire que des critiques et des railleries, n'en prit pas moins ce constat pour un compliment. Il revint à l'assaut avec une vigueur décuplée. Bevan accéléra le rythme et ne mit fin à la rencontre qu'au moment où il vit son frère, à bout de souffle, sur le point d'abandonner.

Il aurait pu aisément le désarmer mais s'en abstint, pour ne pas lui ôter le plaisir de la compétition.

— C'est bien, dit-il en lui frappant affectueusement l'épaule.

Trop fatigué pour sauter de joie, Ewan se contenta d'esquisser un sourire. Sans se concerter, ils traversèrent ensemble l'aire d'entraînement.

— Est-ce que je peux te dire quelque chose ? fit le cadet.

— De quoi s'agit-il ?

— Geneviève, c'est bien la femme qu'il te faut. Fiona ne la valait pas, et de loin. Il y a des choses que tu ne…

— Je t'interdis de parler de Fiona sur ce ton, gronda Bevan.

— Mais c'est vrai ! Tu lui croyais toutes les vertus, et…

— Tais-toi ! s'exclama Bevan, dont la bonne humeur avait disparu. Je ne veux plus en entendre parler !

Ils n'échangèrent plus un mot, ni un regard. Bevan se souvenait des mécomptes de son premier mariage, mais la loyauté de Fiona à son égard ne pouvait être mise en doute. Il en avait la certitude. Qu'importent les propos d'un gamin, quand on détient la vérité !

Geneviève câlinait dans son giron le jeune Declan, qui semblait s'intéresser surtout à la tarte aux pommes et aux beignets qu'elle avait fait préparer. Elle-même n'en prendrait pas. La vue et l'odeur de la nourriture la mettaient mal à l'aise. Elle souriait pourtant, pour donner le change. C'était sans doute l'effet d'une certaine lassitude, plus prononcée ce matin que d'ordinaire. Mais il importait surtout de fêter la présence de Declan, et de prendre de ses nouvelles.

— Il se souvient de ses parents, disait la tante de l'orphelin, il les demande. Quand on m'a dit comment mon beau-frère est mort, j'ai pleuré bien sûr, mais ceux qui trahissent les MacEgan savent ce qui les attend. On m'a dit que ma sœur était morte ici, à Rionallis, et que vous vous êtes occupée de son enterrement. Le voilà tout seul à présent, le pauvre Declan.

Sheela soupira, et détourna les yeux. Elle semblait s'intéresser au décor de la salle.

— Nous allons faire quelque chose pour lui, promit Geneviève.

— C'est bien aimable de votre part. Vous savez…

Pourquoi se taisait-elle ? Son regard fuyait sans cesse, et revenait par saccades. Avait-elle une autre requête à formuler ?

— Voilà, reprit-elle enfin. Je suis contente qu'il n'y ait personne pour nous entendre, parce que je voudrais vous dire… Mon mari et moi, on vit dans le Nord, à des journées d'ici.

Geneviève dut fermer les yeux. Une sorte de crampe lui tordait l'estomac. La douleur s'interrompit, mais une bouffée de chaleur lui monta au visage. Pour le rafraîchir, elle posa ses deux mains sur ses joues.

— Je vous écoute.

— Je ne sais pas comment le dire, mais il faut que vous soyez au courant, il me semble. C'est à vous de voir.

Que d'embarras ! D'un froncement de sourcils et d'un hochement de tête, Geneviève invita Sheela à poursuivre.

— Vous vous souvenez qu'à Laochre je vous ai dit que j'avais vu Fiona MacEgan l'été dernier ?

— En effet. Vous avez pris quelqu'un pour elle.

— Non, justement.

Geneviève éprouva un nouveau malaise, d'une nature tout à fait différente cette fois.

— D'autres m'ont dit que c'était bien elle. Fiona MacEgan n'est pas morte le jour de la bataille, comme votre mari le croit. Tout le monde peut se tromper, bien sûr, mais si c'est vrai, alors votre mariage avec Bevan ne vaut plus rien.

La vie s'écroulait. Mais non, c'était impossible. Cette Sheela colportait des mensonges.

— Elle est bel et bien morte, puisque Bevan l'a enterrée lui-même !

— Le corps était tout brûlé. On n'a reconnu Fiona qu'à ses bijoux.

Il aurait été ridicule d'ajouter foi à ce tissu de mensonges.

Geneviève aurait volontiers jeté hors de sa vue l'impertinente, mais elle sut garder son sang-froid.

— Vous croyez vraiment à cette histoire ?

— Les Normands qui m'en ont parlé m'ont dit qu'elle est partie d'elle-même. Elle était la maîtresse de Raymond Graham, le baron de Somerton.

Il faisait très froid, tout à coup. Geneviève connaissait ce nom. Le domaine de Somerton se trouvait au nord de Longford, à la frontière du pays de Galles.

— Les Normands peuvent mentir aussi bien que les Irlandais, lança-t-elle. Je crois…

Elle se tut. Sheela avait pitié d'elle, cela se voyait.

— Renseignez-vous, conseilla la tante de Declan. Je souhaite de tout mon cœur que ce soit faux. Mais à votre place je tâcherais de tirer la chose au clair.

Geneviève acquiesça en silence. Elle avait envie de s'allonger sur son lit, pour mettre de l'ordre dans ses pensées.

— Vous êtes ici chez vous, dit-elle à Sheela. On m'attend là-haut. Nous reparlerons de tout cela plus tard.

— Vous n'avez pas l'air bien, dit la brave femme en lui posant la main sur le bras. Vous voulez que je monte avec vous ?

— Tout va bien, prétendit Geneviève. Ne vous inquiétez pas.

Elle monta dans sa chambre et se laissa tomber sur le lit. De la solitude. Il lui fallait de la solitude. A supposer que cette histoire incroyable soit vraie, quelle catastrophe !

Une terrible question se posait. Devait-elle parler à Bevan de cette conversation ? Son devoir lui ordonnait de ne rien lui cacher, mais le mettre au courant, c'était le perdre à tout jamais. Si elle gardait le silence, la vie poursuivrait son cours, sans que rien n'y soit changé. Mais se taire, c'était mentir. Une femme de qualité ne ment pas.

Malade, elle se sentait vraiment malade. Elle allait rester allongée un moment. Et, dès que possible, elle dirait à Bevan ce qu'elle venait d'apprendre.

*
* *

Bevan ne rentra que le soir. Dans leur chambre il trouva Geneviève étendue sur le lit, les yeux fermés et le teint pâle, le souffle oppressé. Il lui toucha la joue. Elle avait de la fièvre. Il lui passa une main dans les cheveux en l'appelant, sans obtenir d'elle la moindre réaction.

Brianna respirait-elle ainsi, avant sa mort ? Il n'y avait pas assisté, il n'avait rien pu faire pour tenter de lui sauver la vie. Quelle douleur !

Mais Geneviève ouvrait les yeux. Elle vivait, elle parlait.

— Je crains de m'être endormie, murmura-t-elle en essayant de sourire.

— Siorcha va venir vous soigner.

— Non ! protesta-t-elle. Bevan, il faut que je vous dise…

Elle s'exprimait d'une si petite voix qu'il s'en effraya.

— Ne vous fatiguez pas à parler, dit-il en lui posant un doigt sur les lèvres. Reposez-vous, pour reprendre des forces. Ce que vous voulez dire peut attendre.

Elle lui prit la main. Comme la sienne était froide !

— Pour Declan, merci, dit-elle dans un souffle. Je suis si heureuse de le voir à Rionallis.

— Je fais appeler la guérisseuse, insista-t-il.

Geneviève ne voulut pas le contrarier. Si la présence de Siorcha ne faisait que rassurer Bevan, elle ne serait pas inutile.

Dès que la servante envoyée à sa recherche eut ramené la vieille femme, celle-ci se mit à examiner les yeux, les dents, les mains et les pieds de la patiente en marmonnant des mots incompréhensibles. L'examen terminé, elle tira de l'une des poches intérieures de son accoutrement un sachet de poudre blanche.

— Voilà qui guérit tout ! déclara-t-elle avec assurance. Prenez-en dans du vin, vous m'en direz des nouvelles !

Geneviève se serait volontiers passée de cette médication. Au cours de sa carrière, la guérisseuse n'avait sans doute pas connu que des succès…

Ce fut dans son esprit comme une illumination.

— Bevan, dit-elle, pouvez-vous nous laisser un moment seules ? Il y a des questions, vous comprenez…

— Si vous avez besoin de moi, je ne serai pas loin, dit-il en sortant.

Restée seule avec Siorcha, Geneviève ne savait par où commencer. La guérisseuse la tira d'embarras en prenant l'initiative.

— Pour savoir si vous êtes vraiment enceinte, il faut attendre encore peu, déclara-t-elle en femme accoutumée à ce genre de préoccupation.

Geneviève se sentit rougir. Elle n'avait pas prévu cette sortie.

— Je le sais bien, dit-elle. Et je ne pense pas être enceinte.

Siorcha s'assit sans façon près d'elle, ses mains noueuses dans son giron.

— Alors qu'est-ce que vous voulez savoir ?

Quel détour fallait-il prendre ? Faute d'en trouver, Geneviève décida d'aller à l'essentiel, au risque de faire scandale.

— Vous avez bien connu Fiona. Je veux savoir si elle fréquentait un Anglais qui se nomme Raymond Graham, baron de Somerton.

Avant que Siorcha ait eu le temps de se reprendre, son visage semblait s'être décomposé. Le coup avait porté.

— Ne me mentez pas, insista Geneviève. Je sais que Fiona n'est pas morte le jour de la bataille, comme on l'a dit.

Elle dut croiser les doigts, pour empêcher ses mains de trembler. Un démenti. Un démenti de Siorcha, voilà ce qu'il lui fallait.

Son cœur cessa de battre. Le regard égaré, la peau blême, Siorcha avouait sa défaite.

— Je vais tout vous dire, fit-elle d'une voix changée. Cela vaudra mieux pour vous, et pour Bevan. Au moment où j'étais contente de le voir guéri de son deuil, le malheur me reprend. On est toujours puni pour ses péchés, faut croire.

— Il est donc vrai que Fiona vit encore, dit Geneviève d'une voix blanche.

Sa bouche était sèche, elle respirait mal. En fermant les

yeux, elle songea que jamais elle n'aurait le courage d'en parler à Bevan.

— Rappelez mon mari. Dites-lui la vérité. Vous la lui devez, s'il vous reste un peu d'attachement pour lui.

— Pour ça non ! fit Siorcha en secouant frénétiquement la tête. J'ai trop peur de lui !

— Si vous continuez à lui cacher la vérité, il vous tuera, s'il la découvre ! Je vais ouvrir !

Elle allait se lever. Siorcha leva elle-même le loquet.

— Je ne voulais pas faire de mal ! gémit-elle en se tordant les mains. Je l'aimais comme ma fille !

— De quoi s'agit-il ? demanda Bevan en entrant.

Geneviève s'arma de courage et prit une profonde inspiration.

— Siorcha souhaite vous faire un aveu, Bevan. Il s'agit de Fiona.

— Qu'elle repose en paix, fit-il aussitôt. A quoi bon se soucier du passé ? Il n'a plus d'importance.

— Il en a pour moi, Bevan, et ce qu'elle va dire nous concerne tous les deux.

Dans sa poitrine, son cœur lui faisait mal. Des larmes qu'elle n'avait pas senti monter inondaient ses joues. Elle les essuya maladroitement. Son geste alarma Bevan. Il s'empressa près d'elle pour la consoler, et ne fit ainsi qu'ajouter à sa confusion.

— Eh bien qu'elle parle, si ce qu'elle a à dire est tellement important !

Siorcha se laissa tomber sur un banc, la tête basse. Elle se tordait encore les mains.

— Voilà, fit-elle d'une voix aiguë et faible, mais étonnamment nette. Je vais vous dire toute la vérité sur ce qui s'est passé le jour où Fiona est morte.

Bevan sursauta. Il n'ignorait rien de ce jour funeste. Que pouvait-il apprendre de nouveau ?

— Vraiment ? Je vous écoute, Siorcha.

— Tout ça ne date pas d'hier. Quand Fiona a été mise en nourrice, c'est à moi qu'on l'a confiée. Je l'ai élevée avec ma propre fille et je n'ai jamais fait de différence entre les deux, à part la noblesse bien sûr. J'aurais fait n'importe quoi pour elle. Il y a quatre ou cinq ans, j'ai vu que ma petite Fiona n'était pas heureuse. Elle aimait Brianna, mais je la voyais toujours inquiète et triste. Quand vous n'étiez pas là, elle se promenait toute seule pendant des heures.

Ce rappel mit Bevan mal à l'aise. Il avait pressenti cette détresse, sans en chercher les causes.

— Un jour, elle a rencontré un homme. Et elle m'a dit qu'elle était amoureuse.

Bevan poussa un cri. Il étouffait. Un coup de masse en pleine poitrine ne l'aurait pas abattu aussi violemment. Fiona infidèle ? Il lui avait donné le meilleur de lui-même. Cette vieille femme lui mentait, il allait l'écraser. Ses poings frémissaient, son cerveau congestionné lui faisait mal. Son esprit s'égarait, le sang battait à ses tempes. Il n'était plus que fureur.

— L'homme était un Normand, poursuivit Siorcha. Il s'appelait Raymond Graham, le baron de Somerton.

Comme un voile pourpre, la rage aveuglait Bevan. Le cœur au bord des lèvres, il ne respirait plus. Dans une sorte de brouillard il sentit que Geneviève venait de lui prendre la main. Tel un naufragé prêt à sombrer dans le gouffre, il se maintenait ainsi au bord de la folie.

Siorcha baissait toujours la tête. Si elle avait vu le visage de Bevan, elle se serait enfuie en criant sa terreur.

— Fiona l'avait rencontré pendant qu'elle se promenait toute seule, dit-elle d'une voix monocorde. Le baron se promenait aussi, pas loin de son campement, et c'est comme ça qu'ils se sont vus, au bord de la rivière. Elle l'a aimé au premier regard, et il l'a aimée aussi. Ils n'avaient pas le droit bien sûr mais c'est ainsi que ça s'est passé. Chaque fois que vous partiez en guerre, elle lui envoyait un message, et il venait la rejoindre, à deux lieues d'ici. Pour leurs rencontres, j'arrangeais les choses, tout en sachant que je n'aurais pas dû.

Geneviève serra très fort la main de Bevan, qui se crispa sur la sienne. Quel visage, il avait ! Son cœur se déchirait, son orgueil tombait en lambeaux. Il avait adoré Fiona. La nouvelle de son infidélité le foudroyait.

Geneviève lui prit le bras et s'y appuya un peu, pour qu'il sache qu'elle ne l'abandonnerait jamais.

Comme soulagée de passer aux aveux, Siorcha, sans oser lever les yeux, poursuivait imperturbablement son récit.

— Quand il a été question d'attaquer Laochre, du côté des Normands, son galant lui a demandé de partir avec lui. Il voulait l'enlever, et s'arranger pour vous faire tuer pendant la bataille. Mais Fiona n'a pas voulu. Elle vous aimait bien, vous savez, mais pas de la même façon qu'elle aimait l'autre. Alors Raymond Graham a donné des ordres pour qu'on vous assomme, sans vous tuer.

Bevan entendait encore les cris de sa femme au moment de l'enlèvement. Comme elle avait bien menti ! En vérité, elle voulait disparaître, elle voulait le quitter.

— Personne n'a vu où on l'emmenait, balbutia-t-il désespérément. J'ai enterré son corps, de mes propres mains !

— Vous avez enterré Nuala, sa servante. Elles se ressemblaient beaucoup, et Fiona lui a fait porter ses habits et ses bijoux, pendant qu'elle était déjà en route vers le nord. Dans leur idée, Nuala devait être enlevée, pour que tout le monde pense que Fiona était prisonnière. Malheureusement, la pauvre Nuala est morte dans l'incendie de la baraque, à Laochre, près de la mer.

Comme hébété, Bevan succombait sous le poids de ces révélations, qui bouleversaient tout l'univers dans lequel il vivait depuis tant d'années. Autour de lui, tout s'écroulait.

Siorcha s'était tue. Il se fit un long silence. On n'entendait que la respiration irrégulière et forte de Bevan. Elle s'embarrassait dans sa poitrine, comme des sanglots.

— Vous auriez pu m'en parler plus tôt, murmura-t-il d'une voix sans timbre.

Il se souvenait de l'horreur qu'il avait ressentie au moment de la découverte du cadavre calciné, seulement reconnaissable au torque d'argent qu'il venait d'offrir à sa femme. Pas un instant, il n'avait douté de tenir Fiona sur ses deux bras repliés.

Siorcha essuyait avec son tablier ses joues parcheminées, ruisselantes de larmes.

— Je vous demande pardon, gémit-elle. Je voulais seulement que ma petite Fiona soit heureuse avec l'homme qu'elle aime. Personne ne devait mourir, dans cette affaire. Maintenant, le Bon Dieu me punit.

— Si elle voulait me quitter, balbutia Bevan, elle aurait pu me demander le divorce.

— Vous auriez dit oui ? demanda Siorcha en lui jetant un regard furtif. Fiona savait bien que jamais vous ne la laisseriez partir. Vous la traitiez comme une idole, qu'elle disait.

Bevan souffrait le martyre. Il aurait voulu rejeter l'accusation, proclamer qu'il aurait rendu sa liberté à Fiona, si elle le lui avait demandé. Mais la vieille femme ne mentait pas. Il avait aimé Fiona de tout son être. Jamais il ne s'en serait séparé.

En digne fils de son père, il aurait consacré le reste de son existence à la tenir enfermée. Il se serait imaginé qu'avec le temps Fiona aurait fini par l'aimer avec autant de ferveur qu'il l'aimait lui-même.

— Vous avez raison, reconnut-il. Je ne lui aurais jamais accordé le divorce.

L'épouse qu'il adorait s'était enfuie avec un autre. Comme pour mettre un comble à sa détresse, c'est un Normand qui l'avait enlevée. Fiona n'avait cessé de lui mentir. La découverte de la vérité l'accablait, l'anéantissait.

L'épreuve n'était pas terminée. Siorcha lui donna le coup de grâce.

— C'est Nuala qui est enterrée dans la tombe, rappela-t-elle. Autant que je peux le savoir, Fiona n'est pas morte.

Chapitre 18

Geneviève n'en finirait pas de pleurer son existence gâchée. L'incroyable révélation mettait fin à son mariage, ruinait ses rêves de bonheur. En se faisant passer pour morte, Fiona la traîtresse avait provoqué une catastrophe qu'elle pouvait prévoir, puisqu'à tout instant son imposture risquait d'être découverte.

Quand Geneviève avait demandé à Bevan ce qu'il comptait faire, il s'était contenté de secouer la tête en lui demandant de le laisser seul.

Il souhaitait ne plus la voir. Son visage s'était fermé, comme aux temps anciens. Déjà, il se séparait d'elle.

Si Fiona était encore en vie, Bevan irait la chercher. Il lui pardonnerait sa trahison, ferait tout pour lui plaire et la ramener à lui. Geneviève, elle, se trouverait répudiée, rejetée, méprisée comme un objet qui encombre.

L'heure n'était plus à l'angoisse, mais à la révolte. D'abord obsédé par son deuil et son serment de fidélité posthume, Bevan se trouvait à présent foudroyé par une espérance absurde, et de nouveaux remords. C'en était trop !

Il fallait qu'elle sorte, qu'elle aille au grand air. Son *brat* croisé sous sa cape, elle se présenta à la porte de la palissade intérieure. Les gardes voulurent lui interdire le passage. Elle les repoussa d'une bourrade. La colère l'étouffait, il fallait qu'elle s'en libère.

Ewan se dressait à son tour devant elle. Geneviève l'écarta de l'épaule.

— Je suis au courant, dit-il sur un ton neutre. Vous allez bien ?

Geneviève retint ses larmes. Il ne fallait pas qu'elle pleure.

— Pas du tout, répondit-elle en tentant d'affermir sa voix. S'il vous plaît, Ewan, il faut que je sorte d'ici. Donnez-moi un cheval. J'ai tant de chagrin… Une telle envie de pleurer…

Ewan fit signe de loin à un palefrenier et siffla dans ses doigts. Détaché de son piquet, un cheval sellé s'approcha au petit trot.

— Prenez le mien, il est prêt. Vous savez, poursuivit-il sans transition, il ne va pas vouloir que vous partiez.

— Il ne s'intéresse plus à moi, déplora-t-elle d'une voix lasse. Fiona n'est pas morte, voilà la grande nouvelle. Il ne pense plus qu'à elle.

— Vous vous trompez. Il tient à vous.

— A moi ? Pas assez ! soupira-t-elle.

Dans le fond de son cœur, Geneviève avait la certitude que s'il avait à choisir entre sa première épouse et la seconde, Bevan donnerait la préférence à Fiona. Le sens de l'honneur prévaudrait sur toute autre considération.

Ewan l'aida à se mettre en selle, et fit signe aux gardes de la laisser passer. Elle mit le cheval d'Ewan au galop jusqu'au champ de pierres levées. Elle parcourut à pied le cercle. A chaque pas son cœur se brisait davantage. En posant la tête contre le monolithe auquel ils s'étaient appuyés tous deux pour faire l'amour, il lui sembla que le granit rugueux lui caressait la joue. Pour la consoler, pouvait-on croire.

A genoux, elle pleura sur Bevan, et sur toutes les années de bonheur qu'ils ne vivraient pas ensemble.

Lorsqu'elle revint au château, Bevan se trouvait dans leur chambre. Il avait ouvert le coffre de Fiona.

— Siorcha se trompe peut-être, suggéra-t-elle désespérément. A moins qu'elle ne mente ?

— Elle dit la vérité, vous le savez aussi bien que moi.

Il parlait fermement, en homme qui ne se berce pas d'illusions.

— Je ne comprends pas qu'elle ait pu vous quitter, murmura-t-elle.

Geneviève ne comprenait pas qu'une femme abandonne l'homme qu'elle aimait. Elle se désolait de voir dans le regard de Bevan une souffrance aussi profonde. En s'avançant de quelques pas, elle vint le prendre par le cou, mais il fut insensible à ce geste de tendresse. Il restait là, les bras ballants.

— Fiona m'a fui comme vous avez fui Marstowe, dit-il sombrement, et pour le même motif. Par peur d'un affrontement.

Geneviève l'aurait giflé. Il fallait que sa détresse soit bien profonde et son esprit complètement égaré, pour qu'il ose faire ce parallèle. Entre Hugh le malfaisant et Bevan le mari dévoué, amoureux jusqu'à l'aveuglement, il n'y avait aucun rapport. Mais à quoi bon s'indigner, pousser des cris ?

— Vous devriez éviter ce genre de comparaison. Elle est absurde, dit-elle posément, pour mieux se faire entendre.

Bevan ne réagit pas. Il souffrait en silence. Geneviève s'attendrit sur lui. Sur elle aussi.

— Qu'allons-nous devenir ? murmura-t-elle.

Elle voulut lui prendre la main. Bevan s'écarta. Ce refus lui brisa le cœur.

— Nous ne sommes plus mari et femme, dit-il. Vous allez devoir rentrer chez vos parents.

Comme les choses étaient simples pour lui ! Il l'abandonnait. Il ne cherchait pas à sauver leur couple. Il existait bien des moyens de se séparer d'une femme infidèle, cependant. En insistant, elle allait se ridiculiser sans doute. Mais l'enjeu était si grand ! Quitte à s'humilier, elle aurait toutes les audaces.

— Il me semble que vous pourriez obtenir sans trop de difficultés un divorce en bonne et due forme, lança-t-elle. Alors nous pourrions nous marier de nouveau. Qu'en pensez-vous ?

Les yeux fixés sur le sol, devant lui, Bevan fit non de la tête.

— Il faut que je la retrouve, dit-il sombrement. Et que je la ramène en Irlande.

— Vous croyez qu'elle acceptera ?

— Je ne sais pas ce qu'elle va dire en me voyant. Après tout ce temps… Bien des choses ont changé.

Geneviève enrageait. Son mari ressentait l'infidélité de Fiona comme une offense personnelle. Il voulait que tout redevienne comme avant, la ramener à la maison, en guise de vengeance. Cette idée l'obsédait, comme naguère son deuil, et son serment. Comment l'amener à réfléchir autrement ? En allant à l'essentiel, peut-être ?

— Est-ce que vous l'aimez encore ? demanda-t-elle abruptement.

Bevan hésita avant de répondre.

— Je ne sais pas, murmura-t-il enfin. Je ne sais pas ce que j'éprouve envers elle.

Geneviève tourna la tête pour qu'il ne la voie pas pleurer. Quel malheur que l'amour, quelle souffrance, quand il n'est pas partagé !

Elle se souvint soudain des raisons pour lesquelles leur mariage avait été célébré dans la hâte, avec l'approbation de deux rois.

— A qui va revenir Rionallis ?

— Nous pourrions nous établir provisoirement à Laochre, en attendant que les tribunaux aient rendu décision. Votre père acceptera peut-être de me le vendre.

Il s'imaginait déjà réconcilié avec sa Fiona, installé avec elle, reprenant la vie commune comme si de rien n'était. Geneviève eut pitié de sa faiblesse. Il fallait que le désarroi de Bevan soit bien grand pour qu'il l'offense ainsi, sans s'en rendre compte. Aurait-elle la force de lui pardonner, comme il pardonnait à Fiona ?

— En ce qui me concerne, je sais ce que je ressens à votre égard, dit-elle avec amertume. En dépit de tout, mes sentiments n'ont pas changé.

Elle le vit baisser la tête. Il ne trouvait rien à lui répondre. Le silence se prolongeait.

— Nous venons de vivre une journée épuisante, dit enfin Bevan. Vous devriez dormir, à présent.

Geneviève tourna les yeux vers le lit. Ils y avaient dormi ensemble, la nuit dernière, peau contre peau. Quelle misère !

— Dormir ? Où voulez-vous que je dorme ?

Pour un peu, elle aurait crié. En plein désarroi, Bevan semblait accablé.

— J'irai dormir en bas, avec les hommes, répondit-il.

Ce n'était pas possible. Prête à protester, Geneviève tendit la main pour lui toucher le bras. Il fit un pas en arrière.

— Vous n'avez pas compris ? Vous n'êtes plus ma femme, Geneviève. Entre nous, tout est fini.

Bevan sortit en hâte. Derrière la porte qu'il venait de fermer, il s'immobilisa, l'oreille tendue. Geneviève sanglotait.

Il s'appuya à la porte, la tête basse. Il avait les yeux brûlants, sans larmes. Un homme ne sait pas pleurer.

Levé avant l'aube, Bevan prépara ses sacs de selle en se limitant au strict nécessaire. Avant de descendre aux écuries, il réveilla d'une bourrade son frère, qui dormait encore.

— Je rêvais, gémit Ewan en s'étirant. Quelle tenue ! s'exclama-t-il aussitôt, en se redressant vivement.

— Je pars en Angleterre. Dès ce matin, tu enverras à Laochre quelques hommes avec pour mission de ramener Connor avec eux. Donne-leur un message, il ne refusera pas. Je vous confie à tous les deux le soin d'administrer Rionallis et de veiller sur Geneviève en mon absence.

Ewan fit la moue. Ce programme ne l'enchantait visiblement pas.

— Alors tu vas la chercher ? Tu ferais mieux de garder Geneviève, d'une façon ou d'une autre. Elle, je l'aime bien, et pas seulement pour la pâtisserie qu'elle fait faire.

Bevan retint un geste d'exaspération.

— Mêle-toi de tes affaires. Si Fiona n'est pas morte, je suis dans l'obligation de la ramener chez nous, en Irlande.

— On ne peut pas dire qu'elle s'y plaisait, ironisa Ewan.

Son amertume se comprenait. Bevan lui fut reconnaissant de ne pas insister sur l'audace de Fiona et la cruauté de sa supercherie. Mais le destin avait satisfait son vœu en lui rendant la femme qu'il avait perdue. Il ne trouverait la paix intérieure qu'en la reprenant près de lui.

La remarque d'Ewan le touchait, cependant. Fiona allait-elle accepter de revenir dans son pays natal ? Parviendrait-il à l'en convaincre ? Il le saurait bientôt. Dans l'immédiat, des dispositions s'imposaient.

— Si dans quinze jours je ne suis pas rentré, vous demanderez à Patrick de lancer une expédition à la frontière du pays de Galles. Il saura comment s'y prendre, si on m'a fait prisonnier.

Ewan demeura bouche bée. Il était abasourdi.

— Parce que tu y vas sans escorte ? balbutia-t-il lorsqu'il eut retrouvé l'usage de la parole. Tu perds la tête ! Tu vas te faire massacrer !

— Je ne peux décemment emmener une armée avec moi, fit observer Bevan. Je ne pense pas que Somerton se réjouisse de ma visite. Nous nous battrons en duel, sans doute. Et je ne vois pas pourquoi entrer en guerre si Fiona accepte de me suivre, de son plein gré. Pour te rassurer, sache que j'ai prévu de me déguiser en homme du peuple. Personne ne se méfiera de moi, et j'aurai le temps de me familiariser avec les lieux.

Son frère secoua la tête en levant les yeux au ciel. Une telle obstination le dépassait.

— C'est de la folie. Imagine qu'elle te dénonce. Tu serais bien avancé !

— Il me reste à espérer qu'elle ne me dénonce pas, dit Bevan en endossant sa lourde cape.

Se faisait-il des illusions en espérant que Fiona puisse l'aimer encore ? Ils avaient tous deux été infidèles, chacun à sa façon. Qu'allait-il lui dire, en la revoyant ? Elle n'était pas morte. Cette nouvelle aurait dû le remplir de joie. Il n'en éprouvait aucune, puisque entre Geneviève et lui tout était fini.

Leur alliance, imposée par les rois, ne devait d'abord qu'éviter une guerre. Mais peu à peu leurs rapports avaient changé. Geneviève avait su le séduire. Avant même sa consommation, le mariage les avait véritablement unis. Jamais plus Bevan ne connaîtrait le bonheur de voir Geneviève s'éveiller, s'étirer, le dépouiller de la couverture pour s'y lover. Ce bonheur simple lui serait désormais interdit.

Ses yeux se posèrent sur les premières marches de l'escalier. Geneviève dormait là-haut. Il allait partir sans lui dire adieu. Au moment de s'engager dans une aventure à l'issue incertaine, il refusait d'alourdir sa mémoire d'un dernier souvenir.

Ewan avait suivi le regard de son frère. Il soupira.

— Que veux-tu que je dise à Geneviève ?

— Dis-lui ce qui te passera par la tête. Mais empêche-la de quitter Rionallis, quoi qu'il advienne. Lorsque Connor t'aura rejoint, envoyez donc un message à son père. Il pourrait venir la chercher et la ramener à Longford.

— Elle est ici chez elle, fit observer Ewan.

Bevan ne trouva rien à répondre. Son frère l'accompagna jusqu'à l'écurie, en portant l'un de ses sacs, sans plus lui adresser la parole. En présence des palefreniers, ils se turent. Le silence devenait intolérable. Au moment de monter en selle, ce fut Bevan qui le rompit.

— Je vais faire étape chez les O'Flaherty, dit-il en mettant le pied à l'étrier. C'est à partir de Dun Laoghaire que la traversée est la plus courte.

Ce détail n'avait pas d'importance. Il trahissait surtout son embarras. Ewan, qui l'avait compris, hocha la tête.

— Que Dieu te garde ! cria-t-il très fort, quand Bevan relâcha la bride.

Du sommet de la colline, on apercevait, flottant au vent en haut d'une tour, le pavillon des O'Flaherty. Ewan aurait semblait-il préféré faire demi-tour. Geneviève, qui venait en même temps que lui de mettre pied à terre, comprenait son malaise.

— Vous vous êtes engagé à assurer ma sécurité. Vous ne pouviez décemment me laisser partir seule.

A son réveil, l'absence de son mari l'avait bouleversée. Il osait l'abandonner. Aussi longtemps qu'elle n'aurait vu de ses propres yeux Fiona l'infidèle, elle tenterait par tous les moyens de sauver son propre mariage.

— Ne nous attardons pas, dit-elle. Bevan nous a précédés de quelques heures. Il ne faudrait pas qu'il fasse la traversée avant nous.

Lorsque Bevan l'aperçut, Geneviève craignit qu'Ewan n'ait dit vrai. Dans ses yeux verts passaient des lueurs meurtrières.

Elle lui fit face, cependant. A défaut d'autre satisfaction, elle s'en ferait entendre.

— Vous ne devriez pas être ici, Geneviève.

— Vous non plus, répliqua-t-elle avec une telle vivacité qu'elle en fut la première étonnée. Fiona vous a abandonné, c'est un fait. Ce n'est pas son corps qui repose près de celui de votre fille, c'en est un autre. Mais vous n'êtes pas certain de la rencontrer. Elle peut se trouver n'importe où en Angleterre, ou en Ecosse. Alors cette expédition n'aurait servi à rien.

— Il faut que je sache. Je cherche la vérité. Et je la trouverai seul.

— Il n'en est pas question. Jusqu'à ce que je l'aie vue, de mes yeux vue, je serai toujours votre épouse !

Bevan s'ébahit. La fille timide et fragile qu'il avait connue avait disparu. Il se trouvait en présence d'une femme autoritaire et furieuse. Pour un peu, cette découverte l'aurait fait sourire.

— Je suis donc encore votre époux ?

De ses deux mains, elle prit les siennes.

— Vous l'êtes, en effet, répondit-elle sur le ton de la confidence, et je n'ai nulle intention de me priver des derniers jours qui nous restent, si toutefois ce sont les derniers.

D'un geste vif, elle lui caressa la joue. Bevan sentit se rallumer en lui une flamme qu'il connaissait bien. Il se serait bien passé d'entreprendre cette expédition. Si seulement il avait pu oublier les aveux de la vieille Siorcha ! Si on lui prouvait qu'elle lui avait menti, alors il emmènerait sa femme dans une chambre, là-haut, et lui ferait l'amour jusqu'à l'aube.

A quoi bon se leurrer ? Il lui fallait regarder la vérité en face. Puisqu'il avait trahi ses promesses, tout contact avec Geneviève lui était interdit. Il n'avait plus le droit de vivre avec elle.

Mais en fait de promesses, Fiona n'avait pas attendu deux ans pour trahir les siennes.

Cette pensée mesquine lui parut aussitôt détestable. Un homme d'honneur respecte la parole donnée, quelle que soit la conduite de celle qui l'a reçue. Tout en ne désirant que Geneviève, il resterait fidèle à Fiona.

A l'heure du coucher, ils s'aperçurent qu'un seul lit leur avait été préparé.

— Vous avez l'intention de quoi faire ? dit Geneviève en voyant Bevan disposer sur le sol sa cape et son manteau.

— J'ai l'intention de dormir, répondit-il en ôtant ses bottes.

Elle vint s'asseoir près de lui, sur le plancher.

— Ne soyez pas ridicule. Il y a assez de place pour deux, dans ce grand lit. Je vous promets de vous laisser tranquille. Rassurez-vous. Je n'ai pas l'intention de vous faire violence.

— Vous en seriez bien capable, dit-il en lui lançant de côté un regard prudent.

Elle éclata de rire. Comme elle riait bien !

— Oublions nos soucis, Bevan, et venez dormir dans le lit, de votre côté. La morale sera sauve !

Elle serait sauve, en effet, mais le supplice de Tantale n'est pas de ceux qui laissent indifférent. Bevan brûlait du désir de la prendre dans ses bras, de savourer la douceur de sa chair, juste une fois, une dernière fois.

Il ferma les yeux, pour se délivrer de cette tentation. De toute façon, il ne dormirait pas, cette nuit.

Geneviève prit d'elle-même la décision. Ecartant les couvertures, elle s'allongea à l'extrême bord du lit, dans le fond, ferma les yeux et lui tourna le dos. En apercevant en un éclair un peu de peau nue, Bevan faillit capituler, mais sut se retenir. Sans se dévêtir entièrement, il prit place à l'autre bord, faisant craquer sous son poids la paille du matelas.

— Bonne nuit, murmura-t-elle.

— Bonne nuit, murmura-t-il en retour.

En s'installant plus confortablement, Geneviève l'effleura du bras, provoquant une réaction immédiate et embarrassante. En attendant que son excitation se calme, Bevan se mit bien à plat sur le dos, et contempla le plafond à la lueur de la veilleuse.

Le parfum léger mais pénétrant de la lavande remplissait l'atmosphère. Bevan ferma les yeux dans l'absurde intention d'y échapper.

Des heures s'écoulèrent. Bevan ne cessait de penser à son étrange voyage. Fiona accepterait-elle de le recevoir ? Le dénoncerait-elle à Raymond Graham ? L'inquiétude le tenaillait, il sentait en lui sa morsure. Il dut s'avouer qu'il n'avait plus envie de partir. Il aurait préféré ne jamais avoir appris la vérité.

Il jeta un coup d'œil à sa voisine. Dans son sommeil, elle respirait paisiblement. Comme d'habitude, ses cheveux étaient répandus sur l'oreiller.

Il avait foi dans la sainteté du mariage, dans celle des serments échangés. En vertu de cette foi, il allait renoncer au bonheur, et reprendre avec lui Fiona. Il l'avait aimée. Il s'efforcerait de l'aimer encore.

A la pensée d'abandonner Geneviève, il cessa de respirer. Il ne pouvait la garder près de lui, être témoin de sa tristesse s'il lui fallait reprendre la vie commune avec Fiona. Non loin de Dun Laoghaire, il y avait un couvent. C'est là qu'il lui dirait adieu, et ses parents viendraient l'y chercher.

Dans l'obscurité, Geneviève se retourna et appliqua contre sa cuisse ses deux pieds glacés.

Bevan sursauta en retenant un blasphème, comme il le

faisait toujours. Il faillit d'abord la repousser. A la réflexion, il songea qu'ils vivaient leur dernière nuit commune. Jamais plus il n'aurait l'occasion de la toucher.

Penché en avant, il prit un pied dans ses mains et le massa longuement pour le réchauffer. Il fit de même avec l'autre. Sans doute Geneviève dormait-elle profondément, car elle resta tout à fait immobile. Ses pieds n'étaient plus froids à présent, mais pour plus de sécurité, Bevan se rapprocha d'elle.

Il la tenait entre ses bras lorsqu'il sombra dans un sommeil sans rêves.

Le soleil atteindrait bientôt son zénith. Presque couché sur l'encolure de son cheval, Ewan avait faim. Au milieu de la matinée, son frère lui avait donné l'ordre de rentrer seul à Rionallis.

Tout en déplorant l'autoritarisme de Bevan, et son obstination, il s'enivrait de vitesse. Devant lui, la lande était déserte. Aucun obstacle ne retardait sa course. Il ferait bientôt halte, pour laisser reposer sa monture avant un nouveau galop.

Comme l'allure se ralentissait un peu et que le roulement des sabots devenait moins sonore, il en entendit un autre, plus confus. Il lui suffit d'un coup d'œil en arrière pour apercevoir un groupe de cavaliers normands. Allaient-ils s'en prendre à lui ? Il lui faudrait rester calme, et ne pas s'affoler.

Lorsque les plus rapides de ses poursuivants vinrent à sa hauteur, Ewan éprouva pourtant une violente émotion. Leurs équipements portaient les armes de sir Hugh. Le temps de réciter mentalement une courte prière, il se trouvait en présence de Marstowe en personne.

— Nous voici en pays de connaissance, ironisa le fourbe. Eh bien, jeune MacEgan, on vous renvoie à la maison ?

Les yeux fixant le vide, droit devant lui, Ewan tenta pour rester calme de se réciter les chiffres et les nombres en latin, mais l'épée qui se plaçait en travers de sa gorge lui fit perdre la mémoire.

— Geneviève et votre frère vous ont abandonné. Quel est le but de leur voyage ? Vous allez me le dire, j'en suis certain.

Ewan serra les lèvres. Il ferait tout pour résister à la torture. L'honneur des MacEgan était en jeu. Par maladresse, il avait déjà contrarié l'action de Bevan. Cela ne se reproduirait plus.

— Ils voyagent seuls, sans escorte, fit observer Marstowe. Comme c'est étrange ! Ils ne tiennent pas à se faire remarquer, sans doute. Parle, mon garçon !

L'épée lui effleura la peau. Ewan sentit son sang couler.

— Je n'ai rien à vous dire, fit-il en tâchant d'affermir sa voix.

— Tu vas me dire où ils vont, et pour quoi faire ! Tenez-le, vous autres ! Sa main !

Deux hommes qui avaient pied à terre s'emparèrent de lui. A demi renversé sur sa selle, Ewan vit son bourreau remettre son épée au fourreau et brandir une dague. A cette heure, Geneviève, que traquait Hugh, se trouvait au couvent, près de Dun Laoghaire. Bevan voguait vers le pays de Galles.

Le bras gauche tordu, le dos de la main appuyé au cuir de sa selle, il hurla lorsque la dague traversa sa paume.

— Somerton ! hurla-t-il en s'évanouissant.

— Je ne vous quitte pas, déclara Geneviève aux abords de Dun Laoghaire. Si vous pensez que je vais me morfondre dans un couvent pendant que vous allez à la recherche de Fiona, vous vous trompez lourdement.

Pour donner plus de poids à ce qu'il allait dire, Bevan mit les deux montures à l'arrêt.

— Je refuse absolument de vous emmener avec moi. Ma décision est prise. Il n'y a rien à ajouter.

— Dans ce cas, je me contenterai de vous suivre, sans vous perdre de vue.

Chez certains hommes, rien n'est plus désagréable que leur entêtement. Fiona vivait, sans doute. Mais tout espoir n'était pas perdu. Qui sait ce que réserve l'avenir ? Geneviève ne laisserait pas passer sa chance, si petite soit-elle, de sauver son mariage menacé.

Elle fit volter son cheval et prit la direction du rivage. Bevan la rattrapa, vivement contrarié.

— Je vous demande de respecter ma décision, Geneviève.

Il s'obstinait encore. Geneviève fit halte pour insister, les yeux dans les siens.

— Ecoutez-moi bien, Bevan, dit-elle aussi posément qu'elle le put. Mettez-vous à ma place un instant. Si Hugh me menaçait, me laisseriez-vous seule avec lui ?

— Cela n'a rien à voir.

— Mais si. Vous auriez peur pour moi, comme j'ai peur pour vous. Vous pensez que Somerton va vous rendre Fiona de son plein gré ? S'il met la main sur vous, il pourra vous tuer ou vous faire tuer sans que personne n'en sache rien, puisque vous serez seul. Si vous m'avez avec vous, je peux donner l'alerte à vos frères, par exemple. N'y allez pas seul, Bevan, je vous en conjure.

Elle vit qu'il commençait enfin à réfléchir. C'était le moment de prendre l'avantage.

— Si vous la trouvez, je... Je resterai juste le temps de m'assurer que vos affaires s'arrangent, et que vous vous entendez bien. Alors je m'en irai. Je vous en fais la promesse, Bevan. Je vous le jure !

Pendant que Geneviève prononçait ces paroles apaisantes, les griffes de la jalousie lui déchiraient le cœur. Pourquoi la perfide Fiona avait-elle la chance d'être adorée de la sorte ? Si Bevan parvenait à la séduire de nouveau, elle, la pauvre Geneviève, serait bien vite oubliée. Mais elle était prête à se battre pour le garder, pour s'en faire aimer. Pour son malheur, elle se trouvait contrainte de lui proposer de s'effacer, de lui rendre sa liberté. A la seule pensée de ne plus jamais le voir, son cœur se déchirait.

De toute façon, elle l'avait déjà perdu. Il venait de lui ordonner de le laisser seul, pendant qu'il irait à la recherche de sa femme. La mort dans l'âme, elle accepterait sa défaite, s'il trouvait son bonheur en Fiona plutôt qu'en elle.

Il lui restait cependant un espoir, encore fragile mais bien réel. Des symptômes concordants lui faisaient penser qu'elle allait avoir un enfant. Elle priait le Ciel qu'il en soit ainsi, car alors elle emporterait avec elle quelque chose de Bevan. Faute de certitude, elle ne pouvait lui en parler.

Il réfléchissait encore. Il était prêt à céder.

— Je ne veux pas vous faire de peine, Geneviève. Je ne veux pas non plus vous exposer au danger.

Ces paroles banales laissaient bien augurer de la suite. Une formule forte emporterait la décision.

— Si j'étais seule, j'aurais tout à craindre, Bevan. Sous votre protection, je ne crains rien.

Elle lui faisait confiance. Bevan n'aimait pas la voir triste. Et puis il comprenait son désir de tout savoir, dans une affaire qui la concernait de près.

— Vous avez gagné, dit-il en poussant un soupir. Nous allons partir ensemble.

Ils se rendirent au port, en quête d'un navire assez bien équipé pour transporter leurs chevaux. Le ciel se couvrait de nuages gris, dont le reflet assombrissait la mer. Dans quelques jours, ils atteindraient le château de Somerton, et sauraient la vérité.

Bevan contempla l'horizon. Au-delà, c'était le pays de Galles, qu'il faudrait traverser pour trouver des réponses aux questions qui le tourmentaient. Quoi que lui réserve l'avenir, il saurait faire face.

Le domaine du baron de Somerton était d'une importance égale à celle de Laochre. Le donjon se dressait sur une hauteur, et dominait les cours intérieures. Faisant cercle, les communs qui l'entouraient étaient construits de bois plâtré de blanc, à l'exception des poutres qui supportaient les structures. Deux palissades concentriques tenaient lieu de remparts.

Bevan s'était vêtu en homme du peuple, et Geneviève portait une tunique brunâtre, ainsi qu'un foulard bien serré.

Cachée sous sa tunique, dans le dos, l'épée de Bevan serait toujours disponible, puisqu'il lui suffisait d'en saisir la poignée au niveau de sa nuque, sous le capuchon. Il était convenu entre eux qu'ils pénétreraient dans l'enceinte du château en se mêlant à la foule des serviteurs, et que Bevan se mettrait seul à la recherche de Fiona.

Geneviève n'avait pu avaler une bouchée, ce matin-là. De tout son être elle souhaitait que Fiona soit absente, qu'ils aient fait pour rien ce long voyage. Son cœur lui faisait mal, elle avait peur. Ce jour même, n'allait-elle pas perdre définitivement son mari ?

Bevan était préoccupé, bien sûr. Chaque fois que Geneviève essayait d'entrer en conversation avec lui, elle n'en tirait que des monosyllabes, quand il acceptait de lui répondre. Elle aurait aussi bien pu ne pas être là. Elle savait quelles pensées il ruminait et cela ne la consolait guère.

A chaque pas qui les rapprochait du donjon, elle sentait mourir un peu d'elle-même. Autour d'eux régnait une vive animation. Des chiens aboyaient en gambadant, un forgeron réparait à grand bruit une armure, des femmes portaient du linge et des chaudrons fumants, en échangeant avec les valets de joyeuses plaisanteries.

Lorsque Bevan mit le pied sur la première marche de l'escalier qui donnait accès au bâtiment principal, Geneviève s'arrêta net. Pour rien au monde elle n'accepterait de voir une femme se jeter dans les bras de son mari.

Bevan revint vers elle et s'inquiéta.

— Qu'avez-vous ? dit-il en s'écartant avec elle de la foule. Dites-le-moi.

Il ne fallait pas que Bevan voie ses larmes. Elle devait lui donner l'illusion de la sérénité.

— Entrez seul. Allez la chercher. Il vaut mieux que vous soyez seul, quand vous la reverrez pour la première fois.

Il lui posa doucement la main sur la joue. Des mèches sombres, échappées du foulard, caressèrent sa paume. Du fond du cœur, il se désolait de la voir dans cet état. Geneviève l'avait soigné et guéri, alors qu'il ne se souciait que de venger la mort de Fiona. Elle avait tant donné d'elle-même. Tout à l'heure, il allait s'en séparer. Il n'y avait pas de quoi en être fier.

— Pardonnez-moi, dit-il en lui baisant hâtivement le front. Je reviens ici même, dès que j'aurai vu ce que je tiens à voir.

Geneviève acquiesça d'un mouvement de tête, qui fit couler sur sa joue une larme. A sa vue, Bevan ressentit au fond de son cœur une douleur violente. Mais si près du but, il ne pouvait renoncer.

— Geneviève, murmura-t-il comme on prononce une prière, je...

Elle attendit la suite. Les instants s'écoulaient. Elle vit Bevan baisser la tête.

— Je suis désolé, dit-il dans un souffle. Je n'ai jamais voulu vous faire du mal, *a chroi*.

— Evitez d'employer ce mot.

Rien n'était plus odieux que ce mot tendre, qu'il balbutiait parfois la nuit, en lui faisant l'amour.

— Bonne chance ! lança-t-elle en s'éloignant d'un pas délibéré, serrant contre elle son manteau.

Lorsqu'en se retournant quelques secondes plus tard elle le vit gravir l'escalier, ce fut au plus profond d'elle-même comme un déchirement. Jusqu'au dernier moment, elle avait espéré un revirement. S'il avait su oublier sa première femme et la préférer, elle, qui l'aimait tant, elle aurait défailli de bonheur, sans doute. Mais il tenait encore à la femme infidèle.

Elle n'avait pas prévu qu'une telle perte provoquait de si grandes douleurs. Donner son cœur à un homme, c'est s'exposer à la pire des souffrances. D'une perte définitive, peut-on faire son deuil ?

A l'abri d'un mur aveugle, Geneviève laissa libre cours à son chagrin. Assise sur le sol, le dos appuyé à la pierre, elle versa des pleurs sur la ruine de son mariage. Sa gorge lui faisait mal, ses joues étaient brûlantes. Elle ne sut combien de temps elle avait sangloté, mais en se soulageant ainsi de sa peine elle parvint à se reprendre, et à retrouver un peu de sa dignité.

Après s'être mêlée à la foule pour s'assurer qu'elle passait inaperçue, elle suivit un groupe de femmes qui s'éloignaient du château et franchit avec elles la porte de l'enceinte extérieure. Son cheval et celui de Bevan se trouvaient à l'attache, avec d'autres. L'exercice ne guérirait pas sa tristesse, mais la rendrait peut-être moins insupportable.

Elle traversa au trot le village voisin, et lança sa monture au galop dès que la campagne s'ouvrit devant elle. L'esprit plein de sombres pensées, elle était si indifférente au monde extérieur qu'elle ne s'aperçut pas qu'on la poursuivait. Une couverture jetée sur elle l'aveugla soudain. Son cheval se dérobait sous elle, des bras puissants l'arrachaient à sa selle. Elle se débattit pour s'en libérer, mais ne parvint qu'à tomber sur le sol. Des liens de cuir lui serraient les poignets.

— Au camp, en vitesse ! dit une voix.

— On n'attend pas MacEgan ? fit une autre.

— Quand il saura qu'elle est avec nous, il arrivera au galop.

La tête toujours enveloppée, on la chargea sur une selle. C'était trop drôle, vraiment. Ses ravisseurs se faisaient des illusions. Réconcilié avec sa première femme, Bevan ne se souciait plus de la seconde, à présent.

Si elle parvenait à s'échapper, elle en aurait tout le mérite. On apprend à ne compter que sur soi, quand tout vous abandonne.

Bevan prit un fagot, et suivit un valet qui entrait dans le donjon, une bourriche sur l'épaule. La tête basse, il ne leva les yeux vers aucun visage, et personne ne lui adressa la parole. On ne pénétrait pas avec autant de facilité dans les châteaux en Irlande, où chacun se tenait en permanence sur le qui-vive.

Parvenu aux abords de la salle d'honneur, il posa son fagot près d'une cheminée et se tint dans l'ombre. Des servantes s'affairaient autour d'une table dressée sous un dais, que personne n'occupait encore. On attendait les maîtres. Allait-il voir Fiona ?

Comme personne ne s'intéressait à lui, il resta immobile, la tête basse, les yeux fixés sur la paille et les plantes aromatiques qui jonchaient le sol. Il eut ainsi le temps de réfléchir. Que faisait-il là, au juste ? Il regrettait tout à coup d'être venu. Geneviève lui avait réappris le bonheur. Par sa présence, elle était parvenue à combler les vides que le deuil et l'amertume avaient creusés dans son âme. Grâce à elle, il s'était réconcilié avec lui-même.

Des souvenirs de ce qu'ils avaient vécu ensemble se pressaient en désordre dans son esprit. Il se rappelait les caves de Rionallis, et la défaite de Marstowe. Les traces de coups qui s'effaçaient sur son beau visage, comme les terreurs dans son âme.

Il se souvenait du corps de Geneviève sous le sien, l'éclat de ses yeux bleus, brillant de la confiance qu'elle mettait en lui, et d'autre chose encore. Il n'oublierait jamais la façon qu'elle avait de le faire sursauter en posant sur sa cuisse la plante de ses pieds glacés.

Elle l'aimait d'amour, il en avait la certitude, bien qu'elle n'ait jamais dit ce mot. Pourquoi l'abandonner ? Pourquoi l'abandonner pour s'encombrer d'une infidèle qui lui devenait indifférente ?

Bevan sentit son cœur s'emplir de colère, et de souffrance. Il ne voulait plus de Fiona. Il ne voulait plus voir le vide dans ses yeux, alors que ceux de Geneviève débordaient de gratitude. Il ne désirait plus que s'éveiller près d'elle le matin, lui donner autant d'enfants qu'elle en désirait. Il désirait la voir sourire, entendre son rire. Il allait la délivrer de son chagrin.

Tournant le dos à la table et au dais, il ferma les yeux pour mieux se pénétrer de sa décision.

« Va-t'en. Oublie que tu es venu jusqu'ici. Le passé n'est plus. Vis ta vie. »

Il s'éloigna d'un pas rapide, fort de sa certitude. Il aimait d'amour Geneviève, ils ne faisaient plus qu'un.

Il rouvrit les yeux. Son cœur cessa de battre. Elle était là, devant lui. Il la voyait, vivante.

Chapitre 19

Sa fille. Sa fille adorée. Brianna, vivante.

Sous le coup de la surprise et des émotions, les plus violentes qu'il ait jamais ressenties, Bevan perdait la raison. Les mots qui auraient pu exprimer ses pensées lui manquaient. La tête lui tournait. Mais rien ne comptait plus que l'émerveillement. Cette petite fille de cinq ans, joliment coiffée et vêtue d'une tunique brodée d'or était la sienne. Brianna était vivante.

Il s'agenouilla devant elle, et vit son visage placide se transformer.

— Papa !

— Tu m'as reconnu, ma chérie !

Elle était déjà dans ses bras et lui donnait un baiser, en le tenant par le cou. Pour la première fois de son existence, Bevan pleurait à chaudes larmes, des larmes de bonheur et de joie.

— Brianna…

Il la serrait à l'étouffer. Dans ses rêves les plus fous, jamais il n'avait imaginé pareille découverte, pareille résurrection.

— Comme tu m'as manqué ! balbutia-t-il. Tu étais si loin !

— Je suis venue avec maman, dit-elle.

Il lui baisa la joue. C'était elle, sa Brianna, sa fille. Il ne parvenait pas à le croire.

En prétendant avoir enterré de ses propres mains l'enfant qu'ils chérissaient tous deux, Fiona avait commis le plus abominable des crimes. La perversité de sa machination effrayait tant Bevan qu'il redoutait à présent de la voir en face. Elle lui avait dérobé sa propre fille. Pendant deux longues années il n'avait pu la voir. Il avait prié sur une tombe vide. Que dire à Fiona, sinon son dégoût, dans quelques instants, quand il la verrait ?

— Où est ta maman ? demanda-t-il en s'efforçant de sourire, pour ne pas inquiéter Brianna.

— Maman est morte à la fin de l'été, quand les premières feuilles des arbres sont tombées.

Pour la deuxième fois en quelques minutes, Bevan eut un coup au cœur. De son premier mariage, il était veuf. Fiona était morte à l'automne. Cela signifiait que son mariage avec Geneviève était valable, qu'il l'avait toujours été. Dans un élan d'allégresse, il vit en pensée Geneviève, qui l'attendait aux portes du château. Après l'avoir fait tant souffrir, quel soulagement, quelle joie il allait lui apporter ! Que de bonheurs accumulés, en quelques instants !

Brianna jeta à son père un regard plein de reproches.

— Je t'ai attendu longtemps, papa, tous les jours je voulais te voir. Pourquoi tu n'es pas venu me chercher plus tôt ?

— Je ne savais pas où te trouver. Qui s'occupe de toi ?

— C'est ma bonne, et lord Raymond, qui est très gentil avec moi. Maman m'a dit qu'il est mon nouveau papa, et il le dit aussi. Mais ça n'est que pour me faire plaisir. Mon vrai papa, celui que j'aime, ce n'est pas lui, c'est toi.

Bevan n'en croyait pas ses oreilles. Fiona l'avait véritablement et complètement abandonné, puisqu'elle était allée jusqu'à donner un nouveau père à sa propre fille.

— Lâche-la, manant !

Bevan leva les yeux. La voix furieuse qu'il venait d'entendre était celle d'un lord anglais, à en juger par la magnifique tenue que portait le personnage à la forte carrure. Il serra plus étroitement encore sa fille contre son cœur.

— N'aie pas peur, ma chérie. Rien ni personne ne nous séparera plus.

*
* *

Geneviève se trouvait enfermée dans une tente circulaire, de celles qu'utilisent les troupes en campagne. Les lanières de cuir qui lui retenaient les mains derrière le dos lui blessaient les poignets.

Elle avait d'abord cru à un effet du hasard. Mais Marstowe en personne venait de lui apprendre le sort du pauvre Ewan, prisonnier lui aussi. A supposer même que Bevan, filant le parfait amour avec son épouse retrouvée, se dispense de venir la délivrer, il accourrait au secours de son frère, et tomberait dans le piège. Venu sans escorte en terre étrangère, il succomberait nécessairement sous le nombre.

Comme on l'avait laissée seule, elle tentait à force de gesticulations de desserrer ses liens. En entendant une voix bien connue s'adresser à ses gardes, elle se tint tranquille.

— Votre mari se fait attendre, ironisa-t-il en entrant. Vous négligerait-il ?

Hugh ricanait. Geneviève le vit soudain changer de visage et grimacer de haine. Il s'avança vivement. Elle cessa de respirer. Non, elle ne céderait pas à la terreur. Elle s'entendit pourtant gémir de douleur. Sans qu'elle ait aperçu son geste, la main du bourreau venait de lui serrer la mâchoire, comme dans un étau.

— Pour vous faire plaisir, je vous autoriserai à bien observer le cérémonial, quand je le mettrai à mort, devant vos yeux !

Geneviève ne voyait plus que du noir. Ses paupières abaissées lui faisaient mal, tant elle les serrait fort. Bevan. Il ne fallait pas qu'il vienne. Qu'il m'oublie, pria-t-elle. Qu'il soit heureux. Qu'il ne meure pas.

— Regardez-moi !

Elle le vit, car il lui tirait la tête en arrière par les cheveux, à pleine main. L'ancienne vie recommençait. Il la torturait, comme avant sa fuite, en éructant des injures.

— Tu t'es livrée à lui, petite garce, tu lui as donné ce

qui m'appartenait, à moi, Hugh Marstowe, futur comte de Rionallis ! Tu n'es plus rien !

Après celui de sa main, Geneviève sentit sur sa joue le contact de la terre humide et grasse. Il venait de la jeter sur le sol. Elle entendit claquer le cuir du panneau de fermeture. Il était sorti.

Au bas de la toile épaisse de la tente, on voyait entre deux piquets de la lumière. Geneviève s'y traîna. En baissant bien la tête, elle put jeter un coup d'œil à l'extérieur. Elle compta une dizaine d'archers qui se tenaient en position de tir. Sans doute y en avait-il d'autres, qu'elle ne voyait pas. Elle se releva à grand-peine, et se remit à tirer et pousser ses liens.

Bevan allait tomber dans le piège. Elle ne supporterait pas d'assister à sa mort. Si elle ne se libérait pas, si elle ne parvenait pas à s'enfuir, il mourrait. Elle ne lui survivrait pas. Qu'il était beau, son mari, avec ses cicatrices, ses yeux verts, brillants de désir quand il la contemplait avant l'amour, ardents dans l'extase, et si caressants lorsqu'elle s'éveillait entre ses bras !

Il ne fallait pas qu'il meure. Elle l'empêcherait de mourir. Qu'il vive heureux avec Fiona, s'il le voulait. Elle l'aimerait quand même, de toute son âme. Que naisse l'enfant qu'elle portait, pour que lui reste, pour elle seule, le don merveilleux qu'elle avait reçu de lui.

L'une des courroies se desserrait. Tout n'était pas perdu.

— Vous auriez mieux fait de rester chez vous, MacEgan, dit le baron en levant la main pour inviter les valets qui accouraient à ne pas intervenir.

Bevan était plus jeune et plus grand que Somerton, en qui il reconnut, malgré sa mise raffinée, un combattant aguerri. La musculature, le regard du gentilhomme anglais en témoignaient, ainsi que la fermeté de sa prise sur la poignée de son épée.

Il la tira du fourreau lorsque Bevan, portant la main à sa nuque, fit apparaître la sienne.

— Baron, vous m'avez pris ma femme et ma fille, dit-il avant d'engager le fer. Je souhaite qu'après une si longue attente vous m'en accordiez réparation immédiate. A mort !

— Soyez satisfait, je vous l'accorde, répondit Somerton. A mort ! Faites place, vous autres !

Les témoins, serviteurs et hommes d'armes, s'écartèrent. Une femme en bonnet blanc prit la petite Brianna dans ses bras et se retira à quelque distance.

Les épées se croisèrent, et le duel commença. Dès les premiers engagements, chacun des adversaires mit toute son habileté, toute sa passion dans chacune de ses attaques. Ils étaient tous deux de force égale. Dans le feu même de l'action, Bevan se félicita de n'avoir pas à remporter une victoire trop facile.

En combattants avertis, ils se contraignaient l'un et l'autre à rompre et à revenir, dans une sorte de danse permanente. Bevan se trouvait d'une certaine façon avantagé par la légèreté de son habit de paysan, par sa jeunesse aussi, car Somerton, qui transpirait abondamment, semblait s'essouffler. Pour en finir, il feinta, la garde basse, et se fendit d'un coup. La pointe de sa lame effleura le cou de Bevan. Un instant plus tard, le baron se trouvait dos au mur. Son arme était tombée sur le sol, et celle de Bevan se posait sur sa gorge.

— Je devrais vous tuer. Vous m'avez fait trop de mal, Somerton.

Derrière lui, il y eut des murmures et des bruits discrets. Des témoins se disposaient à intervenir.

— J'interdis à quiconque de porter la main sur ce seigneur irlandais, cria le baron, quoi qu'il m'arrive. De ce duel à mort, il sort vainqueur.

— Papa ? fit une voix d'enfant. Je veux rentrer à la maison !

Le visage de Somerton s'altéra. Alors même qu'il se trouvait en position critique, il semblait s'attendrir.

— Je l'ai traitée comme ma propre fille, il faut que vous le sachiez. J'aurais tant aimé avoir une fille comme elle. Si vous exercez votre droit, MacEgan, je souhaite qu'on emmène Brianna ailleurs, pour lui éviter le spectacle.

Aucun des témoins n'osait bouger. Le baron reconnaissait sa défaite, mais restait digne.

Faute de disposer d'un fourreau, Bevan posa son épée sur une table voisine. L'atmosphère se détendit.

— Emmenez votre fille, dit Somerton en se frottant le cou. Elle appartient à son véritable père, bien sûr.

Brianna accourait. De ses deux bras, elle encercla la jambe de Bevan. Il lui caressa les cheveux et le front. Sur un signe du baron, les témoins se dispersèrent.

— Je ne suis pour rien dans cette machination, reprit-il lorsqu'il fut certain de n'être entendu que par Bevan. Dès le début, je voulais que Fiona vous dise la vérité. Mais elle tenait absolument à emmener Brianna avec elle. Elle m'a affirmé que vous n'étiez pas homme à accepter une séparation,

— Elle ne vous mentait pas, dit Bevan.

La fourberie de sa première épouse le surprenait. Une femme qui fait passer sa fille pour morte et prétend l'avoir enterrée seule, de ses propres mains, mérite-t-elle le nom de mère ? Dans le cœur de Bevan, rien ne restait de ce qui l'avait si longtemps attaché à Fiona. En vérité, songea-t-il, il ne l'avait jamais bien connue. S'il s'étonnait de découvrir sa perversité, c'est qu'il avait tout ignoré d'elle.

— Comment est-elle morte ?

— Elle ne s'est jamais remise de la disparition de Nuala, sa femme de chambre, répondit le baron. Et puis l'année dernière elle s'attendait à mettre au monde un enfant, qui n'a pas eu la chance de naître. Elle est morte d'une fièvre, des suites de sa grossesse sans doute. Ni moi ni les guérisseurs n'avons pu la sauver.

Bevan respirait mieux. Déchargé du poids de ses remords aussi bien que de ses deuils, il jouissait pour la première fois d'une entière liberté. Qu'importait l'infidélité de sa femme, à présent qu'il la connaissait mieux.

Dans sa hâte d'apprendre à Geneviève toutes les raisons qu'elle avait de se réjouir, Bevan osa braver les convenances.

— Une personne m'attend près du poste de garde, lord

Raymond. J'irais volontiers la rassurer, avant de prendre avec Brianna le chemin du retour en Irlande.

— Vous me semblez venu en bien maigre équipage, fit observer Somerton. Je fais à l'instant préparer une escorte qui vous accompagnera, ainsi qu'une mule qui portera Brianna et son coffre. Un tel voyage ne s'improvise pas, il me semble. Allez avertir qui vous voulez.

Il semblait si mélancolique que pour un peu Bevan l'aurait plaint.

— Tu as bien entendu ? reprit le baron en s'adressant à Brianna. Ton père va revenir te chercher tout à l'heure. En l'attendant, tu vas préparer ton coffre, là-haut, avec ta bonne. Pars avec ton père, ma petite, sois heureuse.

Sa voix s'enrouait. Son pouce dans la bouche, Brianna acquiesça. La femme au bonnet blanc vint la prendre par la main et l'emmena.

Laissant Somerton donner des ordres, Bevan, plein d'allégresse, courut au poste de garde. Il avait hâte d'annoncer à Geneviève la fin de leurs tourments. Lui pardonnerait-elle ses accès de mauvaise humeur ?

Il n'y avait personne, au pied de l'escalier. Il fouilla du regard les alentours, jusqu'à perte de vue. La silhouette familière de celle qu'il aimait ne lui apparut pas. Elle était partie.

Dans la rue du village qui s'étendait au pied de l'imposant château, Ewan croyait à tout instant défaillir. Son corps endolori souffrait à chacun des soubresauts que lui infligeaient les pas du cheval sur lequel les hommes de sir Hugh venaient de le jucher.

Sans doute allait-il entrer sans encombre à l'intérieur de l'enceinte car en ce pays, les allées et venues semblaient moins réglementées qu'en Irlande. Mais en l'apercevant les gardes cessèrent de jouer aux dés pour s'intéresser à lui.

— On n'entre pas, dit l'un en lui prenant sa bride.

— Tu t'es battu ? fit l'autre.

— Ewan ! hurla une voix bien connue. Tu n'as pas vu Geneviève ?

Bevan était là, le visage convulsé de surprise et d'appréhension.

— Geneviève, prisonnière de Marstowe, balbutia son frère, au camp, après le pont, là-bas…

Il tendit le bras vers l'endroit d'où il venait, et perdit connaissance.

En improvisant une civière à l'aide de deux piques, deux hommes accompagnèrent Bevan jusqu'à l'intérieur du château. En marchant près du corps inerte de son frère, Bevan chassa de son esprit toutes les émotions qui l'assaillaient, toutes les interrogations importunes. L'heure n'était ni aux remords, ni à la recherche de vaines explications. Il lui fallait délivrer Geneviève, seule en terre étrangère, des mains d'un adversaire acharné, entouré d'hommes à sa dévotion, et bien équipés.

Marstowe lui tendait un piège. Il s'en approcherait, pour l'étudier. S'il avait le malheur d'y tomber, Brianna serait orpheline, et Geneviève retournerait en esclavage.

Dès qu'il aperçut Ewan, Somerton ordonna qu'on le soigne, sans poser de question.

— Ceux qui ont brutalisé mon frère détiennent tout près d'ici une personne qu'il me faut absolument délivrer, lui dit Bevan. En attendant mon retour, puis-je vous demander de veiller sur Brianna, monsieur le baron ?

Pour exprimer son étonnement, Somerton se contenta de hausser légèrement les sourcils.

— Très volontiers, répondit-il.

Bevan courut reprendre son cheval et se hâta de récupérer son équipement dans la chaumière où il l'avait laissé en gage, en échange de sa tenue rustique.

Pour sauver Geneviève, il allait accomplir l'impossible.

Chapitre 20

Ewan regretta en ouvrant les yeux d'être sorti de l'inconscience. L'élancement insupportable qui l'avait ranimé lui vrillait le bras gauche. Atteindrait-il son cœur ? Dans un mouvement de panique, il se redressa. La main fripée d'une matrone s'appuya sur sa poitrine.

— Reste tranquille, mon garçon. Il faut bien que je les nettoie, tes plaies.

Une autre femme achevait de lui poser un pansement. Ewan tenta de rassembler ses esprits. Où se trouvait-il ? Où était Bevan ?

Ce qu'il venait de vivre lui revint à l'esprit. Il sursauta.

— Il faut que j'aille l'aider ! s'écria-t-il en s'extrayant d'un bond de la couchette élevée sur laquelle il était étendu.

Un valet qu'il n'avait pas vu le prit par les épaules. La plus âgée des deux femmes lui fit ingurgiter de force un liquide amer.

— Avec ça, il va se calmer, maugréa-t-elle.

En se débattant, Ewan imagina Bevan et Geneviève, morts tous les deux.

— Mon frère ! Ils vont le tuer !

Avec l'énergie du désespoir, il échappa aux mains qui le retenaient, se mit deux doigts dans la gorge et vomit dans un évier la potion brunâtre.

— Je vois que ce garçon est à présent bien réveillé, dit un gentilhomme qui venait d'ouvrir la porte.

— Monseigneur, s'exclama Ewan en se jetant à ses genoux, je ne sais qui vous êtes, mais il faut absolument que j'aille au secours de mon frère, qui va mourir. Il est seul contre tous !

— Je n'ai pas à m'immiscer dans des querelles d'Irlandais, fit observer le baron.

— Hugh Marstowe va le tuer, il l'attend dans son camp, de l'autre côté de la rivière !

Le visage de Somerton se ferma.

— Je connais sir Hugh, dit-il en pinçant un peu les lèvres. Il camperait donc sur mes terres ? Voilà qui me surprend. Laissez les guérisseuses finir leur ouvrage, et préparez-vous à guider mes gens, mon garçon.

Ewan se sentit revivre.

— Je veux lui sauver la vie ! dit-il en tendant ses deux mains aux femmes qu'il avait bousculées.

— Il vient d'épargner la mienne, murmura le baron.

Bevan mit pied à terre et acheva de gravir la colline en rampant. S'il n'avait pris cette précaution, sa silhouette se serait découpée sur l'azur du ciel. On l'aurait aperçu de loin, car le campement avait été établi sur une lande déserte où ne poussait aucun arbre.

L'une des quatre tentes était étroitement gardée. Des gens d'armes entièrement équipés examinaient les alentours en attendant des ordres. Il était donc impossible d'intervenir par surprise. Restait l'affrontement personnel avec Marstowe, ou le marchandage. Peu importait le prix. Pour sauver Geneviève, Bevan était prêt à tous les sacrifices.

Il vint reprendre son cheval où il l'avait laissé. Quelques instants plus tard, une clameur salua son apparition au sommet de la colline. Il fit halte un instant et mit sa monture au pas pour entreprendre la descente. Les archers se tenaient prêts. Parvenu à portée de voix, il fit halte.

— Je veux voir Geneviève ! cria-t-il.

Personne ne lui répondit, mais il la vit sortir de la tente

entre deux gardes, les mains liées derrière le dos et la chevelure en désordre. Vivait-il un cauchemar ?

— Partez, Bevan ! Faites demi-tour ! N'approchez pas !

Hugh Marstowe, qui la suivait en se pavanant, n'empêcha pas Geneviève de lui crier une mise en garde à vrai dire inutile. Fallait-il qu'il soit certain de sa victoire !

— Je vous propose un marché, dit Bevan en élevant assez la voix pour être entendu de loin. Vous détenez Geneviève. Rionallis m'appartient. Vous ne pouvez espérer le conquérir par la force, pas plus que devant des tribunaux. Faisons l'échange, et votre vœu le plus cher sera satisfait !

— Mon vœu le plus cher est de vous faire périr en présence de cette garce ! hurla Hugh en gesticulant. Je vais vous saigner sur ce billot, avec cette dague !

En se fichant dans le bois, la lame qu'il venait de brandir fit un bruit sec. Ivre de sa victoire jusqu'à la folie, Marstowe grimaçait.

Geneviève vit que trois cavaliers s'avançaient sans se presser vers Bevan, pour lui interdire toute retraite. Sur un geste de son bourreau, les archers, arcs bandés, s'avancèrent lentement vers leur cible. D'autres hommes, armés d'épées courtes et de boucliers légers, les suivaient de très près. Deux d'entre eux portaient des cordes.

— Vivant ! Je le veux vivant ! clama Hugh.

A trois pas devant elle, il exultait.

Tous les regards se concentraient sur Bevan, qui dégainait son épée. Comme il semblait fragile et vulnérable, malgré sa force ! Elle était parvenue à desserrer les courroies de ses poignets. Mais que faire de ses mains nues, au milieu de tant d'hommes hostiles, et soumis à la volonté d'un fou ?

L'assaut eut lieu d'un seul coup. Geneviève cessa de respirer. Tels des chiens de meute, archers et piétons se ruaient. L'épée de Bevan fendait l'air, des corps tombaient, mais déjà on lui poussait la jambe gauche pour le désarçonner, on coupait la courroie de sa selle. Elle le perdit un instant de vue mais le vit se relever, avant qu'il succombe sous le poids de ses agresseurs. Afin d'obéir à leur maître, ils s'entassaient les uns sur les autres pour le paralyser de leur masse.

— Victoire ! Victoire ! hurla Marstowe en sautant de joie.

Geneviève laissa tomber les courroies, prit sur le billot la dague, se jeta les deux bras écartés sur le corps du dément et, de toutes ses forces, frappa. Un flot de sang jaillit sur sa main. Elle s'entendit crier d'horreur en s'écartant. Hébété, Hugh, comme fasciné, observait le manche du poignard, qui saillait du haut de sa cuisse.

Des hommes la bousculaient soudain, criant et pestant. Staunton, le visage blême, retirait la lame, un autre pressait le poing sur la blessure, pour interrompre l'hémorragie. On soutenait le blessé, qui balbutiait des mots.

— Silence ! cria Staunton.

Geneviève voyait sur chacun de ses bras les mains brutales de ceux qui la tenaient, sans ressentir la moindre douleur. Elle baignait dans une sorte d'ivresse. Elle entendit la voix de celui qui avait été son fiancé.

— Je veux… Je veux les voir mourir avant moi… tous les deux… tout de suite… le temps presse. Lui d'abord…

Geneviève lança une longue plainte. Tout son corps se tordit. Ses gardes vacillèrent, sans la lâcher. Voir mourir Bevan, non, elle ne le pourrait pas…

Staunton pressait le mouvement. On traînait sur le sol Bevan, entravé.

— Moi d'abord ! cria-t-elle.

Une sonnerie de trompe retentit. Des cavaliers dévalaient au galop la colline. Un étendard flottait au vent.

— Les armes du baron, murmura Staunton.

— Tue-les vite ! ordonna Hugh dans un râle.

— Lâchez-la, dit son lieutenant en tranchant au fil de son épée la corde qui paralysait Bevan.

Les hommes qui tenaient Geneviève par les bras hésitèrent un instant à obéir. Libérée, elle vit le sol monter vers son visage, et perdit conscience.

*
* *

Geneviève était allongée sur des coussins. Une fraîcheur bienfaisante lui baignait le visage et les mains. Elle n'était plus la même. Jamais plus elle n'aurait peur de Hugh, et Bevan était sauf.

— Elle va ouvrir les yeux, dit une voix de femme.

Geneviève ouvrit les yeux, en effet. Celle qui venait de parler en se penchant sur elle avait le visage ridé. Du linge humide qu'elle tenait tombaient des gouttes d'eau.

— Laissez-nous un moment, je vous prie, dit Bevan, qui se penchait sur elle à son tour.

Elle vit de près ses yeux verts, et sa bouche qui s'avançait pour lui baiser le front.

— Ne vous fatiguez pas, ne parlez pas, Geneviève, dit-il à mi-voix. Vous êtes en sécurité, chez le baron de Somerton. Je tiens à vous annoncer deux bonnes nouvelles, sans attendre. J'ai retrouvé vivante ma fille Brianna, et Fiona est morte à l'automne dernier, bien avant notre mariage.

Bevan lui caressait la joue. Il avait toutes les raisons d'être heureux.

— J'en suis contente pour vous, dit-elle.

Geneviève ne reconnaissait pas sa propre voix, faible et lointaine.

— Rien ne pourra plus nous séparer, murmura-t-il. Nous allons être heureux, ensemble.

Fiona n'était plus là, en effet. Mais Bevan n'avait organisé cette expédition insensée que pour la retrouver. Vivante et consentante, c'est Fiona qu'il aurait choisie.

Quelle offense, quel affront !

— J'ai réfléchi, déclara Geneviève, avec fermeté cette fois. Nous sommes en Angleterre, non loin de Longford. Je veux y rentrer, chez mes parents.

Elle eut le plaisir de voir les yeux verts de Bevan s'écarquiller, ses sourcils se froncer et sa bouche béer sous l'effet de la surprise. Il n'en croyait pas ses oreilles.

— Mais je vous aime, balbutia-t-il. Vous êtes ma femme. Je ne veux pas me séparer de vous !

Des larmes lui piquaient les yeux, mais il ne serait pas dit que Geneviève de Renalt aurait abdiqué sa fierté.

— Vous avez fait votre choix, Bevan, dit-elle en le regardant droit dans les yeux. A mon tour, je fais le mien.

Chapitre 21

— Si mes fidèles me voyaient !

Au château de Longford, le Père O'Brian, vêtu d'une ample cape à capuchon, faisait étrange figure parmi les serviteurs aux tenues éclatantes.

— Quoi qu'il arrive, vous les reverrez bientôt, dit Bevan. Je souhaite de tout mon cœur ne pas vous avoir dérangé pour rien.

— La soirée est fort avancée, fit observer le prêtre. Nous allons devoir attendre demain pour faire notre visite.

— Il n'en est pas question. Le temps presse, au contraire.

— Sans vouloir vous offenser, MacEgan, il me semble que les bons usages voudraient qu'avant toute chose nous allions nous présenter à notre hôte, et le saluer.

Bevan ne l'écoutait pas. Il venait de montrer aux gardes le message de Thomas de Renalt, qui l'autorisait à rendre visite à sa fille. Le jour même où ce message était parvenu à Rionallis, il s'était mis en route avec une petite escorte, en se faisant accompagner par celui qui avait célébré quelques mois plus tôt son mariage.

Dans la galerie basse, les serviteurs de toutes sortes étaient nombreux. Bevan la parcourait avec une telle assurance que nul ne songeait à lui demander ce qu'il y faisait. Il distingua sans difficulté le passage qu'il cherchait. Une tenture brodée laissait apercevoir les premières marches d'un escalier exceptionnellement large, dont la paroi de stuc était décorée de figures héraldiques. Bevan ralentit l'allure et prit son ami par le bras.

— Nous allons faire halte devant cette ouverture. Vous ferez semblant de me parler à l'oreille, pendant que je surveille les allées et venues de ces gens. Au moment favorable, nous montons.

O'Brian se contenta de soupirer, et se prêta au jeu. Sa capuche dissimulait son visage. Bevan jetait à droite et à gauche de rapides coups d'œil.

— Là !

Le prêtre se trouva soudain sur les marches, où Bevan le poussait en le portant presque.

Dans l'escalier qui menait aux appartements, ils eurent la chance de ne rencontrer personne. Un couloir éclairé de flambeaux commandait plusieurs portes d'un côté, et une petite chapelle de l'autre. Les portes étaient identiques, mais Bevan n'eut pas à hésiter. Juste en face de l'oratoire, on jouait de la harpe.

Un doigt sur les lèvres, il poussa O'Brian dans l'oratoire, en lui faisant signe d'attendre. Il manœuvra si doucement le loquet qu'en s'ouvrant, la porte ne fit aucun bruit. Assise sur un tabouret, Geneviève jouait un air mélancolique. La harpe celtique posée dans son giron venait de Rionallis. Bevan la lui avait fait porter trois semaines plus tôt. Il n'avait pas vu Geneviève depuis un mois. Il la contempla longuement, comme pour rattraper le temps perdu, sans l'interrompre. La tête de la harpe frôlait sa coiffe. Les notes s'égrenaient sous ses doigts. Son visage était invisible sous son voile. Elle portait une tunique pourpre.

Cette entrevue serait décisive. Pour la préparer Bevan était allé jusqu'à apprendre par cœur son discours. Quel en était le premier mot ? Il ne s'en souvenait pas. Le temps passait. La mélodie allait s'achever. Il lui fallait bien signaler sa présence.

— Le son de la harpe est bien le plus pur…

Une affreuse cacophonie lui déchira les oreilles. Geneviève

bondissait sur son siège en retenant par ses cordes l'instrument, qui avait glissé.

— Bevan ! Que faites-vous ici ? Si mon père…

— Rassurez-vous. Le comte m'a donné l'autorisation de venir vous voir. Il ne m'est pas hostile, voyez-vous.

Geneviève tentait de mettre de l'ordre dans ses idées. Venir la voir à cette heure, dans sa chambre, sans prévenir… Quelle audace ! Se croyait-il tout permis ? Elle ne pouvait que l'éconduire, bien sûr.

— Votre présence me déplaît, je vous l'ai dit assez clairement, je pense. Vous n'avez rien à faire ici, MacEgan.

Pour souligner l'importance de cette déclaration, elle parvint à lui adresser un regard plein de morgue.

Il baissa la tête, l'air embarrassé. Geneviève devait-elle se réjouir de cette victoire ? A la réflexion, elle en doutait.

Les cordes de la harpe, qu'elle n'avait pas lâchée, lui faisaient mal aux doigts. Bevan la lui prit des mains.

— Il faut que vous sachiez, murmura-t-il, je n'ai pas eu le temps de vous dire… Je voulais… j'avais tant besoin, Geneviève, j'ai tant besoin de vous. Vous êtes partie avant que je puisse vous dire toute la vérité, l'essentiel. Je vous en donne ma parole. Même si j'avais rencontré Fiona vivante, c'est à vous que je serais revenu. Vous êtes la seule dont je voulais, dont je veux faire ma femme.

Geneviève l'écoutait. Ce qu'il disait si maladroitement ne lui déplaisait pas. Elle aurait tant voulu le croire. Mais elle ne céderait pas aussi facilement que ce séducteur l'imaginait. Elle s'éclaircit la voix.

— Je ne pense pas…

— Ne pensez pas ! C'est entendu ! s'exclama Bevan en la prenant dans ses bras. Ne pensez pas, ne pensez à rien ! Sachez seulement que je vous aime !

Il ne mentait pas, elle le savait. Quel bonheur ! Sa vie s'illuminait, son cœur se gonflait de joie.

— Je ne rentrerai pas à Rionallis sans vous, dit-il en lui dévorant les lèvres de petits baisers.

Geneviève vivait un rêve. Que de bonheur, après tant de

tristesse ! Chacun des jours vécus loin de lui l'avait conduite au désespoir. Quand on lui avait apporté la harpe chargée de tant de souvenirs, elle en avait pleuré d'émotion. Elle savait que Bevan souffrait, qu'il tenait à elle. Mais elle n'aurait jamais cru qu'il allait venir la chercher.

— Si vous voulez que je vous accompagne à Rionallis, il faut me faire promesse, murmura-t-elle en lui passant les bras autour du torse.

— Quelle promesse ? dit-il en penchant la tête pour qu'elle lui parle à l'oreille.

— Celle de vous souvenir qu'en bon Irlandais vous n'êtes qu'un barbare et un sauvage, une de ces brutes qui enlèvent les femmes.

Bevan sourit, les lèvres tout près des siennes.

— Je vous le promets et pour faire bonne mesure j'aurai soin de vous violer deux ou trois fois.

— Deux ou trois fois seulement ?

Bevan lui ôta sa coiffe. Baignant ses doigts dans sa chevelure, il l'étreignit en silence.

— Je vous aime, dirent-ils ensemble.

En riant avec lui, Geneviève se répéta qu'elle avait son mari, bien à elle. Comme pour bien se convaincre de son côté qu'il avait retrouvé sa femme, Bevan lui palpait les épaules, les bras, les flancs. Son regard vert brilla soudain de surprise. Il venait de frôler sa taille, et la trouvait changée.

— Geneviève ? murmura-t-il dans un souffle.

Elle fit oui de la tête, les yeux brillants. Trop ému pour parler, il l'étreignit de nouveau. Elle le prit par le cou pour le serrer elle aussi très fort.

On frappa doucement à la porte. Geneviève sursauta. Elle n'attendait personne. Bevan sourit, au contraire.

— O'Brian s'impatiente, me semble-t-il.

— O'Brian à Longford ? Si loin de Rionallis ? Que vient-il faire ?

— Vous allez le savoir. Pour être plus sûr de ma réussite, j'ai emmené mon curé avec moi. Entrez O'Brian !

En refermant la porte derrière lui, le prêtre se découvrit la tête en rejetant son capuchon en arrière.

— Pardonnez-moi, madame, dit-il en saluant Geneviève. Je ne suis ici que contre mon gré, sachez-le bien.

Geneviève remarqua que tout en s'excusant, O'Brian souriait largement. Le repentir ne semblait pas l'affecter.

— J'ai toujours plaisir à vous rencontrer, mon Père. Mais dites-moi…

D'un mouvement du menton en direction de Bevan, O'Brian l'invita à s'adresser à lui.

— Voilà, dit Bevan. Il y a quelques mois, nous nous sommes mariés contre notre volonté.

— Parlez pour vous, protesta Geneviève.

— Deux rois nous y ont contraints et forcés, poursuivit Bevan sans tenir compte de l'interruption. Aujourd'hui, reprit-il, je souhaite que nous nous prenions librement pour mari et femme. Je vous aime, Geneviève, et je veux vous prendre pour épouse. M'acceptez-vous pour époux ?

Geneviève était trop émue pour parler. La gorge serrée, elle avait aux yeux des larmes de bonheur. Elle se contenta de sourire en lui tendant la main.

— C'est à moi de recueillir vos consentements, fit observer le prêtre. Nous nous passerons pour cette fois de témoins, et nous irons à l'essentiel.

Il se mit à réciter en hâte les paroles sacramentelles, obtint rapidement aux questions qu'il posait à l'un et à l'autre des réponses positives et immédiates, et put reprendre son souffle.

— Je vous déclare mari et femme, conclut-il. Vous pouvez vous embrasser.

Forts de cette autorisation, Geneviève et Bevan échangèrent un baiser qui ne laissait aucun doute sur la sincérité de leur attachement.

— Permettez-moi de vous féliciter, dit O'Brian. Encore une fois, ajouta-t-il.

— Vous ne refuserez pas de nous laisser seuls un moment, suggéra Bevan. Nous avons un mariage à consommer.

Geneviève rougit. O'Brian sortit sans faire de commentaire. La lune en se levant mit de la lumière dans la chambre. Bevan prit Geneviève sur ses genoux, et lui baisa les lèvres, la main posée sur son ventre.

— Je vous aime, murmura-t-il, et je vous épouserais mille fois, s'il le fallait. En seriez-vous satisfaite ?

Elle lui passa les bras autour du cou.

— A présent, Bevan, tous mes désirs sont comblés.

Épilogue

— C'est un garçon !

Isabelle sortait de la chambre, son précieux fardeau enveloppé dans un lange. Bevan n'osa toucher le nouveau-né. Lorsqu'il se pencha pour observer le petit visage, sa vue se brouilla. Il pleurait. Son bonheur lui donnait le vertige.

— Allons, reprenez-vous, dit sa belle-sœur. Venez embrasser votre femme, elle l'a bien mérité.

Il la suivit dans la chambre. Malgré sa pâleur, Geneviève rayonnait. Il s'assit près d'elle, au bord du lit, et lui baisa la tempe. Isabelle posa l'enfant entre eux.

— Vous avons un fils, balbutia-t-il.

— Brianna va l'adorer, murmura Geneviève.

— Je propose de l'appeler Ewan, dit joyeusement Ewan en passant la tête dans l'embrasure de la porte. Je pars sur l'heure à Longford pour y annoncer la bonne nouvelle.

— Comment s'appelait votre père ? demanda Geneviève.

— Duncan, répondirent en chœur les deux frères.

— Ce prénom me plaît. Ce sera celui de notre premier enfant. Qu'en dites-vous, Bevan ?

— Je vous aime tant, murmura-t-il pour toute réponse.

— Je vous aime du même amour, Bevan.

Pendant qu'il l'embrassait, Geneviève s'émerveilla que des épreuves qu'ils avaient subies ait pu naître un bonheur si parfait.

LES HISTORIQUES

HARLEQUIN

Retrouvez en décembre 2019,
dans votre collection

LES HISTORIQUES

Un scandale à Rome, de Michelle Styles - N°855

65 av. J.-C., Rome

Valens, le thrace aussi viril que séduisant qu'elle a rencontré devant les thermes de Rome la veille, vient lui rapporter un objet qu'elle y a égaré. Julia Antonia n'y tient plus. Même si elle sait que cet homme est un gladiateur – un esclave comme le nomme la belle-famille qui la loge depuis son récent divorce d'avec le sénateur Lucius Gracchus –, elle ne peut réprimer l'élan qui a envahi son cœur. Et qui aurait le plus grand mal à disparaître s'il venait à prendre ses quartiers dans leur villa sur ordre de César, comme il le lui annonce…

Un Viking pour défenseur, de Meriel Fuller - N°856

1069, Angleterre

À l'inconnu aux yeux de glace qui vient de l'extirper des sables mouvants, Gisela – jeune lady déguisée en paysanne saxonne – ne peut qu'obéir. Elle consent donc à cheminer aux côtés de ce Viking pour l'aider à retrouver le bourreau de sa sœur s'il accepte en contrepartie de l'aider à libérer son frère, Richard, retenu au château de Pagenal. S'expose-t-elle à une menace supplémentaire en faisant confiance à cet homme dont elle ignore tout, ou s'assure-t-elle la protection d'un guerrier dans cette Saxe devenue normande ?

Un trône en jeu, de Blythe Gifford - N°857

Angleterre, 1361

Pour protéger les sombres secrets de Lady Joan, sa maîtresse et nouvelle épouse clandestine du prince Edward d'Angleterre, Anne serait prête à tous les sacrifices. Y compris à affronter Sir Nicholas Lovayne, missionné par le souverain pontife pour clarifier le passé sentimental de Lady Joan. Qu'importe l'ingéniosité qu'elle devra déployer pour éloigner cet homme obstiné de la Cour… à son plus grand regret.

Leçon pour une débutante, de Michelle Styles - N°858

Angleterre, 1847

Tristan Dyvelston l'a trahie. Lottie peine à réaliser que son époux se soit joué d'elle. Lui qui l'a abandonnée dans une cour à attelages le jour de leurs noces et l'a conduite dans une auberge douteuse pour y partager leur première nuit d'amour est en fait le nouveau Lord de Thorngrafton... Un nanti qui l'a mise à l'épreuve en la croyant intéressée par son titre et sa position sociale alors qu'elle l'aimait simplement. Un monstre qui a ruiné sa réputation en la demandant en mariage avant sa première Saison et qu'il lui faut quitter au plus vite.

Le manoir de Fiddleton, de Christine Merrill - N°859

Angleterre, 1811

Barbara s'était préparée à haïr de toute son âme Joseph Stratford, l'homme qui a mécanisé l'industrie du bourg de Fiddleton, causant ainsi son malheur. Mais lorsqu'elle accompagne son père, instituteur désormais sans le sou comme nombre de villageois, pour manifester devant l'immense filature de Stratford, c'est un homme d'affaires ténébreux et d'apparence authentique qu'elle rencontre. Un homme promis à la riche Anne Clairemont et que tout en elle se doit de mépriser...

La fille du Dragon, de Catherine Archer - N°860

SÉRIE : LA SAGA DU DRAGON

Angleterre, 1203

Adolescent, Christian de Bransbury fait serment de venger son vénéré seigneur et maître lâchement assassiné avec sa fille de quatre ans, la petite Rosalind. Des années plus tard, il accomplit sa vengeance, mais demeure insatisfait. Son intuition, confortée par de minces indices, lui souffle que, en dépit des apparences, Rosalind n'est pas morte. Il sait, il sent que l'espiègle fillette rousse de son souvenir, devenue femme à présent, se cache quelque part...

La maîtresse du Viking, de Julia Byrne - N°861

Angleterre, 904

Enlevée par un Viking lors d'une violente invasion, Lady Yvaine ignore si elle doit se plaindre ou se réjouir de son sort. Certes, les Vikings sont les ennemis de son peuple, des barbares dont on lui a toujours dit de se méfier. Pourtant cet homme, au regard brûlant et à la voix sensuelle, semble différent des autres. Après tout, n'a-t-il pas pris sa défense contre son cruel époux qui menaçait de la tuer ?

Composé et édité par HarperCollins France.

Achevé d'imprimer en septembre 2019.

CPi
BLACK PRINT

Barcelone

Dépôt légal : octobre 2019.

FSC
www.fsc.org
MIXTE
Papier issu de sources responsables
FSC® C108412

Pour limiter l'empreinte environnementale de ses livres, HarperCollins France s'engage à n'utiliser que du papier fabriqué à partir de bois provenant de forêts gérées durablement et de manière responsable.

Imprimé en Espagne.